A SKINFUL OF SHADOWS Copyright © Frances Hardinge 2017
Todos os direitos reservados. First published 2017 by Macmillan
Children's Books, an imprint of Pan Macmillan

Ilustração de capa © Aitch, 2017 com a permissão da Scholastic Ltd

Os personagens e as situações desta obra são reais
apenas no universo da ficção; não se referem a pessoas
e fatos concretos, e não emitem opinião sobre eles.

Tradução para a língua portuguesa
© Mariana Serpa, 2020

Diretor Editorial
Christiano Menezes

Diretor Comercial
Chico de Assis

Gerente Comercial
Giselle Leitão

Editoras
Marcia Heloisa
Raquel Moritz

Editora Assistente
Nilsen Silva

Capa e Projeto Gráfico
Retina 78

Coordenador de Arte
Arthur Moraes

Designers Assistentes
Aline Martins/Sem Serifa
Sergio Chaves

Finalização
Sandro Tagliamento

Revisão
Ana Kronemberger
Isadora Torres
Laís Curvão

Impressão e acabamento
Gráfica Geográfica

DADOS INTERNACIONAIS DE CATALOGAÇÃO NA PUBLICAÇÃO (CIP)
Andreia de Almeida CRB-8/7889

Hardinge, Frances
  As crônicas das sombras / Frances Hardinge ; tradução de
Mariana Serpa. -- Rio de Janeiro : DarkSide Books, 2020.
  448 p.

  ISBN: 978-65-5598-031-8
  Título original: A Skinful of Shadows

  1. Ficção inglesa 2. Ficção histórica 3. Possessão espiritual -
Ficção 3. Fantasmas I. Título II. Serpa, Mariana

20-3528   CDD 823

Índices para catálogo sistemático:
  1. Ficção inglesa

[2020]
Todos os direitos desta edição reservados à
DarkSide® Entretenimento LTDA.
Rua Alcântara Machado, 36, sala 601, Centro
20081-010 — Rio de Janeiro — RJ — Brasil
www.darksidebooks.com

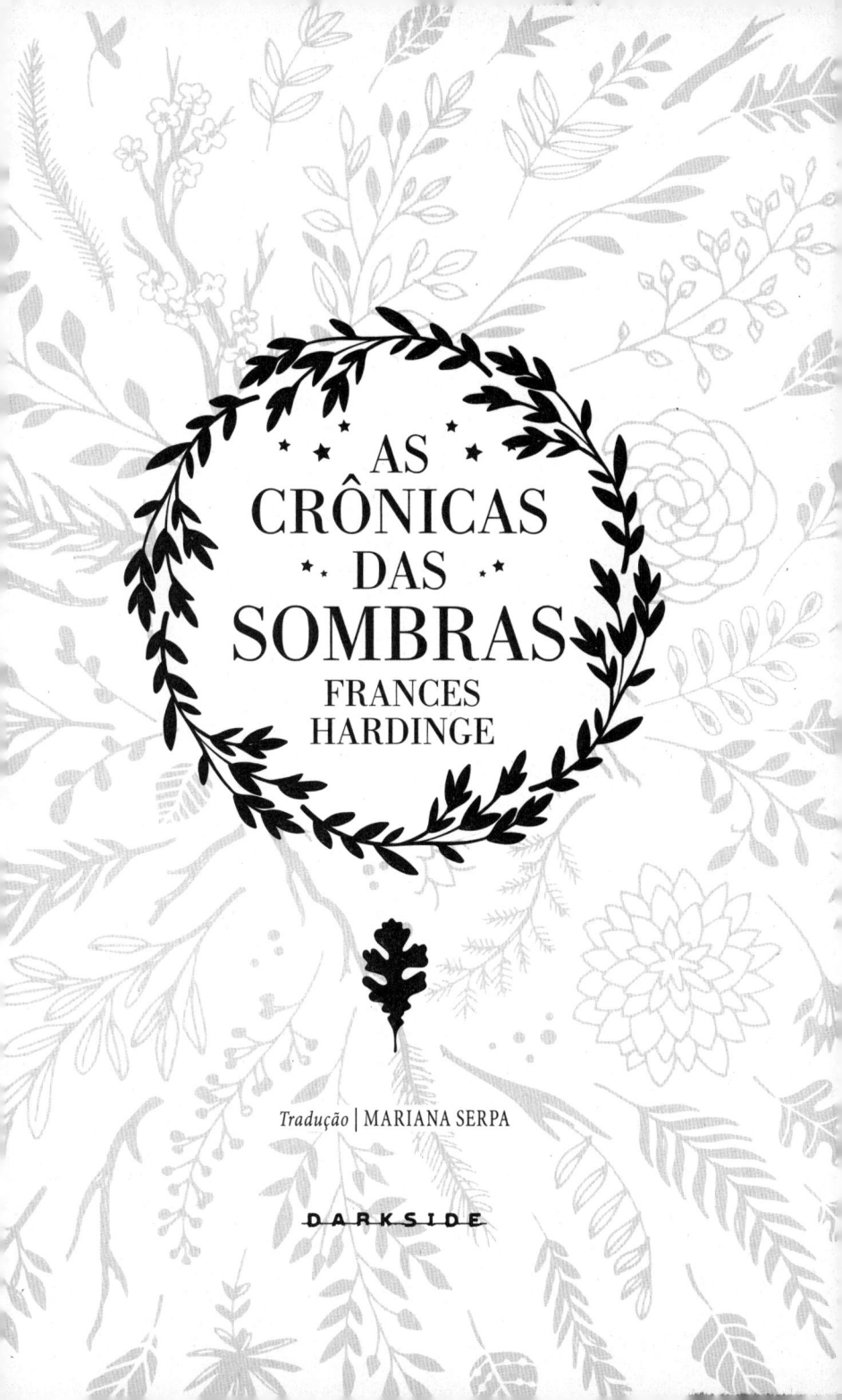

AS CRÔNICAS DAS SOMBRAS

FRANCES HARDINGE

Tradução | MARIANA SERPA

DARKSIDE

*Para minha afilhada Harriet, que, como eu,
é ávida por livros e aventuras improváveis*

Lambendo a cria

AS CRÔNICAS DAS SOMBRAS
FRANCES HARDINGE

CAPÍTULO 1

Quando Makepeace acordou do pesadelo aos berros pela terceira vez, sua mãe se irritou.

"Eu te disse pra não sonhar assim de novo!", chiou, mantendo a voz baixa para não acordar o resto da casa. "Ou, se sonhar, não grite!"

"Não deu pra segurar!", sussurrou Makepeace, assustada com o tom feroz da mãe.

A Mãe tomou as mãos de Makepeace, o rosto sério e carregado à luz da aurora.

"Você não gosta da sua casa. Não quer viver com a sua mãe."

"Eu gosto! Eu quero!", exclamou Makepeace, sentindo o mundo bambolear sob seus pés.

"Então tem que *aprender* a segurar. Se gritar toda noite, coisas horríveis vão acontecer. Podemos ser expulsas desta casa!"

Do outro lado da parede, no quarto ao lado, dormia o casal de tios de Makepeace, donos da loja de tortas no térreo. A Tia era escandalosa e sincera, e o Tio, carrancudo e impossível de agradar. Desde os seis anos Makepeace recebera a tarefa de cuidar de seus quatro priminhos, que estavam sempre precisando ser alimentados, limpos, vestidos ou resgatados das árvores vizinhas. No tempo que sobrava ela resolvia coisas na rua e ajudava na cozinha. Mesmo assim, Makepeace e a Mãe dormiam num colchonete num quartinho gelado, longe do restante da casa. O lugar delas na família parecia emprestado, como se pudesse ser tomado sem aviso.

"Ou pior, alguém pode chamar o pastor", continuou a mãe. "Ou... os outros podem ouvir."

Makepeace não sabia quem eram esses "outros", mas outros eram sempre uma ameaça. Durante seus dez anos de vida com a Mãe aprendera que não era possível confiar em mais ninguém.

"Eu tentei!" Noite após noite, Makepeace entoava preces fervorosas e se deitava na escuridão, determinada a não sonhar. Mas os pesadelos vinham mesmo assim, repletos de noites de luar, sussurros e criaturas mutiladas. "O que é que eu posso fazer? Eu *quero* parar!"

A Mãe ficou em silêncio por um longo tempo, então apertou a mão de Makepeace.

"Deixa eu te contar uma história", começou, como fazia sempre que a conversa era séria. "Uma garotinha estava perdida na mata, sendo perseguida por um lobo. Ela correu em disparada até esfolar os pés, mas sabia que o lobo sentia seu cheiro e ainda estava atrás dela. No fim, ela teve que tomar uma decisão. Podia continuar para sempre correndo, se escondendo e correndo de novo, ou podia parar e afiar um graveto para se defender. Qual você acha que era a decisão correta, Makepeace?"

Makepeace percebeu que não se tratava de uma simples historinha, e que a resposta era muito importante.

"Dá pra enfrentar um lobo com um graveto?", ela perguntou, desconfiada.

"Com um graveto há uma chance." Sua mãe abriu um sorrisinho tristonho. "Uma pequena chance. Mas parar de correr é perigoso."

Makepeace refletiu por um tempo.

"Os lobos são mais rápidos que a gente", disse ela, por fim. "Mesmo que a garotinha corresse sem parar, ele a alcançaria e a devoraria. Ela precisava de uma arma afiada."

A Mãe assentiu, devagar. Não disse mais nada, nem concluiu a história. O sangue de Makepeace gelou. A Mãe, às vezes, era assim. As conversas se transformavam em enigmas recheados de armadilhas, cujas respostas tinham consequências.

Desde que Makepeace se entendia por gente, as duas moravam na atribulada Poplar, uma cidadezinha que não era exatamente uma cidade. Ela não imaginava o mundo sem o mau cheiro de fumaça de carvão e piche que jorrava dos imensos e barulhentos estaleiros, sem os álamos ruidosos que emprestavam o nome à cidade, posto que Poplar significava álamo, e sem os exuberantes pântanos verdes onde o gado pastava. Londres ficava a poucos quilômetros de distância, uma imensidão fumacenta, repleta de ameaças e promessas. Tudo era tão familiar, tão natural quanto respirar. Ainda assim, Makepeace não se sentia parte daquilo.

A Mãe nunca dizia *aqui não é a nossa casa*. Seus olhos, no entanto, afirmavam isso o tempo todo.

Ao chegar a Poplar, a Mãe rebatizara sua bebezinha de Makepeace, para facilitar a aceitação das duas. A menina não sabia que nome tivera antes, e pensar nisso fazia com que se sentisse meio irreal. "Makepeace", a bem da verdade, nem parecia nome. Era uma oferta, uma forma de "fazer as pazes" com Deus e o povo religioso de Poplar. Um pedido de desculpas pelo buraco onde o pai de Makepeace devia ter andado.

Todo mundo que elas conheciam era devoto. Era assim que a comunidade se considerava, não por orgulho, mas para se distinguir de quem percorria estradas mais sombrias, que desembocavam no Inferno. Makepeace não era a única de nome estranho, com tom religioso. Havia outros: Veracidade, Vontade-de-Deus, Renegado, Libertação, Mata-Pecado e assim por diante.

Noite sim, noite não, o quarto da Tia era usado para encontros de oração e leituras da Bíblia, e aos domingos todos caminhavam até a comprida e cinzenta igreja revestida de ardósia.

O pastor era bondoso quando cruzava com alguém na rua, mas no púlpito era horripilante. Pela expressão de êxtase dos outros ouvintes, Makepeace percebia que nele fulguravam grandes verdades, e amor, como um cometa branco e gelado. Ele falava sobre resistir bravamente às perigosas tentações da bebida, da jogatina, da dança, da arte e do descanso aos sábados, que eram armadilhas engendradas pelo Diabo. Relatava o que acontecia em Londres e no restante do mundo — a mais recente traição à corte, as tramas dos asquerosos católicos. Os sermões eram assustadores, mas também empolgantes. Às vezes, Makepeace saía da igreja com a forte sensação de que a congregação inteira era composta de soldados resplandecentes, unidos contra as forças sombrias. Passava um tempinho acreditando que até mesmo ela e a Mãe faziam parte de algo maior, magnífico, ao lado de toda a vizinhança. A sensação nunca durava. Logo, elas voltavam a ser um solitário exército de duas.

A Mãe nunca dizia *eles não são nossos amigos*, mas agarrava com força a mão de Makepeace ao adentrarem a igreja, ou quando iam ao mercado, ou paravam para cumprimentar alguém. Era como se houvesse uma cerca invisível ao redor das duas, apartando-as de tudo o mais. Makepeace, então, abria um meio-sorriso para as crianças, do mesmo jeito que a Mãe fazia com as outras mães. As outras crianças, as que tinham pai.

As crianças são pequenos sacerdotes de seus pais, observando cada gesto e expressão em busca de sinais de seu propósito divino. Desde o início da vida, Makepeace soubera que ela e a Mãe jamais estariam realmente seguras, e que outras pessoas poderiam atacá-las.

Como alternativa, Makepeace aprendera a se conectar ao silêncio e encontrar conforto nele. Ela entendia a maliciosa ocupação das moscas, a raiva temerosa dos cães, a abatida paciência das vacas.

Isso, às vezes, lhe trazia problemas. Certo dia, acabara de lábio cortado e nariz sangrando, depois de gritar com uns garotos que apedrejavam o ninho de um pássaro. Matar aves para cozinhar ou roubar ovos para o café da manhã era justo, mas a crueldade estúpida e descabida suscitava em Makepeace uma ira inexplicável. Os garotos a encararam, espantados, então apontaram as pedras para ela. Óbvio. A crueldade era normal, era parte de suas vidas assim como as flores e a chuva. Eles estavam acostumados às chibatadas na escola, aos gritos dos porcos nos fundos dos abatedouros, ao sangue na serragem do rinhadeiro de galos. Esmagar animaizinhos era tão natural e prazeroso quanto pisar numa poça.

Quem insistia ganhava um nariz sangrando. Para sobreviver, Makepeace e a Mãe precisavam passar despercebidas. No entanto, nunca se saíam muito bem.

Na noite seguinte à história do lobo, sem explicação, a Mãe levou Makepeace ao antigo cemitério.

À noite a igreja parecia cem vezes maior, e a torre, um impiedoso retângulo imerso na escuridão. A grama do chão era saliente e pardacenta à luz das estrelas. Num dos cantos do cemitério jazia uma capelinha de tijolos, sem uso havia muito tempo. A Mãe entrou com Makepeace e jogou uma pilha de cobertores num canto da construção escura.

"Podemos ir pra casa agora?" Makepeace estava toda arrepiada. Havia algo bem perto; ela estava totalmente rodeada de *coisas*. Sentia uma nauseante proximidade, feito perninhas de aranha lhe comichando a mente.

"Não", disse a Mãe.

"Aqui tem *coisas*!" Makepeace lutava contra o pânico crescente. "Eu estou sentindo!" Tomada de horror, ela reconheceu a sensação. Era o mesmo assustador formigamento com o qual seus pesadelos começavam, a mesma sensação de invasão inimiga. "Os demônios dos meus sonhos..."

"Eu sei."

"O que é que eles são? Eles estão... mortos?" O coração de Makepeace já sabia a resposta.

"Estão", respondeu a Mãe, no mesmo tom frio e impassível. "Escute bem. Os mortos são como sufocadores. Eles se debatem no escuro, tentando se agarrar a qualquer coisa. Podem não ter intenção de fazer mal, mas farão, se você permitir.

"Você hoje vai dormir aqui. Eles vão tentar invadir a sua mente. Aconteça o que acontecer, não permita."

"O quê?", horrorizou-se Makepeace, abandonando por um instante a necessidade de discrição. "Não! Não posso ficar aqui!"

"Você precisa", disse a Mãe. Seu rosto ao luar parecia uma escultura prateada, sem qualquer traço de doçura nem benevolência. "Você precisa ficar aqui e afiar o seu graveto."

A Mãe sempre ficava mais esquisita diante de situações importantes. Era como se ela guardasse outro eu, obstinado, incompreensível e sobrenatural, no baú de roupas, debaixo dos trajes de domingo, para casos de emergência. Nessas horas ela não era a Mãe, e sim Margaret. Seus olhos pareciam mais intensos, e os cabelos sob a touca, mais encorpados, feito os de uma bruxa. Ela estava atenta a algo que Makepeace não conseguia enxergar.

Em geral, quando a Mãe estava assim, Makepeace baixava a cabeça e não discutia. Desta vez, porém, o terror a arrebatou. Ela implorou como jamais fizera antes. Argumentou, protestou, chorou e agarrou-se ao braço da Mãe com violento desespero. A Mãe não podia deixá-la ali, não podia, não podia...

A Mãe recolheu o braço e deu um empurrão forte em Makepeace, fazendo-a cambalear para trás. Então saiu e bateu a porta, envolvendo o quarto na escuridão total. Fez-se o estrondo da barra que servia de trava.

"Mãe!", gritou Makepeace, já sem se preocupar que os outros a ouvissem. Esmurrou a porta, que não cedeu. "Mamãe!"

Não houve resposta, apenas o ruído dos passos da Mãe se afastando. Makepeace estava sozinha com os mortos, a escuridão e o soturno chirrio distante de corujas.

Makepeace passou horas encolhida em seu ninho de cobertas, tremendo de frio e ouvindo os rosnados das raposas ao longe. Sentia as coisas lhe assombrando os recantos da mente, à espera do momento, espreitando seu sono.

"Por favor", implorou, colando as mãos nas orelhas e tentando não ouvir os sussurros. "Não, por favor. Por favor..."

Por fim, contra sua vontade, seu cérebro foi envolto pelo sono, e o pesadelo chegou.

Como antes, Makepeace sonhou com um quarto escuro e estreito, com chão de terra batida e paredes de pedra preta chamuscada. Ela tentava fechar as espreitadeiras para evitar que o luar adentrasse. Precisava afastá-lo — ele trazia sussurros. Mas as janelinhas não se encaixavam no meio, e o trinco estava quebrado. Pelo vão, a noite macilenta se escancarava, com estrelas cintilantes que bamboleavam tal qual botões soltos.

Ela apoiou o corpo nas espreitadeiras com toda a força, mas a noite bafejava as coisas mortas para dentro do quarto aos borbotões. Elas arremetiam contra Makepeace, uivando, os rostos fundidos e fumegantes. Ela tapou os ouvidos e fechou olhos e boca com firmeza, sabendo que elas queriam invadir sua cabeça.

Elas zumbiam e lamuriavam em seus ouvidos. Makepeace se forçava a não compreender, tentava impedir que os sons suaves e nauseantes se transformassem em palavras. A luz pálida lhe invadia as pálpebras e os sussurros adentravam seus ouvidos e o ar estava tomado deles e ela não podia ficar sem respirar...

Makepeace acordou com um solavanco, nauseada pelos fortíssimos batimentos de seu coração. Por reflexo, estendeu a mão em busca do aconchego e do conforto da figura adormecida da Mãe.

Ela, no entanto, não estava lá. Ao recordar onde estava, Makepeace se abateu. Desta vez não estava segura em casa. Estava presa, enterrada, rodeada de mortos.

Um barulho súbito a fez congelar. Um áspero farfalhar junto ao chão, assustadoramente alto em meio à noite fria e cortante.

Sem aviso, uma criatura pequenina e ágil roçou o pé de Makepeace. Ela gritou, por instinto, mas no instante seguinte começou a se acalmar. Havia sentido o breve toque dos pelos, as cócegas das diminutas garrinhas.

Um rato. Em algum canto do recinto os olhos atentos de um rato a observavam. No fim das contas, ela não estava sozinha com os mortos. O rato não era seu amigo, naturalmente.

Não queria saber se ela enlouqueceria ou seria morta pelas criaturas. Era um alento, contudo, pensar nele, escondendo-se das corujas e feras que rondavam a noite. Ele não chorava nem implorava para ser poupado. Não se incomodava por não ser amado. Sabia que só podia contar consigo mesmo. Em algum lugar seu coraçãozinho do tamanho de uma cereja batia ferozmente, determinado a viver.

Pouco tempo depois, o coração de Makepeace fazia o mesmo.

Ela não conseguia ver nem ouvir os mortos, mas podia senti-los, arranhando as paredes de sua mente. Esperavam que ela se cansasse, entrasse em pânico ou baixasse a guarda, a fim de poderem atacar. Makepeace, no entanto, havia encontrado um fiozinho de teimosia.

Não foi fácil permanecer acordada, mas Makepeace passou as longas horas escuras se beliscando e andando de um lado a outro, e por fim viu a noite dar lugar à luz cinzenta da aurora. Sentia-se trêmula e indisposta, a mente escoriada e esfolada, mas pelo menos havia sobrevivido.

A Mãe chegou para buscá-la pouco antes do amanhecer. Makepeace a acompanhou em silêncio, de cabeça baixa. Sabia que a Mãe não fazia nada sem motivo. No entanto, pela primeira vez, percebeu que não conseguiria perdoá-la, e depois daquilo tudo mudou.

Uma vez por mês, mais ou menos, a Mãe retornava com Makepeace ao cemitério. Às vezes, cinco ou seis semanas se passavam, e ela começava a ter esperanças de que a Mãe tivesse desistido. Então a Mãe comentava que "a noite seria quente", e Makepeace ficava desconsolada, pois sabia o que aquilo significava.

Makepeace não tinha condições de protestar. A lembrança da desesperada humilhação daquela primeira noite lhe embrulhava o estômago.

Se uma pessoa abandona o próprio orgulho, implora por algo com todo o coração e não é atendida, ela nunca volta a ser a mesma. Algo morre dentro de si, e algo diferente ganha vida. Depois daquele dia, uma certa compreensão do mundo invadira a alma de Makepeace feito orvalho no inverno. Ela sabia que jamais se sentiria segura ou amada como antes. E sabia que jamais, nunca mais, tornaria a suplicar daquela forma.

Então, todas as vezes, ela seguia com a Mãe até o cemitério, o semblante empedernido. Aprendera com o ratinho da capela. Os fantasmas não eram brigões cruéis com quem era possível argumentar. Eram predadores; ela era a presa, e teria que se manter obstinada, feroz e alerta para sobreviver. Ninguém mais a salvaria.

Pouco a pouco, num processo doloroso, Makepeace começou a erguer as próprias defesas. Enquanto a chuva desabava e sua respiração formava filetes de vapor no ar gelado, Makepeace entoava preces caseiras e inventava palavras de reprimenda. Aprendeu a se proteger contra os ataques e arranhões dos espíritos mortos e a golpeá-los, por mais que o contato lhe provocasse náuseas. Ela se imaginava como Judite da Bíblia, postada em campo inimigo com sua espada emprestada, o sangue de um general cintilando na lâmina. *Aproximem-se*, disse ela aos sussurrantes da noite, *e eu corto vocês em pedacinhos.*

Enquanto isso, as criaturas vivas do cemitério a ajudavam a manter a calma e a sanidade. Corridas por entre os arbustos, lúgubres sons aflautados, o tremular das asas dos morcegos... tudo passou a ser reconfortante. Até as garras e os dentes eram sinceros. Os humanos, vivos e mortos, podiam de repente se voltar contra alguém, mas os seres selvagens simplesmente levavam suas vidas bárbaras e bravias sem dar a mínima para ninguém. Ao morrer, não viravam fantasmas. Quando um rato era morto por um gato, uma galinha era degolada ou um peixe era apanhado do rio, Makepeace podia ver seus espíritos pairando como um fio de fumaça e se dissolvendo no mesmo instante, feito a bruma da manhã.

Ela precisava extravasar aquele caldeirão de ressentimentos que ebulia em fogo lento. Em vez de reclamar das incursões noturnas, começou a conversar com a Mãe a respeito dos mais diversos assuntos, pressionando e fazendo perguntas proibidas como nunca fizera antes.

Começou a indagar especialmente sobre o pai. Até então a Mãe dera cabo de todos os questionamentos do tipo com um simples olhar, e Makepeace se contentara em recolher os pequeninos detalhes que sua mãe deixava escapar. Ele morava longe, numa casa antiga. Não queria Makepeace nem a Mãe por perto. De repente isso passou a não bastar, e ela se revoltou por ter sentido tanto medo de perguntar antes.

"Por que a senhora não me fala o nome dele? Onde é que ele mora? Ele sabe onde a gente está? Como a senhora *sabe* que ele não quer a nossa presença? Ele ao menos sabe que eu existo?"

A Mãe não respondia, mas seus olhares de ameaça já não intimidavam Makepeace. Nenhuma das duas sabia o que fazer com a outra. Desde o nascimento de Makepeace era a Mãe quem tomava todas as decisões, e a menina acompanhava. Makepeace não entendia por que desaprendera a ser dócil. A Mãe nunca havia precisado ceder, e não sabia por onde começar. Se ela bombardeasse Makepeace com ofensas violentas tudo voltaria ao normal? Não. Não voltaria. Tudo havia mudado.

Então, dois anos depois da primeira expedição de "afiamento de graveto", Makepeace retornou de uma noite especialmente cruel e insone na capela com uma tremedeira incontrolável. Poucos dias depois ela ardia em febre, tomada de dores nos músculos. Dali a duas semanas sua língua estava salpicada de bolotas, e uma inconfundível erupção de pústulas de varíola se espalhava por seu rosto.

O mundo ficou quente, escuro e terrível durante um tempo, e Makepeace mergulhou num terror abismal e asfixiante. Sabia que provavelmente morreria, e sabia o que eram as coisas mortas. Não conseguia pensar direito, e às vezes imaginava que já estivesse morta. No entanto, a maré obscura da doença foi pouco a pouco recuando, e ela sobreviveu, com apenas umas cicatrizes numa das bochechas. Sempre que as via refletidas no balde d'água, ela sentia um embrulho de medo no estômago. Imaginava a figura esquelética da Morte estendendo a mão para lhe tocar a face, com as pontas de dois dedos ossudos, então recolhendo-a lentamente.

Depois da recuperação, três meses se passaram sem que a Mãe mencionasse o cemitério. Makepeace presumiu que a varíola, pelo menos, tivesse feito a Mãe desistir da ideia.

Infelizmente, ela estava errada.

AS CRÔNICAS DAS SOMBRAS
FRANCES HARDINGE

CAPÍTULO 2

Em maio, num dia de sol ameno, em maio, as duas se aventuraram pela cidade para vender algumas rendas da Mãe. A primavera estava agradável, mas o céu de Londres vinha ribombando feito nuvem de tempestade. Makepeace desejou não estar ali.

Ao mesmo tempo em que Makepeace andara mudando e se revoltando, Poplar e Londres faziam o mesmo. Segundo boatos dos jovens aprendizes, o país inteiro estava assim.

Nos encontros de oração, Nanny Susan, com seu nariz vermelho, era sempre acometida por visões do fim do mundo — o mar transbordando de sangue, a Mulher do Apocalipse da Bíblia caminhando pela principal avenida de Poplar. Agora, contudo, outros começavam a falar assim. Poucos verões antes correra o falatório de que nuvens grandes de uma forte tempestade haviam assumido a forma de dois imensos exércitos. Agora pairava a incômoda sensação de que tais exércitos pudessem de fato estar se estruturando pelo país.

O povo de Poplar sempre rezara com fervor, mas agora rezavam feito um povo sitiado. Parecia que o país inteiro estava em perigo.

Makepeace não conseguia acompanhar todos os detalhes, mas compreendia sua essência. Havia uma diabólica trama católica para ludibriar o rei Carlos e voltá-lo contra seu próprio povo. Os bons homens do Parlamento vinham tentando botar juízo em sua cabeça, mas ele havia parado de escutar.

Ninguém queria culpar diretamente o rei. Isso seria traição, e podia resultar em orelhas decepadas ou ferro quente no rosto. Não, era ponto pacífico que a culpa recaía toda sobre os malignos conselheiros do rei — o arcebispo Laud, "Tom, o Déspota" (também conhecido como conde de Strafford) e, claro, a perversa rainha Henriqueta Maria, que envenenava a mente do rei com sua malícia francesa.

Se não fossem detidos, eles persuadiriam o rei a tornar-se um tirano sanguinário. Ele se voltaria à falsa religião e mandaria suas tropas matarem todos os protestantes fiéis e tementes a Deus do país. O próprio Diabo estava à solta, sussurrando ao pé do ouvido, talhando as mentes e moldando os atos dos homens com mãos hábeis e ardilosas. Era quase possível enxergar as marcas de seus cascos chamejantes na estrada.

O medo e a indignação em Poplar eram muito reais, mas Makepeace também sentia uma fervorosa agitação subjacente. Se tudo *de fato* desmoronasse, se um período de provações *de fato* chegasse, se o mundo *de fato* acabasse, os devotos de Poplar estariam preparados. Eram soldados cristãos, prontos para resistir, pregar e marchar.

Naquele momento, caminhando pelas ruas de Londres, Makepeace sentia uma pontinha daquela mesma inquietação, daquela mesma ameaça.

"Tem um cheiro aqui", disse ela. A Mãe estava vestindo seu outro eu, então era natural que verbalizasse pensamentos truncados.

"É a fumaça", respondeu, com rudeza.

"Não é, não", retrucou Makepeace. Não era bem um *cheiro*, e ela sabia que a Mãe havia entendido. Era um formigamento de alerta dos sentidos, como o que precedia uma tempestade. "É um cheiro de metal. Podemos ir pra casa?"

"Claro", respondeu a Mãe, secamente. "Podemos ir pra casa e comer pedra, já que você não quer que ganhemos nosso pão." E seguiu em frente.

Makepeace sempre considerara Londres opressiva. Havia gente demais, construções e odores demais. Naquele dia, porém, pairava no ar uma nova sensação estranha. Por que ela própria estava mais nervosa que de costume? O que havia de diferente? Olhando de um lado a outro, ela percebeu as dezenas de novos cartazes afixados a portas e postes.

"O que é isso?", sussurrou. A pergunta era inútil. A Mãe, como ela, também não sabia ler. As letras escuras pareciam berrar.

"Rugidos dos leões de tinta", respondeu a Mãe. Londres estava repleta de panfletos malcriados, com sermões, profecias e denúncias, alguns dirigidos ao rei e outros ao Parlamento. A mãe sempre fazia piada, chamando aquilo de "leões de tinta", pois, segundo ela, rugiam mas não mordiam.

Nos dois últimos dias era o silêncio que andava rugindo. Duas semanas antes, o rei convocara o Parlamento pela primeira vez em anos, e todos os conhecidos de Makepeace ficaram extasiados de alívio. Havia dois dias, no entanto, que ele tornara a dispensar o Parlamento num acesso de fúria real. Agora corria um burburinho, o sol pálido parecia suspenso no céu, e todos esperavam que algo acontecesse. Diante de qualquer barulho ou grito súbitos, o povo olhava logo para cima. *Começou?*, indagavam suas expressões. Ninguém sabia ao certo *o quê*, mas a aproximação era inquestionável.

"Mamãe... por que tem tantos aprendizes nas ruas?", perguntou Makepeace, baixinho.

Havia dezenas, ela se deu conta, parados em duplas e trios em frente a portas e vielas, inquietos, o cabelo bem curto, as mãos calejadas pelo manuseio de tornos e teares. Os mais jovens tinham cerca de quatorze anos, e os mais velhos, pouco mais de vinte. Todos deveriam estar bem longe, trabalhando, cumprindo as ordens de seus patrões, mas ali estavam.

Os aprendizes eram o termômetro do clima em Londres. Quando a cidade estava em paz, eram apenas garotos — vadiando, flertando e bagunçando o mundo com piadas sagazes e afrontosas. Quando uma tormenta aparecia, no entanto, eles mudavam. Um relâmpago sombrio, nervoso e invisível desabava entre eles, que às vezes irrompiam em bandos selvagens e exaltados, quebrando portas e crânios com botas e porretes.

A Mãe observou os grupinhos de vagabundos e também começou a demonstrar preocupação.

"Tem muitos por aí", concordou ela, baixinho. "Vamos pra casa. O sol está se pondo, de todo modo. E... você vai precisar de força. Hoje a noite vai ser quente."

Makepeace sentiu um breve instante de alívio e então absorveu a última frase da Mãe. Parou onde estava, arrebatada pela descrença e pelo pânico.

"Não!", protestou, espantada com a própria firmeza. "Eu não vou! Eu nunca mais vou voltar naquele cemitério!"

A Mãe olhou em volta, constrangida, agarrou com força o braço de Makepeace e arrastou-a para a entrada de um beco.

"Você tem que ir!" A Mãe segurou Makepeace pelos ombros, encarando-a.

"Eu quase morri da última vez!", retorquiu Makepeace.

"Você pegou varíola da filha dos Archers. Não teve nada a ver com o cemitério. Um dia você vai me agradecer por isso. Eu já falei... estou te ajudando a afiar seu graveto."

"Já sei, já sei!", exclamou Makepeace, incapaz de disfarçar a frustração. "Os 'lobos' são os fantasmas, e a senhora quer que eu aprenda a ser forte para que eles não se aproximem. Mas por que é que eu não posso simplesmente me afastar dos cemitérios? Se eu ficar longe dos fantasmas, não vou correr perigo! A senhora está me atirando aos lobos toda hora!"

"Você está enganada", disse a Mãe, baixinho. "Esses fantasmas *não* são os lobos. Esses fantasmas não passam de coisinhas famintas... nada comparado aos lobos. Só que os lobos estão à solta, Makepeace. Estão à sua procura, e um dia vão te encontrar. Reze para já estar crescida e forte quando isso acontecer."

"A senhora está só tentando me botar medo", retrucou Makepeace. Sua voz tremia, mas de raiva, não de pavor.

"Estou mesmo! Você se acha uma pobre mártir, passando a noite lá sentada aguentando as lambidas daqueles vultos? Isso não é *nada*. Tem coisa muito pior por aí. É bom *mesmo* você ter medo."

"Então por que não pedimos proteção ao meu pai?" A conversa estava tomando um rumo perigoso, mas Makepeace já tinha ido longe demais para retroceder. "Aposto que ele não me largaria em cemitérios!"

"Ele é a *última* pessoa a quem podemos pedir ajuda", disse a Mãe, com uma amargura que Makepeace jamais tinha visto. "Esqueça o seu pai."

"Por quê?" De súbito Makepeace não podia mais suportar todos os momentos de silêncio de sua vida, todas as coisas que não podia dizer nem perguntar. "Por que a senhora nunca me diz nada? Eu não acredito mais na senhora! Quer que eu fique presa aqui pra sempre! Não quer me dividir com ninguém! Não me deixa conhecer meu pai porque sabe que ele *iria* me querer!"

"Eu te salvei de algo que você não faz ideia!", explodiu a Mãe. "Se eu tivesse ficado em Grizehayes..."

"Grizehayes", repetiu Makepeace, e viu sua mãe empalidecer. "É lá que ele mora? É essa a casa antiga de que a senhora falou?" Tinha um nome. Ela enfim tinha um nome. Significava que poderia procurar. Alguém, em algum lugar, conheceria o local.

O nome parecia antigo. Ela não conseguia visualizar a construção que aquele nome descrevia. Era como se uma névoa densa se colocasse entre ela e as antigas torres da casa.

"Eu não vou voltar ao cemitério", disse Makepeace. Determinada, ela cravou a lança no chão e se preparou para o ataque. "Não vou. Se a senhora tentar me forçar, eu fujo. Eu fujo. Vou encontrar Grizehayes. Vou encontrar meu pai. E não volto nunca mais."

O olhar da Mãe ficou embaçado de surpresa e raiva. Ela nunca aprendera a lidar com a nova rebeldia de Makepeace. Seu semblante se despiu de ternura, assumindo um ar frio e distante.

"Fuja, então", respondeu ela, num tom gélido. "Se é isso o que você quer, já vai tarde. Mas, quando estiver nas mãos daquela gente, não diga que eu não avisei."

A Mãe jamais cedia, jamais amolecia. Quando Makepeace a desafiava, a Mãe sempre aumentava a aposta, pagando para ver e resistindo ainda mais. Makepeace *estava* blefando em relação à fuga, mas, ao encarar o olhar sério da Mãe, considerou pela primeira vez sair correndo. O pensamento a fez se sentir esvaziada, imponderável.

Então a Mãe olhou para a rua principal, por sobre o ombro de Makepeace, e se enrijeceu, horrorizada. Sussurrou umas palavras tão fracas que Makepeace quase não conseguiu ouvir.

Falando no Diabo...

Makepeace olhou para trás bem a tempo de ver, passando depressa, um homem alto, vestindo um bom casaco azul-escuro de lã. Estava na meia-idade, mas seus cabelos pareciam algodão de tão brancos.

Ela conhecia o antigo ditado: *falando no Diabo, aparece o rabo*. A mãe começara a falar "daquela gente" — o povo de Grizehayes —, então avistara o tal homem. Seria alguém de Grizehayes, então? Talvez até o pai de Makepeace?

Makepeace encarou a Mãe, os olhos frenéticos de empolgação e triunfo. Então virou-se e tentou correr para a rua.

"Não!", bradou a Mãe, agarrando-lhe o braço. "Makepeace!"

O nome de Makepeace, no entanto, soava áspero a seus próprios ouvidos. Ela estava cansada de "pacificar" situações que nunca tinham explicação. Deu um rodopio, desvencilhou-se e correu em disparada até a rua principal.

"Você vai ser a minha morte!", gritou a mãe. "Makepeace, pare!"

Makepeace não parou. Conseguiu avistar o casaco azul e o cabelo branco do estranho a distância, desaparecendo numa esquina. Seu passado estava escapando.

Ela virou a esquina bem a tempo de vê-lo se misturar à multidão, e começou a segui-lo. Makepeace sabia que a Mãe estava gritando seu nome de algum lugar atrás, mas não olhou. Em vez disso, seguiu a figura ao longe por uma rua, então outra, e mais outra. Por diversas vezes achou que tinha perdido a presa, mas logo avistava um lampejo dos cabelos brancos.

Makepeace não foi capaz de desistir, mesmo ao perceber que estava cruzando a grande ponte de Londres e adentrando Southwark. Os prédios ao redor eram cada vez mais lúgubres, e os odores, mais azedos. Ela ouvia risadas pairando pelas tabernas à margem do rio, além de xingamentos e rangidos de remos do rio. Além disso, já estava mais escuro. O sol ia repousando no céu, meio desbotado. As ruas, contudo, estavam apinhadas. As pessoas continuavam embarreirando o caminho e bloqueando a visão do homem de cabelo branco.

Foi só quando a estrada desembocou num amplo espaço aberto que Makepeace parou, de súbito amedrontada. Estava pisando na grama, e percebeu que havia chegado a St. George's Fields. À sua volta fervilhava uma multidão sombria, inquieta e ruidosa, os contornos das cabeças contrastando com o céu escuro. Ela não podia avaliar até onde se estendia, mas parecia haver centenas de vozes, todas masculinas. Não havia sinal do homem de cabelo branco.

Sem fôlego, Makepeace olhou em volta, ciente de que atraía olhares firmes e curiosos. Vestia roupas simples e baratas, mas seu lenço e a touca eram limpos e dignos, o que já bastava para chamar a atenção por ali. Além disso era uma moça sozinha, e menor de treze anos.

"Oi, amor!", bradou uma das figuras soturnas. "Veio encorajar a gente, é?"

"Não", disse outro, "você veio marchar conosco, não é, senhorita? Pode arremessar banquetas nos desgraçados, como as moças escocesas! Mostra aí o porrete!" Meia dúzia de homens gargalharam, e Makepeace percebeu uma ameaça na provocação.

"Essa é a menina da Margaret Lightfoot?", indagou de súbito uma voz mais jovem. Perscrutando a escuridão, Makepeace distinguiu um rosto familiar: o aprendiz de tecelão de quatorze anos, seu vizinho de porta. "O que você está fazendo aqui?"

"Eu me perdi", respondeu Makepeace apressadamente. "O que está acontecendo?"

"Estamos numa caçada." Os olhos do aprendiz tinham um brilho insano e feroz. "Ao velho William Raposão — o arcebispo Laud." Makepeace ouvira aquele nome centenas de vezes, em geral em meio a xingamentos, por ser um dos conselheiros malditos do rei. "Vamos só bater na porta dele e dar um oi. Feito bons vizinhos." Ele ergueu o porrete e deu uma pancada forte na palma da outra mão, dando uns gemidos animados.

Tarde demais, Makepeace atentou para o que significavam todos aqueles cartazes. Era a chamada a uma grande e colérica reunião em St. George's Fields. Estreitou os olhos e percebeu que a multidão era quase toda composta de aprendizes. Todos brandiam armas improvisadas — martelos, cabos de vassoura, atiçadores de brasa e tábuas —, com uma energia brutal e muito, muito séria. Estavam determinados a extirpar o mal do palácio e destruir sua coroa. Naqueles olhos brilhantes, no entanto, Makepeace também via uma brincadeira — uma brincadeira sangrenta, feito as rinhas de ursos.

"Eu preciso ir pra casa!" Ao verbalizar as palavras, Makepeace sentiu um gosto amargo. Ela perdera a única chance de descobrir mais sobre o próprio passado, mas e se também tivesse perdido sua casa? A mãe a desafiara a fugir, e foi o que Makepeace fez.

O aprendiz franziu o cenho e ficou na ponta dos pés, esticando o pescoço para enxergar adiante da multidão. Makepeace fez o mesmo, da melhor forma que pôde, e percebeu que a estrada por onde viera agora estava bloqueada por um sólido amontoado de figuras, todas rumando a St. George's Fields.

"Fique comigo", disse o aprendiz num tom ansioso, enquanto a multidão avançava feito uma onda, levando os dois. "Comigo você está protegida."

Makepeace não conseguia enxergar à frente do aglomerado de figuras mais altas, mas enquanto era levada pela multidão ouvia cada vez mais vozes se unindo aos brados de guerra e às gargalhadas zombeteiras. O exército de aprendizes parecia imenso. Não admirava estarem tão confiantes, tão encrespados em seu objetivo!

"Makepeace! Cadê você?"

O grito quase foi engolido pelos urros crescentes, mas ela ouviu. Era a voz da Mãe, tinha certeza. A Mãe tinha ido atrás dela, e agora estava presa em algum lugar na multidão.

"Mãe!", gritou Makepeace, enquanto o povo a empurrava sem piedade para a frente.

"Lá está o Palácio de Lambeth!", bradou uma voz à frente. "Tem luz nas janelas!" Makepeace tornou a sentir o cheiro do rio e avistou uma grande construção mais à beira d'água, com torres compridas e quadradas, a silhueta das ameias abocanhando o céu noturno.

Da dianteira da turba emanaram brados de uma discussão furiosa, e a multidão febril se aprumou, tensa e hesitante.

"Deem meia-volta!", gritou alguém. "Vão pra casa!"

"Quem é que está lá na frente?", indagaram algumas pessoas, e algumas respostas diferentes irromperam. Uns diziam que era o exército, outros, os homens do rei, e outros ainda que era o arcebispo em pessoa.

"Ah, calem a boca!", gritou um dos aprendizes, por fim. "Queremos que William Raposão apareça, ou vamos invadir e botar pra quebrar!"

Os outros aprendizes responderam com urros ensurdecedores, e fez-se uma pressão violenta para a frente. A nesga de céu acima de Makepeace encolhia enquanto ela era esmagada por figuras mais altas. Gritos de batalha irromperam mais adiante, bem como berros de homens em luta.

"Forcem a porta!", gritou alguém. "Taquem o pé de cabra nele!"

"Estraçalhem as luzes!", gritou outra voz.

Ao disparo do primeiro tiro Makepeace achou que alguém havia largado algo pesado na rua de pedras. Então um segundo tiro ecoou, e um terceiro. A multidão ficou estarrecida; uns recuaram, outros avançaram. Makepeace levou uma joelhada na barriga e uma porretada no olho.

"Makepeace!" Era a voz da Mãe outra vez, aguda e desesperada, ainda mais próxima.

"Mamãe!" O grupo em volta de Makepeace estava descontrolada, mas ela foi lutando para abrir caminho em direção à voz de sua mãe. "Estou aqui!"

À sua frente, alguém gritou.

Foi um som áspero e breve, e a princípio Makepeace não soube distinguir. Jamais ouvira a Mãe gritar. Ao abrir caminho às cotoveladas, porém, viu uma mulher caída no chão, junto a um muro, sendo pisoteada pela multidão ensandecida.

"Mãe!"

Com a ajuda de Makepeace, a Mãe se levantou, cambaleante. Estava branca feito papel, e mesmo na escuridão Makepeace pôde ver os filetes de sangue escorrendo do lado esquerdo do rosto. Seus movimentos também estavam esquisitos, tinha uma pálpebra caída e fazia tiques estranhos com o braço direito.

"Vou levar a senhora para casa", sussurrou Makepeace, a boca seca. "Sinto muito, mamãe. Eu sinto muito..."

A Mãe encarou Makepeace por um instante com os olhos vidrados, como se não a conhecesse. Então contorceu o rosto.

"Não!", gritou ela, com a voz rouca, e começou a se debater, empurrando Makepeace e acertando-a no rosto. "Fique longe de mim! Vá embora! Vá embora!"

Sem equilíbrio, Makepeace caiu. Teve um último vislumbre do rosto da Mãe, ainda com uma expressão de fúria e desespero, então levou um chute no rosto que a fez lacrimejar. Outra pessoa pisou em sua panturrilha.

"Preparem-se!", gritava alguém. "Lá vêm eles!" Mais sons de disparos de arma de fogo, feito uma explosão estelar.

Então mãos robustas engancharam as axilas de Makepeace, que foi içada. Um aprendiz alto a ergueu sem cerimônia por sobre o ombro e afastou-a da linha de frente, enquanto ela se debatia e gritava pela Mãe. Na entrada de uma viela, ele a soltou.

"Corra para casa!", gritou o rapaz, com o rosto vermelho, então disparou de volta para o motim, brandindo o martelo.

Ela nunca descobriu quem ele era, nem o que fora feito dele.

E não tornou a ver a Mãe viva.

O corpo da Mãe foi encontrado depois do massacre e das prisões, depois que os revoltosos foram afastados. Ninguém sabia ao certo o que lhe acertara a cabeça e causara sua morte. Talvez o golpe de uma pá, talvez um chute acidental com uma bota de tachões, talvez uma bala errante que seguiu caminho depois de atingi-la.

Makepeace não sabia, nem queria saber. O motim havia matado a Mãe, e Makepeace a tinha levado até ali. A culpa era toda dela.

E o povo da paróquia, que comprara as rendas e os bordados da Mãe quando lhes fora conveniente, decidiu que seu precioso cemitério não era lugar para uma mulher com uma filha fora dos laços do matrimônio. O pastor, que sempre fora tão amável na rua, agora se postava no púlpito e dizia que Margaret Lightfoot não ganhara a salvação.

Em vez disso, a mãe foi enterrada em solo não consagrado, à beira dos pântanos de Poplar. Era um apinhado de arbustos, acolhendo apenas o vento e os pássaros, e tão misterioso quanto a própria Margaret Lightfoot.

AS CRÔNICAS DAS SOMBRAS
FRANCES HARDINGE

CAPÍTULO 3

Você vai ser a minha morte.

Makepeace não conseguia esquecer as palavras da mãe. Era acompanhada a cada momento do dia, a cada hora da noite. Imaginava a Mãe as proferindo, mas num tom frio e firme.

Eu a matei, pensava Makepeace. *Eu saí correndo e ela me seguiu rumo ao perigo. A culpa foi minha, e ela morreu me odiando por isso.*

Makepeace imaginara que agora talvez passasse a dormir na mesma cama que os priminhos, mas ainda foi posta no catre que costumava dividir com a Mãe. Talvez todos a considerassem uma assassina. Ou talvez seus tios não soubessem ao certo o que fazer com ela, já que as rendas da Mãe não pagariam pela hospedagem.

Ela estava sozinha. A cerquinha que envolvera Makepeace e a Mãe agora circundava apenas Makepeace, apartando-a do restante do mundo.

Todos os outros moradores da casa rezaram, como de costume, mas com orações a mais pela Mãe. Makepeace descobriu que já não conseguia rezar da forma que aprendera ser a correta, desnudando a alma diante do Senhor. Tentou, mas suas entranhas pareciam tomadas de um vazio indômito, branco, feito céu de outono, nada que ela pudesse exprimir em palavras. Ela cogitou que sua própria alma tivesse desaparecido.

Na segunda noite, sozinha no quarto, Makepeace fez um esforço para abrir os sentimentos. Forçou-se a rezar e pedir perdão, pela alma da Mãe e por sua própria. A tentativa a deixou trêmula, mas não de frio. Ela temia que Deus a escutasse com uma ira implacável, esquadrinhando cada fresta pútrida de sua alma. Ao mesmo tempo, temia que Ele nem sequer estivesse escutando, que nunca tivesse escutado, que nunca fosse escutar.

O esforço a exauriu, e ela caiu no sono.

Toc, toc, toc.

Makepeace abriu os olhos. Estava gelada e sozinha na cama, sem a curva das costas da mãe a seu lado. A total escuridão agigantava ainda mais a perda.

Toc, toc, toc.

O som vinha das espreitadeiras. Talvez estivessem frouxas. Se fosse isso, sacudiriam a noite inteira e não a deixariam dormir. Relutante, ela se levantou e foi tateando até a janela; conhecia o quarto muito bem e não precisava de luz. Correu a mão pelo trinco e sentiu que estava aferrolhado. Então, sob as pontas dos dedos, sentiu um tremor. Havia algo cutucando a espreitadeira.

Por trás das ripas de madeira, ela ouviu outro barulho. Era suave e abafado como um sussurro ao pé do ouvido, mas parecia uma voz humana. Algo naquele som era terrivelmente familiar. A nuca de Makepeace se arrepiou.

O som irrompeu outra vez, feito um soluço abafado, colado ao lado de fora da espreitadeira. Uma única palavra.

Makepeace.

Makepeace lutara em vão, em centenas de pesadelos, para manter as espreitadeiras fechadas e bloquear fantasmas ensandecidos que avançavam para atacá-la. Suas mãos tremularam com lembrança, os dedos ainda tocando o trinco.

Os mortos são como sufocadores, dissera a Mãe.

Makepeace imaginou sua mãe sufocada em meio ao ar da noite, debatendo-se devagar, os cabelos escuros ondeando. Imaginou-a indefesa, sozinha, procurando desesperadamente algo a que se agarrar.

"Estou aqui", sussurrou ela. "Sou eu... Makepeace." Colou a orelha à espreitadeira, e dessa vez pensou ter compreendido a resposta da fraca voz.

Me deixe entrar.

O sangue de Makepeace gelou, mas ela disse a si mesma que não temesse. A Mãe não seria como as outras criaturas mortas. Era diferente. Fosse lá o que estivesse ali fora, ainda era a Mãe. Makepeace não podia abandoná-la — não outra vez.

Ela desaferrolhou e abriu a espreitadeira.

Do lado de fora, umas poucas estrelas cintilavam fracas no céu cinzento. Uma brisa fria e úmida adentrou o quarto, deixando-a arrepiada. Makepeace sentiu um aperto no peito, com a certeza de que algo mais entrara com o vento. A escuridão tinha uma nova textura, e ela já não estava só.

Foi tomada de súbito pelo pavor de ter feito algo inalterável. Sua pele formigava. Mais uma vez ela sentiu a comichão das perninhas de aranha em sua mente. O toque demorado e hesitante dos mortos.

Ela se afastou da janela, encolhida, tentando acessar suas defesas mentais. Quando pensava na Mãe, porém, seus sortilégios particulares se mostravam inúteis. Makepeace fechou os olhos com força, mas visualizou o rosto da mãe, iluminado pelas velas naquela primeira noite na capela. Uma criatura estranha, de expressão indecifrável e nenhuma brandura.

Uma corrente de ar frio lhe soprou o pescoço, o suspiro de algo arquejante. Algo lhe roçou o rosto e a orelha... era uma mecha fugidia de cabelo, só podia ser. Ela congelou, com a respiração rasa.

"Mãe?", chamou ela, num sussurro tão fraco que mal perpassou o ar.

Uma voz respondeu. Uma quase-voz. Uma confusão de murmúrios, um balbucio idiota, de consoantes partidas, que vazavam como gema de ovo estourada. Estava tão próxima a seu ouvido, que zumbia.

Makepeace esbugalhou os olhos. Ali — ali! —, bloqueando-lhe a visão, havia um rosto serpeante, distorcido, cinza feito uma traça. Tinha os olhos ocos e a boca rasgada num uivo extenso e lamentoso. Ela virou-se para trás e bateu as costas numa parede. Encarou, desejando estar errada, e no mesmo instante a criatura deu um bote faminto em direção a seus olhos, com dedos de fumaça.

Makepeace fechou os olhos bem a tempo e sentiu um toque frio nas pálpebras. Era o pesadelo, eram todos os seus pesadelos, mas agora ela não tinha esperança de acordar. Cobriu as orelhas, porém não a tempo de ignorar o que diziam os sons fracos e terríveis.

Me deixe entrar... me deixe entrar... Makepeace, me deixe entrar...

A criatura avançou devagar rumo a sua mente, suas defesas. Encontrou as frestas abertas pela tristeza, o amor e as lembranças, e escancarou-as com dedos ávidos e cruéis. Dilacerou pedaços de coração e mente, cravando as garras para adentrar. Conhecia o caminho para invadir suas defesas, para acessar seu frágil âmago.

Com a selvageria do terror, Makepeace enfrentou.

Atacou mentalmente a brandura fumacenta da criatura e sentiu-a gritar frente ao dilaceramento. As pontas soltas se debatiam de forma irracional, feito vermes decepados, tentando se embrenhar em sua alma. A coisa atacava, agarrava-se e avançava. Já não formava palavras, apenas uivos e choramingos.

Makepeace não pretendia abrir os olhos. Mas abriu, por um mero instante, bem no finzinho. Para ver se a coisa havia ido embora.

Então viu a transformação do rosto e o que havia feito a ele. Nas feições retorcidas e diáfanas, ela viu medo e um esgar que parecia de ódio.

Quase não era um rosto. Mas de alguma forma ainda era a Mãe.

Depois disso, Makepeace não se lembrou de quanto havia gritado. Ao voltar a si, estava sentada no chão, pestanejando à luz da vela fina de sua tia e tentando responder às perguntas da família. A espreitadeira estava entreaberta e chocalhava de leve com a brisa, emitindo um som de *tap-tap-tap*.

A Tia disse que Makepeace devia ter caído da cama durante um pesadelo. Makepeace precisava que ela estivesse certa. Não era totalmente reconfortante, pois sabia que os fantasmas enfrentados em sonhos às vezes eram reais. Mas, por favor, Deus, não *esse* fantasma. Esse não a poderia ter atacado, e ela não o poderia ter desintegrado em pedacinhos. Era insuportável só de pensar.

Tinha sido um sonho. Makepeace agarrou-se à ideia desesperadamente.

Foi só uma semana depois que começaram a surgir boatos sobre um fantasma à solta nos pântanos. Diziam que ele assombrava um trecho especialmente ermo, encharcado demais para o pastejo do gado e entremeado de trilhas isoladas onde o solo não era muito confiável.

Uma criatura invisível assustou um vendedor ambulante ao se lançar por entre os juncos, deixando para trás um rastro de destruição. Descobriu-se que as gralhas que vivam próximas haviam abandonado seus viveiros, e os pássaros errantes haviam voado para outras partes do pântano. Então perceberam que a estalagem Angel, escondida entre os arredores da cidade e o trecho pantaneiro, estava sendo assombrada por algo além de simples marujos.

"Um espírito vingativo", disse a Tia. "Dizem que veio com o pôr do sol. Seja lá o que for, bateu numa porta, fez um tumulto de destruição e deixou uns forçudos todos roxos."

Makepeace foi a única que ouviu aqueles rumores com uma pontinha dolorosa de esperança para além do medo. A sepultura da Mãe ficava à beira dos pântanos, não muito distante da Angel. Era horrível imaginar o fantasma da Mãe enlouquecendo de fúria, mas se estava à solta era porque Makepeace, no fim das contas, não o havia dilacerado. Pelo menos ela não havia matado a mãe pela segunda vez.

Preciso encontrá-la, disse Makepeace a si mesma, por mais que o pensamento a afligisse. *Preciso falar com ela. Preciso salvá-la.*

Ninguém da igreja de Makepeace frequentava a estalagem Angel, exceto o velho William durante seus lapsos. Sempre que chegava em casa atordoado e bêbado, o pastor o tomava como exemplo no sermão e pedia a todos que lhe dessem força e orassem por ele. Ao pegar a estrada esburacada rumo à estalagem, Makepeace sentiu-se constrangida, matutando se no domingo seguinte seria acusada de bebedeira.

As construções de pedra da Angel eram bem tortas, sustentando seu pequeno estábulo. Uma mulher de rosto abrutalhado, com uma touca de algodão manchada, varria a escada, mas olhou para cima ao ver Makepeace se aproximar.

"Olá, lindinha! Veio buscar o seu pai? Qual deles é o seu?"

"Não, eu... eu quero saber sobre o fantasma."

A mulher, nada surpresa, meneou a cabeça de modo discreto e formal.

"Pra dar uma olhada, tem que comprar uma bebida."

Makepeace acompanhou a dona para dentro da estalagem escura e, com uma pontinha de culpa, usou uma moeda do dinheiro das compras da Tia para pagar uma caneca de cerveja fraca. Então foi conduzida até a porta dos fundos.

Nos fundos da estalagem havia uma área de chão batido coberta de serragem. Makepeace imaginou que ali acontecessem os eventos do estabelecimento, quando havia muita freguesia importante — pugilistas carecas se digladiando, rinhas de galo e de texugos ou jogos menos sangrentos como malha, bocha e boliche. Havia algumas manchas escuras, decerto jorros já secos de cerveja ou sangue. Mais adiante, uma mureta baixa com um lance de escadas e então quilômetros de pântano. As árvores da floresta de juncos balançavam com o vento suave que soprava à luz do fim da tarde.

"Venha... olhe aqui." A mulher demonstrava um orgulho profissional em exibir os estragos a Makepeace. A barra da porta dos fundos estava arrebentada, e um de seus painéis, partido. Havia uma janela quebrada, o batente amassado, várias das pequenas vidraças estilhaçadas. Um letreiro de tecido havia sido arrebentado, e só haviam restado uns fragmentos da imagem — uma flauta, uns tambores, a silhueta escura de alguma besta. Uma mesa havia tombado, e duas cadeiras jaziam com os encostos quebrados.

Enquanto Makepeace ouvia, começou a sentir o coração apertado. Ela percebeu tardiamente que nenhum dos fantasmas que encontrara na vida havia causado danos reais e visíveis. Eles lhe atacavam a mente, mas nunca tinham quebrado sequer uma caneca.

Deve ter sido só uma briga normal, pensou. Deu uma olhadela furtiva para o rosto cansado e sagaz da proprietária da estalagem. *Vai ver que ela resolveu se aproveitar da situação e fingir que os estragos foram causados por um fantasma para que o povo curioso viesse aqui e comprasse bebidas.*

A proprietária conduziu Makepeace até dois homens carrancudos que bebericavam sob o vento do fim de tarde. Ambos eram magrelos e curtidos de sol. Não eram da região, e pelas bolsas a seus pés Makepeace supôs que fossem viajantes.

"Veio saber do fantasma", disse a mulher, apontando com a cabeça para Makepeace. "*Vocês* podem contar tudinho a ela, não podem?"

Os homens se entreolharam e fecharam a cara. Evidentemente não era uma história que os deixasse de bom humor.

"Ela vai comprar bebida pra gente?", perguntou o sujeito mais alto.

A proprietária encarou Makepeace, com as sobrancelhas erguidas. Tomada de aflição e ainda mais certa de que estava sendo enganada, Makepeace deu-lhe outra moeda, e a dona saiu apressada para apanhar mais cerveja.

"A coisa apareceu na escuridão. Está vendo isso aqui?" O homem mais alto estendeu a mão, envolta num lenço nojento com manchas escuras de sangue. "Rasgou o casaco do meu amigo... me jogou na parede e quase que me arranca o cérebro, e ainda quebrou a nossa rabeca!" A rabeca que ele ergueu parecia ter levado um pisão. "A senhorita Bell chama de fantasma, mas eu chamo de demônio. Demônio invisível."

A raiva do homem parecia bastante genuína, mas Makepeace ainda não sabia se devia acreditar. *Tudo fica invisível quando a pessoa se embebeda*, pensou.

"A criatura disse alguma coisa?" Makepeace não pôde evitar de estremecer ao recordar a voz liquefeita de seu suposto sonho.

"Não pra nós", respondeu o mais baixo. Ergueu a caneca quando a dona chegou com um jarro, deixando-a encher até a boca. "Depois que terminou de nos esmurrar feito um pilão, saiu por ali." Ele apontou em direção aos pântanos. "E derrubou um poste no caminho."

Makepeace terminou a bebida e reuniu coragem.

"Cuidado aí, lindinha!", gritou a proprietária ao ver Makepeace descendo o lance de escadas que levava ao pântano. "Algumas dessas trilhas parecem direitinhas, mas o pé desliza que é uma beleza. E também não queremos o seu fantasma vindo nos assombrar!"

Makepeace avançou pelos pântanos a passos ruidosos, percebendo que não ouvia nenhum canto de pássaros. Os únicos sons eram a melodia seca do roçar dos caules dos juncos e o farfalhar das folhas de umas mudas de álamos, em tons de prata e verde acinzentado. A quietude lhe penetrou os ossos, e com ela, mais uma vez, veio o medo de estar cometendo um erro terrível.

Ela olhou para trás, nervosa, e sentiu um calafrio ao ver que a estalagem já estava bastante longe. Era como se ela fosse um barquinho desancorado que boiava para longe da margem.

Enquanto permanecia ali, Makepeace foi de súbito atingida e arrebatada por uma onda invisível.

Uma sensação. Não, um cheiro. Um fedor de sangue, matas outonais e lã velha mofada. Era um cheiro quente. Roçava e comichava sua mente, feito uma respiração. Preencheu os sentidos de Makepeace embotando a visão e provocando uma náusea.

Fantasma, foi seu único e impotente pensamento. *Um fantasma.*

Isso, no entanto, não se parecia em nada com os ataques frios e horripilantes dos fantasmas de que ela se lembrava. Esse não tentava se agarrar a ela — nem sabia que ela estava ali. Cambaleava junto a ela, quente, terrível e absorto.

O mundo rodopiou, e ela perdeu a noção de onde estava, de quem era. Foi engolida por uma lembrança que não lhe pertencia.

O sol castigava. A fetidez da serragem a sufocava. Ela sentia uma dor terrível nos lábios e não conseguia formar palavras. Um zumbido lhe invadia os ouvidos, uma batida cruel e ritmada. A cada baque, algo lhe puxava dolorosamente a boca. Quando tentou se desvencilhar, uma onda de dor lancinante lhe desceu pelos ombros. Ela ardeu com uma fúria nascida da agonia.

A onda passou, e Makepeace curvou o corpo. À sua volta o mundo ainda ardia sob a luz do sol, ribombando em sua cabeça e deixando-a enjoada. Meio cega, ela tentou se equilibrar com um passo desajeitado, mas sentiu o pé resvalar pelo chão úmido e irregular. Escorregou para fora da trilha e caiu esparramada entre os juncos, mal sentindo os arranhões nos braços e no rosto. Então inclinou-se e vomitou, golfando incessantemente.

Pouco a pouco, sua mente foi clareando. A estranha agonia se esvaiu. Mas ela percebeu que ainda sentia um cheiro misturado com um odor sufocante de podridão. E ainda ouvia os zumbidos.

Mas o som era diferente. Antes, era uma música nauseosa, irritante. Agora parecia um zunido de inseto. O zumbido de dezenas de asinhas.

Makepeace se levantou, cambaleante, afastou os juncos e avançou pela encosta, afastando-se da trilha. A cada passo o chão ficava mais flácido e pegajoso. Ela percebeu que não era a única que havia passado por ali. Havia caules partidos, sulcos na lama...

Mais adiante viu algo estirado numa vala apinhada de vegetação, meio encoberto pelos juncos. Algo escuro. Algo do tamanho de um homem.

Makepeace sentiu o estômago revirar. Ela estivera errada em relação a tudo. Se aquilo era um corpo, então o fantasma não era da Mãe. Talvez tivesse acabado de descobrir a vítima de um crime. Até onde sabia, o assassino podia estar à espreita naquele exato momento.

Ou talvez fosse um viajante abatido pelo cruel fantasma, precisando de ajuda. Não, ela não podia sair correndo, por mais que cada nervo de seu corpo emitisse essa ordem.

Ela se aproximou, chapinhando na lama. A coisa era marrom-escura, grande, sólida e bojuda, adornada pelo preto-esverdeado de moscas-varejeiras.

Um homem com um casaco de lã?

Não.

A silhueta ficou mais nítida. Enfim Makepeace pôde ver o que era, e o que não era. Por um instante, sentiu alívio.

Então foi invadida por uma terrível onda de tristeza, mais forte que o medo e a náusea, mais forte até que o fedor. Agachou-se ao lado da criatura, cobrindo a boca com seu lencinho. Então, muito lentamente, afagou a figura escura e empapada.

Não havia sinal de vida. Na lama ao lado havia marcas de sulcos, deixadas pelas débeis tentativas de arrastar o corpo para fora da vala. A criatura sangrava, cheia de feridas com bordas amarelas, que pareciam ocasionadas por correntes e algemas. Ela mal suportou olhar a boca dilacerada, as feridas abertas e o filete de sangue escuro.

Makepeace percebeu que, de fato, ainda possuía alma. E ardia em chamas.

Ao retornar ao quintal da estalagem, Makepeace estava enlameada e cheia de arranhões dos arbustos, mas não se importava. A primeira coisa que lhe avistou foi uma banqueta de madeira. Ela a apanhou, furiosa demais para sentir o peso.

Os dois viajantes conversavam animados num canto e não deram atenção a Makepeace. Pelo menos não até ela balançar a banqueta e acertar o mais alto no rosto.

"Eita! Sua desgraçada!" O sujeito a encarou, incrédulo, tocando a boca ensanguentada.

Makepeace não respondeu, mas golpeou o homem de novo, dessa vez na barriga.

"Larga disso! Você enlouqueceu?" O artista mais baixo agarrou a banqueta. Makepeace o chutou com força no joelho.

"Vocês o deixaram pra morrer! Espancaram, torturaram e acorrentaram, até ele rasgar a boca! E quando ele não aguentou mais vocês o largaram naquela vala!"

"O que deu em você?" A dona se aproximou de Makepeace e a agarrou com força, tentando contê-la. "Que história é essa?"

"O URSO!", bradou Makepeace.

"Urso?" A senhora Bell olhou os homens, confusa. "Ah! Misericórdia. O seu urso dançante morreu, então?"

"Pois é, e como vamos ganhar a vida agora, eu não sei!", retrucou o homem mais baixo. "Este lugar é amaldiçoado... só se vê má sorte, demônios invisíveis, garotas malucas..."

O mais alto soltou uma cusparada de sangue na mão. "Essa vadia arrancou meu dente!", exclamou, incrédulo, cravando em Makepeace um olhar cruel.

"Vocês nem o esperaram morrer pra arrancar o aro do focinho!", gritou Makepeace. Sua cabeça zunia. A qualquer instante um daqueles dois tentaria esmurrá-la, mas ela não queria saber. "Não admira que ele tenha voltado! Não admira que esteja irado! Espero que vocês não escapem. Espero que ele mate vocês dois!"

Os dois homens berravam, e a proprietária tentava acalmar todo mundo, gritando a plenos pulmões. Makepeace, no entanto, não conseguia ouvir nada além do zumbido de fúria em seu cérebro.

Makepeace deu um forte puxão na banqueta, e o homem baixo cambaleou para trás. Ela cedeu ao movimento, erguendo a banqueta para acertar o nariz do homem. Ele soltou um ganido de raiva, largou a banqueta e avançou para apanhar uma bengala de carvalho encostada em sua bolsa. A proprietária saiu correndo, gritando por ajuda, e Makepeace se viu diante de dois homens de rosto ensanguentado e olhos furiosos.

Aquela fúria, no entanto, era nada comparada à do Urso, que irrompia dos pântanos a toda.

Makepeace encarava a direção certa para vê-lo, ou quase. O Urso era uma dobra escura e fumacenta, de quatro patas e costas curvas, maior do que fora em vida. Desembestava na direção dos três com uma velocidade assustadora. Buracos translúcidos lhe demarcavam os olhos e o estômago escancarado.

O impacto a desequilibrou. Ela desabou no chão, estupefata. O Urso, que era apenas sombra, se avultou sobre ela. Makepeace levou um instante para se dar conta de que encarava suas imensas costas escuras. O Urso estava parado entre ela e seus inimigos, como se ela fosse seu filhote.

Através da silhueta indistinta Makepeace ainda conseguia ver os homens avançando, um deles brandindo um pedaço de pau. Os dois não podiam enxergar o Urso. Não entenderam por que o golpe foi torto, rebatido pelo safanão de uma pata imensa e opaca.

Apenas Makepeace enxergava. Apenas ela via o Urso sendo consumido pela própria fúria, exaurido a cada movimento. Vertia um filete de sangue enquanto entoava seu rugido silencioso. Seus flancos pareciam se dissipar.

Ele estava se perdendo e não fazia a menor ideia.

Makepeace ficou de joelhos, tonta com a fetidez do Urso e o som de sua fúria, que lhe penetrava o sangue. Por reflexo, estendeu as mãos e abraçou a sombra enraivecida. Tudo o que ela queria naquele momento era impedir que os fragmentos escapassem, manter o Urso íntegro e impedir que ele evaporasse.

Ela fechou os braços na escuridão e se lançou.

AS CRÔNICAS DAS SOMBRAS
FRANCES HARDINGE

CAPÍTULO 4

"Já faz dias que ela está assim", disse a Tia.

Makepeace não sabia onde estava, nem por quê. Sua cabeça latejava e pesava demais. Algo lhe prendia os braços e as pernas. O mundo à sua volta era vago, fantasmagórico; vozes pareciam flutuar ao longe.

"Não podemos continuar desse jeito!", argumentou a voz do Tio. "Metade do tempo ela fica aí deitada feito uma moribunda, e a outra metade... bom, você viu! O luto está mexendo com o juízo dela. Precisamos pensar nos nossos filhos! Eles não estão seguros com ela por aqui."

Era a primeira vez que Makepeace percebia o Tio assustado.

"O que vão pensar de nós se enjeitarmos nosso próprio sangue?", indagou a Tia. "Ela é uma cruz que temos que carregar!"

"Nós não somos os únicos parentes dela."

Houve uma pausa, então a Tia deu um suspiro ruidoso. Makepeace sentiu as mãos quentes e macilentas da Tia lhe tocarem delicadamente o rosto.

"Makepeace, filhinha, está ouvindo? O seu pai... como ele se chama? Margaret nunca disse, mas é claro que você sabe, não sabe?"

Makepeace balançou a cabeça.

"Grizehayes", suspirou ela, com a voz rouca. "Mora... em Grizehayes."

"Eu sabia", sussurrou a Tia, espantada, porém triunfante. "Aquele sir Peter! Eu sabia!"

"Será que ele vai fazer alguma coisa por ela?", indagou o Tio.

"Ele, não, mas a família dele vai, se eles não quiserem ter o nome jogado na lama! Não seria bom ter alguém de sua linhagem especial enfiada em Bedlam, seria? Pois, se não fizerem nada, é naquele manicômio que ele vai parar."

As palavras, contudo, voltaram a ser apenas sons, e Makepeace mergulhou na escuridão.

Os dias seguintes transcorreram meio baratinados e agitados. Na maior parte do tempo a família mantinha Makepeace embrulhada num cobertor, como um bebezinho contido. Quando estava lúcida ela era desenrolada, mas não conseguia acompanhar os assuntos nem ajudar nas tarefas. Cambaleava, tropeçava e derrubava tudo o que tentava apanhar.

O aroma das tortas assando na cozinha, em geral caseiro e familiar, agora lhe embrulhava o estômago. O odor da banha de porco, do sangue da carne, das ervas — tudo era demais, ofuscante. O cheiro do Urso, porém, era o que a assombrava o tempo inteiro. A fetidez úmida e inflamada daquela mente não ia embora.

Makepeace tentava recordar o que acontecera depois que ela se aproximou do Urso e foi tragada pela escuridão, mas suas lembranças eram como um tenebroso redemoinho. Ela, no entanto, acreditava se lembrar de ter visto os dois viajantes. Tinha uma imagem nebulosa dos dois gritando, os rostos pálidos e ensanguentados.

Animais não viravam fantasmas... pelo menos era o que ela sempre pensara. Mas de vez em quando deviam virar. Àquela altura, o Urso decerto havia se exaurido e desintegrado em sua busca por vingança. Ela esperava que ele estivesse feliz com a barganha. Por que a deixara tão enferma? Pensou meio vagamente que, talvez, fantasmas de bestas ensandecidas infectassem as pessoas com febre.

Certo dia, ela achou que de fato estivesse febril quando foi levada à sala de estar e encontrou um estranho parado junto à lareira. Era alto, narigudo, tinha uma cabeleira branca e estava com um casaco azul-escuro. Era o homem que ela perseguira na noite do motim.

Makepeace encarou o homem e sentiu os olhos se encherem de lágrimas.

"Este é o sr. Crowe, disse a Tia, cautelosa. "Ele veio te levar para Grizehayes."

"O meu..." A voz dela ainda saía rouca. "O meu pai..."

A Tia abraçou Makepeace de repente, num aperto forte e ligeiro.

"Ele morreu, filhinha. Mas a família dele disse que vai te acolher, e os Fellmottes vão cuidar de você melhor do que eu." Ela então correu para apanhar os pertences de Makepeace, delicada e chorosa, aflita e aliviada.

"Nós estamos mantendo a menina enrolada no cobertor", murmurou o Tio ao sr. Crowe. "Quando ela está fora de si, é o melhor a fazer. Seja lá o que aqueles patifes da estalagem tenham feito a ela, acho que lhe arrancaram o juízo antes de darem no pé."

Makepeace estava indo para Grizehayes. Ela dissera à Mãe que faria isso, naquele dia derradeiro e fatal. Talvez devesse estar feliz, ou pelo menos sentindo alguma coisa.

No entanto, ela se sentia oca e dilacerada, feito uma casca de ovo vazia. Na busca pelo fantasma da Mãe, encontrara um urso morto. E agora o sr. Crowe, que parecera a chave para o encontro com seu pai, apenas a conduziria a outro túmulo.

O pastor passara anos falando sobre o fim do mundo, e agora esse dia tinha chegado. Makepeace sabia disso, sentia. Enquanto o coche passava pelas ruas de Poplar, ela especulava, de um jeito admirado, por que a terra não tremia, as estrelas não desabavam como frutas maduras, não surgiam anjos nem a mulher reluzente das visões de Nanny Susan. Em vez disso ela via roupas no varal, carrinhos de mão sacolejando e pessoas varrendo as escadas, como se nada tivesse acontecido. De certa forma, isso era o pior de tudo.

*

Enquanto o coche balançava, Makepeace tentava compreender as palavras que ouvira.

Seu pai era sir Peter Fellmotte, já falecido. Pertencia a uma família muito, muito antiga, que tinha concordado em acolhê-la. Parecia o final de uma canção triste, mas Makepeace sentia-se anestesiada. Por que a Mãe havia se recusado a falar sobre ele?

Ela recordou a advertência da Mãe. *Eu te salvei de algo que você não faz ideia! Se eu tivesse ficado em Grizehayes...*

Foi um erro pensar na Mãe. Makepeace foi invadida por lembranças do pesadelo com o fantasma que tinha as feições dela. A voz distorcida, o rosto cinzento e retalhado... os pensamentos retornaram àquele lugar escuro.

Ao voltar do transe, sentia-se outra vez enjoada e exausta. Ainda estava no coche, mas envolta com firmeza num cobertor de pele de carneiro, com os braços imobilizados. Uma corda amarrada mantinha o cobertor no lugar.

"Está mais calma?", indagou o sr. Crowe tranquilamente enquanto ela pestanejava, confusa.

Hesitante, Makepeace aquiesceu. Como assim, mais calma? Ela sentia um novo inchaço na mandíbula. Sua memória também estava afetada, dando a sombria e indistinta sensação de que fizera algo que não devia. De alguma forma, estava em apuros.

"Não posso arriscar que você pule do coche."

O cobertor de pele de carneiro era grosso e quentinho, mas tinha o cheiro do animal. Ela se concentrou naquele cheiro. Era algo que ela compreendia. O sr. Crowe não disse mais nada, e Makepeace ficou agradecida.

A paisagem foi mudando lentamente durante a longa e depressiva viagem. O primeiro dia pareceu familiar para Makepeace, de prados enevoados e frondosos milharais verde-claros. No segundo dia, colinas baixas deram as caras. No terceiro, os prados tinham cedido lugar a pântanos, por onde se arrastavam carneiros magros de cara preta.

Por fim, ela acordou de um cochilo e descobriu que o coche seguia por uma estrada encharcada pela água da chuva. Por todos os lados se via campos e pastos vazios, o horizonte resguardado por uma fileira de colinas escuras. Adiante, atrás de árvores escuras e retorcidas, jazia uma casa de fachada cinza, imensa e feia. Duas torres se precipitavam por sobre a fachada, feito chifres grotescos.

Era Grizehayes. Embora nunca tivesse estado ali, Makepeace reconheceu no mesmo instante, como se um grande sino estivesse repicando bem no fundo de sua alma.

Ao chegar, Makepeace estava gelada, exausta e faminta. Foi desamarrada, desembrulhada e entregue a uma criada ruiva de rosto abatido.

"Sua Senhoria vai querer ver a menina", disse Crowe, deixando Makepeace aos cuidados da mulher.

A criada trocou as roupas dela, limpou seu rosto e penteou-lhe os cabelos. Não foi grosseira, mas também não foi gentil. Makepeace sabia que estava sendo arrumada para os outros, não por gentileza. A mulher se queixou das unhas dela, maltratadas e picotadas. Makepeace não conseguia lembrar como nem por que haviam ficado daquele jeito.

Quando Makepeace estava quase apresentável, a mulher a conduziu por um corredor escuro e apontou para que ela cruzasse uma porta de carvalho. A criada fechou a porta; Makepeace se viu num cômodo amplo e cálido, com a maior e mais ardente lareira que ela já tinha visto. As paredes eram cobertas de tapeçarias de caça, com cervos de olhos revirados, ensopados de sangue bordado. Havia um homem muito velho apoiado numa cama com dossel.

Ela o encarou com medo e assombro, enquanto sua mente confusa tentava recordar o que lhe fora dito. Só podia ser Obadiah Fellmotte, o chefe da família — lorde Fellmotte em pessoa.

O homem estava em uma conversa séria com o sr. Crowe, o de cabeça branca. Nenhum dos dois pareceu notar a chegada de Makepeace. Constrangida e amedrontada, ela ficou aguardando perto da porta. No entanto, os murmúrios chegaram a seus ouvidos.

"Então... esses que nos acusaram não vão mais acusar?" A voz de Obadiah era um rangido grave e rascante.

"Um se matou depois de afundar seus navios e perder a fortuna", respondeu calmamente o sr. Crowe. "Outro foi exilado quando descobriram suas cartas ao rei espanhol. Os romances do terceiro caíram na boca do povo, e ele foi morto num duelo com o marido da amante."

"Bom", disse Obadiah, apertando os olhos. "Muito bom. Ainda correm boatos a nosso respeito?"

"É difícil abafar os boatos, milorde", respondeu Crowe, cauteloso. "Sobretudo quando envolve bruxaria."

Bruxaria? Makepeace sentiu um arrepio de terror. Tinha ouvido certo? O pastor de Poplar às vezes falava em bruxos — homens e mulheres desviados e corrompidos, que entabulavam transações secretas com o Diabo em troca de terríveis poderes. Eles podiam pôr mau-olhado nas pessoas. Podiam fazer a mão dos outros definhar, as colheitas perecerem, bebês adoecerem e morrerem. Fazer o mal por meio de bruxaria era proibido, claro; os bruxos capturados eram presos, julgados e às vezes até enforcados.

"Se não podemos evitar que tais rumores cheguem aos ouvidos do rei", disse calmamente o velho aristocrata, "então precisamos impedir que ele tome alguma atitude. Temos que nos tornar úteis a ele... indispensáveis. Fazê-lo comer na nossa mão, de modo que ele não ouse nos delatar. Ele está desesperado para pegar um empréstimo conosco, não está? Tenho certeza de que temos margem para negociação."

Makepeace continuou parada em frente à porta, sem dar um pio, o rosto latejando com o calor da lareira. Não compreendia tudo o que ouvira, mas tinha certeza de que tais palavras e planos nunca deveriam ter chegado a seus ouvidos.

Então o velho lorde desviou o olhar e a viu. Fechou a cara.

"Crowe, o que esta criança está fazendo no meu quarto?"

"É a filha de Margaret Lightfoot", respondeu Crowe, baixinho.

"Ah, a bastarda." Obadiah desfez de leve a carranca. "Vejamos a menina então." Ele acenou para Makepeace.

Makepeace perdeu o último fio de esperança de uma recepção calorosa. Aproximou-se lentamente e parou ao lado da cama. O camisolão de Obadiah e a touca caída na testa ostentavam uma renda cara, e Makepeace começou a calcular quantas semanas sua mãe teria levado para fazer aquilo. Ao perceber que estava encarando, no entanto, ela mais que depressa baixou o olhar. Encarar homens ricos e poderosos era perigoso, como olhar diretamente para o sol.

Então, com os olhos baixos, ela observou o homem por sob os cílios. Cravou o olhar nas mãos, repletas de anéis. Era assustador. Dava para ver o sangue azulado correndo pelo emaranhado de veias.

"Ah, sim, é do Peter", murmurou Obadiah. "Olhe a covinha no queixo! E esses olhos claros! Mas você disse que ela está aluada?"

"É mansa, porém lenta quase o tempo todo, e quando tem os ataques fica ensandecida", respondeu Crowe. "A família diz que é por causa do luto e de uma pancada na cabeça."

"Se a garota perdeu o tino, faça-a encontrar de novo", bradou Obadiah. "Não faz sentido economizar varetadas em crianças nem em malucos. Eles são muito parecidos... se não forem controlados, viram selvagens. A disciplina é a única cura. Você! Garota! Você fala?"

Makepeace levou um susto, mas fez que sim com a cabeça.

"Ouvimos dizer que tem pesadelos, menina", disse Obadiah. "Conte-me sobre isso."

Makepeace prometera à Mãe que jamais falaria de seus sonhos. A Mãe, porém, já não era mais a Mãe, e as promessas já não pareciam mais tão importantes. Então ela balbuciou umas frases entrecortadas a respeito do quarto escuro, os sussurros e o ataque dos rostos.

Obadiah soltou um pigarro de satisfação.

"Essas criaturas dos seus pesadelos, você sabe o que são?"

Makepeace engoliu em seco e assentiu.

"Coisas mortas", respondeu ela.

"Coisas mortas e destruídas", disse o velho lorde, como se fosse uma distinção importante. "Coisas fracas... fracas demais para se sustentar sem um corpo. Eles querem o seu corpo... você sabe disso, não sabe? Mas aqui eles não vão te alcançar. São vermes, que nós esmagamos feito insetos."

A lembrança de um rosto dissolvido e vingativo tomou de assalto a mente de Makepeace. *Uma coisa fraca, morta, destruída. Um verme a ser esmagado.* Ela tentou dissipar o pensamento, mas ele não se calava. Makepeace começou a tremer. Não conseguia evitar.

"Estão amaldiçoados?", soltou ela. *A mãe vai para o Inferno? Eu a mandei para o Inferno?* "O pastor disse..."

"Ah, o pastor que vá às favas!", retrucou Obadiah. "Você foi criada num ninho de puritanos, sua burrinha. Um bando de igrejeiros de cabelo rapado, bravateiros e delirantes. Esse pastor um dia vai para o Inferno e vai arrastar seu rebanho de gentalha. E, a não ser que você esqueça todas as ideias malucas que enfiaram na sua cabeça, vai pelo mesmo caminho. Você foi batizada, pelo menos?" Makepeace assentiu, ao que ele soltou um leve grunhido de aprovação. "Ah, bom, pelo menos já é alguma coisa.

"Essas criaturas que querem invadir a sua mente... alguma já conseguiu?"

"Não", respondeu ela, com um calafrio involuntário. "Tentaram, mas eu... eu enfrentei..."

"Precisamos ter certeza. Venha cá! Quero ver você."

Makepeace, nervosa, arriscou uma aproximação; o velho esticou o braço e a agarrou pelo queixo com uma força surpreendente.

Assustada, Makepeace o encarou. Na mesma hora sentiu o cheiro da maldade.

A cara enrugada do homem era insípida, mas os olhos, não. Eram sombrios, de um gélido amarelo-âmbar. Ela não compreendia bem tudo aquilo, mas tinha certeza de que havia algo muito errado com Obadiah. Não queria ficar perto dele. Estava em perigo.

O velho encrespou e contraiu as feições bem de leve, como se conversasse consigo mesmo. Então semicerrou os olhos enrugados e examinou Makepeace.

Alguma coisa estava acontecendo. Os pontos mais doloridos de sua alma estavam sendo tocados, esquadrinhados, investigados. Ela soltou um grunhido de protesto e tentou se desvencilhar da mão de Obadiah, mas seu aperto era firme e doloroso. Por um instante ela sentiu retornar ao pesadelo, no quarto escuro, com aquela voz liquefeita em seu ouvido e o espírito implacável se agarrando à sua mente...

Deu um grito curto e agudo, tentando acionar as proteções de sua mente. Enquanto atacava, em pensamento, sentiu a presença inquisitiva recuar. Obadiah soltou seu queixo. Makepeace deu um solavanco para trás e caiu no chão. Encolheu-se, de olhos fechados, tapando as orelhas.

"Rá!" A exclamação de Obadiah parecia uma risada. "Talvez você tenha mesmo enfrentado, no fim das contas. Ah, pare com esse choramingo, menina! Vou acreditar em você por enquanto, mas compreenda uma coisa: se algum desses vermes mortos tiver se abrigado no seu cérebro, é você quem corre perigo. Não é possível expulsá-los sem a nossa ajuda."

O coração de Makepeace estava disparado, e ela sentia dificuldade de respirar. Por um mero instante trocara olhares com algo malévolo. Vira e fora vista. E algo lhe tocara a mente do mesmo jeito que as coisas mortas.

Mas Obadiah não estava morto, estava? Makepeace tinha visto o homem respirar. Devia ter se enganado. Talvez todos os aristocratas fossem assustadores.

"Entenda uma coisa", disse ele, com frieza. "Ninguém quer você. Nem os parentes da sua mãe. O que vai lhe acontecer aí pelo mundo? Vai ser jogada em Bedlam? Se não for, suponho que acabe morrendo de fome ou frio, ou que alguém te mate para roubar esses trapinhos que você usa... isso se os vermes mortos não a encontrarem primeiro."

Houve uma pausa, e o velho tornou a falar, impaciente.

"Olhe essa coisinha trêmula, os olhos cheios d'água! Deixe a menina em algum lugar onde ela não quebre nada. Garota... é melhor você demonstrar um pouco de gratidão e obediência e parar com esses ataques, ou vamos te jogar no pântano. E não vai ter ninguém para te proteger do ataque dos vermes. Eles vão comer o seu cérebro como se fosse um ovo."

AS CRÔNICAS DAS SOMBRAS
FRANCES HARDINGE

CAPÍTULO 5

Um criado jovem e esguio foi subindo pelos lances de escada até um quartinho estreito, com uma cama com colchão de lã e um penico. As janelas eram cerradas com grades, mas havia pássaros pintados nas paredes; Makepeace especulou que o lugar um dia tivesse sido um quarto de criança. O jovem criado era pouco mais que um garoto, com o rosto narigudo tal qual o grisalho sr. Crowe. Makepeace se perguntou, exaurida, se os dois seriam parentes.

"Agradeça a Deus e largue de palhaçada", disse ele, apoiando no chão uma jarra de cerveja fraca e uma cumbuca de sopa. "Nada de sair gritando e atacando os outros, está ouvindo? Essas artimanhas são respondidas com varetadas."

A porta se fechou, e uma chave foi virada na fechadura. Makepeace estava a sós com sua confusão. *Atacando?* Quando ela havia feito isso? Ela não sabia de mais nada.

Enquanto comia, Makepeace observou o céu cinzento através das grades das janelas; o pátio, os campos e pântanos para além dos muros que circundavam a casa. Seria aquela sua morada para sempre, o quartinho de uma torre? Ela envelheceria trancafiada ali, longe da vista e das encrencas, feito uma biruta de estimação dos Fellmottes?

Makepeace não conseguia se acalmar. Sua mente estava abarrotada. Ela começou a andar pelo quartinho. Às vezes, flagrava-se murmurando sozinha, ou percebia que o murmúrio estava preso na sua garganta, transformado num ruído gutural.

As paredes rodopiavam enquanto ela cambaleava e se revirava, e o papel se desprendia feito casca de árvore seca. Ela debatia com o calor e o barulho em seu cérebro. Havia mais gente no quarto, gente desarrazoada. Quando ela virava, no entanto, não avistava ninguém.

Por fim seus joelhos cederam; ela desabou no chão e ali ficou. Sentia-se grande e pesada demais para tornar a se mexer, feito um conjunto de montanhas e planícies. Sentia dores e coceira começando a circular por seu corpo. Ela as percebeu, desinteressada, enquanto era tragada pelo sono.

No sonho ela caminhava por uma floresta, mas só conseguia dar dez passos para cada lado, até que um tronco de árvore se avultava para feri-la. Pássaros de todos os tipos se empoleiravam nos galhos, soltando chilreios zombeteiros. O céu reluzia, preto-acinzentado feito uma asa de gralha, e sua garganta doía de tanto urrar.

Makepeace acordou meio grogue, ao pôr do sol. Pelas grades da janela, encarou o céu violeta e a cortina de nuvens escuras. Um morcego agitou as asas do lado de fora, como uma ideia sombria.

Ela estava deitada no chão, não na cama, e sentia dor.

Makepeace se sentou com cuidado, apoiada numa das mãos, e se encolheu. Seu corpo inteiro doía. Até as mãos latejavam. Ao observá-las, notou arranhões escuros nas dobras dos dedos. As unhas, que já estavam quebradas antes, agora se encontravam em em carne viva. A têmpora esquerda e a bochecha direita tinham ganhado novos inchaços, e seus dedos investigativos descobriram hematomas nos braços e no quadril.

"O que houve comigo?", perguntou em voz alta.

Talvez tivesse mesmo tido um ataque. Não conseguia imaginar outra explicação. O criado tinha ameaçado enchê-la de varetadas, mas ela ficou achando que teria percebido se ele tivesse entrado para espancá-la.

Acho que eu me machuquei. Não tem ninguém aqui além de mim.

Feito uma resposta zombeteira, um barulho ressoou atrás dela. Makepeace deu um giro, à procura da origem. Nada. Somente o quarto vazio e a nesga de luz adentrando, feito um diamante, pela janela.

Seu coração disparou. O barulho fora de uma clareza chocante, como um sopro no pescoço, mandando um arrepio em seu ouvido. Ainda assim, no instante seguinte ela já não conseguia descrever.

Áspero. Um som forte. Era só o que ela sabia.

Então, Makepeace sentiu um cheiro. Um odor de sangue quente, de floresta outonal, um fedor de cavalo molhado, ou cachorro, forte e almiscarado. Ela reconheceu na mesma hora.

Não estava sozinha.

Não é possível! Ele estava se desintegrando! E de Poplar até aqui é uma viagem de três dias! Como é que ele me encontrou? Aqui eles exterminam fantasmas... como ele entrou em Grizehayes sem ninguém perceber?

Tinha entrado. Aquele cheiro era inconfundível. De alguma forma impossível, o Urso estava no quarto com ela.

Makepeace recuou em direção à porta, mesmo sabendo ser inútil. Correu os olhos pelo quarto escuro. Havia muitas sombras. Ela não sabia se eram filetes serpeantes ou figuras distorcidas. Não sabia de que ponto os olhos diáfanos a observavam.

Por quê? Por que ele havia seguido *justo ela*? Makepeace sentia-se assustada e traída. Ele tinha ido se vingar dos dois torturadores, mas ela não encostara a mão nele! A bem da verdade... depois de retornar à estalagem ela chegou a imaginar que os dois tivessem compartilhado um instante de afinidade, quando ele fora socorrê-la.

Mas ele é um fantasma. E os fantasmas só querem se infiltrar na sua cabeça. E ele é um animal, e não te deve nada. Sua idiota! Você achou mesmo que ficariam amigos?

Pois agora ela estava ali, presa com ele. Não havia como fugir. Não havia escapatória.

Um sopro súbito e rascante ressoou em seu ouvido. Abrasante. Ensurdecedor. Absurdamente próximo.

Próximo demais.

Makepeace entrou em pânico. Soltou um grito, disparou até a porta e começou a esmurrá-la.

"Me deixem sair! Vocês têm que me deixar sair! Tem alguma coisa aqui! Tem um *fantasma* aqui!"

Ah, por favor, por favor permita que a família tenha deixado um guarda de vigia na minha porta. Por favor, por favor, que alguém me ouça lá no pátio!

Ela correu até a janela e espremeu o rosto entre as grades. "Socorro!", gritou ela, a plenos pulmões. "Alguém me ajude!"

As grades geladas lhe queimavam o rosto. Pressionavam sua têmpora direita e a bochecha esquerda, exatamente sobre os hematomas. Com o choque da sensação veio a lembrança. A nebulosa lembrança de um instante similar, enfiando a cabeça entre as grades. Tentando forçar passagem, ir ao encontro da liberdade e do céu claro.

Makepeace ouvia o próprio grito ainda mais gutural, um rugido longo e sonoro. Pressionava o rosto entre grades com uma força contundente, toda contorcida, tentando abrir passagem. Pontos pretos lhe salpicavam a visão. Ela sentia as próprias mãos arranhando inutilmente as pedras da construção, o atrito doloroso da pele, desde as pontas dos dedos...

Pare!, disse a si mesma. *Pare! O que eu estou fazendo?*

A verdade a atingiu feito um raio.

Ah, Deus. Ah, Deus do céu. Como eu sou idiota!

É claro que o Urso conseguiu entrar em Grizehayes. É claro que ele está aqui.

Está dentro de mim.

Ela abrigava um fantasma cego, furioso e desesperado. Seu pior medo havia se realizado. O Urso ficaria vagando dentro dela e destroçaria sua mente. Sangraria e destruiria seu corpo no frenesi para escapar do quartinho na torre...

Pare!

Apavorada, Makepeace tornou a acionar suas defesas, seus anjos mentais, inativos havia muito tempo. Eles se reuniram, furiosos, e ela ouviu o Urso rosnar. Com um esforço sobre-humano fechou os olhos, encerrando o Urso e a si mesma na escuridão. Era uma noite tomada pelos gritos do silêncio, pois ela urrava mentalmente, tão apavorada quanto o Urso.

Algo aconteceu. Um golpe súbito, que provocou um calafrio bem fundo em sua mente. Por um instante ela sentiu a alma colapsar, então lutar para se recompor. Lembranças manaram, pensamentos foram dilacerados. O Urso a atingira.

Ainda assim, foi o golpe que arrancou Makepeace do pânico.

Assustado. Ele está assustado.

Ela imaginou o enorme Urso perdido na escuridão, sem amigos, preso, como passara tanto tempo. Ele não entendia onde estava, nem por que seu corpo estava tão estranho e fraco. Só sabia que estava sendo atacado, como sempre...

Delicadamente, porém com firmeza, Makepeace controlou a própria respiração. Inspirou com calma, repetidas vezes, tentando controlar os batimentos cardíacos, aplacar o medo de que o Urso a dilacerasse de dentro para fora.

Psiu, sussurrou para ele, mentalmente.

Ela visualizou outra vez o Urso; imaginou-se ao lado dele, os braços estendidos, como fizera no momento em que os dois tentaram proteger um ao outro.

Shh. Shh, Urso. Sou eu.

Os urros internos deram lugar a um rosnado silencioso e intermitente. Talvez ele a reconhecesse um pouquinho que fosse. Talvez compreendesse que não estava sendo atacado.

Eu sou sua amiga, disse ela. *Sou a sua caverna.*

Caverna. O Urso não compreendia palavras, mas Makepeace o sentiu se apossar da ideia, como se apanhasse uma maçã. Talvez tivesse passado a vida acorrentado, sem contato com regiões selvagens. Entretanto, ainda era um urso, e nos recônditos de sua alma sabia o que era uma caverna. Caverna não era prisão. Caverna era casa.

Depois que ele se acalmou, Makepeace ficou especulando como deixara aquela presença passar despercebida. Talvez as sensações de enjoo e estranheza tivessem sido resultado da contração de sua mente, que tentava abrir espaço para ele.

Se fosse possível usar uma palavra para descrever o espectro, diria que ele era *grande*. Makepeace agora sentia seu poder irracional. Ele era plenamente capaz de dilacerar a mente dela, da mesma forma que poderia tê-la degolado com uma patada, caso os dois tivessem se conhecido em vida. Agora, no entanto, estava mais calmo, e ela sentiu que recuperava um pouco o controle do próprio corpo. Pelo menos já conseguia engolir, relaxar os ombros, mexer os dedos.

Makepeace levou mais uns instantes para reunir coragem, então ousou abrir os olhos. Manteve o rosto afastado da janela. O Urso poderia interpretar as grades como prisão, e ela não queria que ele entrasse em pânico outra vez. Baixou a cabeça e olhou as próprias mãos.

Deixou que o Urso as encarasse, e abriu e fechou lentamente as mãos para que ele compreendesse que eram as únicas patas que possuía. Deixou que ele visse as unhas destroçadas, as pontas dos dedos sangrando. *Não tenho garras, Urso. Me desculpe.*

Uma leve e soturna onda de emoção invadiu o Urso. Ele baixou a cabeça de Makepeace e lambeu os dedos feridos.

O Urso era um animal, e nada devia a ela. Era um fantasma e não era confiável. Talvez só estivesse tratando as próprias feridas. As lambidas, no entanto, eram muito delicadas, como se cuidasse de um filhote machucado.

Quando o criado chegou com a vareta, para açoitar Makepeace por "ter uivado que nem uma selvagem e tocado uma algazarra", ela havia tomado uma decisão. Não trairia o Urso.

Lorde Fellmotte tinha dito que era perigoso ter um fantasma vagando em sua cabeça, e talvez tivesse falado a verdade. Ela, porém, não gostava de Obadiah. Seu olhar fazia se sentisse um ratinho acuado. Se ela contasse sobre o Urso, ele daria um jeito de arrancá-lo de dentro dela e o destruiria.

Era arriscado guardar segredos de um homem como aquele. Se algum dia ele descobrisse que Makepeace estava escondendo uma coisa dessas, ela imaginava que ele fosse perder as estribeiras. Talvez a atirasse no pântano, como havia ameaçado, ou a mandasse para Bedlam para passar a vida acorrentada e agredida.

Ainda assim, estava feliz por não ter sido socorrida ao pedir ajuda. O Urso nunca tivera uma chance digna na vida. Makepeace era tudo o que o Urso tinha. E o Urso era tudo o que *Makepeace* tinha.

Ela, então, suportou calada as varetadas nos ombros e nas costas. Era doloroso, e ela sabia que deixariam marcas. Manteve os olhos bem fechados e fez o possível para sossegar o Urso. Se ela perdesse o controle e partisse para a agressão, como suspeitava ter feito antes, cedo ou tarde alguém poderia desconfiar de que ela abrigava um hóspede espectral.

"Eu não gosto disso, sabe?", disse o rapaz num tom humilde, e Makepeace imaginou que ele de fato acreditasse nas próprias palavras. "É pro seu próprio bem." Ela suspeitou que ele jamais tivesse tido tanto poder sobre alguém.

Após a saída do rapaz, os olhos de Makepeace lacrimejaram; ela sentia uma pressão nas costas, como se a carne estivesse sendo empurrada por barras incandescentes. A sensação evocou recordações, mas que não pertenciam a ela.

A melodia do violão e do tamborim reverberava em seus ossos, suscitando a lembrança do carvão quente sob as patas tenras e pequeninas de modo a forçá-la a dançar. Ela cambaleou e tentou se apoiar nas quatro patas, recebendo em resposta um doloroso golpe no nariz.

Ela percebeu que se tratavam das primeiras recordações que o Urso tinha de seu treinamento quando filhote. Sentiu uma onda de raiva por ele e abraçou o próprio corpo; era a única forma de abraçá-lo.

Naquele momento, Makepeace e o Urso compreenderam uma coisa. Às vezes, era necessário resistir com paciência à dor, ou ainda mais dor seria infligida pelos outros. Às vezes, era preciso suportar tudo e aceitar as feridas. Com sorte, se todos a considerassem mansa e domesticada... talvez chegasse o momento de atacar.

AS CRÔNICAS DAS SOMBRAS
FRANCES HARDINGE

CAPÍTULO 6

Makepeace foi acordada por um som fraco de *clinc-clinc-clinc*. Por um instante ficou sem saber onde estava, até que a dor dos hematomas a fez recordar. Não lhe fora confiada nenhuma vela nem candelabro, de modo que a única iluminação vinha de fora.

Ela se assustou ao se dar conta de que havia uma cabeça na janela, contornada pelo tom violeta do céu noturno. Enquanto encarava, uma mão se ergueu e bateu nas grades. *Clinc, clinc, clinc.*

"Ei!", sussurrou uma voz.

Makepeace se levantou, meio desajeitada, e foi cambaleando até a janela. Para seu espanto encontrou um garoto magrelo, de quatorze anos, dependurado à mureta do lado de fora. Parecia mal e porcamente empoleirado em algum tipo de marquise rasa, uma das mãos agarrada às grades para se firmar. Tinha cabelo castanho, um rosto amistoso, feio e obstinado, e parecia não se abalar com a queda de quatro andares que o encarava. Suas roupas eram melhores que as dela, quase boas demais para um criado.

"Quem é você?", inquiriu ela.

"James Winnersh", respondeu o garoto, como se aquilo explicasse tudo.

"O que é que você quer?"

Makepeace tinha certeza de que ele não devia estar ali. Também ouvira dizer que às vezes as pessoas visitavam Bedlam para rir dos malucos. Não estava disposta a lidar com curiosos nem chacoteiros.

"Eu vim te ver!", disse ele, ainda sussurrando. "Vem cá! Quero falar com você!"

Relutante, ela foi até a janela. Sabia que o Urso não gostava de se aproximar tanto das pessoas e não queria que ele perdesse o controle. Com o rosto banhado pela luz, o garoto do lado de fora soltou uma risadinha que parecia um misto de triunfo e incredulidade.

"Então *é* verdade. A gente tem o mesmo queixo." Ele tocou uma covinha no próprio queixo, idêntica à dela. Makepeace arregalou os olhos. "Pois é", disse ele. "É o nosso pequeno legado. A marca registrada de sir Peter."

Quando Makepeace entendeu o que ele estava querendo dizer, ficou atordoada. Ela não era a única filha de sir Peter fora do casamento. Lá no fundo, Makepeace quisera acreditar que seus pais haviam sido apaixonados, de forma que sua própria existência guardasse alguma significância. Mas, não, a Mãe devia ter sido um namorico, nada mais.

"Eu não acredito em você!", sibilou Makepeace, por mais que acreditasse. "Retire o que disse!" Ela não era capaz de aguentar. No estranho e furioso calor do momento, queria puxar as grades pela base e acertar nele.

"Você é estourada", disse ele, meio surpreso. Makepeace também se espantou — ninguém jamais dissera isso dela antes, muito menos em tom aprovativo. "Você é *mesmo* como eu. Silêncio... não vai acordar a casa toda."

"O que você está fazendo aqui?", indagou ela, tornando a baixar a voz.

"A criadagem toda estava falando de você", respondeu prontamente o garoto. "O jovem Crowe disse que você era doida, mas eu não acreditei." Makepeace suspeitou que o rapaz narigudo que a açoitara fosse o "Crowe jovem". "Tem uma janela do outro lado da torre, daí eu saí por lá e contornei pela marquise." Ele escancarou um sorriso frente à própria inventividade.

"E se você estiver errado? E se eu for doida e te empurrar daqui e você morrer?" Makepeace ainda sentia raiva e ameaça irracionais. Por que sempre havia *gente*, viva ou morta, querendo alguma coisa dela? Por que não a deixavam sozinha com o Urso?

"Você não me parece doida", disse James, com irritante confiança, "e eu não acho que você tenha força. Qual é o seu nome?"

"Makepeace."

"*Makepeace?* Ah, esqueci, você é puritana."

"Não sou!", retorquiu Makepeace, enrubescendo. Os devotos de Poplar nunca se denominavam puritanos, e quando Obadiah os descrevera dessa forma ela sentiu que o tom não tinha sido elogioso.

"Lá de onde você vem todos têm esse tipo de nome?", perguntou James. "Ouvi dizer que as pessoas se chamam Luta-o-Bom-Combate, Perdão-pelos-Pecados, Cospe-no-Olho-do-Diabo, Pecadores-Somos-Todos e coisas assim."

Makepeace não respondeu. Não sabia ao certo se era deboche, e na congregação de Poplar *de fato* havia um Perdão-pelos-Pecados, apelidado de "Perdão".

"Sai daqui!", disse ela, em lugar.

"Não me espanta que tenham te prendido", retrucou James, dando uma risadinha. "Eles não gostam de ousadia. Escute, vou dar um jeito de te tirar daí. Sir Thomas vai voltar logo a Grizehayes. Ele é o herdeiro de Obadiah... irmão mais velho de sir Peter. E gosta de mim. Vou ver se falo bem de você."

"Por quê?", indagou Makepeace, perplexa.

James a encarou, com a mesma incompreensão.

"Porque você é minha irmã caçula."

Depois disso, Makepeace não conseguia esquecer aquelas palavras. Ao que parecia, tinha um irmão. Mas o que isso significava? Afinal de contas, se James tivesse dito a verdade, então lorde Obadiah era avô de Makepeace, e ela não vira bondade nem afinidade nos olhos do velho. Ter o mesmo sangue não era garantia de que duas pessoas pudessem ser confidentes.

James, contudo, demonstrava uma alegre confiança de que ele e Makepeace *estavam* do mesmo lado.

Dias se passaram, no entanto, e James não retornou. Makepeace começou a temer que tivesse sido hostil demais. Em pouco tempo ela teria dado qualquer coisa para ver um rosto amistoso.

O Crowe jovem não era apenas seu vigia, era seu juiz. Se ela discutia, gritava ou permanecia triste e calada, era sinal de loucura melancólica. As punições eram varetadas fortes nas pernas ou nos braços.

A única coisa que ela podia fazer era impedir que o Urso revidasse, enquanto sua visão escurecia e a fúria do animal ameaçava engolir os dois. Depois das visitas do Crowe jovem, o Urso fazia Makepeace passar horas andando de um lado a outro, às vezes entoando um rugido silencioso com a voz dela. Havia momentos de conexão, quando ele parecia compreendê-la, e ela era capaz de acalmá-lo. Outras vezes, mais parecia uma discussão tempestuosa. Ele não compreendia as grades, nem os limites de Makepeace, nem a necessidade de usar o penico.

Depois que o Urso destruiu uma cumbuca ao arremessá--la pelo quarto, Makepeace foi algemada pelo tornozelo. Nos dias seguintes era imobilizada todas as manhãs, e uma mistura avermelhada com cheiro de beterraba era aplicada em seu nariz para esfriar "o âmnio do cérebro". Pouco depois ela foi encontrada chorando e tomou à força um caldo que a fez vomitar, para livrá-la da "bile preta" que causava sua "melancolia".

O Urso era estranho, perigoso e piorava tudo. Ainda assim ela se agarrava a ele. Era seu amigo secreto, que a ajudava a resistir ao desespero. Tinha alguém que desejava defender, e que soltava sua fúria silenciosa para defendê-la. Ao dormir sentia-se enroscada a algo, como um filhote fofinho, mas também era como se um ser imenso e acolhedor a envolvesse para protegê-la do mundo.

Um dia, o Crowe jovem prendeu Makepeace a uma maca e cobriu seu rosto com um pedaço de pano. Ela foi levada para o térreo, aos trancos e solavancos, até um recinto que mais parecia um forno de tão quente, tomado dos aromas intensos de cozinha, fumaça, carne sangrenta, temperos e cebola.

"Precisamos varrer o borralho, que os tijolos em si já estão bastante quentes. Me ajudem... a cabeça dela precisa entrar *bem* no forno..."

Makepeace lutou, mas as amarras estavam firmes. Ela sentiu cada tranco da maca sendo posicionada no lugar e o calor calcinante do forno invadindo seu rosto, mesmo através do tecido. Era difícil respirar, com o ar quente e fumegante lhe ardendo os pulmões. Sua pele começou a queimar e latejar; ela soltou um grito de pânico, temendo que seus olhos começassem a fritar feito ovos...

"O que você está *fazendo*, Crowe?", indagou uma voz desconhecida.

"Sir Thomas!" O Crowe jovem parecia muito surpreso. "Estamos tratando a melancolia da menina Lightfoot. O calor do forno faz a cabeça suar e excretar todos os distúrbios fantasiosos. É uma prática comprovada! Tem uma imagem neste livro..."

"E o que você estava planejando fazer em seguida? Servir a criança com rabanete e molho de mostarda? Tire-a do forno, Crowe. Tenho intenção de falar com ela, e se a menina for assada eu não terei condições."

Poucos minutos depois, com os olhos ainda embaçados de fumaça e lágrimas, Makepeace se viu sentada num quartinho a sós com sir Thomas Fellmotte, herdeiro de Obadiah.

Ele tinha olhos castanhos e vivos, um jeito franco e uma voz que exalava liberdade. Ao olhar pela segunda vez ela notou as mechas grisalhas em seus cabelos longos, de cachos aristocráticos e as linhas pesarosas que lhe sulcavam o rosto e imaginou que ele não fosse jovem. No queixo, a familiar covinha vertical. Tardiamente, Makepeace lembrou que sir Thomas era irmão de seu pai.

Para seu grande alívio, o homem não lhe inspirava os mesmos temores gélidos que Obadiah. Tinha o olhar afetuoso, humano e um pouco melancólico.

"Ah", disse ele, baixinho. "Você tem *mesmo* os olhos do meu irmão. Mas eu acho que é bem mais parecida com a Margaret." Ele a encarou por um instante, como se o rosto dela fosse uma bola de cristal a exibir os rostos tremeluzentes dos mortos.

"Makepeace, não é?", indagou ele, recobrando o tom enérgico. "Nome religioso, mas bonito. Diga, Makepeace, você é uma menina boa e trabalhadora? James disse que você não tem nada de louca nem tem medo de trabalho. É verdade?"

Sem ousar ter esperanças, Makepeace assentiu com vigor. "Então tenho certeza de que podemos encontrar um lugar pra você na criadagem." Ele abriu um sorriso pensativo e afetuoso. "O que você sabe fazer?"

Qualquer coisa, ela quase respondeu. *Faço qualquer coisa se o senhor me livrar do Quarto dos Pássaros e do Crowe jovem*. No último instante, porém, ela pensou nos olhos mortíferos de Obadiah. *Qualquer coisa que não envolva servir Sua Senhoria...*

"Eu sei cozinhar!", disse ela depressa, tão logo a inspiração bateu. "Sei preparar manteiga, e assar tortas, e fazer pão, e sopas, e depenar pombos..." O primeiro encontro com a cozinha de Grizehayes não fora muito feliz, mas se ela trabalhasse por lá poderia evitar Obadiah.

"Então vou arrumar alguma coisa", declarou sir Thomas. Avançou até a porta, então hesitou. "Eu... pensava com frequência na sua mãe depois que ela fugiu de Grizehayes. Ela era tão jovem pra ficar sozinha no mundo... tinha acabado de fazer quinze anos e, claro, estava esperando um bebê." Ele franziu o cenho e cutucou um dos botões. "Ela era... feliz com a vida que levava?"

Makepeace não sabia o que responder. Naquele exato instante, a dor das lembranças da Mãe era tão insuportável quanto estilhaços de vidro.

"Às vezes", disse ela, por fim.

"Imagino", concluiu sir Thomas, baixinho, "que isso seja o máximo que possamos desejar."

AS CRÔNICAS DAS SOMBRAS
FRANCES HARDINGE

CAPÍTULO 7

Naquela mesma tarde, Makepeace já estava com roupas limpas e foi apresentada a uma curiosa trupe de outras criadas. Depois da escuridão e do isolamento, tudo parecia muito vívido e sonoro. Todos eram enormes e desconhecidos, e Makepeace não conseguia se lembrar dos nomes.

As outras criadas, a princípio receosas, começaram a bombardeá-la com perguntas sobre o nome dela, sobre Londres e o perigoso mundo para além dos muros de Grizehayes. Ninguém, no entanto, perguntou de sua família, e Makepeace suspeitou que sua paternidade já fosse especulação entre a criadagem.

Todas pareciam certas de que a menina devia estar muito feliz e grata por ter sido "resgatada" de sua casa anterior. Também concordavam que duas mãos a mais na cozinha seriam muito bem-vindas.

"Eu acho que cozinha é o melhor lugar pra ela", observou uma mulher, sem rodeios. "Ela não tem beleza suficiente pra servir à família, não é? Olhem pra ela, parece um gatinho malhado!"

"Tem um cozinheiro francês", disse outra mulher a Makepeace, "mas não se incomode, é só pra exibição. Os cozinheiros franceses vêm e vão feito chuva de verão. É a senhora Gotely que você tem que agradar."

Makepeace foi logo posta para trabalhar na cozinha, imensa feito uma caverna, o teto preto por conta das inúmeras camadas de fumaça. O forno era tão grande que podia abrigar seis dela, uma do ladinho da outra. Ramos de ervas se balançavam, presas às vigas de sustentação, e fileiras de pratos de peltre reluziam. Desde que o Urso se tornara seu hóspede secreto, o olfato de Makepeace ficara mais aguçado. Os perfumes da cozinha a atingiam com força enlouquecedora — ervas e temperos intoxicantes, carne grelhada, vinho, molho, fumaça. Ela sentia o Urso se revirando, faminto e confuso com os cheiros.

A senhora Gotely, em teoria, era uma simples assistente de cozinha, mas na prática era a rainha do pedaço. Era alta, com feições robustas, uma perna acometida pela gota e nenhuma paciência para idiotas. Makepeace, naturalmente, parecia uma imbecil, desajeitada e lenta de pensamento. Estava desesperada para provar seu valor, a fim de não retornar ao Quarto dos Pássaros. Isso já teria sido bastante difícil sem o fantasma de um urso em sua cabeça. Ele não gostava de calor, de escuridão nem de barulheira. O cheiro de sangue o enlouquecia, e Makepeace concentrava boa parte de suas energias na função de tranquilizá-lo.

Depois de uma ligeira e desnorteante apresentação às complexidades de cozinha, copa, despensa, sala de bebidas e adega, a senhora Gotely levou Makepeace até o pátio para mostrar a bomba d'água, o celeiro e o local onde se empilhava lenha.

Grizehayes parecia diferente durante o dia; as muralhas cinzentas eram quase douradas em certos pontos, com manchas de líquen. Makepeace enxergou detalhes que faziam o espaço parecer mais habitado e menos assombrado. Tapetes batidos nas janelas, fumaça saindo das imensas chaminés vermelhas. A casa era uma grande miscelânea: pedras ásperas antigas e também elegantes tijolos polidos, telhados de ardósia em meio a pequenas torres e arcos feito os das igrejas.

É uma casa de verdade, disse Makepeace a si mesma. *Mora gente aqui. Eu poderia morar aqui.*

Ela pestanejou para os muros ensolarados e sentiu um calafrio involuntário. Parecia alguém sorrindo com a boca, mas não com os olhos. A casa, de alguma forma, conferia frieza até mesmo à luz do dia.

O casarão, os estábulos e o pátio revestido de pedras eram circundados por uma muralha de mais de dois metros. Havia três enormes cães mastins acorrentados ao muro. Quando ela se aproximou, os cães avançaram, correndo até onde as correntes permitiam, saltando e rosnando por causa do cheiro desconhecido. Ela pulou para trás, o coração acelerado. Também sentia o Urso cheio de medo, feito uma névoa carmesim, sem saber se atacava ou fugia daqueles dentes arreganhados.

A muralha ostentava um imenso portão, de largura suficiente para um coche de duas parelhas. Do outro lado, Makepeace só via descampados e sombrios lamaçais repletos de moitas. Recordou a ameaça de Obadiah de jogá-la no pântano para morrer congelada ou ser devorada por fantasmas errantes.

Agradeça a Deus, disse ela a si mesma, repetindo as palavras do Crowe jovem. *É melhor trabalhar aqui na cozinha do que ficar presa no Quarto dos Pássaros. E o Quarto dos Pássaros era melhor do que ser mandada para Bedlam. E até Bedlam seria melhor que morrer de fome e frio e ser devorada por fantasmas ensandecidos.*

Ela respirou profundamente o ar fresco e piscou muitas vezes para os muros compridos e robustos, banhados pela luz do sol. *Eu tenho sorte*, refletiu. *Aqui dentro é melhor que lá fora.* Apesar de estranha e assustadora, Grizehayes era uma fortaleza. Afastava as trevas. Ao mesmo tempo em que tentava se convencer, porém, Makepeace imaginava por que sua mãe teria fugido daquela casa e recordava suas palavras.

Eu te salvei de algo que você não faz ideia! Se eu tivesse ficado em Grizehayes...

Makepeace fez um esforço hercúleo para impressionar a senhora Gotely ao longo daquele dia. Então, durante a correria da preparação do jantar, estragou tudo.

Junto ao forno, um cãozinho de lareira corria dentro de uma roda de madeira presa à parede, fazendo girar o grande espeto de assados sobre o fogão. O bichinho feio tinha um cotoco no lugar do rabo, o focinho rachado por conta do calor e da idade, e arquejava diante da fumaça. No entanto, o costume da senhora Gotely de atirar brasas a seus pés, para fazê-lo correr mais depressa, foi intolerável a Makepeace.

Vívidas lembranças lhe surgiram à mente: o Urso ainda filhote, as brasas atiradas sob seus pés obrigando-o a dançar. Cada vez que um fragmento incandescente quicava na roda do espeto, espalhando fagulhas, ela recordava — sentia — a dor abrasadora sob as patas...

"Pare com isso!", explodiu ela, por fim. "Deixe ele em paz!"

A senhora Gotely a encarou, estupefata, e Makepeace se surpreendeu com o próprio comportamento. No entanto, estava brava demais para pedir desculpas. Não conseguia fazer nada, só ficar parada diante da roda, tremendo de raiva.

"Como é que é?" A assistente largou em Makepeace um bofetão caprichado, jogando-a no chão.

O Urso estava furioso, e o rosto de Makepeace latejava. Seria fácil ceder, adentrar as sombras e deixar que ele revidasse às cegas... ela engoliu em seco, lutando para clarear as ideias.

"Ele vai correr melhor", argumentou, com a voz embargada, "se não estiver com as patas cheias de bolhas e queimaduras! Deixe que *eu* cuido dele, e vou fazer ele correr como a senhora nunca fez."

A senhora Gotely a levantou pela gola.

"Não me interessa como aquela sua mãe voluntariosa te criou", rosnou a assistente de cozinha. "Esta é a *minha* cozinha. Sou *eu* quem grita aqui, mais ninguém." Deu uns cascudos firmes e ligeiros na cabeça e nos ombros de Makepeace, então bufou, impaciente. "Pois bem, o cachorro agora é problema seu. Se ele amolecer, você que assuma o lugar dele e gire o espeto. E sem reclamar do calor!"

Para alívio e surpresa de Makepeace, a velha cozinheira não parecia ávida por delatá-la ou acorrentá-la outra vez. Na verdade, depois do episódio, mesmo rabugentas e sisudas as duas ficaram um pouco mais à vontade. Haviam encontrado o limite da paciência uma da outra.

Elas jantaram defronte ao imenso forno, envoltas num silêncio teimoso, porém quase amigável. A cozinheira triturava um grande naco do pão duro e escuro do aspecto que Makepeace comera a vida inteira. Para sua surpresa, porém, a senhora Gotely entregou a ela um pedaço de pão branco, de casquinha dourada, do tipo que os ricos comiam.

"Não fique só olhando", disse a cozinheira, num tom rude. "Coma. Ordem de lorde Fellmotte." Makepeace deu uma mordida cautelosa, maravilhada com doçura e maciez do pão. "Seja grata e não faça perguntas."

Makepeace comeu, fascinada com a estranha demonstração de bondade do gélido Obadiah. No entanto, fez perguntas.

"A senhora disse que a minha mãe era voluntariosa", indagou, de boca cheia. "A senhora a conheceu?"

"Um pouco", admitiu a senhora Gotely, "embora ela trabalhasse mais lá em cima." Dizia "lá em cima" como se fosse muito longe.

"É verdade que ela fugiu? Ou foi enxotada porque estava grávida?" Makepeace sabia que essas coisas às vezes aconteciam.

"Não", disse a senhora Gotely, com aspereza. "Ah, não. *Ela* eles não teriam enxotado. Certa noite ela fugiu, por vontade própria, sem dizer uma palavra a ninguém."

"Por quê?"

"Como é que eu vou saber? Ela era uma criatura reservada. Ela nunca te contou?"

"Ela nunca me contava *nada*", respondeu Makepeace, inexpressiva. "Eu nem sabia quem era o meu pai antes de ela morrer."

"E... agora você sabe?", indagou a velha cozinheira, com uma olhadela de esguelha, mas penetrante.

Makepeace hesitou, então fez que sim.

"Bom, cedo ou tarde você ia descobrir." A cozinheira assentiu devagar. "Todo mundo aqui sabe... é óbvio como esse seu queixinho. Mas... eu não sairia falando abertamente sobre isso. A família pode achar que você está sendo abusada e querendo fazer reivindicações. Seja grata pelo que tem, não arrume problemas e você vai sobreviver."

"*A senhora* pode me contar como ele era, então?", perguntou Makepeace.

A velha cozinheira suspirou e coçou a perna, o semblante afetuoso e melancólico.

"Ah, pobre sir Peter! Você conheceu James Winnersh? Ele se parecia muito com James. O garoto é um pilantrinha imprudente, mas tem bom coração. Comete erros, mas é honesto."

Makepeace começou a entender por que sir Thomas talvez gostasse de James, já que ele lembrava o irmão morto.

"O que houve com sir Peter?", indagou ela.

"Tentou saltar uma sebe alta demais, num cavalo que já estava esgotado." A cozinheira suspirou. "O cavalo caiu e rolou por cima dele. Ele era tão jovem... tinha acabado de completar vinte primaveras."

"Por que o cavalo de sir Peter estava esgotado?" Makepeace não pôde evitar a pergunta.

"Ele já não está aqui pra responder, não é?", retrucou a senhora Gotely com rispidez. "Mas... dizem que ele ficou exausto de tanto que sir Peter saía para procurar a sua mãe. O acidente aconteceu dois meses depois que ela desapareceu, entende?" Ela olhou Makepeace com uma leve carranca.

"Você foi um erro, garota", disse a velha, apenas, "mas foi um erro sincero."

*

Aquela noite Makepeace soube que, por ser a mais jovem e subalterna operária da cozinha, não dividiria uma cama com outra criada. Em vez disso dormiria num catre de palha, embaixo da mesa da cozinha, e teria de cuidar para que o fogo não apagasse. Ela não estava só. O cão de lareira e dois dos imensos mastins também dormiam perto do forno.

O Urso não estava satisfeito com a proximidade dos cães, mas pelo menos parecia acostumado ao cheiro. Os cães tinham bocarras assustadoras, latiam alto, mas eram criaturas reais. Cheiro de cachorro nos mercados, cheiro de cachorro nos acampamentos.

Na calada da noite, Makepeace acordou de repente, com um rosnado longo e ressoante de sua cabeça. Um dos cachorrões havia acordado. Por um instante ela temeu que o bicho a tivesse farejado e concluído que estivesse diante de uma invasora. Então ouviu passos, suaves e cuidadosos demais para serem da velha cozinheira. Alguém se aproximava.

"Vem aqui pra fora!", murmurou a voz de James. "O Nero não vai morder... a não ser que eu mande." Ele escancarou um sorriso enquanto Makepeace escapulia. "Eu falei que ia tirar você de lá!"

"Obrigada", disse Makepeace, hesitante, ainda mantendo distância. Estava começando a perceber que o Urso não gostava de se aproximar de pessoas a quem não estava acostumado. Naquele instante ela sentia o desconforto dele, o desejo de empertigar o corpo ao máximo e soltar um rugido ameaçador para assustar o estranho. Mas ela já estava tão espichada quanto sua altura permitia, e não era possível crescer mais.

"Você fez bem em arrumar trabalho na cozinha", disse James, sentando-se de pernas cruzadas na mesa grande. "É perfeito. Agora podemos nos ajudar. Eu fico de olho em tudo pra você, e vou te ensinando como as coisas funcionam por aqui. E você pode me contar tudo o que escutar. Pode pegar coisas da cozinha pra mim quando ninguém estiver vendo..."

"Quer que eu roube coisas pra você?" Makepeace cravou os olhos nele, tentando adivinhar se fora essa a principal razão da oferta de ajuda. "Se alguma coisa sumir, vão saber que fui eu! Vou ser expulsa de Grizehayes!"

James a encarou por um longo instante. Então, bem lentamente, balançou a cabeça.

"Não. Não vai."

"Mas..."

"Estou falando sério. Você seria punida. Espancada. Talvez até acorrentada outra vez no Quarto dos Pássaros. Mas não seria expulsa. Nem que implorasse."

"Como assim?"

"Faz cinco anos que eu tento fugir", disse James. "Toda hora. E eles vão atrás de mim e me trazem de volta, todas as vezes."

Makepeace o encarou. Era incomum que homens ricos perseguissem criados fugitivos? Ela ouvira falar nas recompensas oferecidas pela captura de aprendizes fujões, mas imaginou que não fosse o caso.

"Você tinha pesadelos, não tinha?", indagou James de repente, desestabilizando Makepeace. "Sonhos tão horríveis que te faziam acordar gritando. Fantasmas tentando invadir a sua cabeça..."

Makepeace se afastou um pouco e o observou, fervilhando de dúvida e desconfiança.

"Eu também tinha sonhos assim", prosseguiu James. "Começaram cinco anos atrás, quando eu tinha nove anos. E pouco depois disso os Fellmottes mandaram uns homens pra me buscar. A princípio a minha mãe argumentou. Então eles deram dinheiro a ela, e a discussão acabou." Ele abriu um sorrisinho amargo. "Os Fellmottes não ligam pra doidos feito a gente, só quando começamos a ter esses pesadelos. Daí passam a ligar. Então nos recolhem e trazem para cá. Eles também ouviram falar nos *seus* sonhos e te buscaram, não foi?"

"Por quê?", indagou Makepeace, intrigada. Era verdade; Obadiah parecera mais interessado nos pesadelos dela que em qualquer coisa. "Por que eles se importam com os sonhos?"

"Não sei", admitiu James. "Mas nós não somos os únicos. Às vezes, os primos do lorde Fellmotte vêm visitar a família e todos parecem ter um ou dois criados parecidos com os membros da família. Acho que *todos* os Fellmottes recolhem seus filhos ilegítimos que são acometidos pelos sonhos.

"Eles mandam nos buscar e não soltam mais. Descobri isso quando tentei fugir. Eu agora não tentaria voltar pra casa de novo... aquela mulher me venderia aos Fellmottes outra vez." Ele fechou a cara, claramente envergonhado.

"À noite", continuou o rapaz, "as portas principais são bloqueadas com grades e correntes enormes, vigiadas por um dos criados, e um criadinho dorme defronte a elas. O portão fica trancado, e os cachorros, soltos no pátio. Então eu escapei durante o dia. Mas do outro lado tem uns cinco quilômetros de campo aberto... eu acabei me destacando feito sangue na neve.

"Na segunda tentativa eu fui mais longe... fui direto pelo pântano. Estava um gelo lá, quilômetros de mata e lodaçais. O vento era tão frio que os meus dedos começaram a escurecer. Eu topei com um vilarejo quase congelado, o que não adiantou de nada. Foi só os fazendeiros de lá olharem isso..." — ele deu um tapinha no queixo — "que me prenderam e trouxeram de volta pra cá. Eles sabiam o que eu era, quem estava atrás de mim, e pareciam *assustados*.

"No ano passado, eu fugi de verdade. Percorri oitenta quilômetros, cruzando três rios, e fui parar em Braybridge, no condado seguinte." James balançou a cabeça de novo, fazendo uma careta. "Eles mandaram o Crowe branco atrás de mim. Você o conheceu, ele te trouxe até aqui. A família usa ele pra coisas importantes que precisam ser feitas sem estardalhaço. Ele é a mão invisível. E todo mundo se estapeou pra ajudá-lo a me encontrar... até os homens poderosos. Os Fellmottes não são só uma família importante. São temidos por todo mundo."

Makepeace mordeu a bochecha, sem dizer nada. Ele decerto estava botando banca, enaltecendo as próprias aventuras feito os aprendizes de Poplar, mas aquelas palavras foram provocando um desassossego em sua mente.

"Mas agora você pode ajudar, entende?", prosseguiu James. "Eles já estão atentos a mim, mas de você não vão suspeitar. Você pode servir de vigia! Ou separar coisas necessárias para nossa fuga... comida, cerveja, velas..."

"Eu não posso fugir!", exclamou Makepeace. "Não tenho pra onde ir! Se eu perder meu lugar aqui, vou morrer de fome ou de frio antes do Pentecostes! Ou serei assassinada!"

"Eu te protejo!", insistiu James.

"Como? O país inteiro está se esfacelando! Todo mundo diz isso, e eu já vi! Você não pode me proteger de... turbas ensandecidas, nem de balas! Ou de fantasmas que querem comer meu cérebro! Aqui eu tenho cama e comida, e isso é mais do que vou arrumar lá nos pântanos! Eu até comi *pão branco* hoje!"

"O sangue do nosso pai garante alguns benefícios", admitiu James. "A minha comida sempre foi um pouco melhor que a dos outros criados. Eu tenho até aulas de vez em quando, nos intervalos entre as tarefas. Leitura. Línguas. Montaria. Talvez você tenha também. Os outros criados nem se alteram. Mesmo que não digam nada, sabem de quem eu sou filho ilegítimo."

"Então por que você está tentando fugir?"

"Você já viu o velho Obadiah?", indagou James, num tom afiado.

"Já", respondeu Makepeace, incapaz de não titubear. "Ele é..."

Deu-se uma longa pausa.

"Você também consegue ver, não é?", sussurrou James. Parecia atônito, mas aliviado.

Makepeace hesitou, analisando o irmão. De repente imaginou se tudo aquilo não seria um teste orquestrado por Obadiah. Se fizesse um comentário desrespeitoso, talvez James a dedurasse, e talvez então ela fosse expulsa da casa ou acorrentada outra vez no Quarto dos Pássaros.

Não era possível confiar nos outros. Cachorros rosnavam antes de morder, mas as pessoas em geral sorriam.

O rosto era bronzeado de sol. Eram suas mãos, no entanto, com as juntas cheias de casquinhas, que mais chamavam a atenção de Makepeace. Eram as mãos de alguém imprudente, briguento e aguerrido, mas também eram mãos honestas. Aquela visão, de alguma forma, fazia diferença. Makepeace se permitiu uma ponta de confiança.

"Eu não sei o que é!", sussurrou ela. "Mas tem alguma coisa..."

"... errada com ele", completou James.

"Parece... quando eu encaro os olhos dele... parecem as criaturas mortas dos meus pesadelos..."

"Eu sei."

"Mas ele está vivo!"

"Pois é! E mesmo assim ele te dá calafrios, uma sensação agourenta? Ninguém mais vê além de nós; se mais alguém vê, não fala a respeito. E..." James inclinou o corpo e sussurrou no ouvido dela. "Obadiah não é o único. Os Fellmottes mais velhos são *todos* assim."

"Sir Thomas não é!" Makepeace recordou os olhos castanho-claros do herdeiro.

"Não, ainda não", respondeu James com convicção. "É só quando herdam e ocupam suas terras e títulos que algo acontece. Eles mudam, como se o sangue esfriasse da noite para o dia. Até as outras pessoas sabem que tem *algo* diferente. Os criados os chamam de 'Doutos'. Eles são muito ligeiros. Muito espertos. Sabem muita coisa que não deviam. Não é possível mentir para eles. Eles enxergam por dentro da gente.

"É por isso que temos que fugir! Esta casa é... um celeiro de demônios! Nós não somos criados, somos prisioneiros! E eles nem nos revelam o motivo!"

Makepeace mordeu o lábio, atormentada pela indecisão. *Havia* algo estranho com Obadiah, todos os seus instintos diziam. A Mãe havia fugido de Grizehayes se esforçara muito para que os Fellmottes não a encontrassem. Ainda havia o Urso a ser levado em conta — o Urso que poderia ser arrancado dela e destruído, caso Obadiah notasse a sua presença.

Esses temores, no entanto, eram todos muito vagos. O medo de ser acorrentada e espancada outra vez, ou de ser enxotada, virar uma vagabunda, passar fome e enlouquecer com os fantasmas era quase palpável, de tão concreto. Também era atormentado pelo pensamento angustiante de que o espírito insano e destroçado da Mãe talvez ainda estivesse solto, longe da proteção dos muros de Grizehayes, vagando à procura de Makepeace. A ideia suscitou uma onda abrasadora de esperança e pavor em sua mente, que se esquivou.

"Desculpe", disse Makepeace, baixinho. "Eu não posso fugir com você. Preciso de uma casa, mesmo que seja esta."

"Não te culpo por estar com medo", declarou James, com delicadeza. "Mas aposto meu couro que temos mais a temer aqui do que em qualquer outro lugar. Espero que você mude de ideia. Espero que mude de ideia a tempo de vir comigo."

Makepeace não estava acostumada à bondade; era algo quase insuportável. Desde a morte da Mãe, um imenso e doloroso buraco fora escancarado em sua vida, e ela estava desesperada para preenchê-lo. Por um momento, Makepeace se viu prestes a revelar a James sobre o Urso.

Ela mordeu a língua, e o desespero passou. Era um segredo importante demais para ser contado a alguém que ela conhecia tão pouco. James poderia traí-la. Poderia não compreender. Poderia sentir medo dela, ou concluir que, no fim das contas, ela era louca. A amizade com ele ainda era muito recente e frágil, além de necessária.

AS CRÔNICAS DAS SOMBRAS
FRANCES HARDINGE

CAPÍTULO 8

Semanas se passaram, e Makepeace acabou conquistando a aprovação carrancuda da ajudante de cozinha por seu trabalho duro e aprendizado ligeiro. Ela era a camada mais inferior da hierarquia social, portanto era sempre a primeira a se levantar de manhã, que ia bem cedinho buscar água, retirar o borralho, dar de comer às galinhas e apanhar gravetos. O trabalho era exaustivo, e a fumaça e o calor ainda assustavam o Urso, mas Makepeace já começava a aprender os truques da roda do espeto, do forno colmeia, das panelas gotejantes e do suporte da chaminé para os caldeirões. Já não entrava em pânico quando lhe mandavam correr até o saleiro, os cubos de açúcar ou o armário de carnes.

    A senhora Gotely às vezes pegava Makepeace dando sobras às escondidas para os cães que dormiam na cozinha, ou deixando que eles lambessem molho de suas mãos.

"Garota imbecil, miolo mole", resmungava ela, balançando a cabeça. "Eles te devoram inteirinha se você deixar." Mas o molho já começara a contribuir, lenta e magicamente, para conquistar a lealdade dos cães. Nenhum deles rosnava mais para ela à noite. A bem da verdade, às vezes ela dormia juntinho deles, sem sonhar, tranquilizada pelo calor e pela respiração dos bichinhos, agarrada ao pequenino e feioso cão de lareira.

Como Makepeace esperara, a amizade dos cães também baixou as defesas do Urso. Para ele, todas as feras, humanas ou não, pareciam estar divididas em "confiáveis" e "talvez perigosas". Animais conhecidos e de confiança tinham permissão de se aproximar. Criaturas desconhecidas e suspeitas precisavam ser afastadas com rosnados e ameaças.

Que filhote assustado você é, pensou Makepeace.

As aulas de redação eram um problema muito maior. Uma vez por semana, bem tarde da noite, depois de um longo dia de trabalho, ela ia estudar com James, tutorada pelo Crowe jovem, seu carcereiro nos tempos do Quarto dos Pássaros. A julgar por seu sorrisinho complacente, ele decerto achava que seus "tratamentos" haviam curado a suposta loucura.

Makepeace agora sabia haver toda uma família de Crowes a serviço dos Fellmottes. Os outros criados, de maneira prática e sincera, distinguiam todos por apelidos. O pai do Crowe jovem, administrador de Grizehayes, era o Crowe velho. Como James já havia dito, o homem de cabelo branco que levara Makepeace para Grizehayes era o Crowe branco.

Makepeace só aprendera a fazer um "M", como sua "marca". Já tinha visto outras pessoas lendo e admirava o olhar delas flutuando pelas linhas como uma folha boiando na correnteza de um riacho. Mas, ao encarar as letras elas a encaravam também. Sua mão destreinada não conseguia desenhá-las. Ela se sentia burra. Não ajudava em nada o fato de que, ao fim do dia, estava sempre cansada demais para pensar direito.

O Crowe jovem era condescendente e filosófico a respeito da carência de aprendizado de Makepeace.

"Você sabe qual é o aspecto de um urso assim que ele sai do útero da mãe?", indagou ele, certa vez. "Uma maçaroca disforme. A mãe passa horas lambendo o filhote até que ele tome forma: com focinho, orelhas, patinhas e tudo o mais que vai usar para o resto da vida.

"Infelizmente para alguém da sua idade, você não tem forma nenhuma. Feito uma mancha de gordura. Mas nós vamos te dar forma, na base das lambidas."

Makepeace sorriu, mesmo sem querer. Ficou pensando se, em alguma época feliz, o Urso teria recebido lambidas da mãe até tomar forma. Imaginou o filhotinho ganhando olhos, piscando diante da língua enorme da mãe-ursa. O Crowe jovem notou o sorriso e desencavou histórias de animais, para que ela pudesse ler e copiar as palavras. Makepeace ficava muito mais feliz escrevendo sobre animais.

O sapo e a aranha são arqui-inimigos e lutam entre si até a morte, aprendeu ela. *O pelicano amamenta os filhotes com o sangue do próprio coração. O texugo tem as pernas mais compridas de um lado que do outro, para poder correr mais depressa em terrenos inclinados.*

Aos poucos, Makepeace começou a compreender melhor os hábitos do Urso. Ele nem sempre estava acordado em sua mente. Passava boa parte do tempo dormindo, e nesses períodos sua presença era imperceptível. Costumava ficar acordado e mais inquieto durante as horas cinzentas da aurora e do crepúsculo, mas isso era imprevisível. Às vezes, o

Urso irrompia sem avisar. As emoções dele se sobrepunham às dela vertiginosamente. Os sentidos dela eram inundados pelos dele. O Urso parecia viver no presente, mas carregava suas memórias como se fossem hematomas. Vez ou outra esbarrava nelas e despencava, confuso, num abismo de dor.

Ele era curioso e paciente, mas seu medo podia rebentar e virar raiva num instante. Makepeace vivia com medo dessa raiva. Por enquanto os dois estavam a salvo, mas bastava um ataque de fúria para que os Fellmottes se convencessem da loucura dela, ou, pior ainda, percebessem que estava possuída.

Ao mesmo tempo em que estava se habituando com Grizehayes, Makepeace continuava se sentindo insegura. Até os pequenos sinais de subida de posto — as aulas, a colherada extra de sopa no almoço — a deixavam desconfortável. Ela pensava na engorda dos gansos e cisnes para a mesa, e matutava se também haveria algum facão escondido à sua espera.

*

No início do outono, a casa mergulhou num entusiasmado alvoroço quando dois membros da família Fellmotte retornaram a Grizehayes depois de um longo tempo de ausência. Um deles era sir Marmaduke, primo em segundo grau de lorde Fellmotte, muito bem relacionado, proprietário de uma fazenda nos pântanos galeses. O outro era Symond, primogênito e herdeiro de sir Thomas.

A mãe de Symond, já falecida, havia cumprido seu dever, parindo gentilmente oito filhos antes de morrer de uma febre. Quatro deles ainda estavam vivos. Duas filhas adultas conquistaram o benefício do casamento. Uma irmã de nove anos vivia sob os cuidados de um primo e fora secretamente prometida em casamento ao filho de um baronete. Symond era o único filho homem vivo.

Symond e sir Marmaduke haviam chegado diretamente do palácio real em Londres, de modo que a casa toda estava em polvorosa para ouvir as últimas notícias da capital. Em troca de algumas canecas de cerveja no pátio, o cocheiro ficou feliz em satisfazer a curiosa plateia.

"O conde de Strafford morreu", contou ele. "O Parlamento o prendeu por traição. Agora "tá com a cabeça enfiada no Portão dos Traidores."

Houve arquejos de consternação.

"Pobre conde!", murmurou a senhora Gotely. "Depois de tudo que fez, de lutar pelo rei! O que o Parlamento está aprontando?"

"Querem mais poder, é isso", disse o Crowe jovem. "Estão privando o rei de seus amigos e aliados, um a um. Nem todo o Parlamento está corrompido, mas tem um grupinho de puritanos lá, atiçando os outros. São esses os verdadeiros traidores... e loucos de pedra, todos eles."

"Puritano é *tudo* doido", resmungou Long Alys, a criada ruiva da lavanderia. "Ai, eu não quis ofender, Makepeace, mas é verdade!"

Makepeace havia desistido de tentar convencer as pessoas de que não era puritana. Seu nome diferente e religioso a distinguia. Em certos aspectos, ela aceitava a distância que isso suscitava entre ela e os outros. Era perigoso se aproximar demais de qualquer pessoa.

Além do mais, ela já não sabia quem estava certo, nem de que lado ficar. Ao ouvir o pessoal de Grizehayes comentar as notícias, sentia o cérebro totalmente revirado. Em Poplar, todos sabiam que o rei estava sendo levado para o mau caminho por conselheiros malignos e ardis católicos, e que o

Parlamento era composto de homens corajosos, honestos e lúcidos, que desejavam o melhor para todos. Era tão óbvio! Era bom senso! Naquele instante o povo de Poplar devia estar comemorando a morte do perverso conde. Glória a Deus, Tom, o Déspota está morto!

Em Grizehayes, no entanto, era igualmente óbvio que o Parlamento, sedento de poder e conduzido por puritanos loucos e frenéticos, estava tentando roubar a autoridade que pertencia ao rei por direito. Nenhum dos lados parecia burro e ambos estavam corretos.

Eu fui criada por puritanos? Naquela época eu acreditava no mesmo que eles. Éramos todos loucos de pedra? Ou naquela época eu estava certa e agora enlouqueci?

"Mas essa notícia os patrões podiam ter enviado por carta!" disse a senhora Gotely. "Por que vieram até aqui tão de repente?"

"Vieram trazer uma coisa pra casa", respondeu o cocheiro, com ar misterioso. "Eu só dei uma espiada, mas parecia um pergaminho, com um selo de cera do tamanho da sua mão." Ele baixou a voz a um sussurro, apesar dos ouvintes a rodeá-lo. "O selo pessoal do rei, arrisco dizer."

*

"É um alvará real", disse James a Makepeace mais tarde, naquele mesmo dia, quando os dois tiveram a chance de conversar a sós. "Ouvi a verdade do patrão Symond."

"Você e o patrão Symond são amigos?", indagou Makepeace, surpresa.

Tinha visto Symond de relance, descendo de uma bela égua parda no pátio. Ele devia ter só uns dezenove anos, mas usava roupas luxuosas, com rendas e veludos da cor do céu. O cabelo loiro claríssimo e seu ar de elegância fidalga faziam com que parecesse refinado e dispendioso, feito os cisnes de glacê que a senhora Gotely confeitava às vezes para convidados importantes. Tinha o semblante tranquilo, bem diferente de sir Thomas, apesar da covinha no queixo.

A bem da verdade, Makepeace se impressionou muito com a proximidade entre James e uma criatura tão exótica. Percebeu que James parecia, querendo dizer sim, mas a honestidade triunfou.

"Às vezes", respondeu ele. "Eu lhe servia de companhia quando ele era menor... e às vezes éramos amigos. Ele me deu essas roupas, e esses bons sapatos... era tudo dele. E também me deu isso aqui." James afastou o cabelo, e Makepeace viu uma cicatriz branca no couro cabeludo, logo acima da têmpora esquerda.

"Um dia nós saímos pra caçar juntos, montando éguas muito bem cuidadas. Saltamos uma sebe, e o meu salto foi melhor que o dele. Eu percebi e ele também. Vi que ele me olhava cheio de raiva. Então, quando chegamos à sebe seguinte, sem que ninguém visse, ele se inclinou e me largou uma chicotada no rosto. Eu me desequilibrei na sela, daí o meu cavalo se assustou e parou, e eu voei por cima da cabeça dele e acertei em cheio a sebe!" James riu, parecendo achar muito mais graça que Makepeace.

"Você podia ter quebrado o pescoço!", exclamou ela.

"Não sou tão fraco assim. Mas aprendi uma lição. Ele pode parecer amável, mas no fundo tem o orgulho e o temperamento de um lorde. Depois ele veio me falar que eu não tinha deixado escolha... ele *precisava* ser o melhor. Acho que foi o mais perto que conseguiu chegar de um pedido de desculpas."

Makepeace pensou que aquilo não chegava nem perto, de maneira alguma.

"Ele foi estudar na universidade de Oxford, e desde então sir Marmaduke o vem apresentando à corte. Toda vez que ele volta, chega na maior arrogância, fingindo que nem me conhece. Mas assim que ficamos sozinhos, tudo volta a ser como antigamente... por um tempo."

Makepeace sentiu uma pontinha de ciúmes ao imaginar James trocando confidências com outra pessoa. Ela não tinha esse direito e sabia disso.

James tinha se tornado seu amigo e confidente vivo mais próximo. Ela confiava mais nele que em qualquer outro humano; no entanto, não contara sobre o Urso. Quanto mais tempo se passava, mais difícil ficava admitir a James ter escondido dele algo tão importante. Depois de três meses já não parecia possível revelar. Ela se sentia culpada e por vezes meio triste, como se tivesse perdido o barco e ficado presa para sempre numa praia deserta.

"Que alvará é esse?", indagou ela. "O patrão Symond falou?"

"Ele não leu", respondeu James, "nem sabe do que se trata. Disse que é segredo de estado. Disse também que o rei não ficou nada satisfeito, e que sir Marmaduke se aborreceu muito para fazê-lo assinar. Sua Majestade no fim concordou, mas só porque os Fellmottes estão emprestando uma fortuna a ele, e sir Marmaduke o está ajudando a vender umas joias reais."

Makepeace franziu o cenho. A história suscitou a lembrança sombria e agourenta de seu primeiro dia em Grizehayes.

"O rei está desesperado por um empréstimo?" Ela se lembrou de lorde Fellmotte dizendo as mesmas palavras.

"Suponho que sim", respondeu James, dando de ombros.

"O que é que *faz* um alvará real?"

"São... declarações reais." James soava meio duvidoso. "Dão permissão para as pessoas fazer coisas. Como... construir ameias nas casas. Ou... vender pimenta. Ou atacar navios estrangeiros."

"Então de que adianta um alvará *secreto*? Se o rei te autoriza a fazer alguma coisa, por que você não quer que ninguém saiba?"

"Hum. Isso é *mesmo* estranho", declarou James, franzindo o cenho, pensativo. "Mas o alvará definitivamente dá aos Fellmottes permissão pra *algo*. O patrão Symond disse que entreouviu sir Marmaduke falar qualquer coisa sobre 'nossos antigos costumes e práticas de herança'."

"James", disse Makepeace com cautela. "Na minha primeira noite aqui, ouvi Sua Senhoria e o Crowe branco conversando sobre alguma coisa. O Crowe branco dizia que tem gente na corte acusando os Fellmottes de bruxaria."

"Bruxaria!" James arregalou os olhos. "Por que você não me contou?"

"Eu estava delirando de febre naquele dia! É feito lembrança de pesadelo. Quase não pensei nisso desde então."

"Mas você tem certeza de que eles disseram bruxaria?"

"Acho que sim. Lorde Fellmotte disse que eles não podiam evitar que esse tipo de boato chegasse ao rei, então precisavam impedir que ele tomasse atitudes a respeito. Precisavam dar uma segurada nele. Aí comentaram que o rei estava desesperado atrás de dinheiro, e que talvez eles pudessem fazer alguma coisa."

De cenho franzido, James olhou para o nada.

"Então... e se os 'antigos costumes' dos Fellmottes forem algo maligno?", indagou ele, lentamente. "Algo que possa dar margem a acusações de bruxaria? Se o rei tiver assinado um alvará permitindo alguma coisa diabólica, então nunca vai poder prendê-los por bruxaria, certo? Porque senão eles vão mostrar o alvará pra todo mundo, daí ele também vai ser acusado."

"Se os Fellmottes caírem, o rei cai também", concluiu Makepeace, completando em seguida o pensamento. "É chantagem."

"Eu falei que tinha alguma coisa errada com os Fellmottes!", exclamou James. "Esses 'antigos costumes'... devem ter alguma coisa a ver com o que acontece depois da herança! Eu te disse, eles *mudam*. Talvez entreguem a alma ao Diabo!"

"A gente não sabe...".

"A gente sabe que eles são bruxos, ou quase isso! Por que você não foge comigo? O que falta pra você mudar de ideia?"

A pergunta foi respondida no dia seguinte.

AS CRÔNICAS DAS SOMBRAS
FRANCES HARDINGE

CAPÍTULO 9

O dia seguinte estava abafado pela manhã, porém claro, então alguns criados partiram com baldes e escadas para colher maçãs no pomarzinho murado de Grizehayes. As árvores estavam repletas de folhas e frutos, e o ar exalava um doce aroma.

Por coincidência Makepeace estava lá, apanhando marmelos para a senhora Gotely, quando um estrondo alto ecoou do outro lado do pomar, seguido de alguns berros e gritos de pavor.

Ela disparou em direção ao som. Jacob, um dos ajudantes de estribeiro, havia despencado da árvore mais alta enquanto colhia maçãs. Sempre fora um brincalhão, Makepeace pensou, estupefata, olhando bem para ele. Ainda estava contorcido, como se estivesse sorrindo. O pescoço dele estava virado num ângulo que a fez pensar nas galinhas mortas sobre a mesa da cozinha.

Alguém correu até a casa para relatar o acidente a sir Thomas. Ele logo apareceu e improvisou uma maca. Então todos foram orientados a deixar o pomar.

Por um instante, Makepeace pensou ter visto um leve brilho sobre o corpo de Jacob. O ar soprou um breve sussurro. Ela soltou um arquejo involuntário e recuou.

Algo lhe roçou a mente, e ela foi inundada por um emaranhado de lembranças que não lhe pertenciam.

... Medo, dor, duas crianças rindo, uma mulher com a bochecha suja de grama, frieiras e sidra quente, maçãs coloridas ao sol, líquen escorregadio sob as mãos...

Makepeace saiu correndo do pomar, o coração acelerado. Quando já estava de volta à cozinha, ofegante, percebeu ter esquecido a cesta de marmelos que usariam para o jantar.

"Ora, volte lá e pegue!", gritou a senhora Gotely. "Rápido!"

Com os nervos à flor da pele, Makepeace voltou ao local correndo. No portão do pomar encontrou James, que a deteve.

"Não entre", sussurrou ele.

"Eu só preciso..."

James sacudiu a cabeça com insistência. Levou um dedo aos lábios e puxou-a mais para perto; os dois espiaram pela arcada. Seu semblante era tenso, e Makepeace percebeu que nunca o vira nervoso daquele jeito.

Já não havia ninguém colhendo frutas no pomar. Um homem andava sozinho por entre as árvores, a passos firmes. Tinha uma altura incomum e o físico robusto, mas se movia com uma leveza furtiva e inquietante.

"Sir Marmaduke", sussurrou James.

Três cães galgos com olhos de águia circundavam sir Marmaduke, trêmulos de expectativa, empolgação e tensão. Um cão de Santo Humberto cheirava o chão.

"O que ele está fazendo?", indagou Makepeace, apenas movendo os lábios.

"Caçando", respondeu James, bem perto da orelha dela.

O cão de Santo Humberto se empertigou, entoando um latido baixo e ameaçador. Parecia encarar a grama vazia.

Sir Marmaduke ergueu a cabeça. Mesmo àquela distância ela podia ver seu semblante, curiosamente inexpressivo. Algo nele, porém, fez as entranhas de Makepeace se revirarem. Era a mesma sensação de maldade e horror que a arrebatara quando ela conheceu lorde Fellmotte. Sir Marmaduke inclinou a cabeça, atento a algum som, exibindo um sorriso sutil, tranquilo e predatório. Permaneceu assim por um tempo, completa e sinistramente imóvel.

Algo, num movimento ínfimo, balançou uma urtiga e fez sair voando uma abelha sonolenta. Por um instante, Makepeace pensou ter visto um pequeno filete de fumaça em meio às sombras dançantes.

Jacob.

Naquele momento, sir Marmaduke deu um salto e entrou em ação.

Eles são muito ligeiros, dissera James sobre os Doutos. Makepeace enfim compreendeu. Num instante sir Marmaduke estava imóvel, e no momento seguinte estava correndo pela grama com impressionante rapidez. As pessoas costumavam tensionar o corpo pouco antes de começar a correr, mas sir Marmaduke, não. Os cães irromperam atrás do dono, avançando feito lobos para flanquear a presa invisível.

O fantasma solitário fugiu, entrelaçando as árvores. Ao vê-lo se aproximar da arcada, Makepeace enxergou com mais clareza. Era uma sombra e sangrava de pânico. Estava ferido, apavorado, descoordenado. Ela o ouvia sussurrar um pranto leve, que saía em ondas.

Ele ziguezagueava, desviando das bocarras dos cães, acossado por todos os lados. Era incapaz de avançar mais depressa que sir Marmaduke; o Douto, no entanto, reduzia a velocidade ao chegar perto demais.

Ele está brincando com a coisa, Makepeace percebeu, horrorizada. *A perseguição é para esgotá-la.*

O fantasma agora vacilava, enfraquecido, feito uma chama cinzenta prestes a se extinguir. Desapareceu na sombra malhada da árvore mais próxima. Por fim, sir Marmaduke o atacou, os dedos agarrados a algo na grama.

Ele estava de costas, mas Makepeace o viu baixar a cabeça e aproximar do rosto o que estava em suas mãos.

Fez-se um som espinhoso, feito um rasgo. Um grito — um grito fraco, impossível, mas que de alguma forma ainda soava humano.

Makepeace soltou um arquejo involuntário, e James lhe tapou a boca para impedir que ela gritasse.

"A gente não pode fazer nada!", sussurrou ele.

Houve mais sons de ruptura, e Makepeace não pôde mais aguentar. Desvencilhou-se de James e voltou correndo ao casarão. James a alcançou perto da porta da cozinha e a abraçou com força para que a tremedeira cessasse.

"Era *Jacob*!", sussurrou Makepeace. Jacob, o brincalhão, sempre rindo entre os amigos.

"Eu sei", disse James, com uma ira silenciosa.

"Ele o dilacerou! Ele..." Ela não sabia ao certo o que sir Marmaduke havia feito. Tinha plena certeza de que não era possível morder um fantasma, mas não pôde evitar de imaginar o Douto rasgando com os dentes o indefeso espírito.

Lorde Fellmotte falara em "esmagar vermes", mas Makepeace jamais se permitira pensar muito sobre aquilo. Simplesmente vivia satisfeita por não sofrer ataques de fantasmas perversos em Grizehayes. Mas então ela vira o que significava "esmagar vermes".

Era isso o que os Fellmottes fariam com o espírito do Urso se o descobrissem? E se ela ou James morressem em Grizehayes? Também seriam caçados até a destruição? Ela vira também o sorriso de sir Marmaduke, como se ele caçasse por diversão.

"Ele gostou!", sussurrou ela para James, num tom amargo. "Você tinha razão em relação a tudo! Isto aqui é *mesmo* um celeiro de demônios! Me deixe fugir com você!"

*

Eles escaparam no fim da tarde. James se ofereceu para ir apanhar gravetos. Makepeace deu um jeito de receber a tarefa de buscar cogumelos e chicória-selvagem. Os dois se encontraram no antigo carvalho e fugiram.

Enquanto eles seguiam pela trilha a passos ligeiros, tentando agir naturalmente, Makepeace pensou que seu coração fosse explodir de tão acelerado. Pela primeira vez imaginou se seria por isso que o menino vivia fugindo, para sentir aquela onda insuportável de vivacidade. Embora James caminhasse à vontade, Makepeace percebia os olhos dele irrequietos, tentando ver se estavam sendo observados.

Quando os prados cederam lugar aos pântanos, os dois abandonaram a trilha e avançaram pela vegetação. Makepeace apanhou um punhadinho de pimenta, que afanara do precioso baú de temperos da senhora Gotely, e espalhou pelo caminho para desencorajar qualquer cachorro a seguir o rastro deles.

O caminho pelos pântanos era sinuoso e traiçoeiro. O vistoso samambaial escondia declives inesperados, pedras pontudas e raízes que se enganchavam aos dedos. Depois de passar algumas horas escalando e escorregando, eles viram o sol se pôr e o céu assumir um tom de ferrugem.

"A essa altura já devem ter dado pela nossa falta", disse James, "mas duvido que consigam nos rastrear no escuro."

Makepeace começava a se perguntar se eles próprios conseguiriam enxergar o caminho quando a escuridão da noite caísse.

Enquanto a luz se esvaía, Makepeace sentiu o Urso acordar. Ao perceber que estava solto, ele se espantou. Ela se viu aprumada na ponta dos pés, espichando o pescoço, enquanto o Urso se esforçava para enxergar e farejar melhor.

Parecia que os olhos de Makepeace tinham se ajustado ao crepúsculo. Não pela primeira vez, ela suspeitou de que a visão noturna do Urso fosse melhor que a dela. Ao mesmo tempo percebeu os odores da brisa — pólen, frutos podres, estrume de carneiro e fumaça de fogueira ao longe.

O vento mudou de direção, soprando de Grizehayes, e ela farejou outro aroma. Um cheiro familiar de animais, acentuado, ávido e faminto.

"Cães!", sussurrou ela, com o sangue gelando. Um instante depois ouviu, ao longe, uma confusão de latidos. Ao olhar para o lado de onde tinham vindo, ela enxergou os pontinhos de luz das lanternas.

"James! Eles estão vindo!"

Os irmãos apressaram o passo, ignorando arranhões e pancadas, escolhendo os trechos mais baixos para que suas silhuetas não ficassem evidentes. Chapinharam num córrego para confundir os cães. Mesmo assim, as lanternas avançavam, sem dar sinais de que o grupo estava sendo despistado.

Como é que eles sabem onde estamos?

Vozes humanas tornaram-se audíveis ao longe. Um potente grito de comando se sobrepôs aos outros.

"É sir Marmaduke!" Os olhos de James cintilavam de pavor.

Eles seguiram em frente, esfolados pelas samambaias e os arbustos espinhosos. Makepeace sabia que estava retardando James. Além de estar cansada, era muito menos ágil que ele. À medida que o céu escurecia, porém, ele demonstrava mais dificuldade de identificar os declives, as subidas e as raízes salientes em meio às sombras. Makepeace percebeu que o irmão lutava contra a escuridão.

De repente, os latidos cessaram. Por um instante ela não conseguiu entender por quê. Então imaginou grandes cães soltos de suas trelas, avançando em silêncio pelo solo pedregoso...

Makepeace congelou, olhando em redor, frente a um descampado assustador. Nenhuma árvore onde subir, nenhuma construção onde se esconder. Apenas um declive íngreme à frente onde eles talvez pudessem descer para procurar abrigo...

No entanto, antes que ela pudesse verbalizar a ideia, uma figura esguia e escura irrompeu da vegetação rasteira, erguida sobre quatro patas. Acertou o peito de James, que saiu rolando pela encosta.

Outro cão irrompeu das plantas e partiu para cima de Makepeace, com os dentilhões reluzentes. Era ligeiro demais para ela, mas não para o Urso. Ela observou o próprio braço dar um balanceio, largando uma bofetada no cão e mandando-o pelos ares com uma força chocante. O cão caiu a uns metros de distância, então rolou e se levantou meio cambaleante.

Mais adiante, Makepeace viu outros dois cães avançando em sua direção, saltando e ziguezagueando entre as plantas. Com uma nauseante sensação de irrealidade, viu que não estavam sozinhos.

Junto aos cachorros corria um homem, na mesma espantosa velocidade e firmeza. Balançava uma lanterna, que emitia um som metálico e iluminava seus contornos robustos, o casaco de lã cor de ameixa, e tinha expressão estranha e impassível.

Makepeace desperdiçou valiosos segundos encarando a cena. A velocidade de sir Marmaduke era sinistra, impossível. Era como ver a chuva cair para cima.

Em meio a rosnados guturais e sons de laceração, ela ouvia os gritos de James. Não sabia se o cachorro estava atacando sua garganta ou a gola de sua camisa. Makepeace tinha inimigos demais, e James... James...

"Pare!", gritou a menina. "Por favor! Segure os cachorros!"

Sir Marmaduke deu um assobio curto, e os sons de luta cessaram. Makepeace ficou ali parada, arquejante, rodeada de cães, desejando que o Urso não lutasse nem fugisse. Ouviu o farfalhar de passos se aproximando e viu lanternas avançando de diversos pontos. James foi retirado da vala pelo Crowe jovem, a gola da camisa destruída, mas o corpo intocado.

Apreender Makepeace foi quase um ato secundário. Ela percebeu que na escuridão ninguém a vira arremessar um imenso sabujo para longe com suspeitosa força. Seu segredo, pelo menos estava a salvo.

A caminhada de volta a Grizehayes foi fria e demorada. James seguia aos tropeções, encarando o chão, e por um tempo Makepeace achou que ele estivesse com raiva dela por tê-lo retardado. No entanto, no meio do caminho, ele entrelaçou a mão na dela, e os dois concluíram o trajeto de mãos dadas, num ato de rebeldia.

Na manhã seguinte, no pátio, Makepeace assistiu angustiada ao açoitamento de James. A força dos golpes foi tão grande que ele mal conseguiu se levantar ao final. Ninguém tinha dúvidas de que ele havia organizado a fuga e convencido Makepeace a acompanhá-lo. Afinal de contas ele era mais velho e era homem.

Makepeace também apanhou, mas com menos força, e basicamente por conta do roubo da preciosa pimenta. A senhora Gotely estava irritada e decepcionada.

"Tem gente que vai pra forca por muito menos!", rosnou ela. "Eu sempre quis saber quando esse seu sangue ruim ia se revelar. Como bem dizem, 'quem sai aos seus não degenera'."

Makepeace retornou ao trabalho na cozinha, fazendo o possível para se mostrar prostrada e arrependida. Sua mente, no entanto, fervilhava, tomada de nova força e clareza.

Da próxima vez vamos ter que lidar melhor com os cachorros. Preciso ficar amiga de todos, não só dos que dormem na cozinha. E o plano tem que ser infalível, ou não sou eu quem mais vai sofrer. James é corajoso e inteligente, mas nem sempre pensa direito.

Eu atraí a atenção dos Doutos para mim. Se ficarem de olho, vão enxergar além. Preciso ser antipática, desinteressante, chata. Preciso ter cautela e paciência.

Vou encontrar um jeito de fugir daqui, mesmo que leve anos.

A bem da verdade, foi assim.

2

O gato da Gotely

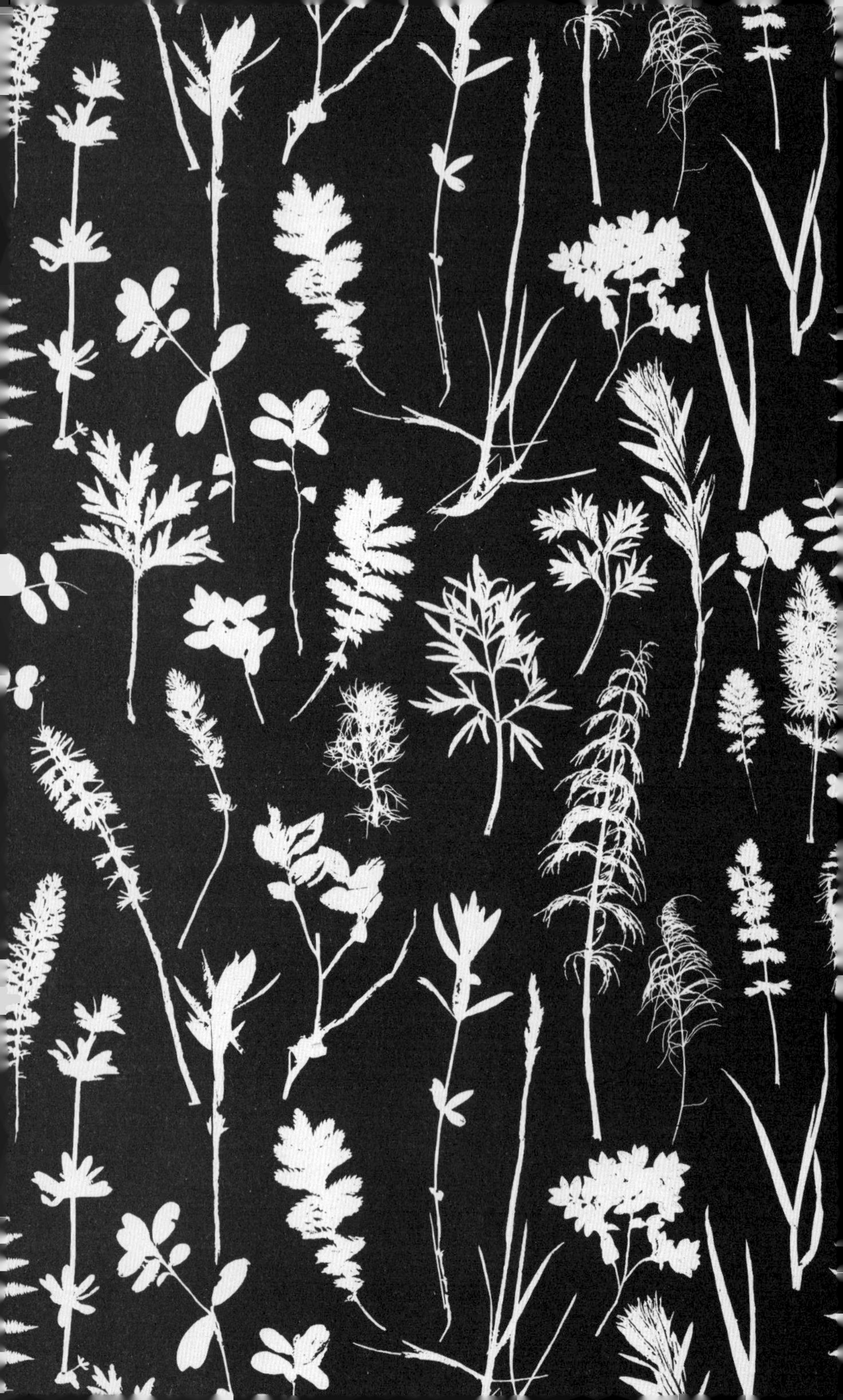

AS CRÔNICAS DAS SOMBRAS
FRANCES HARDINGE

CAPÍTULO 10

Muita coisa pode mudar em dois anos e uma estação.

Vinte e sete meses é tempo suficiente para que um lugar se infiltre em alguém até os ossos. As cores invadem a palheta da mente, os sons se tornam música particular. Seus pináculos e precipícios ofuscam os sonhos, as muralhas canalizam os pensamentos.

Humanos são animais estranhos e adaptáveis; podem se acostumar a qualquer coisa, mesmo ao impossível ou intolerável. A Bela no castelo da Fera sem dúvida tinha sua rotina, suas pequenas irritações e também uma boa dose de tédio. O terror é fatigante e difícil de arrastar indefinidamente, de modo que cedo ou tarde precisa ser substituído por algo mais útil.

Um dia, a pessoa acorda na prisão e percebe que esse é o único lugar real. A fuga é um sonho, uma oração insincera e já inacreditável.

Makepeace, no entanto, estava acostumada a lutar contra o lento veneno do hábito. A convivência com a Mãe ao longo da vida lhe ensinara a não fincar raízes. *Esta não é a sua casa*, ela lembrava a si mesma incessantes vezes.

Felizmente, Makepeace tinha o Urso, cujos instintos ardentes e turbulentos lhe informavam o tempo todo que ela estava numa prisão, atada a correntes invisíveis e impalpáveis. E ainda tinha James. Os encontros entre os dois estavam mais difíceis desde que ele recebera novas tarefas e acabava passando menos tempo com os outros empregados. Agora era criado pessoal de Symond, o herdeiro loiro de sir Thomas, e se tornara seu garoto de recados, acompanhante, parceiro de luta e camareiro.

Apesar dos esforços de todos da casa em manter os irmãos afastados, porém, os dois agarravam todas as chances de se ver às escondidas e tramar planos.

Em dois anos e uma estação é possível aprender muito sobre planos de fuga. Makepeace descobriu um talento nato.

James inventava esquemas arrojados e perspicazes, mas nunca percebia as falhas. Era confiante; ela era desconfiada e receosa. Mas a desconfiança e o receio tinham sua utilidade. Makepeace tinha o faro aguçado para problemas e uma esperteza serena quando se tratava de soluções.

Ela guardava todas as moedinhas que recebia e comprava de roupas surradas secretamente, caso os dois precisassem de disfarces rápidos. Aprendeu os rituais e hábitos de todos os habitantes de Grizehayes e desvendou o labirinto de esconderijos da velha casa. Insistia em aprimorar sua caligrafia, a fim de poder arriscar uma falsificação se fosse necessário.

Dois anos e uma estação a transformaram numa ladra cautelosa e paciente, afanando miudezas que pudessem ser úteis na fuga — faquinha, papel, caixa de pólvora, tocos de vela. Tinha pó para clarear o rosto e esconder as cicatrizes da varíola, além de carvão para escurecer as sobrancelhas. Makepeace coletou trapos jogados fora ou mal guardados, e nas horas tranquilas antes de dormir unia as beiradas, criando uma corda improvisada.

Ela havia até rascunhado um mapa secreto dos arredores no verso de um antigo programa de espetáculo, acrescentando novos pontos de referência à medida que ia descobrindo.

De tempos em tempos, para desgosto de todos, James e Makepeace tentavam fugir de Grizehayes e eram arrastados de volta, desonrados.

*

Em dois anos e uma estação, uma pessoa aprende com os erros. Descobre paciência e astúcia. Ensina os outros a ignorá-la.

Makepeace aprendeu a se esconder, mesmo às vistas de todos. No fim das contas passou a ser mais um item da cozinha, feito as conchas e as escumadeiras. Ao completar quinze anos, já era aceita. Confiável. Corriqueira. Os outros criados viam a menina como uma extensão grosseira da velha e rabugenta cozinheira, em vez de alguém com ideias secretas. De vez em quando a chamavam de "Sombra da Gotely". "Eco da Gotely". "Gato da Gotely".

Makepeace era o mais antipática possível. Suas roupas eram sempre largonas e de péssimo caimento, quase sempre manchadas de molho ou farinha. O cabelo começara a adquirir o mesmo aspecto de bruxa rebelde que o de sua mãe, mas como as outras criadas ela o mantinha preso com esmero numa touca de linho, amarrada como um turbante. Suas expressões faciais eram lentas, dando a impressão de que as ideias eram igualmente lentas. Não eram. Eram ligeiras feito seus dedos, feito as mãos habilidosas e calejadas nas quais ninguém reparava.

Ela mantinha distância de quase todo mundo. Com o passar dos anos, seu comportamento fora afetado por algumas características do Urso. Como o Urso não gostava de aproximações muito precoces nem de gente próxima demais, ela também não gostava. Se um estranho passasse a um metro e meio de distância ela já se irritava e se assustava, como se estivesse sofrendo um ataque. Sentia a vontade do Urso de se avultar, ameaçar e enxotar os outros. Ele bufava ameaças graves e guturais, que escapavam de sua garganta feito uma tosse nervosa. Makepeace ganhara reputação por seus ataques de zanga e uma defesa territorial da cozinha.

"Não entre lá correndo de repente", diziam aos garotos de recados, "senão o Gato da Gotely te dá uma surra de concha." Mas o pessoal da casa fazia troça. Ninguém suspeitava do gênio do Urso que Makepeace aprendera a controlar.

Com o tempo, o Urso aprendera a aceitar a cozinha, apesar do calor e da barulheira. Agora conhecia todos os cheiros. Havia se esfregado nos umbrais da porta para marcar território, de modo que a cozinha parecia mais segura. Com muita calma, Makepeace o fizera compreender como funcionavam promessas e acordos. *Fique quietinho agora, Urso, e depois a gente corre no pomar. Não ataque ninguém, e mais tarde eu roubo pra nós um pouco das sobras de comida das galinhas. Segure a raiva agora, e um dia, algum dia, nós fugimos para um mundo sem muralhas.*

As duas marquinhas de varíola na bochecha de Makepeace nunca desapareceram. As outras criadas às vezes a atazanavam para que ela fizesse algo a respeito, cobrisse com pó ou preenchesse os buracos com gordura. Ela nunca fez nada. A última coisa que ela queria era ser notada.

Não sou digna do seu interesse. Podem me esquecer.

James, por outro lado, estava atraindo atenção. Sempre que Symond ia à corte ou visitava parentes, James era deixado para trás e voltava a ser um mero criado. Quando Symond retornava a Grizehayes, no entanto, a estrela de James voltava a brilhar, e seu humor também. Os dois eram amigos íntimos, e de súbito James passou a ter ciência de todas as atividades da família, da corte e da nação.

As criadas ainda o provocavam, mas com um tom diferente. Ele já era um homem de dezessete anos, não um garoto, e corria à boca miúda que era bom partido.

*

Em dois anos e uma estação, um país pode desmoronar. As fissuras se mostram mais profundas que o imaginado. Podem se tornar rachaduras e então precipícios.

As notícias iam chegando aos poucos a Grizehayes. Às vezes, vinham em cartas seladas que seguiam direto aos aposentos de lorde Fellmotte, mas logo escoavam até a criadagem em fragmentos entreouvidos. Às vezes, mascates e latoeiros traziam notícias extraoficiais, temperadas com rumores e sangue.

Tais fragmentos, quando costurados, formavam uma imagem.

Quando o Ano da Graça de 1641 terminou e deu lugar a 1642, a tensão entre Coroa e Parlamento ganhou uma nova dose de perigo.

Londres estava dividida, borbulhando em fogo lento. Confrontos de grupos rivais, boatos e tanto o lado do rei quanto os partidários do Parlamento estavam convencidos das tramas de seus opositores.

Por um tempo o Parlamento parecia levar vantagem sobre a caprichosa batalha.

"Não entendo dessas coisas", disse a senhora Gotely, "mas estão dizendo que o Parlamento quer agir cada vez mais sem o aval do rei. No fim das contas o rei não vai nem ser mais rei... só um fantoche de coroa. Ele devia era exibir um pouco sua cólera real."

Pelo visto o rei também pensava assim.

No dia quatro de janeiro de 1642, o rei Carlos marchou até a Câmara dos Comuns, com uma tropa de centenas de homens armados, para atacar os cinco homens que, nos pensamentos dele, eram os líderes do Parlamento.

"Mas, quando ele chegou lá", disse Long Alys, que ouvira a notícia pelo Crowe jovem, "os homens tinham fugido! Deviam ter espiões para alertá-los. E o restante do Parlamento não contou ao rei aonde os cinco tinham ido e ainda o enfrentaram! E agora as companhias milicianas de Londres receberam a ordem de proteger o Parlamento, agindo contra seu próprio rei! Pois é, os traidores estão mostrando as garras."

Uma fronteira havia sido cruzada, e todos podiam sentir. Até então ambos os lados estavam subindo as apostas, certos de que cedo ou tarde o outro lado se acovardaria. Agora, no entanto, as armas tinham sido brandidas. Havia rumores de que o Parlamento estava organizando um exército contra o rei, fingindo que pretendia enfrentar uma guerra na Irlanda.

"É claro, o rei também está convocando suas tropas", disse o Crowe velho ao filho. "Qual seria outra maneira de proteger a coroa e o povo do Parlamento?"

"Os dois lados estão se empertigando feito galos de rinha, exibindo as esporas e esperando que não haja derramamento de sangue", comentou um dos estribeiros, de opinião menos benevolente.

Isto não pode estar acontecendo. Esse era o sentimento por toda parte. *Decerto existe uma forma de evitar isso! É claro que ninguém deseja uma guerra!*

Em agosto de 1642, contudo, num campo de Nottingham, o rei ergueu seu estandarte e fincou-o no chão. A seda do pendão ondeava enquanto o rei lia uma declaração de guerra.

Na mesma noite, uma tempestade derrubou o estandarte, que foi encontrado na lama.

"Que profecia funesta", murmurou a senhora Gotely, esfregando a perna gotosa. Ela sempre afirmava que as dores na perna eram prenúncio de tempestades, e às vezes dizia também que pressentia o mau agouro. "Era melhor que não tivesse caído."

Quando um país se divide em dois, a ruptura se dá em surpreendentes zigue-zagues, e fica difícil adivinhar quem está de um lado e quem está do outro. Havia histórias de famílias desunidas, amigos empunhando armas uns contra os outros, cidades onde vizinhos se digladiavam.

O Parlamento controlava Londres. O rei havia montado base em Oxford. Havia rumores de negociações de paz, porém os relatos de batalhas eram bem mais numerosos.

Em Grizehayes, no entanto, a guerra parecia muito distante. Havia preparações, claro. Os homens nos vilarejos conduziam treinamentos em praça pública, e algumas pessoas providenciavam uniformes para um regimento local. Os Fellmottes encomendaram armas e munição e reformaram as muralhas do casarão. No entanto, a ideia de que a guerra pudesse chegar à fortaleza parecia absurda.

Nós jamais vamos mudar, diziam as paredes soturnas e cinzentas, *portanto, nada de fato vai mudar, pois somos a única coisa que importa. Somos a grande rocha em meio ao oceano do mundo. Os feitos de outros homens podem nos molhar e nos invadir, mas somos eternas.*

AS CRÔNICAS DAS SOMBRAS
FRANCES HARDINGE

CAPÍTULO 11

Na estação dos ventos severos e das noites longas, a época de Natal enfim chegou. Com banquetes e festividades, a data zombava dos céus cinzentos e desafiava os campos estéreis. Era uma reluzente flecha cravada no sombrio coração do inverno.

Para a maioria das pessoas, os doze dias das festas de Natal eram uma pausa muito bem-vinda no trabalho. No entanto, não havia descanso para os encarregados dos banquetes. Makepeace estava ocupadíssima preparando tortas, empadas, sopas, carnes fatiadas, aves assadas de todos os tamanhos, carnes frias e extravagâncias geladas. Foi encarregada até de assar a imensa cabeça de javali, um treco remendado e monstruoso cujo focinho assado ainda guardava legítimos traços suínos. Makepeace não se sentia mal em cozinhar feras e aves mortas. Elas teriam compreendido a necessidade de alimentar as barrigas, na ávida supressão de uma vida para preservar outra.

Quem via Makepeace trabalhando incansavelmente não fazia ideia do plano secreto que ardia em seu coração feito uma fogueira e silenciosa.

Como de costume, James acendera a primeira fagulha.

"Noite de Reis!", sussurrara ele, certa noite. "Pensa só! A casa vai estar abarrotada! É a única noite do ano em que todo o povo das fazendas e das aldeias tem permissão de festejar no salão de Grizehayes. Os portões do pátio vão estar abertos, e os cães de guarda, de focinheira. Daí... quando o povo começar a sair, a gente escapa também. Vão levar horas pra dar falta de nós."

Enquanto Makepeace se apressava em meio às tarefas, resfolegante, sua mente estava atenta ao plano. Era um bom esquema e *podia* dar certo, se eles fossem espertos. Contudo, havia riscos. Mesmo que escapassem, os dois ficariam desabrigados, sem amigos, nas profundezas do inverno, em meio a famintos descampados. Ela nem tinha a certeza de poder contar com a visão noturna do Urso, visto que ele ficava bem menos "acordado" nos meses frios.

E pior, muitos dos outros Doutos estariam em Grizehayes para as festas.

Vamos ter que ficar fora das vistas deles, dissera James. *Senão eles vão descobrir os nossos planos. Vão nos enxergar intimamente, até os ossos.*

Quando a Noite de Reis enfim chegou, Makepeace estava exausta, cheia de novas queimaduras nas mãos e nos braços, por conta dos respingos de gordura, os espetos manuseados às pressas e as cotoveladas nos caldeirões.

O grande salão estava adornado com ramos de azevinho, hera, alecrim e louro, e na imensa e ardente lareira se viam os restos chamuscados e reluzentes do galheiro de Natal, com as fitas já bem queimadas e transformadas em trapos enrugados.

Armadilhas do paganismo!, teria exclamado o pastor de Poplar. *Daria no mesmo sacrificar um touro num altar para Baal! O Natal é uma armadilha do Diabo, e as iscas são cerveja, indolência e pudim de ameixa!*

Ninguém mais, no entanto, parecia alarmado. Os aldeões começaram a chegar durante a tarde, em grupos exaltados e jocosos, maravilhados com as esculturas e os objetos em redor da cálida lareira. Um pouquinho de sidra lhes deu confiança, e as vigas do salão, escurecidas pelo tempo, ecoavam as gargalhadas e o vozerio elevado. Ao pôr do sol, o salão estava lotado.

Os criados estavam na maior correria, levando pratos de comida para o salão e trazendo cerveja e sidra da adega, bem como os poucos barris de vinho bebível, sobra do ano recém-terminado. Sempre havia poucas mãos a postos, então Makepeace se viu correndo entre a cozinha e o salão, levando pratos de língua, travessas de bolo de carne de porco embolotado e sem cor, pratos de queijo e maçãs.

Da lareira, ela ficava olhando James enchendo as taças dos "melhores" convidados. Ao contrário de Makepeace, ele era considerado bonito o suficiente para servir a família e os convidados de honra. Era sagaz, de corpo atlético e proporcional; tinha o rosto feioso, porém agradável, e um charme natural. Ninguém que visse seu sorriso bem-humorado suspeitaria que ele planejava fugir naquela mesma noite.

Espere por mim à meia-noite na capela, dissera ele. *Não vai ter ninguém lá hoje.*

Havia um enorme trono de carvalho perto da lareira, claramente destinado ao lorde da mansão, mas nem lorde Fellmotte nem sir Thomas estavam em evidência. O trono era ocupado por Symond, que parecia se refestelar no papel. Estava rodeado de outros jovens de sangue azul, também em torno dos vinte anos. Se os boatos eram mesmo verdadeiros, todos podiam se gabar de ter famílias eminentes e padrinhos poderosos.

A festança ostentava todas as marcas da interferência de Symond. Ele retornara da corte se afirmando especialista em pratos refinados, máscaras extravagantes e nas tendências da escandalosa moda feminina para o ano. Por insistência dele, Makepeace e a senhora Gotely pelejaram para rechear aves com outras aves e moldar marzipã no formato de barcos a vela.

Segundo James, Symond dissera que *precisava* ser o melhor em tudo. Talvez fosse só altivez, vaidade e desejo de admiração, mas por um instante ela ficou pensando se o garoto de ouro da família não estaria se esforçando um pouco demais. Por que ele tinha tanto a provar, e a quem?

Mais trovadores chegaram com um rabequista, declarando em cânticos que atacariam o local com porretes se não ganhassem bebida e carne. Todos entoaram vivas barulhentos e bateram os pés, e os cantores receberam permissão de entrar. Levaram para dentro do salão uma grande vasilha de wassail, o ponche feito de frutas, especiarias e cerveja quente, com uma massa dourada de maçã mergulhada no fundo. Retiraram um pedaço de pão da vasilha e cerimoniosamente oferecido a Symond, que aceitou o brinde com um gracioso meneio de cabeça.

Em meio à baderna e às gargalhadas, Makepeace viu um dos amigos de Symond enfiar o lenço de seda na caneca de cerveja e amassá-lo numa bola encharcada para atirar na cara do amigo. Ela sentiu uma inesperada pontada de raiva.

Deixe de ser puritana, disse a si mesma. *O lenço é dele e a cerveja é dele — ele pode estragar se quiser.*

Ainda assim, o desperdício a enfurecia. Alguém passara semanas bordando aquela renda, ponto a ponto, com o maior cuidado. Marinheiros desconhecidos haviam enfrentado perigos terríveis em terras distantes para transportar as especiarias da sopa. Ela própria havia levado um tempo preparando a cerveja aromatizada. O pequeno espetáculo de "entusiasmo fidalgo" do rapagão havia desperdiçado mais que dinheiro e boas mercadorias; havia desperdiçado, sem nem pensar, o tempo, o suor e o esforço de outras pessoas.

Makepeace ainda remoía aquele pensamento quando percebeu que o jubiloso grupo junto ao trono de Symond havia respeitosamente se calado, abrindo caminho para a passagem de uma única figura.

Lady April pertencia ao grupo dos Doutos. Apesar de não ser alta, sua presença parecia arrefecer a alegria e a balbúrdia. O adorno rendado na touca preta da velha lançava uma sombra vazada no rosto enrugado, no nariz ossudo e nas pálpebras murchas. Tinha um brilho metálico na pele, conferido pela pintura asustadoramente branca no rosto. A boca era uma nesga de vermelho intenso. Ela parecia um retrato vivo.

Makepeace sentiu um arrepio e seu sangue gelou. Estaria James certo em relação aos Doutos serem capazes de conhecer os pensamentos de alguém com um simples olhar? Ela se afastou para o meio da multidão, temendo que lady April lhe dirigisse um olhar gélido e imediatamente descobrisse suas tramoias e o monte de suprimentos e provisões para a fuga que ela escondera na capela.

O rapaz do lenço, contudo, não percebeu a aproximação de lady April. Apanhou a renda encharcada e arremessou outra vez, então se horrorizou, boquiaberto, ao ver o lenço despencar na bainha da capa de lady April. O jovem empalideceu no mesmo instante, e seu sorriso deu lugar a uma expressão de lastimoso terror.

Lady April ficou em silêncio, mas virou a cabeça muito lentamente para encarar o diminuto pedaço de tecido molhado que lhe arruinava os pompons da capa. Aprumou a postura e encarou os olhos do réu, sem mover um músculo.

O rosto do jovem cortesão se contorceu de pânico. Enquanto ela se virava e se afastava do grande salão rumo ao corredor, ele foi atrás, implorando, pedindo desculpas e arregaçando as mangas da camisa. Seus amigos observaram a velha se afastar, todos com o mesmo olhar petrificado, e ninguém riu pelas costas. Mesmo naquela noite de anarquia, lady April não era divertida.

Involuntariamente atenta à cena, Makepeace se esgueirou pelo corredor para observar a velha e seu agressor acidental. Lady April seguiu em frente, implacável, até um ponto onde um barril de vinho havia sido entornado no chão. Ela baixou os olhos para a poça de tom vermelho-arroxeado e aguardou. Depois de uns instantes de paralisia, o hesitante rapaz removeu sua refinada capa e estendeu-a sobre a pocinha. A velha seguiu aguardando, apenas estendendo o pé para empurrar a capa, cujo vistoso tecido já estava empapuçado de manchas escuras.

O jovem delinquente se pôs de joelhos, e Makepeace o viu deitar as mãos espalmadas no tecido, com as palmas para baixo. Somente então lady April dignou-se a avançar, a bainha do vestido um tantinho erguida, pisando nas mãos do rapaz como se seguisse um caminho de pedras.

As pessoas normais podiam não enxergar a estranheza dos Fellmottes da mesma forma que Makepeace e James, mas aparentemente até os homens poderosos viam muito a temer em lady April.

Quando o relógio na parede bateu as onze horas, o coração de Makepeace acelerou. Dali a pouco ela teria que escapar até a capela, ou correria o risco de receber mais uma tarefa e perder o compromisso da meia-noite.

O imenso bolo da Noite de Reis foi trazido para o salão, sob uma salva de palmas. Estava belamente fatiado, e as fatias foram atacadas com empolgação. Quem encontrasse um feijão em sua fatia seria o Senhor do Desgoverno aquela noite. O mundo seria virado às avessas: o vagabundo mais desgraçado podia se transformar em lorde da festa, e todos seriam obrigados a obedecer aos seus caprichos...

A multidão abriu espaço para um grupo de trovadores recém-chegados. Dois deles, vestidos de São Jorge e cavaleiro sarraceno, guerreavam com espadas de madeira. Todos se reuniram em volta, urrando de entusiasmo.

Ninguém estava prestando atenção a Makepeace, e aquela era uma ótima hora para escapulir. Ela se virou e foi abrindo caminho às cotoveladas, toda espremida, então saiu pelas grandes portas e adentrou o frio gélido do pátio. Respirou profundamente o ar cortante do inverno, deu meia-volta e trombou num homem que estava parado ali.

Pela luz que emanava da porta ela pôde distinguir a renda dos punhos, o veludo do casaco comprido, os olhos castanhos e as linhas cansadas do rosto.

"Sir Thomas! Desculpe, eu..."

"A culpa foi minha, menina. Eu estava observando os reinos superiores, não este." Sir Thomas apontou para o alto. "Amo noites com essa névoa úmida. Parece que as estrelas estão dançando."

Um pouco surpresa, Makepeace olhou para cima. Havia uma leve umidade no ar frio da noite, e as estrelas de fato pareciam tremeluzir.

"Você devia estar lá embaixo, apanhando seu pedaço de bolo", disse sir Thomas com um sorriso. "Não quer ter a chance de encontrar o feijão? Não gostaria de ser rainha por uma noite?"

A ideia de obrigar o Crowe jovem a servi-la de joelhos era sedutora e maldosa. No entanto, a última coisa que ela desejava naquele momento era ser o centro das atenções.

"Eu não seria uma rainha de verdade, senhor", respondeu ela, hesitante. "Amanhã voltaria a ser uma subalterna. Se eu entrasse a sério no papel, pagaria o preço depois. Nada vem de graça."

"Não no Natal", respondeu sir Thomas, com alegria.

"Diga isso aos gansos", murmurou Makepeace, então ruborizou, percebendo que a resposta não fora muito educada. "É... me desculpe." Por que sir Thomas estava tão determinado a falar com ela, e logo aquela noite?

"Aos gansos?" Sir Thomas ainda guardava o semblante tranquilo, o sorriso paciente. Não pela primeira vez Makepeace. estranhou que um homem daqueles fosse filho de Obadiah e pai de Symond.

"Eu passei semanas engordando os gansos pro banquete de hoje à noite", explicou Makepeace com cautela. "Os gansos, os frangos, o peru. Eles devoravam toda a comida que eu oferecia, sem saber que haveria um preço a pagar no final. Talvez estivessem se considerando sortudos. Ou talvez me achassem boazinha.

"Todo o povo lá dentro, comendo torta de frango e ganso assado... eles também estão fazendo uma barganha, não estão? Hoje à noite eles se sentam defronte a uma grande fogueira, comem até se fartar, se esgoelam de cantar. Mas em troca têm que demonstrar gratidão, trabalho duro e obediência o ano todo, não é?"

"Pelo menos eles conhecem os termos da barganha. Aos gansos ninguém avisou."

Ela falava com mais veemência do que pretendia. Jamais deixara de ser assombrada pelo temor de ser, ela própria, um "ganso engordado".

"Teria sido melhor para os gansos ter ciência do que aconteceria?", indagou sir Thomas. Ele mudara o tom, agora muito sério. "E se esse conhecimento só trouxesse medo e sofrimento?"

Makepeace sentiu um arrepio na nuca e de súbito teve plena certeza de que a conversa já não era sobre os gansos.

"Se eu fosse eles", respondeu, "ia querer saber."

Sir Thomas suspirou; o ar formou uma névoa em redor de seu rosto.

"Eu já tive uma conversa muito similar a esta, com outra moça, dezesseis anos atrás. A jovem tinha a sua idade, e... eu a vejo em você. Não em algum traço específico, mas tem um brilho dela aí dentro."

Makepeace engoliu em seco. Pouco tempo antes estava desesperada para se livrar da conversa. Agora parecia ter as tentadoras respostas ao alcance das mãos.

"Ela estava grávida", prosseguiu sir Thomas. "Queria saber por que tanta insistência de minha família para que a criança crescesse dentro dos muros de Grizehayes. Ela suspeitava que havia alguma maldade na história, mas não sabia o quê.

"'Conte pra mim', ela me pediu. 'Ninguém mais vai contar.' Mesmo quebrando uma promessa, eu contei. Então ela me pediu para ajudá-la a fugir."

"O senhor ajudou?", indagou Makepeace, surpresa.

"Às vezes a insensatez nos atinge feito um raio. Ela era amante do meu irmão. Eu era casado e ingênuo demais para arrumar uma amante. De repente me ocorreu, no entanto, que aquela era a única mulher a quem eu não podia recusar nada. Mesmo que significasse nunca mais tornar a vê-la.

"Sim, eu ajudei a sua mãe. Passei os últimos dezesseis anos ruminando se tinha tomado a decisão certa."

Makepeace ergueu lentamente a cabeça e o encarou.

"Por favor", disse ela. "Diga por que eu fui trazida pra cá. Conte por que eu deveria ter medo. Ninguém mais vai contar."

Sir Thomas permaneceu em silêncio por vários minutos, respirando e observando as estrelas fracas e inquietas.

"Somos uma família estranha, Makepeace", disse ele, por fim. "Guardamos um segredo... um segredo que pode nos prejudicar demais se for revelado. Existe um dom dentro da família, uma espécie de dádiva. Nem todos têm, mas uns poucos se revelam a cada geração. Eu tenho esse dom, Symond também. E James. E você."

"A gente tem pesadelos", sussurrou Makepeace. "Nós vemos fantasmas."

"E eles são atraídos até nós. Sabem que há um... espaço dentro de nós. Podemos abrigar mais do que a nós mesmos."

Makepeace pensou nos enxames de fantasmas de garras afiadas, então no Urso, seu maior segredo.

"Nós somos ocos", disse ela, sem rodeios. "Temos espaço pras coisas mortas."

"Fantasmas sem corpo definham e perecem. Por isso eles tentam se agarrar a nós, em busca de um abrigo. Antes disso, a maior parte se esfrangalha e enlouquece. Mas nem todos os fantasmas são loucos."

Makepeace sentia que os dois estavam se aproximando do cerne da questão. Estava toda arrepiada.

"Imagine", disse sir Thomas, "como seria incrível se nenhuma experiência, nenhuma habilidade, nenhuma memória de uma família fosse perdida. Suponha que fosse possível preservar todas as *pessoas* importantes. A bênção de séculos de sabedoria acumulada..."

Nesse exato instante a tosse educada de alguém ecoou pela porta. O Crowe jovem estava ali parado, a silhueta contra a luz que emanava do corredor.

"Sir Thomas. Peço perdão, mas lorde Fellmotte mandou chamar o senhor."

"Vou vê-lo em breve", respondeu sir Thomas, meio surpreso em ver que o Crowe jovem não se retirou imediatamente.

"Peço perdão", repetiu o rapaz. "Fui orientado a informar... que o senhor será afortunado hoje à noite."

A cor se esvaiu do rosto de sir Thomas, fazendo-o parecer mais velho e cansado.

"Hoje à noite?", indagou ele, perplexo. "Mas já? Parecia que ia levar anos..." Ele recuperou o controle e assentiu devagar. "Claro. Claro." Respirou fundo duas vezes, então encarou as próprias mãos, como se para garantir que ainda estavam ali. Ao olhar de novo para as estrelas tremeluzentes, sua expressão era de choque e tristeza.

Ele se virou para Makepeace e esboçou um sorriso.

"É melhor você entrar e pedir um bolo. Seja rainha por um tempo, se puder."

Com isso, acompanhou o Crowe jovem de volta à casa.

AS CRÔNICAS DAS SOMBRAS
FRANCES HARDINGE

CAPÍTULO 12

Makepeace estava assombrada pela expressão de desamparo de sir Thomas, mas não podia ficar pensando muito naquilo. Já havia perdido tempo demais. Ela correu até a capela.

Ao abrir a porta, em silêncio, ela se espantou em ver um par de velas acesas. Bem, talvez alguém tivesse andado rezando ali. Não havia sinal de James. Ela se pôs a esperar, torcendo para não ter chegado atrasada.

Mesmo depois de dois anos e meio, a reluzente capela incomodava Makepeace. Em Poplar lhe fora incutido que Deus desejava igrejas simples. Então ela se assustara com a suntuosa capela de Grizehayes, repleta de estátuas, pinturas e um perigoso aroma de incenso. Na primeira vez que foi à missa ela permanecera sentada, aterrorizada por ter ido parar naquele ninho de católicos e certa de que iria para o Inferno.

"Eu não acho que os Fellmottes *sejam* católicos", dissera James certo dia, tentando reconfortá-la. "Pelo menos não acho que *eles* se considerem católicos. Eles só gostam... de preservar hábitos antigos."

Agora ela já não sabia ao certo quem iria para o Inferno. A capela dos Fellmottes era tão imponente, tão *antiga*. Era difícil argumentar com quem possuía o respaldo de séculos a seu favor.

Aos domingos, os Fellmottes se acomodavam numa tribuna particular, erigida nos fundos da igreja com um corredor privativo que dava acesso direto a seus aposentos. *Já estão mais perto do Céu que o resto do povo*, pensou Makepeace. Talvez tivessem feito um acordo com Deus, como fizeram com o rei. Talvez, quando chegasse o Dia do Julgamento e fossem abertos os sete selos, Deus deixasse os Fellmottes adentrarem o Céu com um tapinha nas costas e uma piscadela.

Makepeace não esperava tal tratamento especial. Em vez disso, oferecia a Deus sua prece rebelde e secreta.

Pai Todo-Poderoso, quando minhas cinzas retornarem ao chão, não me leve ao Seu palácio de ouro e pérolas. Deixe-me ir aonde vão os animais. Se existe uma floresta eterna onde correm, uivam e cantam as feras e os pássaros, permita que eu corra, uive e cante com eles. E, se eles se esvaírem em nada, permita que eu me junte a eles, como folhas ao vento.

Com um rangido, a porta se abriu. Makepeace se entusiasmou, mas tornou a sucumbir. Não era James.

Em lugar ela avistou dois Crowes, o velho e o jovem, amparando lorde Fellmotte. Lady April e sir Marmaduke vinham logo atrás, e sir Thomas, uns passos depois. Makepeace tornou a se abaixar, encolhida atrás de um sarcófago, a mente rodopiante. Por que estavam todos ali? Será que suspeitavam de algo?

"Achei que tivéssemos um acordo. Nada seria feito até que não houvesse opção", disse sir Thomas. "Eu não estava preparado..."

"Os seus assuntos devem estar sempre em ordem", interrompeu o pai. "Você sabe disso. É verdade, pretendíamos passar nosso curto período de vida da forma costumeira, mas tudo está acontecendo muito depressa. O rei perdeu a chance de dominar Londres, o que significa que esta guerra ridícula vai continuar por mais tempo que o esperado. Se a família quiser prosperar nestes tempos, precisamos ter condições de agir com rapidez e liberdade. Lorde Fellmotte não pode ficar acamado."

"Mas tem que ser hoje à noite?", indagou sir Thomas. "Não podemos deixar o meu filho aproveitar a noite e falarmos disso amanhã de manhã?"

"A família está reunida; não há motivo para adiamento."

Makepeace ouviu alguém abrir e fechar a porta. A voz de Symond irrompeu.

"Pai... é verdade?", perguntou, com um tom calmo. Calmo demais.

"Venha, Symond, venha cá um instante", disse o pai. Makepeace, consternada, ouviu os passos suaves dos dois se aproximando. Eles pararam junto a seu esconderijo.

"Eles vão poupar o senhor?" A voz de Symond era tensa, precisa e firme. "Já decidiram?"

"Você sabe que não podem prometer nada." Pela primeira vez sir Thomas soava meio evasivo. "Sempre há riscos, e o espaço é limitado."

"O senhor tem habilidades e conhecimentos úteis à família! Eles sabem dos seus estudos sobre astros e navegação? Os dispositivos no seu quarto... os astrolábios, os relógios de sol dípticos!"

"Ah, meus brinquedos, que dó." Sir Thomas soltou uma risadinha triste. "Não creio que a família se impressione muito com isso, infelizmente. Symond... seja como for, será feita a vontade de Deus. Eu nasci para este destino. Passei a vida me preparando. Seja lá o que aconteça, essa Herança é meu dever e meu privilégio."

"Estamos prontos, Thomas", disse lady April, num tom apático e resoluto.

Makepeace ouviu os cinco Fellmottes recuando para o outro extremo da capela, junto ao altar. Arrastaram algumas cadeiras e então lady April começou a entoar algumas palavras, numa voz baixa e firme. Guardava a solenidade de um salmo ou sortilégio.

Makepeace permaneceu sentada, abraçando os joelhos. O frio penetrava pelo piso de pedra e o mármore em suas costas. Tremia do frio que congelava até os ossos. Parecia que cada escultura, cada laje de memorial, cada dispositivo heráldico nos vitrais da janela bafejava um sopro frio no ar.

Havia algo ocorrendo ali, algo muitíssimo secreto. O que aconteceria se ela fosse descoberta, ou se James cometesse o erro de adentrar e fosse pego?

A voz de lady April já não era o único som. Agora havia fracos sussurros, um chiado ondulante, como teias de aranha sendo desmanchadas. Então Makepeace ouviu um arquejo muito humano, seguido de um longo e sufocante gorgolejo.

Ela não resistiu a erguer a cabeça um tantinho, para espiar.

Sir Thomas e lorde Obadiah estavam sentados, lado a lado, em cadeiras de madeira que mais pareciam tronos. Obadiah estava curvado, com a boca aberta e meio flácida. Sir Thomas tinha as costas arqueadas, a boca escancarada e os olhos arregalados, como se estivesse tendo uma convulsão.

Enquanto observava, Makepeace pensou ver uma sombra emergir lentamente da orelha de Obadiah. Pareceu pulsar e tremular por um instante, então disparou em direção ao rosto de sir Thomas e invadiu sua boca escancarada. Ele soltou um berro contido, contorceu o rosto num espasmo, o que pareceu um reflexo de uma poça ondeante. Dois outros filetes de sombra começaram a escapar dos olhos de Obadiah.

Makepeace se enfiou de volta no esconderijo, tentando abafar a própria respiração. Depois de um tempo, os sons ominosos se esvaíram, dando lugar a um longo silêncio.

"Donald Fellmotte de Wellsbank, está aí?", indagou lady April.

"Sim", veio a resposta rascante.

"Baldwin Fellmotte da Ordem dos Hospitalários, está aí?" Lady April chamou nome após nome, e a cada vez recebia um áspero "sim".

"Thomas Fellmotte está aí?", indagou ela, por fim, após vários outros nomes.

Fez-se silêncio.

"Ele era um servo leal da família", comentou sir Marmaduke, "mas parece que não tinha a mente forte o bastante para suportar a Herança. Obadiah também não."

"O que aconteceu com ele?", perguntou Symond, ainda contido e assustado. "Aonde ele foi?"

"Você tem que entender que há um limite de espaço numa única pessoa, mesmo tendo o seu dom", disse lady April. "Às vezes há perdas, e a mente é esmagada e aniquilada.

"Neste exato momento, porém, você tem outra tarefa. O corpo do seu avô está desocupado, mas ainda respira. Ele não pode permanecer neste estado indigno. É você quem deve libertá-lo, Symond."

Makepeace pressionou as orelhas e cerrou os olhos com força. Não moveu um músculo até que tivesse certeza de que todos os Fellmottes haviam deixado a capela.

Quando retornou às festividades, titubeante, ela foi atingida pelos sons da alegria humana, como uma bofetada. O ar estava tão barulhento que era quase impossível respirar.

No salão principal, encontrou James. Ele estava sentado na cadeira de lorde, junto ao fogo, segurando uma caneca de cerveja e rodeado por uma multidão que ria de suas piadas. Havia um enorme prato de doces e bolos a seu lado, e um sujeito forte rodopiava em cambalhotas, fazendo-se de bobo da corte.

Makepeace enfim compreendeu por que James não tinha ido ao encontro. Ele apanhara sua fatia do bolo da Noite de Reis. Encontrara o grão de feijão. Era o Senhor do Desgoverno. Ao vê-la, ele franziu o cenho, levantou-se depressa e a puxou pelo braço até um canto vazio.

"Não é possível que já seja meia-noite", começou ele, mas então percebeu a palidez de Makepeace. "Irmãzinha... o que foi que houve?"

Aos sussurros, ela contou tudo.

"Os Doutos estão abarrotados de fantasmas, James! É por isso que não suportamos olhar pra eles! É por isso que eles ficam diferentes quando recebem a Herança! Os espíritos dos ancestrais os invadem e ocupam o corpo deles!"

"Mas por que pegaram *a gente*?", perguntou James, encarando Makepeace. "Eles não querem que a gente herde nada!"

"Você não entende? Nós somos *reservas*, James! Às vezes os herdeiros morrem, ou se afastam por um tempo. Quando um Douto morre eles precisam de alguém para depositar os espíritos em caráter emergencial! Somos receptáculos... é isso o que somos pra eles!

"James, a gente tem que sair daqui! Por favor! Você consegue escapar depressa?"

James a escutara, horrorizado, mas Makepeace percebeu uma centelha de conflito em seu rosto franco. Ele olhou para trás, para o trono recém-conquistado. Ela devia ter suspeitado de como era importante para ele ser lorde por um dia. Quando haveria outra chance como aquela?

"Já está muito tarde", disse ele, constrangido. "E, de todo modo, você não está em condições de correr tantos quilômetros. Amanhã de manhã voltamos a conversar."

Com uma sensação de profunda desesperança, Makepeace observou o meio-irmão retornar ao trono que o aguardava e ao pequeno séquito de cortesãos.

Thomas, o novo lorde Fellmotte, retornou ao salão algum tempo depois, acompanhado do filho. Symond, que antes estava transtornado, parecia totalmente recuperado. Sentou-se ao lado do pai, perscrutando o salão com uma serenidade felina.

Thomas já não circulava nem sorria. Seus movimentos eram diferentes, tomados de horripilante rigidez. Seu rosto não demonstrava ternura, e, nos olhos, carregava a mesma expressão reptílica de Obadiah.

AS CRÔNICAS DAS SOMBRAS
FRANCES HARDINGE

CAPÍTULO
13

Grizehayes no inverno exibia seu verdadeiro aspecto — descolorida, eterna, intocável, inalterável. Paralisava a mente, congelava a alma e tornava pueril qualquer sonho de fuga.

Havia um "novo" lorde Fellmotte na residência, mas Makepeace sabia que ele era tão antigo quanto as torres cinzentas. Thomas Fellmotte havia passado a se sentar curvado, como se acostumado a uma coluna envelhecida. De súbito adquiriu gosto por comidas fastuosas e o melhor conhaque. Ao observá-lo atacar uma coxa de frango assado, rasgando a carne até o osso, Makepeace imaginava os ávidos espíritos que o habitavam. Haviam passado muito tempo confinados num corpo tísico e enfraquecido, tomado por febre e dores. Agora tinham dentes outra vez, além de um estômago capaz de suportar certas extravagâncias.

"Thomas devia ter cuidado melhor desse corpo!", murmurou ele certo dia, e Makepeace ouviu. "Estamos sendo torturados pelas dores nas costas de tantas cavalgadas, e nossos olhos estão exauridos de tanta leitura! Podíamos ter ocupado o corpo antes, se soubéssemos que ele o massacraria tanto. Suas memórias também são uma mixórdia, que parecem livros numa biblioteca bagunçada..."

Os fantasmas de "lorde Fellmotte" não falavam como visitantes. Pareciam enxergar o corpo de Thomas como um bem que sempre lhes pertencera, uma casa recuperada de um inquilino negligente.

Tudo havia mudado. Nada havia mudado.

Mesmo assim, à medida que os dias clareavam, surgiam rumores de mudanças. A primavera estava chegando a Grizehayes, assim como a guerra.

*

Certa manhã de maio, antes do amanhecer, Makepeace apanhava caracóis no quintal da cozinha quando ouviu murmúrios do outro lado da parede.

Ela costumava catar caracóis e minhocas para fazer água de caracóis, o remédio de gota mais eficaz para a senhora Gotely. Makepeace tinha as próprias razões para sempre cumprir essa tarefa tão cedo, enquanto a casa toda ainda dormia. Significava que ninguém mais a veria agachada de quatro no pátio da cozinha, entregando o corpo ao Urso, que caminhava contente pela grama fria e coberta de orvalho. Se ela se restringisse ao lado direito do jardim, o muro em redor bloqueava a vista das janelas de Grizehayes.

Era algo tão simples, mas que aliviava bastante a sensação de confinamento do Urso. Aquele era o território dele, frio, verde, um reino de mistérios e aromas úmidos. Makepeace sempre sentia o olhar mais aguçado, capaz de enxergar com tanta nitidez no lusco-fusco quanto num dia claro. Naquele dia ela escavou a grama com os dedos, esfregou-se numa árvore, farejou os dentes-de-leão e quebrou-os com o nariz. Não foi ágil o bastante para impedir que o Urso lambesse um besouro gordo de seu punho e o engolisse.

Então ela congelou, com o gosto de besouro ainda na boca, ao ouvir as vozes baixas e prementes e o farfalhar de passos...

"Então?" A voz rascante de lorde Fellmotte era inconfundível.

Outra voz masculina respondeu. Parecia sir Anthony, um Douto que havia chegado na véspera, tarde da noite. Era primo de segundo grau do novo lorde Fellmotte, e Makepeace suspeitou que abrigasse um bando barulhento de agressivos soldados em meio a algumas almas de cabeça mais fria.

"É como imaginamos. As tropas rebeldes estão avançando para a guarnição militar de Geltford."

Espantada, Makepeace aguçou os ouvidos. Geltford ficava a menos de 65 quilômetros de Grizehayes.

"Hum", disse lorde Fellmotte. "Se os rebeldes dominarem Geltford, virão para cima de nós logo em seguida."

"Que seja", retrucou sir Anthony, sem rodeios. "Pobres deles se tentarem sitiar Grizehayes."

"Se o rei perder Geltford, sua influência sobre o condado vai se enfraquecer", ponderou lorde Fellmotte, pensativo.

"E nós damos a mínima? Nós nos declaramos a favor do rei, mas se mantivermos tropas aqui podemos alegar defesa das nossas terras, pelo bem dele. Podemos ficar quietos e deixar essa guerrinha idiota se exaurir."

"Ah, mas precisamos que o rei vença esta guerra idiota!", retorquiu lorde Fellmotte. "Se o Parlamento vence, o rei Carlos perde o poder, e ainda fica sem dinheiro para nos pagar tudo o que lhe emprestamos! Além do mais, temos controle sobre este rei! Ele nunca vai poder nos acusar de bruxaria! Se esses puritanos alucinados farejarem a verdade a respeito das nossas tradições, no mesmo instante vão começar a bradar sobre necromancia. Não podemos deixar que eles conquistem muito poder.

"O rei tem que vencer, e se não o ajudarmos ele vai fazer uma lambança. Nós já *presenciamos* a guerra, mas a maior parte desta geração molenga, que mal saiu das fraldas, não! Não, o rei vai precisar de nós."

"Podemos intermediar a paz?", sugeriu sir Anthony. "O que o Parlamento *quer*?"

"Eles afirmam só querer que o rei pare de reivindicar novos poderes para si."

"Ele está fazendo isso?"

"Claro que está!", exclamou lorde Fellmotte. "E eles também! Os dois lados estão certos. E os dois lados estão errados. Mas o rei é teimoso demais para negociar. Acredita ser o escolhido de Deus, e que qualquer um que discorde dele é traidor.

"Você já viu o rei? Carlos é um homem *pequeno* e sabe disso. Tem as pernas meio atrofiadas. O pai dele as envolvia em ataduras de aço para esticá-las, quando ele era criança, o que talvez tenha ajudado um pouco, mas a senhora que cuidava dele se recusava a fazer isso. Então ele cresceu com a teimosia de um homem *pequeno*. Ele não sabe ceder, pois não tolera se sentir *diminuído*."

"Então o que devemos fazer?", perguntou sir Anthony.

"Enviar mensageiros. Angariar favores. Fazer ameaças. Descobrir os grandes nomes que estão em cima do muro e puxá-los para o lado do rei. E, enquanto isso... preparar o regimento. Não podemos deixar os rebeldes tomarem Geltford. Eles não vão poder cruzar o rio se ocuparmos a ponte de Hangerdon."

Do outro lado do muro, uma jovem ajudante de cozinha, agachada de quatro, os dedos dormentes com o frio do orvalho, engendrava planos, com a mente fervilhando.

"O regimento está avançando, James", disse Makepeace aquela noite. "É a nossa chance."

Desde a Noite de Reis, James se mostrava meio distraído e encabulado sempre que topava com Makepeace. Ficara difícil prendê-lo para uma conversa em particular. Aquele dia, no entanto, Makepeace conseguira arrastá-lo até a passagem que levava ao antigo portão de saída. Ela chegara a cogitar se o portão poderia ser usado como rota para fugir de Grizehayes, mas a passagem era bloqueada por uma porta trancada e outra pesada porta corrediça. Apesar disso, ali era um excelente local para conversas secretas.

O estimado mapa desenhado por ela jazia estendido em seu colo. Já exibia diversas partes traçadas nas páginas desbotadas de antigas partituras, numa tosca representação de Londres e outras grandes cidades.

"Eu sei", sussurrou James, mordendo o canto do polegar. "O regimento parte amanhã. Sir Anthony está na liderança, acompanhado do filho, o patrão Robert. O patrão Symond também vai... ele mesmo me contou."

Makepeace jamais conseguira pensar em Symond da mesma forma depois da Noite de Reis. Ele tinha sido forçado a assistir à possessão do próprio pai. E a ordem de lady April de que ele "libertasse" da vida a carapaça vazia do avô? Teria ele sido forçado a asfixiar o velho com um travesseiro? No entanto, logo depois ele surgira muito tranquilo. Ela não sabia se sentia pena ou pavor.

James nunca parecia disposto a conversar sobre aquilo, e Makepeace vivia assombrada por suspeitas de que Symond fizera dele seu confidente. A ideia a magoava profundamente, mas ela tentava reprimir o próprio ciúme.

"Então é a hora perfeita para escapar!", sussurrou em resposta. "Os Doutos enfim estão se envolvendo com a guerra, vão estar ocupados e distraídos... e os Crowes também, imagino.

"Todas as aldeias próximas estão abarrotadas de esposas de soldados, fazendo as malas para acompanhar o regimento. Pensa só! Revoltas, confusão, multidões marchando... podemos nos infiltrar se quisermos!"

Ao olhar o irmão, Makepeace se deu conta de algo que devia ter percebido logo de início. Alguma coisa que ele temia admitir, mas que desejava muito revelar a ela. Estava tentando esconder a empolgação.

"O que foi?", indagou ela, tomada por um mau pressentimento. "O que você fez?"

"Eu pedi pra acompanhar o regimento... com o patrão Symond. Fui recusado... mas me uni à milícia que vai defender Grizehayes e os vilarejos. Não me olhe assim! É uma boa notícia... uma oportunidade! Pra nós dois!"

"Pra *você*, talvez. Uma oportunidade de ter os miolos estourados por uma bala de canhão!"

"Eu provavelmente nem vou chegar a ver uma batalha! E vou tomar muito cuidado."

"Você vai é bancar o valentão e se danar, tolo do jeito que é! Os outros soldados vão te passar todas as tarefas perigosas e trapacear de você nos dados."

"Sim, Mãe", retrucou James com uma seriedade debochada, o sorriso feio e charmoso lhe enrugando as bochechas. O velho apelido a enternecia, mas naquele momento lhe embrulhou o estômago. Ele estava sendo debochado. "Escute, Makepeace! *Se* houver luta, eu vou poder provar o meu valor, e os Fellmottes vão ter que reconhecer. Quando eu conquistar poder na família, vou ter mais condições de te proteger!"

Makepeace o encarou.

"Poder na família? Nós decidimos *deixar* a família! Decidimos que não queríamos nada deles e que fugiríamos o quanto antes! Ou o plano mudou?"

James baixou o olhar, e ela soube que o plano *havia* mudado. Percebeu que já fazia algum tempo que vinha mudando, mesmo antes da Noite de Reis.

Ela o sentiu escapando das mãos, escapando das promessas que os dois haviam feito. Seus talentos estavam sendo reconhecidos em Grizehayes. Ele não deveria mesmo aprender o máximo possível antes da fuga? Antes de cometerem o ato final de desobediência e ingratidão, os dois não deveriam arrancar tudo o que pudessem da família? Então, bem devagar, esses pensamentos deram lugar a outro: *se eu conquistar poder dentro de Grizehayes, será que realmente vou precisar fugir?*

"Nós não somos mais crianças", disse James, meio na defensiva. "Eu agora sou um homem. Tenho deveres... para com a família e o rei."

"Fugir deste lugar não é uma brincadeira de criança!", retorquiu Makepeace, com o rosto quente.

"Não é? Você acha mesmo que a gente algum dia vai conseguir escapar dos Fellmottes com... isso?" Ele meneou a cabeça para os mapas. "Sempre foi uma brincadeira, que nunca vamos vencer. Os Fellmottes vão nos encontrar sempre, Makepeace! Eu preciso encarar o mundo como ele é. Preciso jogar conforme as regras deles, e jogar bem."

"Foi o feijão no bolo", murmurou Makepeace.

"O quê?"

"O feijão no bolo da Noite de Reis! A sorte te fez Senhor do Desgoverno por uma noite, e você não conseguiu resistir! Jogou no lixo todos os planos para ter todo mundo te reverenciando e chamando de 'milorde'. Mesmo que fosse tudo fingimento, invenção.

"Você prometeu que fugiríamos juntos, James. Prometeu."

Era esse o cerne da questão. Em meio à preocupação de Makepeace em relação a James, havia a deprimente e infantil sensação de ter sido traída por ele.

"Você nunca se satisfazia com os meus planos de fuga!", disparou James. "Se tivesse sido menos medrosa..." A voz dele foi morrendo, mas retornou, num tom calmo e penetrante. "Vamos fugir hoje, então? Hoje à noite? Como é que vai ser? Vamos roubar um cavalo?"

O olhar dele era muito firme, muito desafiador. Não estava falando sério.

"Teríamos que trocar de cavalo depressa", argumentou Makepeace, sem poder evitar de apontar as falhas. "Lembra como o cavalo se cansou depressa da última vez, carregando nós dois? Da última vez eles nos alcançaram antes que chegássemos ao rio."

"Então rumamos na direção de Wincaster..."

"Wincaster? A cidade onde está a guarnição militar do outro regimento? Roubariam nosso cavalo pra cavalaria deles!"

"Viu só?", retrucou James, ao mesmo tempo frustrado e triunfante. "Você *nunca* está satisfeita!"

Makepeace aguardou um instante para acalmar os nervos, então encarou o irmão.

"Vai ter uma feira em Palewich depois de amanhã", disse ela, calmamente. "Posso persuadir a senhora Gotely a me mandar comprar leitões e especiarias. Daí terei dinheiro no bolso, e ninguém vai esperar me ver antes de algumas horas.

"Eu guardei um selo de cera dos Fellmottes... a gente pode aquecer e selar uma carta falsa. Você pode escapulir, e se alguém te confrontar você mostra a carta e finge que está levando ao regimento.

"A gente se encontra e compra um cavalo que a família não vá reconhecer. Trocamos de roupa e pegamos a antiga rota que passa pela forca de Wellman. Tenho comida suficiente pra três dias sem que a gente precise comprar ou pedir... e podemos passar a primeira noite nas cavernas de Wether, depois em qualquer celeiro que encontrarmos no caminho."

Não era um plano perfeito, mas era melhor que o dele e se adequava ao caos do momento. O olhar de James vacilou, como ela já suspeitava.

"Vamos conversar sobre isso outra hora", ponderou ele, então abraçou Makepeace e deu-lhe um apertinho. "Você precisa confiar em mim!"

Ele era a única criatura de duas pernas em quem Makepeace de fato confiava. Naquele momento, contudo, ela sentiu a confiança se esvair de dentro de si. Deu um giro, desvencilhou-se do abraço de James e disparou pela passagem, acompanhada pelos eco de seus passos nas paredes úmidas.

AS CRÔNICAS DAS SOMBRAS
FRANCES HARDINGE

CAPÍTULO 14

O dia da partida foi triste e ensolarado, com cheiro de erva queimada de sol e ao alecrim no quintal da cozinha. Nos agitados estábulos e pátio, os cachorros absorviam o clima, latindo, choramingando e correndo nervosos atrás de uma pessoa, depois de outra.

Makepeace ficou ocupada preparando as provisões na cozinha, debilitada pela noite mal dormida. Nunca tivera uma discussão séria com James, o que a deixara enjoada e sem chão. Estava assombrada pela lembrança de sua última briga com a Mãe, e pelo temor de que algo terrível aconteceria se não fizesse as pazes com James.

Quando chegou ao pátio, ela não teve chance de falar com o irmão, que se ocupava de ajudar Symond Fellmotte nos preparativos da partida.

Symond estava um bom casaco impermeável de couro de alce, com botas reluzentes, assim como a gola da camisa, os cachos dourados revolvidos pela brisa. O desassossego das mãos enluvadas e dos olhos acastanhados eram os únicos indícios de que ele não estava totalmente à vontade. Não pela primeira vez Makepeace foi atingida pelo contraste entre o gélido autocontrole de Symond e o sorriso vagabundo de James. Ainda assim, enquanto observava os rapazes cochicharem, num tom sério, ela sentiu a proximidade entre os dois. Aquela era uma parte da vida de James da qual ela não partilhava, um mundo de ousadia e camaradagem masculina.

Sir Anthony, com seus ombros largos, foi o primeiro a montar. O cavalo não gostou dele, pois os animais raramente gostavam dos Doutos. Como todos os animais da propriedade, porém, ele se acovardou e obedeceu, trêmulo. O cavalo seguinte foi ocupado por seu filho Robert, um jovem alto e de sobrancelhas escuras, que parecia passar a vida olhando para o pai em busca de aprovação.

Antes que Symond subisse na sela, lorde Fellmotte chegou ao pátio e abraçou o filho, cerimonioso. Um abraço frio, feito tira e fivela. Makepeace imaginou qual seria a sensação de ser abraçado pela carcaça de um pai infestado de espíritos.

Symond nem se encolheu. Se estava incomodado ou nervoso, seu rosto não dava sinais.

Aquela noite, Makepeace teve um sono agitado no catre sob a mesa da cozinha, embalada pela respiração e pelos grunhidos dos cachorros que dormiam perto do forno.

Pouco antes do amanhecer, uma barulheira vinda do corredor a acordou num susto, e ela pulou da cama. Pouco depois, já estava se esgueirando em direção à porta, com uma vela fina numa das mãos e a defesa improvisada de uma faca de trinchar na outra.

Uma figura escura despontou na porta, erguendo a mão num gesto apaziguador.

"Makepeace, sou eu!"

"James! Você quase me matou de susto! O que está fazendo aqui?"

"Eu precisava falar com você", disse James, com os olhos arregalados e atentos. "Desculpe pelo que eu falei antes. Desculpe por não ter escutado o seu plano de fuga..."

"Eu também peço desculpas", sussurrou Makepeace depressa, na intenção de cortar qualquer justificativa. "Sei que você não pode fugir da milícia. Eu não devia ter pedido. Você seria um desertor..."

"Isso não importa!", interrompeu James, dando uma olhadela para trás. "Você ainda tem aquele selo de cera? O selo dos Fellmottes que você mencionou?"

Makepeace assentiu, abalada com a mudança de rumo.

"Aqui!" Ele empurrou um maço de papéis dobrados para ela. "Dá pra botar o selo do lado de fora disso aqui?"

"O que é isso?", indagou Makepeace, surpresa. Os papéis fizeram um estalido em suas mãos.

"Não importa. Quando estiver selado vai parecer uma remessa. Eu posso me disfarçar de mensageiro, do jeitinho que você falou."

"Quer dizer... que vamos seguir em frente com o plano?", perguntou Makepeace, sem conseguir acreditar.

"Você ainda está disposta? Consegue ir à feira de Palewich hoje à tarde?" O rosto de James exibia alguma sensação; talvez fosse raiva.

"Consigo."

"Então esteja no antigo armazém às duas horas. Tem... muita coisa acontecendo. Mas se eu conseguir escapar..."

"Eu vou estar lá", disse ela, mais que depressa. Ela percebeu que algo tinha acontecido, algo que revolvera o temperamento volátil de James. Se ela conseguisse içar as velas a tempo, talvez pudesse aproveitar aquela súbita rajada de vento.

James estendeu os braços depressa e apertou as mãos dela.

"Ponha o selo nos papéis e guarde em segurança. Não deixe que mais ninguém veja!"

"Eu te entrego amanhã", sussurrou Makepeace.

"Eu tenho que ir... daqui a pouco os outros começam a acordar." James deu um abraço rápido em Makepeace, então hesitou por um instante, encarando-a. "Makepeace... aconteça o que acontecer, eu *vou* te encontrar. Eu *prometo*." Ele apertou os ombros dela e disparou escuridão adentro.

Não havia tempo a perder. A aurora já vinha chegando, e Makepeace não ficaria sozinha ali por muito tempo. Deslizou até o bufê, afastou um ladrilho solto e apanhou o selo de cera. Estava intacto, só um pouquinho desbotado e lascado nos cantos.

Makepeace queria dar uma espiada nos papéis, descobrir que documentos James havia afanado às pressas, mas já era quase dia claro. A cada rangido que ecoava nas tábuas do assoalho, ela imaginava a senhora Gotely coxeando até a cozinha.

Ela aqueceu uma faca no borralho e usou a lâmina para derreter a base plana do selo. Com muito cuidado, posicionou o selo no lugar e pressionou, de modo a prender o maço de papéis.

Então, ao ouvir o *tap-tap-tap* distante da bengala da senhora Gotely, Makepeace correu até uma das grandes tinas de sal, onde as carnes eram deixadas para secar. Envolveu o maço num pedaço de tecido e enfiou no meio dos grãos amarronzados de sal, quase transbordando da tina de pedra.

O coração de Makepeace batia com uma agonia esperançosa.

No dia seguinte a casa parecia vazia, insegura.

Enquanto a criadagem fofocava, refletia e se afligia, Makepeace se mantinha ocupada, de semblante plácido. *Pode ser a última vez que eu limpo este caneco*, pensava consigo mesma. *Talvez seja a última vez que eu leve chá pra senhora Gotely.* Ela não imaginara que essas ideias lhe trariam tamanha angústia. Hábitos, lugares e rostos vão ganhando importância ao longo do tempo, feito raízes enterradas na pedra.

Makepeace esperava falar com James outra vez, mas o destino estava contra ela. O Crowe velho, o administrador, tinha ficado doente ao longo da noite, então James tinha acumulado tarefas. Por fim, ela conseguiu interceptá-lo no pátio e enfiou um embrulho de tecido em suas mãos. Continha pão, queijo, uma fatia fina de bolo de centeio e os papéis escondidos. James apanhou o papel, com um olhar expressivo.

Como Makepeace previra, não foi difícil convencer a senhora Gotely a mandá-la à feira com dinheiro para comprar leitões, especiarias e outros artigos para casa.

Confiança era feito mofo. Ia se acumulando, ao longo do tempo, em locais negligenciados. Confiar nela era conveniente; desconfiar teria sido cansativo e inconveniente. Ao longo dos anos, a desatenta confiança dos outros se arraigara a ela.

Ninguém parecia prestar atenção em Makepeace enquanto ela cruzava o pátio carregando duas cestas enormes e bem acolchoadas. Então, na saída do portão, o Crowe jovem começou a acompanhá-la pelo caminho.

"Ouvi dizer que está indo à feira?", disse ele, numa atitude deliberadamente espontânea. "É sempre melhor ter companhia por essas vielas do campo."

Makepeace sentiu um calafrio.

Não era a primeira vez que o Crowe jovem demonstrava uma tendência protetora. Desde que completara treze anos, portanto já na idade de ser considerada presa fácil a certo tipo de homem, ela percebia o Crowe jovem agindo como um improvável guardião. Para sua vergonha e constrangimento, Makepeace era grata pelas intervenções. Ela sabia, porém, que o motivo não era afeto nem cavalheirismo. Ele estava apenas protegendo uma valiosa propriedade dos Fellmottes. Isso, ao que parecia, era mais importante que cuidar do pai doente.

"Obrigada", disse ela, conseguindo soar tímida, em vez de consternada.

Os dois caminharam até a feira de Palewich. Com o Crowe jovem a tiracolo, Makepeace não teve escolha a não ser circular por entre as barracas, comprando as mercadorias da lista da velha cozinheira. Enquanto isso observava o relógio de sol na torre da igreja.

O Urso não gostava de aglomerações, nem de barulhos e cheiro de mercado. Sua infelicidade chegava a Makepeace por meio de dores no corpo e lampejos de lembranças confusas e ardentes. Ela recordou os rostos zombeteiros à sua volta, sem pelos, aos berros, e as pancadas de pedras arremessadas com crueldade.

Ninguém vai mais fazer isso com você, disse ela ao Urso, invocando a própria raiva de maneira protetora. *Nunca, nunca mais. Eu prometo.*

Já perto das duas da tarde, ela se arriscou e perdeu o Crowe jovem na multidão. Correu até os antigos armazéns e esperou, escondida atrás de uma antiga árvore.

As duas horas se tornaram duas e quinze, então duas e meia. James não apareceu.

Talvez algum acidente o tivesse irritado e deixado prestes a fugir, e agora talvez outro incidente lhe tivesse devolvido o bom humor. Ele devia ter se saído bem em alguma tarefa ou sido elogiado por um dos oficiais da milícia. Tinha encontrado companheiros que gostavam dele.

Ele não chegaria. Makepeace sentiu algo ser arrancado de seu peito, e cogitou se não seria o coração se despedaçando. Aguardou para ver como se sentiria. Talvez os corações se quebrassem feito ovos, transbordassem e parassem de bater. No entanto, ela só sentia dormência. *De repente meu coração já foi partido, e nunca mais se recuperou.*

Às quinze para as três, o Crowe jovem a reencontrou. Ela inventou uma desculpa e ficou se humilhando até não aguentar mais. De cara fechada, ele a acompanhou de volta à casa.

Ao ver Grizehayes surgir no horizonte, Makepeace ficou desconsolada. *Cá está você de volta, no fim das contas*, pareciam dizer as paredes cinzentas. *Cá está você, para sempre.*

Ela adentrou a cozinha e encontrou Long Alys toda empolgada, repassando a última fofoca à senhora Gotely.

"A senhora já soube? James Winnersh fugiu! Deixou um bilhete., Encontraram hoje de manhã! Foi se juntar ao regimento! Bom, não é de se espantar. Todo mundo sabe a decepção que o menino ficou em ser recusado!"

Makepeace lutou para manter o semblante impassível. James tinha fugido, afinal, só que sem ela.

"Ele te contou o que estava planejando?", indagou Alys, de olhar atento e implacável. "Você sempre foi amiguinha dele, não é? Achei que ele contasse tudo."

"Não", respondeu Makepeace, engolindo a dor. "Ele não me contou."

Ele havia lhe roubado o plano, o selo de cera e a ajuda, então fugira para um mundo novo e amplo, deixando-a para trás.

AS CRÔNICAS DAS SOMBRAS
FRANCES HARDINGE

CAPÍTULO 15

James virou o assunto de todos nos dias seguintes. Mandaram o Crowe branco atrás dele, e a maioria da criadagem imaginava que ele seria trazido de volta em pouco tempo.

No quarto dia, no entanto, ficou claro que havia algo muitíssimo estranho. O Crowe jovem e outros criados não paravam de correr de um lado a outro, vasculhando a casa e levando cartas. Então, enquanto Makepeace e a senhora Gotely preparavam o jantar, a porta da cozinha se escancarou.

Makepeace olhou a tempo de ver o Crowe jovem marchar cozinha adentro, sem o costumeiro e presunçoso desinteresse. Para sua confusão, ele avançou direto até ela e a agarrou pelo braço com uma força surpreendente.

"Que diabos...", começou a senhora Gotely.

"Lorde Fellmotte quer ver a garota agora mesmo."

Enquanto era arrastada para fora da cozinha, Makepeace tentou se concentrar e manter o equilíbrio. De alguma forma havia sido pega com a boca na botija. Lorde Fellmotte suspeitava de algo, e ela nem sequer sabia o quê.

O Crowe jovem não deu nenhuma explicação enquanto puxava Makepeace pela escadaria principal em direção ao escritório ocupado por lorde Fellmotte.

Lorde Fellmotte estava sentado, à espera dela, com uma quietude que não parecia serena como de costume. Enquanto ela entrava, ele virou a cabeça para observar sua aproximação. Não pela primeira vez Makepeace imaginou qual dos fantasmas dentro dele teria mexido a cabeça, e como eles decidiam tais coisas. Faziam uma votação? Cada um assumia uma função diferente? Ou já havia tantos anos que trabalhavam juntos que estavam acostumados a operar em consonância?

Lorde Fellmotte não era um homem. Era um conselho de Doutos. Um Parlamento de gralhas mortíferas dentro de uma árvore moribunda.

"Encontrei a garota", declarou o Crowe jovem, exatamente como se Makepeace estivesse se escondendo.

"Sua ingrata desgraçada", disse lorde Fellmotte, num tom de voz pausado, grave e frio. "Onde é que está?"

Onde estava o quê? Ele não podia estar falando do selo de cera... fazia meses que ela o afanara.

"Desculpe, milorde." Ela manteve os olhos baixos. "Eu não sei de que..." De cabeça baixa, ela o entreviu se erguer e se aproximar. A proximidade lhe provocou um calafrio.

"Nada de mentiras!", urrou lorde Fellmotte, tão alto e repentino que Makepeace deu um salto. "James Winnersh pediu a sua ajuda. Você vai nos contar tudo a respeito. Agora."

"James?"

"Você sempre foi a cúmplice preferida dele, seu cãozinho de estimação. A quem mais ele recorreria para conceber um plano tão desesperado?"

"Eu não sabia que ele estava planejando fugir!", respondeu Makepeace mais que depressa, então lembrou, tarde demais, que os Doutos eram capazes de detectar mentiras. Ela *sabia* que ele estava planejando fugir, só não sabia como.

"Temos sido bons com você aqui, garota", esbravejou lorde Fellmotte. "Não temos obrigação de continuar sendo. Conte a verdade. Conte sobre o sonífero que você preparou a pedido dele."

"O quê?" A pergunta inesperada descompensou Makepeace. "Não! Eu não fiz nada disso!"

"Claro que fez", retrucou lorde Fellmotte com frieza. "Ninguém mais na casa, além da senhora Gotely, poderia ter feito isso. A bem da verdade, você tem sorte por não ter sido caso de assassinato. O administrador é um homem de idade, e aquela bebida o derrubou absurdamente. O coração dele podia ter parado!"

"O *administrador*? O patrão Crowe velho?", perguntou Makepeace, estupefata.

"James levou um caneco de cerveja ao meu pai na véspera da partida do regimento", disse o Crowe jovem, num tom seco. "Ele passou uma hora inconsciente. Na manhã seguinte mal podia se levantar, e está fraco até agora..."

"Nós sabemos por que ele foi drogado", prosseguiu lorde Fellmotte, num tom cruel. "Sabemos que James roubou as chaves dele para invadir a sala de documentos e devolver a chave depois. Onde é que está, garota? James levou? *Onde está o nosso alvará?*"

Makepeace encarou os dois, boquiaberta. Ela só sabia da existência de um alvará, o misterioso documento assinado pelo próprio rei Carlos, autorizando as tradições da família Fellmotte.

"Eu não sei de nada disso!", exclamou ela. "Por que James roubaria um alvará? Eu nunca fiz sonífero nenhum para ele... e, se tivesse, teria feito direito, pra não arriscar envenenar nenhuma pobre alma e mandá-la para o além!"

Fez-se um longo silêncio. Makepeace estava ciente da proximidade de lorde Fellmotte, que caminhava em redor dela e a observava com atenção.

"Você pode estar falando a verdade em relação ao sonífero", disse ele, bem baixinho, "mas está escondendo *alguma coisa*."

Makepeace engoliu em seco. O maço de papéis que James lhe pedira para esconder era grande — talvez grande o bastante para ocultar um alvará. Makepeace esforçou-se para recordar a última conversa deles, procurando fios soltos, nós frouxos que não encaixavam direito, como uma peça de tricô. Na ocasião, ela achara James nervoso e hesitante. Agora podia ver que seu comportamento fora estranho e evasivo.

Por quê, James? E por que você me deixou aqui pra levar a culpa?

"E aí?", indagou lorde Fellmotte.

Se Makepeace queria conquistar alguma piedade por parte dos Fellmottes, agora era a hora de contar tudo o que sabia. Ela respirou fundo.

"Me perdoe, milorde... eu não sei de nada."

Lorde Fellmotte se empertigou, irritado, mas Makepeace nunca descobriu qual teria sido sua sentença. Naquele exato instante deu-se uma respeitosa, porém premente, batida à porta.

Era sempre muito difícil decifrar as expressões de Sua Senhoria, mas Makepeace pensou ter visto uma ponta de irritação.

"Entre!"

O Crowe velho entrou e curvou-se numa mesura mais profunda que de costume, naturalmente sabendo que interrompia.

"Peço perdão, milorde... o senhor disse que queria ser informado imediatamente caso o meu irmão retornasse..."

Lorde Fellmotte fez uma carranca e ficou silêncio. Makepeace imaginou seus espíritos sibilando e confabulando com as sombras de sua mente.

"Mande entrar", disse ele, com rudeza.

Fez-se uma pausa, e o Crowe branco entrou, ainda com as botas de montaria, o cabelo branco pontilhado de gotinhas de chuva. Trazia o chapéu na mão, mas parecia desejar ter mais chapéus para tirar. O rosto estava suado e exaurido, como se tivesse viajado muito e dormido pouco, e guardava nos olhos muito, muito temor.

"Milorde...", disse ele, então se calou e baixou a cabeça.

"Encontrou o menino Winnersh?"

"Eu fui atrás dele, milorde. Ele realmente havia alcançado o nosso regimento e estava seguindo conosco."

"Então presumo que esteja trazendo uma mensagem de sir Anthony?", indagou lorde Fellmotte com vigor. "Ele mandou notícias do regimento?"

"Milorde... eu... de fato trago notícias do regimento." O Crowe branco engoliu em seco. "Os nossos homens se uniram a outras tropas e marcharam para a ponte de Hangerdon, conforme o planejado... mas encontramos o inimigo antes que pudéssemos atacar, milorde. Houve uma batalha."

O coração de Makepeace subiu à boca. Ela pensou no orgulhoso e imprudente James avançando em direção a fileiras de lanças erguidas, ou desviando de balas de mosquete.

"Prossiga." Lorde Fellmotte encarava o Crowe branco com frieza, empedernido.

"Foi... uma batalha terrível, milorde, uma grande carnificina. Os campos ainda estavam empilhados de..." A voz dele se esvaiu outra vez. "Eu sinto muito, milorde. Seu nobre primo sir Anthony... agora está ao lado de Deus."

"Morto?" Lorde Fellmotte contraiu os músculos da mandíbula. "Como foi que ele morreu? As coisas foram feitas *direito*, Crowe? Sir Robert estava à mão e a postos?"

O Crowe branco balançou a cabeça.

"Sir Robert também partiu. Não houve chance nem tempo para que nada fosse feito. Foi um... revés inesperado."

Por um instante, as feições de lorde Fellmotte estremeceram de emoção, feito fogo refletido numa parede de pedras. Foi tomado de choque, raiva e indignação, além de algo que parecia dor. Mas não era o pesar de um homem vivo. Era a dor do penhasco que resiste após um desmoronamento.

"E o meu filho?"

O Crowe branco abriu a boca, a voz presa na garganta. Lançou um olhar nervoso para Makepeace, claramente relutante em falar na frente dela.

"Desembuche!", gritou lorde Fellmotte. "Symond está vivo?"

"Temos todos motivos para crer que sim, milorde." O Crowe branco fechou os olhos e expirou por um instante, como se para se recompor. "Milorde... ninguém sabe onde ele está. Encontraram esta carta com o selo dele. Endereçada ao senhor."

Makepeace cravou as unhas nas mãos. *E James?*, quis gritar. *Ele está vivo?*

Lorde Fellmotte apanhou a carta, abriu o selo e leu. Seu rosto foi tomado por pequenas convulsões. Sua mão começou a tremer.

"Fale", disse ele, com a voz baixa, "da batalha. O que meu filho fez? Conte a verdade!"

"Me perdoe!" O Crowe jovem baixou a cabeça, encarando os próprios pés por um momento, então ergueu o olhar. "Nosso regimento começou a marchar com a infantaria, cruzando Hangerdon Hill em fileiras de comitivas, cada uma com seu próprio comandante. Depois da primeira investida, nossos homens foram posicionados bem mais à frente... longe demais para gritar... de modo que toda a atenção estava em sir Anthony. Ele apontaria o cavalo na direção em que deveriam avançar.

"Mas, enquanto os homens aguardavam as ordens, sir Anthony começou a tombar do cavalo. O patrão Symond, que estava bem ao lado, segurou sir Anthony e gritou que ele tinha levado um tiro de mosquete na costela. Enquanto ele segurava o primo, os cavalos esbarraram um no outro, e o cavalo de sir Anthony avançou de leve a um terreno elevado. Os nossos homens, que já estavam a uma boa distância à frente, interpretaram aquilo como um sinal. E avançaram... não com o resto do exército, para mais longe, num outro ângulo... em direção a uma enorme concentração de inimigos.

"O patrão Symond passou sir Anthony aos outros e berrou, avisando que estava assumindo o controle do regimento. Disse que seguiria a cavalo e faria os homens recuarem e ordenou que sir Robert fosse junto..." O Crowe branco tornou a hesitar. "Mas ele não voltou com os homens, milorde. Quando chegou lá na frente, conduziu-os direto às garras do inimigo."

O que aconteceu com James?

"Continue", ordenou lorde Fellmotte com os dentes cerrados, o rosto vermelho e as mãos unidas.

"A informação veio de simples soldados", prosseguiu o Crowe branco com relutância, "mas disseram que patrão Symond foi visto pela última vez removendo a insígnia do chapéu e partindo para o interior."

"Sir Anthony foi mesmo atingido por uma bala de mosquete?", indagou lorde Fellmotte, com a voz rouca e irreconhecível.

"Não, milorde", disse o Crowe branco, bem baixinho. "Foi golpeado por uma espada longa."

Ao se dar conta, Makepeace se escandalizou. Estivera tão preocupada com James, que não tinha percebido o rumo que a explicação estava tomando. *Mas... isso é impossível! Symond sempre se esforçou tanto para ser o menino de ouro, o queridinho da família! Por que jogaria tudo fora logo agora?*

"Meu filho...", suspirou lorde Fellmotte, engolindo em seco. "Meu filho nos traiu... traiu *tudo*. Ele está com o alvará! E ousa nos ameaçar com..." Ele parou e soltou um lento e trêmulo suspiro. Tinha um canto da boca caído e os olhos vidrados.

"Sua Senhoria está passando mal!" Makepeace não conseguiu mais ficar em silêncio. "Chamem o médico!" No mesmo instante lembrou que o médico e o barbeiro-cirurgião do vilarejo haviam partido com o regimento. "Chamem *alguém*! Vão buscar uma caneca de conhaque!"

Enquanto o Crowe branco saía para buscar ajuda, Makepeace correu para o lado de lorde Fellmotte, para impedir que ele caísse da cadeira.

"Meu filho", disse ele, bem baixinho. Por um breve instante, a expressão de seus olhos fez Makepeace se lembrar de sir Thomas antes da Herança. Seu tom era de uma surpresa dormente e de profunda tristeza, como se Symond acabasse de lhe cravar uma espada.

3

Maud

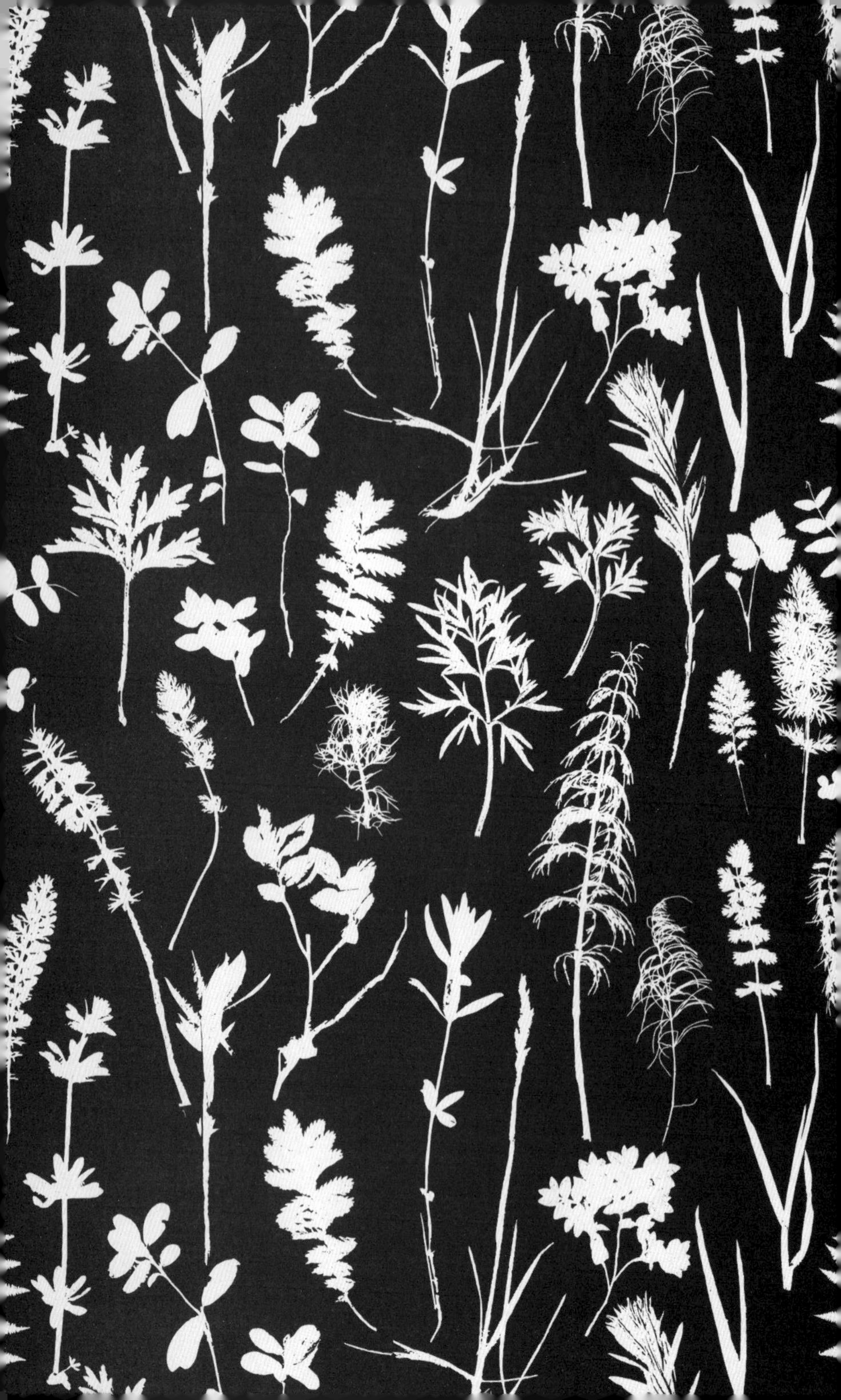

AS CRÔNICAS DAS SOMBRAS
FRANCES HARDINGE

CAPÍTULO
16

Dez minutos depois, um pequeno bando de Crowes se reunia em torno de lorde Fellmotte. Crowe branco, Crowe jovem e Crowe velho, o administrador, encaravam o corpo inerte do patrão, como se a lua tivesse desabado e se esfacelado a seus pés. Um cálice de conhaque fora trazido da cozinha. Makepeace o levou aos lábios do inválido.

"Milorde... milorde, está me ouvindo?", chamou o Crowe velho, perscrutando o rosto do patrão. "Ai, isso é ruim. Isso é ruim demais."

O rosto de lorde Fellmotte estava pálido como porcelana velha. Seus olhos ainda viviam, e através deles Makepeace enxergava os fantasmas faiscantes, fervilhando de fúria. No entanto, em algum ponto no interior daquela intricada máquina corporal, uma engrenagem havia se entortado, e agora ele mal podia se mover.

Makepeace especulou se ainda restava algo do sir Thomas original dentro daquela carapaça perecível. Talvez sim, talvez não. O coração que batia, no entanto, era o dele, e talvez ouvir sobre a traição do filho o tivesse despedaçado. Talvez tivesse restado apenas o bastante para destruir a máquina inteira.

"Precisamos levar Sua Senhoria até o quarto", declarou o Crowe velho. "Discretamente... os outros criados não devem saber que ele está tão abatido. A família não ia querer demonstrar tamanha fraqueza neste momento."

Makepeace ajudou, e ninguém a impediu. Assim que Sua Senhoria foi instalado em segurança nos próprios aposentos, os Crowes se reuniram para um rápido debate, aos sussurros, os narizes proeminentes quase se tocando.

"Precisamos de um médico", murmurou o Crowe velho. Seus olhinhos pretos se moviam sem cessar, como se ele contasse mentalmente as pedras de um ábaco. "Vamos mandar um homem a Palewich, Carnstable, Treadstick e Gratford em busca de algum médico que não tenha partido com o regimento." Ele se virou para o Crowe branco e fez a pergunta que fervilhava na cabeça de Makepeace. "O que houve com James?"

"James?", redarguiu o Crowe branco, levemente surpreso.

"Sim, James! Ele sobreviveu?"

"Não o vi pessoalmente... mas sim, ouvi dizer que ele foi visto com vida após a batalha."

James estava vivo. Um arrepio quente de alívio percorreu o rosto de Makepeace.

"Onde ele está?", indagou o velho. "Fugiu com Symond?"

"Não." O Crowe branco balançou a cabeça. "Pelo que ouvi, ficou com os homens e lutou bravamente, mesmo com toda a pressão. Presumo que ainda esteja com o exército, mas não me demorei levantando uma lista de sobreviventes. Houve muita confusão depois da batalha, e eu achei que devia trazer as notícias assim que possível."

"Você não se empenhou em procurá-lo?", perguntou o Crowe velho, ficando mais e mais vermelho. "Você, entre todas as pessoas, devia ter mais noção! Se Sua Senhoria *não* melhorar, os patrões dentro em breve vão precisar de um novo receptáculo! Symond fugiu, Robert desapareceu, e os outros estão espalhados pelo país. Precisamos de James!"

Makepeace prendeu a respiração. Estivera concentrada no destino do meio-irmão e no colapso do tio. De súbito foi duramente confrontada com seu próprio perigo. Dali a pouco os Crowes perceberiam que *não* precisavam de James.

"Se ele puder ser encontrado, vamos encontrá-lo", disse o Crowe velho. "E precisamos contatar o restante da família, todos que pudermos. Esta é uma decisão que deve ser tomada por eles."

Ele encarou Makepeace, desconfiado e hostil.

"Quanto à garota... ela pode fazer parte deste ninho de cobras. De qualquer modo, não pode ficar por aí, conversando com os outros criados nem tentando mandar recados a James. Tranquem a garota."

E assim foi que Makepeace se viu mais uma vez presa no Quarto dos Pássaros. Ao ouvir o clique da chave e perceber que estava só, ela se permitiu desmoronar pela parede.

O cheiro do quarto acordou o Urso. Ele reconheceu a janela gradeada, o frio, as paredes descascadas. Suas memórias eram nebulosas, mas ele sabia que aquele era um lugar de dor.

Ah, Urso, Urso... Makepeace não tinha conforto para oferecer.

O que foi que Symond te contou, James? Como ele te convenceu a roubar aquele alvará? O que disse que faria quando o tivesse nas mãos? Ele te prometeu poder, fama, liberdade?

Você sabia que ele estava planejando matar sir Anthony e trair todo o regimento? Não. Claro que não. Você queria ser um herói. Queria servir ao rei. Queria fazer parte de uma fraternidade de batalha. Você só sabia de parte do plano, não é?
"Ai, James, seu *palerma*!", resmungou ela em voz alta. "Por que você armou um plano com ele e não comigo? Você confiou no irmão errado!"

Depois de quatro dias de sopa e solidão, o Crowe jovem apareceu para retirar Makepeace do Quarto dos Pássaros.

"Fique apresentável", disse ele, rabugento. "Os Doutos querem falar com você... na Sala dos Mapas."

Com o coração disparado, ela o acompanhou pelas escadas.

Quieto, Urso, pensou, desejando poder calar a própria mente. O Urso não compreendia o que estava acontecendo, mas Makepeace suspeitava que ele percebesse o pânico dela. Ela o sentia se remexendo, indeciso. *Quieto, Urso.*

Cravada no coração de Grizehayes, a Sala dos Mapas não tinha janelas. Sua iluminação provinha de velas em pequenos nichos, com o reboco já escuro de fuligem. As paredes eram divididas em painéis, e sobre cada uma via-se pintado um mapa de batalha diferente. A maioria era de grandes triunfos cristãos: o Cerco de Malta, o Cerco de Viena e batalhas contra os sarracenos durante as Cruzadas. Oceanos azuis se contorciam em redor de diminutos navios idênticos. Generais se avultavam feito gigantes ao lado das pequeninas tendas enfileiradas de suas tropas.

Ao ver as silhuetas dos três Doutos que aguardavam em silêncio, Makepeace imaginou se algum espírito dentro deles havia presenciado aquelas batalhas. Talvez algum deles recordasse aquelas velas pintadas ondulando contra o vento, aqueles canhões alinhavados arrotando fumaça.

Assim que ela adentrou com o Crowe jovem, duas das três figuras sentadas ergueram o olhar.

O primeiro era sir Marmaduke. Mais uma vez, Makepeace se assustou só com o tamanho dele e sentiu um calafrio ao se lembrar da fuga no pântano escuro. A visão lhe trouxe uma dor física de pânico, feito um rato paralisado ao ouvir o chirrio de uma coruja.

A segunda era lady April, que exibia maçãs do rosto alvas e proeminentes e mãos pequeninas que mais pareciam garras. Estava sentada na ponta da cadeira, observando Makepeace sem piscar, com uma atenção enervante.

O olhar de Makepeace seguiu para a terceira figura, e tudo se desmantelou. Era bem mais jovem que os companheiros, mas lá estava, de casaco de veludo verde e sapatos bordados. Cada centímetro daquela silhueta era tão familiar quanto as linhas de suas próprias mãos, porém revestido de uma inexprimível estranheza, feito um ser saído de um pesadelo.

Ele enfim ergueu a cabeça e a encarou, esgarçando a boca num sorriso. Ela conhecia tão bem cada detalhe — as duas covinhas nas bochechas, os pequenos cortes e cicatrizes dos tombos e lutas, as mãos francas de lutador.

"James", sussurrou ela, sentindo a mente escurecer de tanto desespero.

O sorriso não era dele; e por detrás de seus olhos, as criaturas mortas devolveram o olhar.

AS CRÔNICAS DAS SOMBRAS
FRANCES HARDINGE

CAPÍTULO 17

"Não", disse Makepeace, bem baixinho. A voz saiu tão fraca e inexpressiva que ela própria mal pôde ouvir. *Não, o James não. Eu aguento tudo, menos isso.* Ela estava ciente dos Doutos conversando ali perto, mas as palavras desabavam ao seu redor como chuva de granizo. "James", repetiu ela. Sua mente parecia fora do eixo.

"Pelas plumas divinas, essa garota é idiota?", vociferou sir Marmaduke.

"Não, mas venera o meio-irmão", respondeu James Douto, abrindo para Makepeace um sorriso espectral e quase afetuoso. "Ela era sua fiel escudeira. Os dois partilhavam uma espécie de brincadeira, imaginando-se prisioneiros numa torre e orquestrando fugas. A centelha de genialidade dos planos era sempre dele. Ela era dedicada, porém medrosa demais para conspirar de fato."

Makepeace trincou os dentes e lutou para se controlar. Se perdesse o controle de suas emoções, o Urso e o caos explodiriam.

"E você tem certeza de que ela não sabia sobre o roubo do alvará?", indagou lady April, com a voz cristalina.

"Ah, ela escondeu uns papéis para James durante a noite, mas não fazia ideia do que eram." O James Douto cerrou os lábios de leve, num deleite azedo. "Ela era o fantoche de James, bem como James era instrumento de Symond. Nenhum dos dois sabe aonde Symond foi. Nenhum dos dois sabia que ele estava planejando fugir."

Makepeace se revirava de choque e aflição, tentando encarar a verdade. James estava possuído. Seu irmão agora era um inimigo.

Com um arrepio, ela recordou lorde Fellmotte se referindo às memórias de sir Thomas como "uma mixórdia, que parecem livros numa biblioteca bagunçada". Os fantasmas em James teriam acesso às memórias dele. Tudo o que o menino sabia agora estava claro para os Doutos. Todas as conversas particulares, todos os planos, todos os segredos compartilhados... ao pensar naquilo, Makepeace sentiu-se fria e nauseada.

James deve ter sido capturado e arrastado de volta a Grizehayes, de modo que os fantasmas de lorde Fellmotte pudessem se infiltrar nele. Ainda assim, enquanto refletia, Makepeace sentiu uma ponta de dúvida. A voz do novo Douto não era a de James, mas também não parecia muito a de lorde Fellmotte.

"Nós chegamos mesmo a este ponto?", indagou sir Marmaduke, examinando Makepeace com indisfarçável desdém. "Olhem para ela! Como podemos pensar em usar esta desmazelada cheia de marcas de varíola?"

"Não possuímos o luxo do tempo!", retorquiu o James Douto. "Lorde Fellmotte está sucumbindo depressa."

"Bom, talvez devamos usá-la como abrigo temporário, até conseguirmos algo melhor?", sugeriu sir Marmaduke.

Lady April soltou um sibilo impressionante em desaprovação.

"Não! Você sabe dos riscos que corremos toda vez que mudamos de morada! Se continuarmos passando de um receptáculo a outro, alguns de nós serão derramados. Já não perdemos parentes o bastante?"

"De fato!", vociferou o James Douto. "Não se esqueçam de que durante a *nossa* última Herança perdemos dois integrantes do grupo! Depois que Symond nos golpeou, ficamos caídos sangrando por cinco minutos antes que o garoto viesse ajudar. Tivemos sorte em não perder todos os sete."

Então era isso. Os espíritos que estavam em James não haviam saído de Thomas Fellmotte, no fim das contas. Tinham vindo de sir Anthony, assassinado por Symond no campo de batalha. James devia ter corrido de volta ao local da briga para ajudar o parente moribundo bem a tempo de ser possuído pelos fantasmas de sir Anthony.

Entorpecida, Makepeace percebeu que aquilo a deixava em terrível perigo. James não tinha mais espaço para os espíritos que habitavam sir Thomas. Não havia mais ninguém com o dom por perto. Depois de um tempo, os olhares dos Fellmottes recaíram sobre ela.

James e seu heroísmo idiota... Makepeace fechou os olhos e tentou respirar. Podia sentir um calor subindo, uma raiva e um pesar impotentes, não verbais. *Quieto, Urso, quieto.*

"Ela ao menos tem estudo?", perguntou sir Marmaduke.

"Sabe ler e escrever", respondeu o Crowe jovem mais que depressa, "e sabe montar direitinho, porém nada muito além disso. Trabalha duro, mas não tem muitas habilidades... parece muito improvável que Vossas Senhorias fossem considerá-la um abrigo adequado."

"A situação só piora", resmungou sir Marmaduke. "Vocês sabem quanto um treinamento adequado facilita as coisas! Usar gente ignorante é o mesmo que tentar dançar de armadura. Receptáculos como ela podem levar *meses* para ser domesticados, e nós não temos meses! Estamos no meio de uma guerra e precisamos do séquito de lorde Fellmotte em plena força!"

"Já debatemos isso até a exaustão!", vociferou lady April. "*Existem* outros sobressalentes, mas eles são necessários... adaptados, criados para fins específicos. E o mais importante, estão todos longe, a maioria lutando em prol do rei! Lorde Fellmotte está se esvaindo. Precisamos agir *agora*."

"Uma mulher não pode ser a herdeira do título e das propriedades de lorde Fellmotte", observou sir Marmaduke, já começando a soar pensativo, em vez de argumentativo. "No momento, Symond, aos olhos da lei, é o herdeiro."

"Deixe isso conosco", disse lady April. "Vamos enviar mensagens a Oxford muito em breve. Façamos com que o rei declare Symond traidor."

O tom casual da mulher fez Makepeace perder o fôlego, e ela não pôde deixar de se impressionar um pouco. *Mandemos o jardineiro podar aquela sebe. Peçamos que o alfaiate remova as mangas. Façamos com que o rei declare Symond traidor.*

"Quanto às outras dificuldades", prosseguiu lady April, "estão sob o controle dos Crowes. Quando Symond for deserdado, o próximo da fila é você, sir Marmaduke. Se transferir o título a seu segundo filho, Mark, que não é o primeiro herdeiro de suas propriedades, podemos casá-lo com a garota quando ele retornar da Escócia. Seu filho assumiria oficialmente o título de lorde Fellmotte e o controle das propriedades... e, extraoficialmente, cederia ao comando da esposa."

Os Doutos permaneceram em silêncio, contorcendo as feições. Havia três conferências distintas acontecendo. Três comitês arcaicos e mortais tentando tomar uma decisão.

"Uma cozinheira não é nem de longe uma esposa adequada para o meu filho", disse sir Marmaduke.

"Podemos *torná-la* adequada", retrucou lady April. "Crowe... o que você tem para nós?"

O Crowe jovem pigarreou e abriu um grande livro com capa de couro.

"Meu pai encontrou registros de uma Maud Fellmotte, filha de sir Godfrey Fellmotte e Elizabeth Vancy. Pertenciam a um ramo menos importante da família, todos mortos, que Deus os tenha. A pequena Maud só viveu até ser batizada, então partiu para a morada eterna. Se estivesse viva, teria quinze anos... a idade de Makepeace.

"Digamos que Maud não tenha morrido. Tornou-se protegida da família e seguiu vivendo numa das propriedades de Shropshire. Agora retornou a Grizehayes, de modo a oficializar o noivado."

Então Makepeace seria transformada numa "pretendente adequada". Teria um novo nome, uma nova história, novos pais e um novo futuro. Makepeace, a assistente de cozinha, não só morreria, como desapareceria sem deixar rastros, feito bolha de sabão.

"Mas... as pessoas devem se lembrar da verdadeira Maud!", argumentou Makepeace, em meio ao crescente pânico. "Deve haver alguma lápide com o nome dela na cripta da família!"

"Seus parentes próximos estão todo mortos, e a criadagem se dispersou", respondeu o Crowe jovem com segurança, dirigindo-se aos Doutos, não a Makepeace. "E, de todo modo, nomes podem ser removidos."

Makepeace imaginou os Crowes levando uma talhadeira a uma pequenina lápide. Então visualizou o próprio nome entalhado, seu rosto, todo o seu ser.

"Maud é uma garotinha morta e enterrada." Makepeace sabia que precisava esconder os sentimentos, mas isso já era demais. "Eu não posso roubar o nome dela."

"Não é roubado, e sim dado!" O Crowe jovem abriu um sorriso forçado e aborrecido. "Pense nisso como a doação de uma roupa usada."

"Mas todo mundo vai se espantar se eu assumir um novo nome!", exclamou Makepeace, em desespero. "Todo mundo aqui me conhece! Na casa, na propriedade, nos vilarejos. Se vocês me vestirem feito uma dama e me chamarem de Maud, ninguém vai ser enganado! Todos sabem quem eu sou!"

"*Ninguém se importa*", interrompeu com frieza o James Douto. "Você é irrelevante. Tudo o que você tem foi concedido por nós. E ninguém neste condado vai erguer a voz contra nós. Se os nossos cães a perseguissem pelo pântano até a sua morte, ninguém a ajudaria. E ninguém daria um pio depois em relação a isso.

"Você é quem nós dizemos que é. E, se dissermos que é herdeira de um destino grandioso como você jamais mereceu e de uma riqueza da qual não é digna, então é isso o que você vai ser."

Quieto, Urso. Quieto, Urso.

A nova prisão de Makepeace era mais luxuosa que a anterior. Era um aposento revestido de seda verde, com mobília laqueada e uma cama de cortinas bordadas. Tinha sido redecorado na época em que Symond era cotado para se casar com uma herdeira. No baú havia roupa de cama limpa, da melhor qualidade, uma saia de seda prateada, um corpete de veludo azul-celeste com decote adornado de pérolas e uma touca branca com borda de renda tão fina, que poderia ter sido tecida por uma aranha.

Havia até uma vasilha com duas laranjas firmes e coloridas. Makepeace vez ou outra cozinhara laranjas, admirada com o aroma exótico e forte da casca cortada, mas jamais comera uma fruta tão rara. Agora, ao vê-las, sentiu enjoo.

Durante um tempo só conseguia pensar em James. O bravo e audaz James, sempre tão apaixonado pelos próprios planos, incapaz de enxergar as falhas. Por que ele não tinha revelado o esquema com Symond? Talvez estivesse envaidecido por ser mais velho que ela e estar tramando planos com outro homem, não com a irmãzinha. Agora não havia mais James, só uma carcaça de fantasmas, feito o tio deles.

Teria ele partido por completo? Makepeace se viu atormentada, escavando uma esperança. Dois fantasmas do séquito de sir Anthony haviam se exaurido durante a Herança, de modo que James devia estar abrigando cinco intrusos espectrais, em vez de sete. Com um pouco mais de espaço, talvez sua personalidade ainda não tivesse sido reduzida a pó. Ele era jovem, irascível e teimoso. Talvez ainda lutasse. Talvez, de alguma forma, pudesse ser salvo.

Naquele momento, no entanto, ela também precisava pensar em salvar a própria pele. Symond havia fugido. Sir Robert estava morto. A guerra tinha dispersado todos os outros herdeiros e sobressalentes. Lorde Fellmotte estava sucumbindo depressa.

Quando ele morresse, os Fellmottes a invadiriam, e ao descobrirem o Urso o extirpariam. Os sete antigos e arrogantes fantasmas se entulhariam dentro dela, e Makepeace sentiria a própria mente sufocar e morrer.

Talvez o filho de sir Marmaduke se recusasse a herdar as propriedades e se casar com ela. Isso era possível, sem dúvida. Quem ia querer um destino desses? Quem ia querer se casar com uma garota toda abrutalhada, abarrotada dos fantasmas de seus avós? Como ele poderia conduzi-la ao altar, pôr uma aliança em seu dedo e encarar seu olhar atento e falecido? Como poderia levar um monstro desses para o quarto e fazê-la mãe de seus herdeiros?

Ela percebeu, contudo, não ajudava em nada. Muito antes que o filho de sir Marmaduke fosse informado do acordo ela já estaria possuída pelos fantasmas dos Fellmottes. Mesmo que ele protestasse, seria tarde demais para salvá-la.

Makepeace fez uma rápida revista no quarto. Como esperava, as janelas eram pequenas demais para a passagem dela. Era possível sinalizar pela janela, mas não havia ninguém do outro lado para vê-la. A porta estava trancada por fora. A caixa de costura bordada não continha nenhuma tesoura, nem alfinetes, nada que pudesse ser usado como arma.

Makepeace pressionou a cabeça com força, tentando pensar. Os Doutos sabiam de tudo o que James sabia. Mas James não sabia de tudo.

Havia esconderijos que ela jamais revelara a ele, descobertas que ela nunca tinha mencionado. Ele desconhecia o dispositivo de marfim que ela afanara da preciosa parafernália de navegação de sir Thomas e a corda que ela viera costurando sempre que um retalho indesejado lhe caía nas mãos. E, mais importante de tudo, nunca contara sobre o Urso.

Eu confio em você, dissera a James. Mas era verdade?

Com certo pesar, ela percebeu que não. Todos aqueles anos, mesmo ao tramar planos com James, bem no fundo do coração ela esperava ser traída por ele. Quando enfim o encarara e vira o hospedeiro de inimigos mortos encarando de volta, sua mente fora tomada de uma tempestade. Nessa tempestade, porém, havia um centro silencioso, de onde emanava uma voz tranquila e aliviada. *Ah, lá está, enfim. Acabou a espera pela queda da espada.*

Ela sempre amara James. Mas nunca confiara nele de verdade. De certa forma, essa era a constatação mais triste de todas.

Um tabloide de notícias sobre a penteadeira lhe chamou a atenção. Como de costume, a leitura foi um processo lento e doloroso, mas ela estava doida para saber se havia alguma informação sobre Symond ou o progresso da guerra.

O tabloide, claramente, fora impresso por alguém de extrema lealdade à causa real. Metade das histórias pintava as tropas do rei sobrevivendo por meio da coragem e da intervenção divina. A outra metade bradava sobre os crimes terríveis cometidos pelas tropas rebeldes, que matavam mulheres e crianças, degolavam santos de pedra, tocando fogo em medas de feno. Havia muitas histórias de milagres. O jornal relatava a noite fria e amarga depois da Batalha de Edgehill e a forma como os homens atingidos haviam visto uma luz estranha e suave em suas feridas, que já se encontravam quase cicatrizadas na manhã seguinte.

Uma história lhe atraiu a atenção.

Certo soldado, saído de Derbyshire, quase não sobreviveu a uma batalha onde ocorreram muitas perdas. Depois disso, teve os modos e a fisionomia tristemente alterados. Dizia-se atormentado pelo fantasma de um de seus companheiros mortos, que não o deixava dormir nem descansar, sussurrava em sua mente e o fazia se movimentar e falar de maneira estranha.

Em Oxford, um cirurgião de nome Benjamin Quick operou o soldado. Fez um pequeno furo em seu crânio, com um dispositivo inventado por ele próprio, e depois disso o paciente voltou a ser como antes e nunca mais se queixou dos espíritos.

Makepeace leu e releu a história. Um novo fio de esperança tremulava. Era possível que o doutor tivesse simplesmente curado um homem de uma febre ou delírio, mas e se o soldado de fato estivesse possuído? Seria possível expulsar um fantasma usando algum novo truque da ciência e da medicina? Essa possibilidade jamais lhe passara pela cabeça.

Se James ainda guardava algum traço de si no próprio corpo... talvez esse médico pudesse salvá-lo.

AS CRÔNICAS DAS SOMBRAS
FRANCES HARDINGE

CAPÍTULO 18

No domingo, na hora da missa, Makepeace assumiu seu novo lugar na tribuna, com a família.

Depois da cerimônia, os criados tiveram permissão de deixar a capela, mas os Doutos permaneceram sentados. Makepeace não teve escolha a não ser ficar. Por fim, os passos dos vivos perderam a força, e fez-se um silêncio sepulcral.

O padre tornou a se pronunciar.

"Na última Batalha em Hangerdon Hill, Deus Todo-Poderoso, em Sua infinita misericórdia, levou muitos de Seus servos deste mundo, trazendo-os para junto de Si, onde passarão uma eternidade de glória."

Então ele mencionou os dois Fellmottes, mortos muito antes, que haviam sido perdidos quando a faca de Symond tirou a vida do tio. Robyn Brookesmere Fellmotte, cavaleiro-comandante sob o reinado de Henrique III, vencedor das batalhas de Crake e Barnsover. Jeremiah Fellmotte de Tithesbury, integrante do Conselho Secreto sob o reinado de quatro monarcas.

De vez em quando, Makepeace pensava ouvir a respiração fraca e discreta dos Doutos atrás dela. Talvez aquele sibilo seco fosse tudo o que eles tivessem a oferecer, em vez de lágrimas. Haviam perdido companheiros e parentes que conheciam e com quem haviam contado durante séculos.

Talvez, além disso, essa perda fosse uma cruel lembrança de sua própria fragilidade. Uma estocada rápida ou algum acidente poderia lhes roubar a eternidade. Eles poderiam se ver gritando, fumacentos, como os fantasmas dos plebeus que desprezavam, esfacelando-se no ar.

Os nomes de sir Robert e sir Anthony receberam apenas breve menção. Sua tragédia era secundária. Eles eram meros cálices que haviam se quebrado, desperdiçando um líquido valioso.

Makepeace sabia que os Doutos a enxergavam da mesma forma. Ela era insignificante. Não passava de um receptáculo carnal à espera de um propósito.

Depois da missa, uma costureira tirou as medidas de Makepeace, e um sapateiro lhe examinou os pés. Agora que era "Maud", ela precisaria de roupas novas. Naturalmente não foi consultada em relação a cores e modelos.

Então, no início da tarde, lady April veio examiná-la.

"Abra a boca", disse ela. Makepeace obedeceu de má vontade, e a velha espiou atentamente seus dentes. Insistiu para que Makepeace soltasse o cabelo, então correu um pente-fino pelos fios, analisando as frestas estreitas à procura de piolhos.

Em seguida lhe fizeram perguntas, todas no mesmo tom frio e impassível. Makepeace tinha pulgas? Alguma dor ou coceira? Ainda tinha hímen? Sofria de dores de cabeça? Dores nas costas? Episódios de tontura? Já havia consumido bebidas alcoólicas fortes? Algum tipo de comida lhe causava mal?

Depois disso, Makepeace foi orientada a tomar banho.

A ordem foi recebida com temor. Ela nunca tinha tomado um banho de verdade, e ouvira dizer que era perigoso. A água podia penetrar os buracos da pele, ocasionando todo tipo de doenças. Como a maioria, ela costumava se limpar esfregando um pano no corpo, e mesmo assim não chegava a se despir: ia tirando uma parte da roupa de cada vez, para não se resfriar. A nudez era uma boa forma de arrumar uma gripe.

Apesar de seus protestos, a grande banheira de madeira da família foi colocada em seu novo quarto, defronte a uma lareira ardente. Passos ressoavam nos degraus enquanto os criados, ex-companheiros de Makepeace, subiam com baldes de água quente trazidos da cozinha.

"Posso ter uma tela em volta da banheira, para evitar as correntes de ar?" Makepeace sentiu o rosto enrubescer. Não tinha pressa alguma para se despir na frente de lady April. A velha tinha corpo de mulher, mas Makepeace sabia que a galeria de fantasmas escondidos nela provavelmente era masculina. Se os Fellmottes preservavam os fantasmas de membros "importantes" da família, era pouco provável que incluíssem muitas mulheres.

"Como aprendeu depressa a ser delicada!" Era difícil dizer se o tom de lady April era desdenhoso ou aprovativo. Seu sorriso era raso demais para ser interpretado.

De todo modo, na hora do banho havia um lençol devidamente preso em redor da banheira, formando uma tendinha que preservava o vapor e afastava os olhares curiosos. Assim que o pano foi posto no lugar, lady April se retirou.

Estamos prestes a atravessar um rio quente, Urso. Não tenha medo.

Sem tirar a roupa de baixo, Makepeace adentrou com cuidado a água, que já começava a esfriar, e sentou-se na beirada da banheira. O Urso estava nervoso, mas se acalmou ao ver que a água não mordia. Makepeace tentou não pensar em seus poros abrindo, expondo brechas minúsculas nas defesas. No entanto, o vapor e o calor guardavam algo de extrema opulência. Ela jogou água no corpo com cuidado e observou as bolhas empalidecerem e se suavizarem.

Um leve estalido do outro lado a informou que alguém havia aberto a porta outra vez; então a tela de lençol foi aberta e revelou Beth Circulante, uma das criadas. Trazia uma escova e uma bola de sabão branco, ralado e misturado a pétalas secas. O Urso captou o cheiro de cinzas, óleo e lavanda, e se confundiu. Não sabia ao certo se sabão era perigoso ou comestível.

"Beth!", exclamou Makepeace, diante de sua primeira chance, desde a "promoção", de falar a sós com uma das criadas. Ela baixou a voz a um sussurro. "Beth... eu preciso da sua ajuda!"

Beth enrubesceu, mas não ergueu o olhar. Ajoelhou-se ao lado da banheira como se não tivesse ouvido nada, então começou a fazer uma espuma.

"Eu estou encarcerada, Beth! A cela é bonita, mas tem uma tranca na porta e gente vigiando dia e noite. Estou correndo perigo aqui e não tenho muito tempo. Preciso sair de Grizehayes!"

Beth, no entanto, não olhava para ela. Era tarde demais para tentar fazer amizade. Makepeace sempre cuidara para não ser muito afetuosa com os outros criados, sentindo a fronteira invisível. Agora percebia que Beth devia sentir o mesmo. Quem poderia culpá-la? Por que se apegar demais a uma leitoa que estava sendo engordada para um banquete?

Então, por um breve instante, Beth cruzou olhares com ela. *Por favor*, dizia seu semblante assustado. *Por favor, não.*

"Mandaram que você não falasse comigo, não foi?", sussurrou Makepeace. "Mas ninguém está ouvindo agora. E eu não vou contar nada."

Beth olhou de esguelha, e dessa vez Makepeace não se enganou frente ao medo e à desconfiança. *Vai, sim*, dizia o olhar.

Então Makepeace compreendeu. Ela própria não deduraria Beth aos Fellmottes, mas dali a pouco já não seria Makepeace. Seria uma hospedeira, e seus novos ocupantes vasculhariam suas lembranças à vontade e descobririam a pequena desobediência de Beth.

"Por favor, a escova", disse Makepeace, desconsolada. "Eu posso esfregar minhas próprias costas."

Os lábios de Beth tremularam, e ela disparou um olhar desesperado.

"Não!", sussurrou, o rosto contorcido de pânico. "Por favor não me mande embora! Eu... eles me mandaram lavar você... procurar bolhas, feridas, cicatrizes... sinais de doença..."

Então fora esse o motivo do banho. Ela ainda estava tendo suas condições como residência avaliadas. Apesar de tudo, não conseguia afastar a desconfiança de que estava também sendo lavada feito roupa de cama, de modo a ficar pronta para o uso.

"Então vá descrever a eles cada uma das minhas verrugas!", vociferou Makepeace. "Cada cicatriz, bolinha, pústula. Por que parar por aí? Diga que eu ainda estou louca, e que tenho convulsões e me atiro no chão. Diga que estou grávida e com sífilis."

Eles vão me levar mesmo assim, mas quero deixá-los enojados. Se eu puder fazê-los sentir um grãozinho do enjoo que estou sentindo, vai ser uma vitória.

Urso, Urso, me perdoe, Urso. Eu te prometi que um dia seríamos livres, mas agora isso nunca vai acontecer.

Eu queria te proteger. Por isso mandava você se calar e se segurar, para que ninguém o descobrisse. Eu fiz você ficar quieto. Submisso. Nunca foi minha intenção te domesticar, Urso, mas foi isso que eu fiz.

Me perdoe, Urso.

Enquanto a noite caía, ela viu um coche se aproximar do pátio e parar. Houve uma movimentação nos entornos, e durante um tempo ela ousou ter a esperança de que algum herdeiro ou sobressalente tivesse retornado, ou que alguém tivesse encontrado Symond. Mas ninguém entrou nem saiu. O coche simplesmente ficou ali, à espera, com a luz do crepúsculo a matizar a madeira num tom fosco e prateado.

Menos de uma hora depois, apareceram para levá-la.

A penteadeira era pesada o bastante para ser usada como arma, mas leve o suficiente para que Makepeace a erguesse. Ele estava escondida atrás da porta quando esta se abriu e rodopiou a mesa com toda a força em cima da primeira pessoa que adentrou. Esperava que fosse um dos Crowes, que pelo menos eram meros mortais.

Mas não. Era sir Marmaduke, repleto de memórias de muitas vidas de ataques e golpes desviados. Ele estendeu o braço e arrancou a mesa das mãos dela, ligeiro feito o bote de uma víbora. Ela mal o viu se mover enquanto a mesa era tirada de suas mãos.

Makepeace batalhou enquanto tinha os punhos e tornozelos amarrados. Tentou desferir chutes e dar cabeçadas ao ser arrastada escada abaixo. Lutou durante todo o trajeto até a capela.

AS CRÔNICAS DAS SOMBRAS
FRANCES HARDINGE

CAPÍTULO 19

A capela havia se tornado um lugar mal-assombrado. Havia apenas meia dúzia de velas acesas solitárias em meio à escuridão que iluminavam placas de mármore, um cavaleiro de alabastro, a efígie de um nobre em seu repouso, ladeado por pranteadores esculpidos em tocos de madeira. Makepeace imaginava de quem eram aqueles memoriais. Parecia que os eternamente mortos eram as únicas criaturas luminosas, as únicas coisas reais reluzindo naquele poço de escuridão.

Makepeace, no entanto, era real. A corda que lhe apertava os punhos era real. O aperto de sir Marmaduke e do Crowe jovem era real.

"Senhora Gotely!", chamou ela, com um grito que ecoou pela capela. "Beth! Alys! Socorro!" Elas não viriam em sua ajuda, ela sabia disso. Estava só. Mas os outros criados poderiam ouvi-la, e então ela seria lembrada. Queria que todos soubessem que não partia em silêncio, de bom grado.

Se isso fosse lembrado, ela ainda seria *algo*, mesmo que uma simples cicatriz em suas lembranças, uma pontada de culpa que eles tentassem ignorar.

Havia uma vela no altar, que estava coberto com um tecido carmesim. Vermelho-sangue, vermelho-luto. A cruz adornada de prata se estendia pela beirada do altar feito.

Defronte ao altar havia duas cadeiras, tal qual na Noite de Reis. Uma delas era uma cadeira de inválido, onde lorde Fellmotte jazia recostado. Sua cabeça pendia para o lado, e seus olhos cintilavam à luz das velas, vagando, vagando, feito insetos presos num pote de vidro.

A segunda era a cadeira similar a um trono onde ela vira sir Thomas convulsionar na noite de sua Herança. Makepeace foi forçada a se sentar, os punhos amarrados para trás, empurrando as costas. O Crowe jovem passou uma corda em seu tronco e a amarrou ao espaldar da cadeira.

"Pare com esse teatro!", sibilou lady April, emergindo das sombras. "Você está na casa de Deus... tenha respeito!"

"Então deixe que Deus me ouça!", argumentou Makepeace. Essa era a única ameaça em que Makepeace podia pensar, o único poder mais temeroso que os Fellmottes. "Deus está vendo... Ele está vendo o que vocês estão fazendo! Ele vai ver vocês me matando! Vai ver a sua diabrura..."

"Como ousa!", retorquiu lady April. Por um instante pareceu que a velha fosse atacar Makepeace, mas então ela baixou a mão erguida. Era claro que não machucaria um rosto que em breve pertenceria a lorde Fellmotte.

"Nossas tradições receberam a bênção de ambas as Igrejas e seis papas diferentes", sibilou a senhora. "Foi Deus quem nos abençoou com a habilidade de seguir vivos, concentrando sabedoria ao longo dos séculos. De nossa parte, temos servido muito bem a Ele; muitos Fellmottes se juntaram à Igreja e conquistaram postos de bispo e até arcebispo! Deus está *do nosso lado*. Como ousa pregar para nós?"

"Então conte a todo mundo!", vociferou Makepeace. "Conte ao mundo que os seus fantasmas roubam os corpos dos vivos! Diga que vocês têm a permissão de Deus e veja o que vão falar!"

Lady April se aproximou. Afastou do rosto de Makepeace umas mechas de cabelo desgarradas e passou uma tira de tecido em seu pescoço, bem abaixo do queixo. Makepeace sentiu a tira sendo atada à cadeira atrás dela.

"Vou lhe dizer", soltou lady April num tom gélido, "o que é pecaminoso e abominável. Desobediência. Ingratidão. Atrevimento."

Makepeace sabia que a velha estava sendo honesta. Os fantasmas de lady April acreditavam haver uma ordem natural no mundo, bem clara. Assim como o fogo subia e a água descia pela encosta, em tudo o mais havia ordem e equilíbrio. Era uma grande pirâmide: o povo aglomerado embaixo, depois a burguesia mediana, então a nobreza, e finalmente Deus Todo-Poderoso como o pináculo reluzente. E cada fileira encarava os níveis acima com submissão e gratidão.

Para lady April, desobediência era pior que grosseria, mais do que um crime; desafiava a ordem natural de Deus. Era água subindo pela encosta, ratos comendo gatos, a lua chorando sangue.

"Vocês são os próprios cães do Diabo", vociferou Makepeace. "Não há bondade em obedecer a *vocês*!"

"Crowe", disse lady April, com frieza, "segure a cabeça."

O Crowe jovem agarrou com firmeza a cabeça de Makepeace; ela se debatia, tentando se soltar. Lady April segurou sua mandíbula e a escancarou.

"Socorro!" Foi a última coisa que Makepeace conseguiu gritar. Um imenso tubo de madeira foi enfiado em sua boca, escancarando-a a ponto de fazer doer a mandíbula. Gritar era estupidez, desperdício de suas últimas palavras. Nenhum amigo correria para ajudá-la.

Uma voz nervosa e rascante ecoou pela entrada da capela.

"Milorde, milady..." O Crowe velho estava parado na porta.

"Está parecendo um momento apropriado?", retorquiu lady April, ainda com as mãos no tubo enfiado na boca de Makepeace.

"Eu peço perdão... avistaram uma fogueira de acampamento, lá pros lados dos pântanos. A senhora deu ordens de que se qualquer coisa fosse vista..."

"Nós vamos investigar", sir Marmaduke murmurou rapidamente a lady April. Avançou rumo à porta, então hesitou, exibindo uma carranca astuciosa de Douto. "Ainda pretende viajar hoje à noite?", prosseguiu, entre os dentes. "Se as tropas inimigas estiverem por perto, as estradas vão estar perigosas."

"Estamos muito cientes disso", respondeu lady April, num tom rude, "e é por isso que *isto aqui* demanda pressa, para que possamos partir. Temos dinheiro e mensagens urgentes para o rei... temos que partir hoje à noite se quisermos encontrar nosso mensageiro. Não podemos nos dar ao luxo de ficar presos aqui."

"Então entregue o seu anel de sinete a alguém de confiança e mande a pessoa em seu lugar!", insistiu sir Marmaduke.

"Se confiássemos em alguém, podia até ser." Lady April contraiu os lábios finos por um instante. Parecia ter desaprendido a sorrir havia muito tempo. "Ande! Vamos cuidar disso. Diga a Cattmore que deixe o coche preparado. Vamos descer daqui a pouco."

Sir Marmaduke saiu da capela a passos firmes, seguido pelo Crowe velho, e a porta se fechou.

"Precisamos da boca e dos olhos dela abertos", disse lady April.

O Crowe jovem, ainda segurando cabeça de Makepeace, usou os polegares para lhe puxar as pálpebras e abrir seus olhos à força. Ela lacrimejou, e tudo ficou embaçado.

Ela estava sendo escancarada, para facilitar a entrada dos fantasmas. Makepeace se contorceu e gritou, sem emitir palavras, tentando libertar as mãos.

"Agora é tarde demais para reclamar, Maud", prosseguiu lady April. "Você concordou com isso. Concordou com isso todas noites que passou sob o nosso teto, em todas as refeições que fez à nossa custa. Sua carne e seus ossos foram feitos de nossa comida e bebida... pertencem a *nós*. É tarde demais para chorar sobre o leite derramado. É a sua chance de demonstrar gratidão."

Makepeace sentiu algo molhado escorrendo pelas bochechas. Seus olhos forçadamente abertos lacrimejavam de dor, e ela sentiu uma estúpida raiva por lady April pensar que ela estivesse chorando. Todos os rostos agora estavam embaçados, num tom de pêssego sob a luz das velas.

"Milordes", disse lady April, mais deferente, "o caminho está pronto." Makepeace soube que ela se dirigia aos fantasmas que aguardavam dentro de lorde Fellmotte. "A garota é difícil... talvez seja melhor o Infiltrador entrar primeiro, subjugá-la e preparar tudo para o grupo."

Infiltrador? Makepeace nunca ouvira o termo antes, mas sentiu um arrepio na espinha.

Fez-se uma longa pausa. O silêncio, porém, provocava uma tensão, feito o ar logo antes da chuva. Makepeace ouviu murmúrios bem perto de suas orelhas — um som fraquinho, feito papel se rasgando.

Então ela viu um fragmento tremular por entre os lábios de Thomas Fellmotte, como uma língua de serpente feita de fumaça. O homem escancarou a boca, e o filete deslizou um pouco mais, espiralando-se numa dança sinuosa, uma pluma sombria, suave e serpeante. Não se debatia, não se sacudia, não se dissolvia. Começou a avançar, decidido e tortuoso, fervilhando em direção a ela.

Makepeace gritou, se contorceu e tentou empurrar o filete com a língua, mas em vão. O sussurro estava mais alto. Uma voz solitária, mas de palavras indistinguíveis, apenas fragmentos empoados de som. Ela o via apontando de um lado a outro, feito uma criatura cega, esgueirando-se para perto de seu rosto. Era fumaça, e ao mesmo tempo não era. Era uma luz abafada.

Então, com um único movimento fluido, o filete se infiltrou no rosto e deslizou para dentro de sua boca. A visão de Makepeace ficou turva e escura, enquanto ele escorregava até os seus olhos.

O Infiltrador invadira sua mente. Ela gritou, e gritou, e mesmo que quisesse não conseguiria parar de gritar. Podia senti-lo deslizando por seus pensamentos, lânguido feito uma traça, insistente, investigativo. Abria caminho entre seus recônditos secretos. Era errado, muito errado senti-lo ali, feito um imenso verme a se contorcer em sua cabeça. Ela o atacou mentalmente, mas ele flectiu, encurralando-a, esmagando-a contra as paredes de seu próprio crânio e tomando o espaço para si.

O grito de Makepeace, no entanto, não era apenas de terror. Era também de raiva. Transformou-se num rugido, que não era apenas dela.

De súbito ela farejou o Urso, sentiu seu gosto. O sangue de Makepeace parecia metal quente. Em algum lugar da mente ela sentiu o Urso atacar; um golpe desajeitado, mas de força terrível e sombria. O impacto lhe trouxe náusea e uma vibração nos ossos, mas ela sentiu o Urso acertar o Infiltrador, que deu um solavanco e se debateu feito uma cobra escaldada.

Fez-se um rangido terrível, estalado, e Makepeace percebeu que estava cravando os dentes no tubo de madeira. A madeira cedeu, e farpas penetraram sua gengiva. Ela pressionou as tiras que lhe prendiam o peito e o pescoço e foi empurrando até que elas arrebentassem.

Lady April deu um salto para trás, com uma rapidez incompatível a sua idade. O Crowe jovem não pulou nem desviou da violenta guinada de Makepeace, que o acertou na têmpora e o arremessou pelo recinto. Ele desabou em um dos bancos de carvalho da capela com tanta força que ele tombou para trás, derrubando os outros feito um dominó.

Makepeace se levantou, cuspindo lascas de madeira e plumas de fantasma dilacerado. Foi tomando ciência dos arredores em etapas. Seu pensamento era como uma gaivota perdida numa tempestade. Ela era o Urso, e o Urso era ela.

Uma vibração de consciência. Lady April puxando um estilete da manga, com a rapidez oriunda dos séculos de prática, e segurando-o diante dela. Gritava qualquer coisa a plenos pulmões. Um pedido de socorro? Ajuda aos vivos? Ajuda aos mortos?

Outra pulsação. Uma centelha escarlate de dor em seu peito. Lady April era veloz feito uma libélula. O estilete estava vermelho. A dor e o enjoo eram meras notas na melodia tempestuosa que lhe dominava a mente.

O Crowe jovem a seus pés, sufocado e atônito, um braço gravemente torcido. Ergueu o olhar para ela, que viu uma mulher desvairada refletida em seus olhos embotados. Então ele encarou algo atrás de Makepeace. Lady April apanhando sua espada. Lady April prestes a atacar.

Os olhos gélidos da velha senhora encararam profundamente os de Makepeace e viram o Urso.

A menina viu o choque naqueles olhos antigos, viu a pergunta. *Garota, o que foi que você fez?*

Naquele instante a mão-pata de Makepeace atacou com uma força esmagadora. O choque do golpe abalou cada junta de seu braço. Uma vibração tenebrosa. Uma vibração luminosa. Lady April encolhida no chão. Pequenina. Uma velha dormindo.

Sangrando.

Makepeace se levantou e tentou sorver o ar, com as ideias e a visão latejantes, entrando e saindo de foco. Onde estava? Na capela. Fachos de luz. Madeira quebrada. Dois corpos no chão. Dor irradiando por todo lado, ou talvez luz colorida entrando pela janela.

Pense. Pense!

Ela se inclinou, relutante, e tocou o punho de lady April. A todo momento temia que fantasmas-víboras fossem se contorcer, escapar da Douta e adentrar por sua boca. Mas tinha que saber.

Sentiu uma pulsação, um tremor de vida forte e sombrio. Ali perto, viu que o Crowe jovem também respirava.

Makepeace pensou na fumaça-serpente forçando caminho até sua cabeça e por um instante sentiu a terrível tentação de esmagar o crânio de lady April com um pisão, feito um ovo. Mas não fez. *Eles merecem morrer*, pensou ela, meio grogue, *mas eu não mereço ser uma assassina.*

"Pense!", ela sussurrou para si mesma. "Pense!"

Makepeace vislumbrou o anel de sinete prateado de lady April. Encarou, revirando as ideias para maquinar um plano. Não, aquilo era temerário demais para ser chamado de plano. Era uma aposta ridícula, desesperada, mas era tudo o que tinha.

Makepeace se ajoelhou e soltou a capa de lady April. Suas patas doíam enquanto ela lutava com o fecho. Não... suas mãos. Suas mãos doíam.

Ela arrancou o anel de sinete e as luvas das mãos molengas. Pegou a bolsa da velha e uma bolsinha que pendia do cinto. Então, mais que depressa, vestiu capa, luvas e anel e meteu nos bolsos os outros artigos afanados. Pensou um pouco mais e apanhou também o estilete.

Makepeace fez uma única pausa para encarar o outro trono, onde lorde Fellmotte jazia, os olhos a encará-la. Ainda parecia sir Thomas; ela se sentiu cruel em deixá-lo ali, mas não tinha escolha.

"Me perdoe", sussurrou ela.

Eram dez horas; mesmo inebriada pelo Urso, Makepeace conhecia o melhor trajeto para evitar atenção. Ao longo dos anos ela havia memorizado as diversas passagens, conhecia os esconderijos, sabia quais rotas abafavam os passos e quais ecoavam. Tudo já estava internalizado nela, o que era ótimo frente ao descontrole momentâneo de sua natureza humana.

Makepeace acabara de mergulhar nas sombras de um banco embutido sob uma janela quando sir Marmaduke veio avançando a passos rápidos. Ela prendeu a respiração até que ele passasse. Ele não estava correndo, então decerto não ouvira a gritaria de lady April. Assim que chegasse à capela, no entanto, veria a destruição. Dali a poucos minutos o alarme seria ativado.

Ela correu até a Grande Galeria, removeu o elmo de uma armadura e apanhou sua trouxa preparada para a fuga e a corda cuidadosamente remendada.

Não havia tempo de escapar pelos fundos. Ela também não podia arriscar uma saída pela entrada principal. À distância ou no escuro poderia se passar por lady April, com as roupas roubadas da velha senhora, mas haveria gente e velas demais no Grande Salão para que ela não fosse reconhecida.

Não havia meio-termo: era ganhar ou perder.

Mais que depressa ela prendeu uma das pontas da corda remendada num suporte de tocha na parede, então abriu a janela mais próxima. Ficava no primeiro andar de uma das laterais da casa, com vista para uma sombria fileira de bandeirolas na curva do pátio principal.

Com o coração na boca, Makepeace largou a ponta solta da corda pela janela e escalou o peitoril. Enrolou o tecido bruto nas mãos e começou a descer pela parede, pisoteando no escuro as fendas do cimento entre as pedras, em busca de apoio para os pés. Ouvia o ruído áspero da própria respiração e o som rascante de seus cuidadosos pontos arrebentando, um a um.

A corda cedeu quando Makepeace estava a pouco mais de um metro do chão, mas ela conseguiu sem muita dificuldade, nada além de um tranco e um hematoma. Cobriu o rosto com o capuz da capa e cruzou a passos firmes a lateral da casa com toda a confiança que pôde reunir.

Pelo tecido do capuz ela distinguiu o contorno do coche parado e a silhueta do cocheiro, sentado no teto. Torceu para que ele visse apenas a capa de lady April e não quisesse saber por que a patroa tinha surgido tão de repente pela lateral.

Makepeace estendeu a mão enluvada, fazendo o anel cintilar sob a luz fraca do luar. O cocheiro dispensou um meneio de cabeça respeitoso e levou a mão à testa.

A porta do coche estava aberta. Ela se mexeu para entrar, ousando erguer a cabeça... e deu de cara com a senhora Gotely.

A velha cozinheira inclinou o corpo, dentro do coche. Uma cesta cheia de objetos envoltos em musselina jazia no assento. Provisões para a jornada de lady April, sem dúvida.

A senhora Gotely encarou Makepeace, chocada, com a mão no peito e a respiração pesada. Makepeace sabia que havia sido reconhecida e conseguiu imaginar sua cara de culpada, toda desgrenhada. Só conseguiu encarar o rosto largo e taciturno de sua mentora, algoz e companheira — a mulher de quem gostara, mas a quem jamais confiara algo importante.

Makepeace sentiu a boca se mexer, formando a palavra que Beth lhe havia sussurrado.

Por favor.

Depois de uma longa pausa, a senhora Gotely baixou o olhar.

"Peço perdão, milady", disse ela, num tom claro o bastante para que o cocheiro ouvisse. "Que Deus a acompanhe em sua jornada."

Então ela saiu do coche, passou por Makepeace, curvou-se em uma mesura estranha, retorcida por conta de suas dores, e retornou claudicante à casa.

Sem ousar crer na oportunidade que lhe fora dada, Makepeace subiu mais que depressa no coche. Bateu duas vezes no teto, e o cocheiro assobiou para os cavalos. O coche deu uma guinada e pôs-se em movimento.

Obrigada, senhora Gotely, pensou ela, em silêncio. *Obrigada.*

Ouviu-se um grito distante em algum ponto da casa. Makepeace pensou ouvir a voz de sir Marmaduke.

"Fechem os portões!", dizia a voz fraca. "Fechem os portões!"

No entanto, ela só escutou porque estava atenta; o cocheiro não pareceu ter ouvido absolutamente nada. Pois o andar dos cavalos transformou-se em trote, saindo do pátio e cruzando o portão. O trote tornou-se um meio-galope, cruzando depressa as limeiras que flanqueavam a estrada, e eles alcançaram a estrada principal, já distante, defronte à face ríspida e indiferente do pântano e seus restolhos cinzentos ao luar.

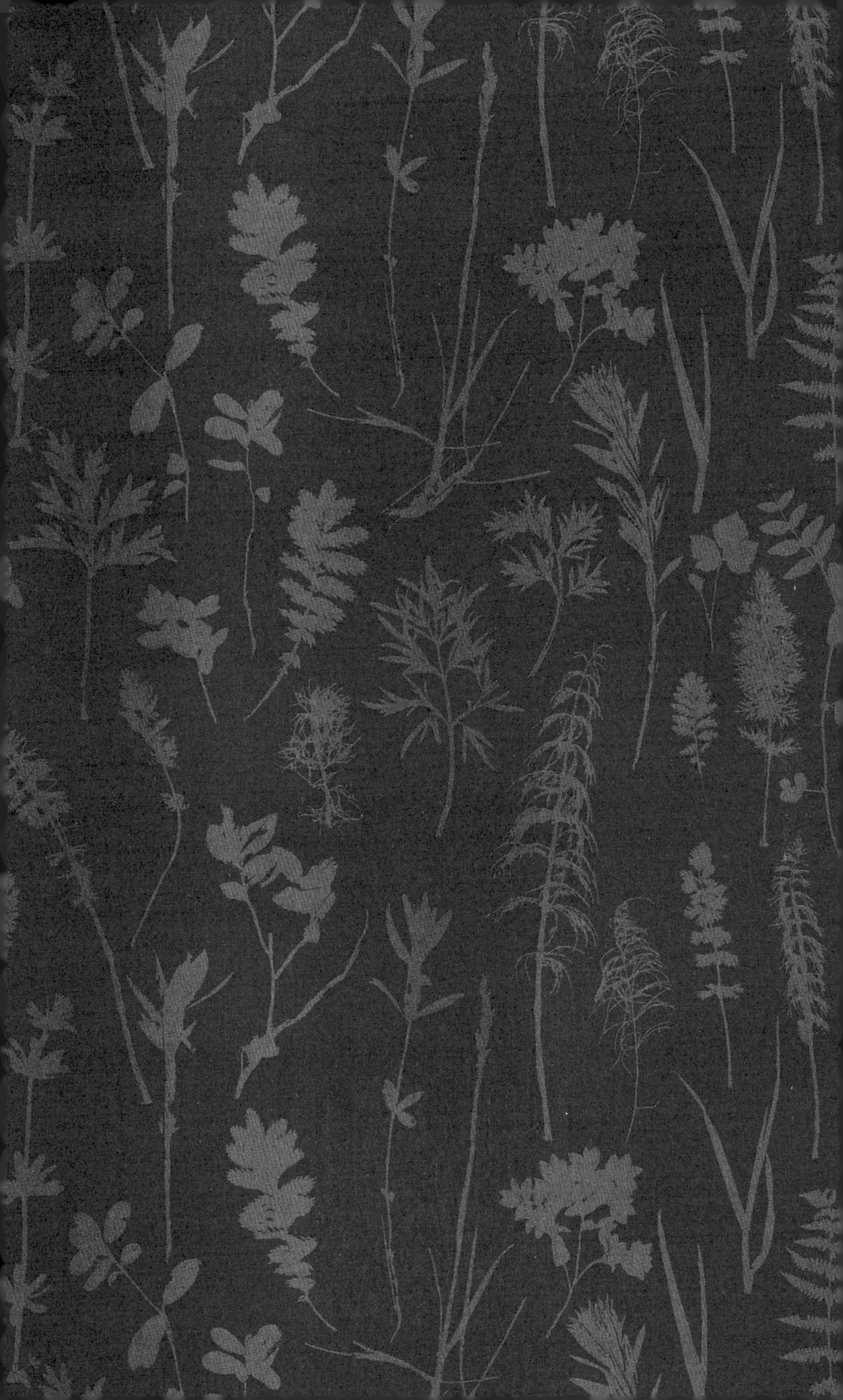

4

Judite

AS CRÔNICAS DAS SOMBRAS
FRANCES HARDINGE

CAPÍTULO 20

O coche tinha janelas acortinadas. Acima, uma lanterna fechada se balançava num aro preso ao teto, e feixes estreitos de luz de velas dançavam nas paredes.

Makepeace sentia frio e enjoo e não conseguia parar de tremer. Tudo doía. O Urso atacara seus agressores para salvá-la, mas usara o corpo dela. Ela estava começando a sentir as dores e os hematomas. Só esperava não ter quebrado nenhum osso nem perdido nenhum dente.

Estava com gosto de sangue em sua boca, mas também de pó de mariposa do Infiltrador, que os golpes do Urso haviam destruído com tanta facilidade. Quem teria sido aquele espírito? Talvez algum veterano de muitas vidas? Os espíritos tinham tentado gritar no último instante de existência? Ela não conseguia sentir tristeza por eles, somente um horror e um vazio ao se lembrar de tossir as plumas de fantasma destroçado.

Os pensamentos de Makepeace estavam desnorteados. Ela sentia a exaustão do Urso, mas ele também parecia inquieto e confuso.

Urso? Urso... o que foi que houve?

Pela primeira vez, entretanto, ele pareceu não a ouvir. O incômodo parecia cegá-lo a ponto de não perceber Makepeace, como se tivesse levado uma ferroada de abelha. Ela respirou fundo, tentando acalmá-lo.

O que sir Marmaduke estaria fazendo agora? Ela o imaginou correndo até o pátio e descobrindo o sumiço dela. Daria ordens, selaria cavalos, partiria à sua caça...

O coche avançava depressa, mas não tanto quanto cavaleiros a galope. A ampla estrada em direção a Londres cruzava o pântano numa reta bem visível, com campo aberto dos lados. Seria possível avistar o coche a um quilômetro e meio de distância. Se ela permanecesse na via principal, seria alcançada em dois tempos.

Onde ela estava? Makepeace puxou a cortina e espiou o lado de fora. Árvores passavam deslizantes, feito bordados sombrios no céu escuro e prateado. Uma placa indicativa passou, depois um enorme penhasco na forma de um punho humano, a pele lívida contra os arbustos escuros.

Makepeace passara anos estudando rotas de fuga e registrando os caminhos menos aparentes. Se estava onde pensava estar, então logo mais acima deveria estar... isso! Ali! A silhueta pontuda de um carvalho atingido por um raio. Ela respirou fundo.

"Cocheiro!", gritou ela, por sobre o eco dos cascos e o estrépito dos arreios. "Vire à esquerda!" Estava rouca de tanto gritar, mas tentou imitar o tom altivo e rascante de lady April. "Rumo à árvore quebrada!"

O motorista assentiu e controlou os cavalos. Se notou algo de estranho na voz dela, não deu sinais. Talvez todos os berros fossem parecidos em meio ao rangido das rodas.

Ele virou o coche com cuidado, logo após a árvore, e seguiu adiante até uma antiga e pedregosa rota de boiadeiros, flanqueada por montes altos e trêmulos de tojo. O coche sacolejava, aos trancos e barrancos, e Makepeace começou a temer que eles perdessem uma das rodas.

No entanto, assim que ela começou a se tranquilizar, o cocheiro reduziu a marcha e parou, acalmando os cavalos com assobios baixos. Makepeace abriu a boca para fazer uma pergunta, então ouviu o som que o cocheiro já havia ouvido.

Em algum ponto atrás deles, provavelmente na ampla estrada reta rumo a Londres, cascos galopantes ecoavam em meio à noite. Um cavalo, talvez dois.

Makepeace fechou os olhos e rezou para que o coche estivesse protegido pelo arbusto comprido e que o teto alto da carruagem não estivesse reluzindo ao luar. O ataque do Urso a deixara cansada demais para saltar e sair correndo.

O som do galope dos cavalos aumentou mais e mais, até dar a impressão de estar bem ao lado. O ritmo, contudo, não foi reduzido. Eles passaram e desapareceram.

Os cavaleiros não tinham visto o coche. E o cocheiro não reconhecera os homens de Grizehayes. O coche entrou em movimento mais uma vez, e as batidas do coração de Makepeace desaceleraram.

O Diabo que o carregue, sir Marmaduke. Espero que esteja no meio do trajeto até Belton Pike quando perceber que passou por nós sem se dar conta.

Era evidente que o cocheiro de lady April estava acostumado a viagens furtivas, o que por ora vinha se revelando de uma inesperada utilidade. Quando a rota se bifurcou, ela mandou que ele pegasse uma trilha de caça, mata adentro. As árvores pretas se fecharam, protetoras. Samambaias e galhos mortos estalavam entre os raios das rodas.

À luz da lanterna, ela conferiu seus machucados. Os dentes estavam intactos, mas precisava remover umas farpas das gengivas. O estilete de lady April lhe perfurara o ombro, mas nada profundo. Havia muitos hematomas, no entanto, e uma dor profunda no cotovelo esquerdo. Pensando bem, ela talvez recordasse uma sensação silenciosa, tênue e violenta na junta ao arremessar o Crowe jovem de um canto a outro.

Seu corpo queria dormir, de modo a iniciar o processo de cura, e a cabeça traidora começava a pesar. Ela se sacudiu diversas vezes, para se manter acordada, mas por fim a exaustão a dominou feito os dedos de uma mão escura e delicada.

"Ei!"

Makepeace acordou com um solavanco, sentindo o estômago revirar com o choque. Com os olhos doloridos, piscou diante da luz de uma lanterna. Distinguiu um rosto masculino, pálido e de queixo duplo, com uma carranca de confusão e desconfiança. Estava parado defronte à porta do coche, a encará-la.

Então se lembrou de onde estava, e por quê. O homem que a encarava devia ser o cocheiro. Como que lady April o havia chamado? Cattmore?

"Quem diabos é você?", inquiriu ele.

Makepeace percebeu que o homem devia estar esperando ver lady April. A capa, o anel, as luvas. Agora havia encontrado em seu coche uma garota de quinze anos, toda desgrenhada.

O que ela podia fazer? Sair correndo? Implorar para que ele não a traísse?

Não.

"Tire essa luz dos meus olhos, Cattmore", disse Makepeace, com toda a rigidez e autoridade que conseguiu reunir. Recordando a postura empertigada e os lábios finos e vermelhos de lady April, ela espichou as costas e franziu os lábios. "Nosso sono não deve ser interrompido. Precisamos chegar bem descansados ao nosso destino."

Era um jogo, um jogo perigoso e desesperado. Ela estava arriscando todas as fichas no palpite de que o cocheiro sabia o suficiente a respeito dos Doutos para reconhecer que eles nem sempre *se pareciam* consigo mesmos.

A lanterna estremeceu. Makepeace percebeu que o homem estava indeciso e consternado.

"Mi... lady? É a senhora?"

"Óbvio", retrucou ela, as batidas do coração ressoando na cabeça. "Acha que posso confiar isto aqui a mais alguém?" Ela ergueu uma das mãos, iluminando o anel de sinete.

"Não, milady... perdoe, milady." Ele parecia intimidado e compungido, e Makepeace precisou conter um suspiro de alívio. "Eu... eu não estava ciente de que a senhora tinha... trocado de residência. Posso perguntar..."

"Não pode", retrucou Makepeace rapidamente. "Basta dizer que tivemos um dia muito difícil." Ainda bem que a suposta nobreza a permitia ser rude e se esquivar de perguntas. "Por que você parou? Já chegamos ao destino?"

"Não, milady... eu... pensei ter ouvido a senhora bater no teto."

"Pois se enganou", disse ela, ligeira. No entanto, sua mão direita de fato estava machucada e parecia dolorida, como se pouco tempo antes tivesse batido em algo. "Quanto tempo falta para chegarmos?"

"Chegaremos ao esconderijo daqui a uma hora, eu presumo. É... ao chegarmos, como Sua Senhoria deseja ser apresentada aos outros?"

Outros? Os pensamentos de Makepeace se desintegraram em meio ao pânico, e ela precisou se esforçar para se recompor. Ela ousaria se passar por lady April numa reunião com esses "outros"? Se conhecessem bem a lady, em pouco tempo ela seria desmascarada.

Por um instante ela considerou pedir ao cocheiro que a levasse para outro lugar, o que sem dúvida tornaria a levantar suspeitas. A pantomima de Makepeace era frágil feito uma casca de ovo.

"Diga que somos uma representante de lady April", respondeu ela. Essa parecia a opção mais segura.

"Sim, milady. Que nome devo usar?"

A imagem de um antigo livro de histórias religiosas surgiu à mente de Makepeace. Uma mulher enfurecida, com uma espada numa das mãos e uma cabeça degolada na outra.

"Judite", disse ela, num impulso. "Judite Grey."

O cocheiro tocou a testa e recuou.

Makepeace soltou um lento suspiro, então franziu o cenho ao olhar para os nós doloridos dos dedos. Sua mão realmente havia socado alguma coisa alto o bastante para que o cocheiro ouvisse?

Teria o Urso se apoderado outra vez de seu corpo enquanto ela dormia? Aquela inquietude desconhecida a perturbava. Por três anos ele fora sua alma gêmea, seu segundo eu, mas agora ela não sabia qual era o problema, nem podia perguntar.

Ele ainda está confuso e assustado por conta da briga, disse a si mesma. *É só isso.*

Dali a uma hora ela teria de armar o blefe para o encontro com os "outros". Não tinha muito tempo para se preparar. Se quisesse se passar por representante de negócios de lady April, precisava saber quais eram os negócios de lady April.

Havia um baú no chão do coche. Estava trancado, mas ela encontrou a chave na bolsa que pegara da velha. Havia tantas moedas que Makepeace ficou meio tonta. Só podia ser dinheiro para o rei.

A bolsa de lady April continha um maço fino de papéis e um frasquinho. Makepeace desarrolhou o frasco e inalou com cuidado, temendo ser algum veneno, mas o conteúdo cheirava a alcachofra.

Makepeace examinou os papéis à luz da vela. Ler sempre fora um sacrifício, mas justo naquela noite, por incrível que fosse, não estava tão difícil. Fosse lá por que motivo, ela se alegrou. Alguns papéis pareciam relatos de batalhas. Havia umas tirinhas contendo apenas um código estranho, em caracteres que Makepeace não reconhecia.

Já não restava dúvida. Lady April era uma espiã.

Uma carta, escrita em caligrafia firme e elegante, chamou-lhe a atenção:

Saudações a meus amigos e parentes,

Se esta missiva chegou às suas mãos, então a esta altura eu já me liberei de meu comando, ou pereci durante a tentativa. Neste último caso, vocês sem dúvida irão ocultar minhas ações pelo nome de sua amada família. No outro caso, neste momento já troquei minhas insígnias por outras melhores.

Vocês obviamente me chamarão de vira-casaca mas nos últimos tempos vinha percebendo maior inclinação de meu compromisso com o Parlamento. Prefiro trair o rei do que minha consciência. Devo admitir, contudo, que minha consciência talvez se provasse menos delicada se eu tivesse a certeza de que meu devido valor seria reconhecido por meus familiares. Que tristeza ter sido deixado à espera de suas orações e misericórdia, de que me considerassem digno de fazer parte de seu grupo. Não mais escolho apostar minha vida e minha alma em suas boas graças.

Eu me compadeço pelo regimento, mas meus novos amigos decerto não creriam piamente em minha conversão sem uma prova de minha boa-fé.

Apanhei uma coisinha da sala de documentos para garantir minha segurança. Se avançarem contra mim, ou se eu avistar um bando de Crowes da janela do meu quarto, o Parlamento vai receber o alvará, e serão enviadas cópias a todas as gráficas, de Penzance a Edimburgo. O mundo saberá que vocês são monstros e que o rei é amigo de monstros, então veremos a favor de quem o vento irá soprar.

Estejam certos de que nenhuma gratidão vai me impedir de agir caso eu me considere em perigo. Sangue é sangue, mas um homem tem o dever de salvar a pele que Deus lhe deu.

Seu mais afetuoso parente,
Symond Fellmotte

A única coisa que Makepeace pôde fazer foi resistir a amassar a carta. Então era essa a airosa mensagem que partira o coração de lorde Fellmotte e estilhaçara sua saúde num único golpe! Symond não tinha apenas desertado; havia se unido às forças do Parlamento. Premeditara com frieza a traição.

Eu me compadeço pelo regimento, mas meus novos amigos decerto não creriam piamente em minha conversão sem uma prova de minha boa-fé...

Makepeace leu a frase repetidas vezes. Symond havia deliberadamente posto James e o regimento em perigo de morte, e os largara lá. Estivera disposto a sacrificar todos para conquistar a aprovação dos novos aliados.

Ela não o culpava por querer escapar de sua Herança. Afinal, ela própria passara anos tentando fugir. Não podia nem culpar Symond por ter apunhalado os Doutos pelas costas. Mas podia culpá-lo por ter traído James e um regimento inteiro de colonos e serviçais, homens que o haviam acompanhado e que confiavam nele.

Então Symond, o garoto de ouro, não vivera feliz, no fim das contas, ou pelo menos não feliz o bastante. Teria aceitado o pesado fardo de sua posição de nobreza, e até bancado o hospedeiro de espíritos imortais, se tivesse a certeza de que mais à frente seu próprio fantasma seria preservado, como os deles. Mas ninguém lhe dera essa certeza. Ao que parecia, ele, como Makepeace, estivera bolando planos e aguardando a hora certa.

Não, não como eu. Ele é da mesma laia que os outros Fellmottes. Mais um homem rico determinado a obter o que crê que o mundo lhe deve e disposto a pagar qualquer preço, desde que seja com o sangue alheio.

Makepeace soltou um longo suspiro e tentou se acalmar. Pelo menos agora sabia que lady April planejara passar adiante cartas, informações militares e provas da traição de Symond a um mensageiro designado em Oxford. Makepeace não sabia muita coisa, mas talvez já soubesse o suficiente para brincar de adivinhação.

Havia, no entanto, outro problema urgente. Lady April sabia aonde o coche estava indo. Tão logo a velha estivesse em condições de falar, os Fellmottes partiriam atrás de Makepeace. Além do mais, depois da reunião, o cocheiro talvez esperasse transportar "lady April" de volta à propriedade.

Enquanto limpava o rosto e ajeitava o cabelo trançado na touca, Makepeace tentou maquinar um plano.

O coche chegou ao esconderijo bem no início da manhã. Era estranho que tivesse alguém para lhe estender a mão e ajudá-la a descer. A visão aguçada do Urso penetrou a escuridão, permitindo que Makepeace enxergasse um pouco os arredores. Estava fora da mata, o sombrio e nebuloso horizonte desfigurado por umas poucas árvores desgarradas.

O coche parou perto de uma casa isolada, no sopé de uma pequena encosta, junto a uma roda d'água esverdeada e gotejante. A roda estava tomada de ervas daninhas, mas aqui e ali a água refletia lampejos de luar.

Um casal de idosos abriu rapidamente a porta ao ouvir a batida do cocheiro e acenaram em silêncio para que ela entrasse. Davam todos os sinais de que esperavam Makepeace, ou pelo menos alguém.

"Está tudo bem?", indagou o cocheiro enquanto o casal conduzia os dois pelos corredores escuros e frios, com cheiro de rato e feno velho.

"Bastante calmo nesses últimos meses", respondeu a anfitriã. "Mas recebemos nossa cota de aquartelados. As tropas do Parlamento se aboletaram aqui feito uma praga de gafanhotos, esvaziaram toda a nossa despensa." Ela disparou um olhar ligeiro e apreensivo a Makepeace, como se temesse alguma crítica. "Não pudemos fazer nada, eu juro!"

Makepeace foi levada a uma saleta estreita, com uma fogueira potente, de troncos úmidos e chispantes. Lá encontrou os "outros" à sua espera. Eram duas mulheres e, a julgar pelos murmúrios de conversa assim que a porta se abriu, elas se conheciam. Quando Makepeace adentrou, as duas se calaram.

Uma delas era alta, e o cabelo que escapava pelo chapéu de coroa alta era de um vermelho vivíssimo. Tinha meia dúzia de rodelinhas de tafetá preto coladas ao rosto. Makepeace sabia que tais pintinhas estavam na moda, mas seis já era demais, mesmo na moda. Provavelmente encobriam cicatrizes, e Makepeace imaginou que a mulher tivesse travado uma luta com a varíola ainda pior que a sua.

A outra era velha, de rosto largo e cabelos maltratados, presos sob a touca numa trança apertada. Tinha os olhos azuis da cor do céu. Comum e nem um pouco burra.

As duas dispensaram um aceno de cabeça a Makepeace assim que ela entrou, mas não retomaram a conversa até que a anfitriã saísse da sala. A ruiva deu uma olhada cautelosa no anel de lady April, com ar de satisfação. Seguiram-se apresentações ligeiras, num estranho tom informal. A ruiva era "Helen Favender", e a velha era "Peg Corble". Makepeace teve a sensação de que os nomes eram tão reais quanto "Judite Grey".

"Nós estávamos esperando outra pessoa", disse Helen. Tinha um sotaque de traço escocês, e Makepeace especulou se ela pertencia a alguma das famílias que haviam migrado da Escócia para a Inglaterra com o rei anterior. Usava um anel, e Makepeace deduziu que sua aspereza viesse da confiança da pequena nobreza. Era como um cavalo meio bravio, mas que fora bem alimentado e tivera espaço de sobra para dar seus coices.

"Minha patroa pretendia vir pessoalmente", respondeu Makepeace mais que depressa, o que não era uma mentira completa. "Surgiu outra emergência... e ela teve que mudar os planos de repente."

"Nada muito grave, espero?", indagou Peg, o olhar penetrante de preocupação e curiosidade.

"Ela não me contou."

"Você trouxe o dinheiro de Sua Majestade?", perguntou Helen, parecendo mais segura quando Makepeace lhe passou o baú e a chave.

"Trouxe... mas houve uma mudança de planos." Era esse o pulo do gato. "Minha senhora mandou que eu viajasse com vocês até Oxford."

As duas trocaram olhares afiados.

"Viajar com a gente?", retrucou Helen. "Por quê?"

"Eu tenho uma mensagem a alguém de lá, e ela me ordenou que entregasse em pessoa... e não deve ser transmitida por escrito." Makepeace esperou que a história fosse suficientemente plausível e vaga.

"E mesmo assim ela confiou a você", observou Helen, com ironia. "Já recebeu esse tipo de tarefa antes?"

"Alguns assuntos particulares a minha senhoria..."

"Que tipo de assuntos?", interrompeu Helen.

"Ah, não torture a pobrezinha!", exclamou Peg, reprovativa. "Ela não pode revelar os assuntos pessoais de sua senhora!" Junto ao sorriso amigável, contudo, havia um olhar indagativo.

"Houve uma mudança de planos, e eu quero saber o motivo!", retorquiu Helen. "E... garota, você é mais nova do que eu aprecio pra este tipo de tarefa. Nós vamos nos infiltrar nas tropas inimigas! Isso não é brincadeira. Se formos pegas vamos passar umas férias na Torre, isso se tivermos sorte..."

"*Você*, talvez", observou Peg, secamente. "Eu sem dúvida vou ter o pescoço espichado até me transformar num lindo cisne."

"E se uma de nós não estiver habituada a esse tipo de tarefa, é mais provável que *sejamos* pegas!"

"Eu não sou destreinada!", protestou Makepeace. "Não vou decepcionar vocês, eu prometo!"

"Lady April joga sempre o jogo que quer", disse Helen, erguendo a mão num gesto exasperado. "E todo mundo vai atrás! Se todo mundo que ama o rei conseguisse manter a sintonia, a essa altura já teríamos mandado os rebeldes pra bem longe. Mas ficamos todos tateando no escuro, serrando as mesmas cordas e cutucando os olhos uns dos outros."

"Por favor, não me mandem de volta", disse Makepeace, mudando de tática. "Milady jamais me perdoaria."

"Essa mensagem que você tem que transmitir... é mesmo tão importante?", indagou Peg.

"Tão importante que eu fui seguida na estrada", declarou Makepeace, num momento de inspiração. "Havia cavaleiros nos pântanos, perseguindo o coche."

"Tem certeza de que os despistou?", indagou Peg com rispidez, imediatamente menos maternal.

Makepeace assentiu. "Tenho... mas não gostei. Parecia que eles sabiam aonde eu iria. Este lugar é seguro? Quantas pessoas sabem daqui?" Cada minuto que passava naquele suposto esconderijo, ela sabia que estava correndo perigo.

"Boa pergunta." Peg encarou Helen e ergueu uma sobrancelha. "Tínhamos planejado passar um dia aqui..."

"... mas talvez seja melhor não esperarmos tanto", concluiu Helen. "Os cavalos precisam de umas horas de descanso, e nós também, mas é melhor partirmos amanhã de manhã."

Makepeace percebeu que havia sido incluída, ainda que de má vontade. Helen não estava nada feliz em saber que teria a companhia de uma garota desconhecida, mas ainda não havia se recusado a levá-la.

Ela sabia que Helen estava certa. A missão de chegar a Oxford *seria* difícil e perigosa. Mas ela não conseguia esquecer a história do doutor Benjamin Quick, que tinha curado um paciente de suas "assombrações". Segundo o tabloide, isso havia ocorrido em Oxford.

Se ela conseguisse encontrar esse misterioso doutor destruidor de fantasmas, talvez ele revelasse uma forma de lutar contra os Fellmottes. Ela não podia desistir de James, nem da esperança de que seu verdadeiro eu ainda vivesse. Com a ajuda do doutor talvez ela pudesse salvá-lo, antes que fosse tarde demais.

AS CRÔNICAS DAS SOMBRAS
FRANCES HARDINGE

CAPÍTULO 21

Makepeace acordou assustada e atônita, com a impressão de ter levado um cutucão forte no braço. Estava muito gelada, o mundo, muito escuro, e havia pedrinhas sob seus pés descalços.

Onde é que eu estou? Como vim parar aqui?

Seus pensamentos indistintos se revolviam. Tinha ido dormir no quartinho do sótão reservado para ela, numa cama de flocos cheia de cobertores.

Ela estava segurando um grande aro de metal. Diante de si a escuridão cedia lugar a uma ainda mais profunda, de onde emergiam bufidos baixos e o som de cascos se remexendo sobre a palha. Ela estava defronte aos estábulos, segurando a porta aberta. No céu, as estrelas cintilavam.

O que eu estava fazendo?

Era óbvio que o Urso não havia escapado para devorar os cavalos! Ele, muito faminto, chegara a considerar isso logo na primeira aula de montaria de Makepeace, e fora difícil dissuadi-lo. Mas já fazia muito tempo.

Urso... por que você me trouxe aqui?

Fez-se silêncio, então Makepeace ouviu um rosnado em sua cabeça, tão frio e profundo que poderia ter confundido com algum som da natureza. Não era um barulho amistoso. Ela sentiu como uma advertência, um som de profunda inimizade.

"Urso", sussurrou mais uma vez, mas não houve resposta. Algo nele havia mudado, e ela não sabia o quê. Lembrou-se de cães eriçando os pelos da nuca ao farejar um estranho. Ou cães rosnando para um amigo depois de sofrer uma insolação. O sangue dela gelou.

Então ela ouviu um murmúrio baixo. Não era o Urso, nem vinha de dentro de sua cabeça.

Makepeace se esgueirou em direção ao som e espiou, pela lateral dos estábulos, em direção à frente da casa. As espreitadeiras de uma das janelas estavam entreabertas, mostrando uma fresta iluminada por candelabros. Havia uma silhueta masculina debruçada na janela, sussurrando com alguém do lado de dentro.

Por um instante Makepeace teve a absoluta e aterrorizante certeza de que o homem era enviado dos Fellmottes. Eles a tinham encontrado, haviam ido atrás dela. Então reconheceu a voz de sua anfitriã, do lado de dentro.

"Vai logo!", sussurrou ela. "Vá a Aldperry e procure o capitão Maltsey. Diga que as espiãs monarquistas voltaram... e que eu cumpri a minha palavra."

Enquanto o homem saía apressado, obediente, de lanterna na mão, Makepeace compreendeu. Aquilo não tinha nada a ver com os Fellmottes. Seus anfitriões estavam trabalhando para alguém totalmente diferente.

Tremendo de frio, ela foi tateando pela frente da casa até encontrar a porta, então deslizou para dentro o mais depressa possível. Subiu a escadaria estreita e escura e bateu discretamente à porta oposta à sua, rezando para ter acertado o quarto. Foi tomada de alívio quando Helen apareceu, de cabelos desgrenhados e uma vela fina na mão. Makepeace entrou e fechou a porta antes de falar.

"Precisamos sair daqui." Ela descreveu rapidamente o que ouvira. "Eles nos traíram. Mandaram um homem pra revelar às tropas do Parlamento que estamos aqui."

"Eu devia ter adivinhado!", soltou Helen entre os dentes. "Eles estavam tão intimidados desta vez, como nunca antes." Ela olhou Makepeace e fechou a cara. "Afinal, por que você estava lá embaixo, nos estábulos?"

"Eu às vezes sofro de sonambulismo", Makepeace apressou-se em responder, recebendo um olhar descrente de Helen.

"Eita, talvez seja verdade", disse Peg, já desperta, recolhendo seus pertences com tranquilidade e destreza. "Pouco provável que ela fosse fugir *assim*."

Makepeace percebeu, para sua imensa vergonha, que estava apenas com a camisola de mangas compridas, que servia tanto de roupa de baixo como de camisola. Ela abraçou o próprio corpo, na defensiva.

Helen fechou uma carranca, aproximou a vela e puxou uma das mangas de Makepeace. Sob a luz, os hematomas amarelados no braço de Makepeace eram claramente visíveis.

"Você foi maltratada", disse Helen, baixinho. "Hum. Estou começando a ver por que não quer enfrentar lady April sem ter cumprido as ordens dela." Ela dispensou a Makepeace um olhar estranho e frio, com uma pontinha de compaixão. "Venha... vá se vestir antes que o ar da noite te adoeça."

Ao puxar a manga de volta, Makepeace notou outra coisa. Além dos hematomas, um pedacinho de seu antebraço estava rosado, como se pouco tempo antes a pele tivesse sido apertada com força.

O cocheiro foi acordado em silêncio e recebeu a ordem de preparar o coche e os cavalos de Peg e Helen. De volta ao quarto, Makepeace desencavou sua trouxa de fuga e apanhou uma muda de roupa. A velha jaqueta marrom-dourada que comprara escondido no mercado. A saia cinza desbotada, que ela havia guardado uns seis meses antes, agora deixava entrever um pedaço de anágua maior, mas nada podia ser feito em relação a isso. Ela enfiou o cabelo sob uma touca de linho encardida.

Ao retornar, recebeu breves olhares aprovativos de Helen e Peg, que não pareceram surpresas em vê-la passar de lady a criada malvestida. Eram espiãs, e talvez estivessem acostumadas a tais metamorfoses.

O cocheiro, no entanto, encarou-a horrorizado. Ficou ainda mais surpreso e preocupado ao saber que Makepeace não retornaria com ele.

"Volte por um caminho bem longo", disse ela, na melhor imitação dos modos de lady April. "E não conte a ninguém aonde fui... nem aos meus familiares." Era quase certo que ele cederia frente ao interrogatório dos Fellmottes, mas dessa forma ela teria um pouco mais de tempo.

Quando Makepeace montou atrás de Peg, o céu já estava rajado de luz. A anfitriã surgiu na porta bem na hora da partida, confusa e protestando. Makepeace sentiu um pouco de pena. O moinho d'água foi ficando para trás e desapareceu em meio às árvores.

Os Fellmottes haviam ensinado Makepeace a cavalgar, mas ela não fora preparada para passar muito tempo montada num cavalo. O Urso nessas horas não facilitava. Conseguia farejar o cavalo e sempre ficava confuso ao se ver escarranchado sobre outro animal. O cavalo estava arisco, e ela imaginou que ele estivesse sentindo o cheiro do Urso.

O Urso seguia irrequieto, estranho e febril. Sempre fora uma criatura selvagem, claro, mas Makepeace havia se acostumado com sua ternura bruta e seu humor instável e turbulento. Passara três anos travando com ele negociações silenciosas — compartilhando sua dor, apaziguando seus medos, refreando seus ímpetos de ataque. Mas isso era diferente. Pela primeira vez em anos, ela sentia medo.

Por vezes a mente do Urso se aconchegava junto à dela, como de costume, mas então ele recuava e emitia um rosnado longo e baixo que lhe dava calafrios. E se ele tivesse sido ferido na luta contra o Infiltrador e de alguma forma estivesse diferente? Estaria começando a esquecer quem ela era? O que ela poderia fazer se ele a atacasse? Era ele quem ocupava todas as suas defesas.

Sem cessar, ela tentava compreender a forma como acordara na porta do estábulo. A sensação exata era a de que alguém lhe havia beliscado o braço. O Urso mordia, mas não beliscava. Então quem a acordara, ou o quê? Makepeace não sabia o que teria acontecido se ela não tivesse despertado com aquele beliscão. Tentou não pensar no Urso perdendo o controle. Ela podia ter acordado coberta de sangue, entre cavalos mortos e agonizantes.

Debilitada pelas feridas e a privação de sono, Makepeace se sentia dentro de um sonho. Não estava acostumada a ver colinas se arqueando de leve, sem estourar em penhascos ou se alongar em desertos áridos e austeros. Depois de muito tempo ela estava longe das extensas propriedades dos Fellmottes e não conseguia acreditar. Não parecia real.

Durante os três anos anteriores Makepeace vivera com medo, aprisionada sob o olhar assustador dos Doutos. Agora, mais uma vez, estava morrendo de medo de ser pega, mas pelo menos se sentia viva. Os Fellmottes podiam alcançá-la a qualquer momento, mas durante uma respiração, e mais uma, e mais outra, ela estava livre.

As duas companheiras de Makepeace pareciam confortáveis em suas selas e até conversavam durante o trajeto. O trio havia se decidido quanto aos papéis de cada uma. Helen, naturalmente, era uma dama da sociedade em viagem com suas duas criadas. Sempre que passavam por algum viajante mexeriqueiro carregado de tabloides impressos, Helen reduzia a marcha.

"Quais notícias? O que você tem pra vender?"

Ela comprou periódicos com histórias quentíssimas dos acontecimentos mais recentes, repletos de boatos sangrentos, além de informes sobre as últimas ações do Parlamento.

"Isso é tudo bobajada dos rebeldes", disse Peg, num tom de leve reprovação, enquanto Helen examinava a última folha de informes. "Estamos em terras ocupadas pelo Parlamento."

"Verdade", respondeu Helen. "Mas precisamos conhecer a melodia do inimigo se quisermos cantar com ele. E acredito que a nossa amiga aqui vai querer ler isto." Ela se espichou para entregar o papel a Makepeace.

Quase todo o panfleto fervilhava com uma fúria justiceira. Os homens do rei estavam incendiando igrejas com mulheres e crianças dentro! A louca rainha da França queria ver os pobres nobres ingleses sob a influência maligna do Papa! O príncipe Rupert estava de conluio com o Diabo! Seu cão "Menino" havia sobrevivido a todas as batalhas, e portanto era claramente um espírito transportando ordens de seu Mestre Infernal!

Era estranho topar com tais crenças outra vez, depois de tanto tempo. Espiões católicos, rainha má... era como retornar a Poplar! Desde que chegara em Grizehayes, Makepeace se acostumara a ouvir a versão dos monarquistas, e agora aquele tabloide a deixou de estômago embrulhado. Durante três anos ela absorveu as certezas de outras pessoas, e agora concluía que suas opiniões haviam mudado aos poucos, sem que ela percebesse.

"Olhe a parte lá de baixo", disse Helen.

Perscrutando a base do papel, Makepeace avistou o nome "Fellmotte". Era uma lista de quem "havia se aliado ao rei e aos papistas contra o Parlamento e nossos mais antigos direitos", e cujas propriedades seriam "confiscadas". Todos os Fellmottes mais eminentes estavam na lista.

"*Confiscadas*... o que isso significa?", indagou Makepeace.

"Significa tomadas", respondeu Helen. "Significa que, se o Parlamento conseguir o que quer, vai ocupar as terras dos Fellmottes, saqueá-las e depois entregar a quem bem entenderem."

"A alguém feito o patrão Symond", murmurou Makepeace entre os dentes. Ela achava que ele tivesse apenas se libertado. Mas talvez ele tivesse ambições um pouco maiores. Talvez estivesse apostando as fichas em se apossar de todas as terras dos Fellmottes.

"O seu pessoal vai enfrentar isso, tenho certeza", disse Helen, enérgica. "Eles têm amigos em Londres e dinheiro pra contratar um bando de advogados."

De vez em quando o trio passava por grupos de soldados. A maioria não usava uniforme, apenas faixas ou tiras de papel nos chapéus, para demonstrar sua lealdade. Com frequência faziam o teatrinho de interceptar as três viajantes e às vezes pediam um "pedágio", que Helen pagava sem dar um pio.

Vez ou outra alguém falava em confiscar os cavalos para as tropas, mas esmorecia frente à presunçosa e refinada indignação de Helen. A classe era sua arma e armadura, e até então lhe estava servindo muito bem. Makepeace ficou pensando se funcionaria tão bem frente a um oficial ou cavalheiro do Parlamento.

Helen emprestara a Makepeace uma máscara de sol, do tipo que as senhoras usavam para proteger a pele. Makepeace se alegrou não só com o disfarce, mas com a disposição e a confiança de Helen em conduzir as conversas.

Ao pararem para pernoitar numa estalagem, ela desabou na cama, exaurida, mas dormiu um sono leve. Acordou sobressaltada inúmeras vezes, o nariz tomado pelo cheiro do Urso.

Makepeace dormia, mas sua angústia, não.

Ela sonhou que retornava a seu quartinho, no segundo andar da antiga casa de Poplar. Ela era pequenina e estava sentada no colo de uma mulher, tentando ler um folheto com notícias da guerra. Era muito importante que ela compreendesse, mas as letras se remexiam, formando histórias diferentes.

A mulher não dizia nada. Makepeace sentia que devia conhecê-la, mas algo a impedia de se virar para olhar. Em vez disso, ela observou a mulher estender a mão e rabiscar um "M", lentamente, na madeira empoeirada do batente da porta.

Era a chave de tudo, Makepeace tinha certeza, mas não compreendia. Só conseguia encarar a carta, sem parar, até que sua mente se assombreou num sono mais profundo.

Na tarde do segundo dia, o trio se afastou da estrada principal e pegou uma rota sinuosa até uma casa isolada, onde um homem solitário aguardava com uma carroça cheia de barris. Ele ergueu a tampa de um dos barris, para que Helen inspecionasse o conteúdo.

"E o ouro está dentro?", indagou ela.

"Cada centavo que pudemos recolher, respondeu o homem. "As fortunas pessoais de três grandes homens, que padeceriam na Torre se alguém ficasse sabendo disso. A nossa esperança está toda com a senhora... diga a Sua Majestade que atendemos ao seu chamado neste momento de necessidade! Que Deus a abençoe e a leve em segurança ao rei!"

A boca de Makepeace secou. Ela pensava que Helen e Peg tentariam entrar em Oxford apenas com mensagens para o rei e o ouro de lady April. Mas, não; ao que parecia, as duas estavam prestes a contrabandear um resgate para o monarca, passando por um exército parlamentar inteiro. Os barris pareciam bem óbvios. Makepeace quis perguntar o que mais havia neles, mas temia revelar sua ignorância a respeito do plano.

"Eles não vão ser revistados?", sussurrou ela a Peg, em lugar.

"Não, garota", respondeu Peg. "Deus queira que não", acrescentou, num tom mais baixo, e Makepeace sentiu um desassossego. "De todo modo, a necessidade é a mestra da vida. A causa do rei está por um fio; se ele não pagar as tropas, não haverá exército. Ele precisa deste ouro... e nós não podemos transportar tudo debaixo das roupas, não desta vez. Sabe, existe um limite pra esconder coisas no corpo, senão os joelhos começam a fraquejar. Da última vez eu quase desmaiei bem nos braços de um guarda."

Como era de se esperar, pouco tempo depois as duas estavam ensinando Makepeace a esconder algumas das moedas de lady April no forro do espartilho, nos sapatos, na trança dos cabelos e em bolsos suspensos sob a saia.

Montada na carroça com as duas companheiras, Makepeace começou a sentir brotar uma estranha empolgação dentro de si. Ela havia se inserido numa espécie de irmandade, por mais que estivesse ali sob um falso pretexto.

"É mais provável que sejamos revistadas a uns quinze quilômetros de Oxford", disse Helen. "Já faz dois meses que os rebeldes andam enviando homens pra falar com o rei, ora ver se existe uma chance de paz. Enquanto isso eles concordaram em manter as tropas rebeldes a quinze quilômetros de distância da cidade, e as tropas do rei se comprometeram a não ultrapassar esse perímetro. Na verdade, nenhum dos lados calcula essa distância com muita exatidão, assim toda hora acontecem ataques e confrontos, mas eles fazem o teatrinho de honrar a fronteira.

"Ou seja, o Parlamento ergueu acampamentos e guarnições militares na borda desse perímetro, e estão todos impacientes e de olho vivo para evitar que qualquer tipo de ajuda chegue ao rei."

Enquanto as três se aproximavam de Oxford, Makepeace notou, para sua própria surpresa, que havia muita gente na estrada. Nem todos eram soldados; alguns claramente transportavam cestas de mercadorias para venda — panelas, farinha, frango, ervas.

"Dia de feira", murmurou Peg por sobre o ombro. "Melhor pra nós, pois não somos as únicas a caminho da cidade."

"Todo esse povo está indo pra lá?", indagou Makepeace. "E as tropas do Parlamento mais adiante? Não vão embarreirar todo mundo?"

"Ah, não, o exército não atravanca quem está indo às compras!" Peg deu uma piscadela. "De que outra maneira eles vão descobrir o que está acontecendo em Oxford? É assim que eles põem os espiões pra dentro... um bom número deles, de todo modo. E o povo da região fica muito irritado quando não pode realizar seus negócios ou dar um jeito de rechear a despensa."

"Silêncio agora, matracas", disse Helen. "Estou vendo soldados à frente."

O vilarejo que elas adentravam exibia as marcas da guerra. Os campos estavam pisoteados, e a estradinha estreita, toda esburacada por suportar uma circulação maior do que fora planejada para receber. Havia soldados por todos os cantos, parados defronte às portas, arrastando cavalos empacados ou debruçados nas janelas, fumando cachimbos de barro. Aos olhos interioranos de Makepeace, pareciam um exército completo. Então ela olhou para além da fumaça que subia das ferrarias e viu o *verdadeiro* exército.

Num descampado mais adiante havia uma floresta de tendas descoloridas. Para a perplexa Makepeace, parecia haver milhares de homens e cavalos — um número incompreensível.

"Pode encarar", disse Peg, num tom seco, ao notar Makepeace espiando as tropas. "O estranho seria se você não encarasse."

Makepeace recordou os murais na Sala dos Mapas, azuis e vermelhos vívidos, as miniaturas de tendas do exército dispostas em fileiras organizadas, como se vistas de grande distância. O acampamento à sua frente, de lonas opacas, cavalos empoeirados e solo maltratado, revelava um real e chocante contraste. Concentrava uma miríade de aromas — cinza de madeira úmida, pólvora, óleo, estrume de cavalo. Também havia um número impressionante de mulheres esfregando panelas, carregando lenha e até amamentando. Todo o cenário era caótico, brutal e realista.

Os guardas a postos no meio da estrada, abatidos, com a inquietação aborrecida de cães desgarrados fritando sob o sol, possuíam sangue de verdade, que podia ser derramado. Seus mosquetes continham munição de verdade, e podiam ser disparados. Podiam ser disparados contra ela. Afinal de contas, o que ela se tornara? Uma aventureira. Uma agente secreta. Uma espiã.

"Preparem os papéis", disse Helen, "e tirem a máscara de sol. As cortesãs também usam máscaras, não esqueçam... nós nunca vamos conseguir cruzar o acampamento se formos confundidas com *elas*."

Makepeace sentia o estômago queimar enquanto as três avançavam, lentamente, na direção os homens, que protegiam os olhos espremidos frente à aproximação das mulheres. Dois deles portavam mosquetes, o metal indolente e ameaçador à luz do sol.

"Aonde vão?", gritou um dos guardas.

"Oxford", respondeu Helen, com surpreendente confiança.

Os guardas olharam a carroça de soslaio, então encararam Helen e as "criadas". Era pouco provável que fossem confundidas com lavradeiras trazendo mercadorias à feira.

"Desculpe, senhora, mas não podemos permitir a entrada de provisões para o exército inimigo."

"Leia isto aqui." Helen exibiu a papelada. "Eu tenho autorização do Parlamento. Veja aí... a carta menciona os barris."

O primeiro guarda pestanejou diante da carta, e Makepeace sentiu uma pontada de compaixão ao vê-lo passar para o homem ao lado. O papel foi prontamente passado ao guarda de patente mais, por certo o único integrante alfabetizado do grupo.

"Pois bem... a senhora é lavadeira?"

"Profissional de lavanderia", corrigiu Helen, num tom tranquilo e solene. "Já servi a realeza e as damas da corte."

"E esses barris estão cheios de sabão?" Os guardas a encaravam com um estranho misto de hostilidade, dúvida e deferência. Helen praticamente havia se declarado monarquista. Por outro lado, era uma senhora de alto nível, e portava uma carta do Parlamento.

"O mais puro sabão de Castela, feito com o mais puro pó de cardo. Os senhores podem ver a marca de autenticidade nos barris."

"Lixo espanhol", resmungou o guarda. "Oxford não tem sabão nem lavadeiras?"

"Claro que tem. Mas nada adequado às roupas e à pessoa de Sua Majestade. Acham que qualquer velha encarquilhada pode esfregar as sedas dele, usando gordura de carneiro e lixívia?"

Nós vamos morrer, pensou Makepeace com estranha calma. *Essa mentira é completamente absurda.* A carta do Parlamento só podia ser falsificada. Os guardas certamente perceberiam e chamariam seu oficial superior, e as três seriam presas. Ela estava muito atenta ao calor do sol em seu rosto, ao peso do ouro escondido em suas roupas, ao cheiro de lama seca assando, ao falcão solitário voejando no céu azul de verão. Ficou imaginando se os espiões eram fuzilados ou enforcados.

Os guardas deliberavam entre os dentes, lançando olhares ocasionais às mulheres na carroça. A palavra "revista" lhe chegou aos ouvidos.

"Eu? Não!", foi o murmúrio que ela ouviu em resposta. "Eu não vou apalpar uma profissional de lavandaria real!"

Um deles pigarreou.

"Vamos precisar dar uma olhada nos barris, senhora."

"Claro", respondeu Helen.

O guarda mais jovem se aproximou, rolou um dos barris para fora da carroça e abriu com cuidado. Makepeace estava mais perto que as outras, e sentiu o característico odor de fumaça e azeite de oliva. Como era de se esperar, o barril estava abarrotado de retângulos brancos, disformes e oleosos de sabão, brilhosos e escorregadios por conta do calor. O guarda se abaixou, relutante, e remexeu o sabão, com uma careta.

"Ora... vamos logo com isso!", gritou um dos amigos.

"Parece sabão." Ele torceu o nariz. "E fede feito sabão."

"Não acho que seja muito útil aos seus inimigos", comentou Peg. "Ou eles lutam melhor quando estão limpos?"

Os guardas olharam a fila de gente que se formava atrás da carroça, então o grande número de barris.

"Muito bem, muito bem", resmungou o mais alto, o alfabetizado. "Deixe elas passarem."

Peg deu um estalido com a língua e um piparote nas rédeas, e os cavalos puseram-se em movimento.

Makepeace percebeu o coração galopando e respirou fundo. O céu estava de um azul intenso, e suas mãos exibiam marcas de unhas cravadas. Ela sentia uma estranha empolgação.

"Onde você arrumou a carta?", sussurrou ela, já bem longe dos guardas.

"No Parlamento", respondeu Helen. "Ah, é de verdade mesmo."

"Te deram passe especial como lavadeira?"

"Claro. Ele é o rei." Helen abriu um sorriso torto. "Nomeado por Deus. Eles não podem deixar de acatá-lo, mesmo lutando contra ele. Rebeldia é simplesmente traição. Permitir que o rei chafurde na imundície dos plebeus seria sacrilégio."

"Eles querem ver Sua Majestade derrotado e subjugado", explicou Peg. "Mas não querem vê-lo fedido."

Então esse era o mundo, em toda a sua parvoíce. Exércitos podiam se digladiar, multidões podiam morrer, mas ambas as partes concordavam que o rei precisava ter condições de lavar as meias.

O mundo estava de cabeça para baixo, Makepeace percebeu, e ninguém sabia mais que lado era o certo. Regras vinham sendo quebradas, mas ninguém sabia direito quais. Qualquer pessoa confiante podia chegar e agir como se conhecesse as novas regras, e os outros acreditariam.

AS CRÔNICAS DAS SOMBRAS
FRANCES HARDINGE

CAPÍTULO 22

Depois de passar pelos soldados do Parlamento, elas seguiram pela estrada até um amplo vale baixo, acompanhando o vilarejo de Wheatley. Sua antiga ponte de pedras chegou a cruzar a curva cintilante do rio Tâmisa, mas agora parte de sua extensão fora derrubada, e uma ponte levadiça provisória havia sido erguida na margem oposta.

Os soldados que controlavam a ponte, no entanto, pertenciam a tropas monarquistas de Oxford; foram facilmente persuadidos a baixá-la, e a carroça seguiu em frente. Os cavalos subiram com esforço uma colina íngreme. Então, durante a descida, Makepeace vislumbrou a cidade no vale pelos espaços entre as árvores — pedaços de torres e pináculos de igrejas, pedras amareladas e colunas cinza-azuladas de fumaça de chaminé.

"Este era um condado bem bonito pouco tempo atrás", murmurou Peg.

A paisagem do lado mais próximo a Oxford dava a impressão de que o fim dos dias havia chegado. Os prados e a terra lavrada estavam sulcados e destruídos, com marcas de cascos afundando o chão como se os Quatro Cavaleiros tivessem passado por ali. Os bosques eram formados por tocos de árvores recém-cortadas. A maior parte do solo parecia inundada, com poças cintilando na terra feito a lua no céu.

Mais adiante, duas barragens de terra recém-erguidas flanqueavam a estrada, oferecendo uma proteção improvisada para a ponte à frente. Bem longe, à direita, Makepeace avistou outro aterro recente: uma saliência marrom, de laterais inclinadas, abraçando o lado norte da cidade. Ela supôs que fosse uma muralha protetora, mas a impressão era de que a paisagem danificada havia recuado em defesa, tal qual uma enorme fera. Nos montinhos de terra era possível observar figuras trabalhando, com pás e carrinhos de mão.

"Não parecem soldados", murmurou ela. Havia homens e mulheres de todas as idades, e até algumas crianças.

"São civis de Oxford, fazendo sua parte pra proteger a cidade", disse Helen.

"Bom, é isso ou pagar multa", resmungou Peg. "Se me fosse dada a mesma escolha, eu provavelmente estaria lá em cima com uma pá."

Mais à frente dos aterros a estrada seguia por uma imensa ponte de pedras, composta de muitos arcos, que cruzava um emaranhado de afluentes do rio. As três passaram por uma bela construção num tom dourado de areia, que Peg explicou ser a Magdalen College, uma das faculdades constituintes da Universidade de Oxford, e aproximaram-se das paredes cinzentas e envelhecidas.

Nos portões, um guarda espiou a papelada de Helen de cabeça para baixo e acenou para que elas passassem. As três cruzaram cuidadosamente o portão... e adentraram Oxford.

Era a primeira cidade que Makepeace visitava desde Londres. Era ao mesmo tempo linda e horrível, e na mesma hora ela soube, sem que lhe dissessem nada, que havia algo errado ali.

A rua era ampla e agradável, com casas altas e imponentes. Foi o cheiro forte, no entanto, que logo a atingiu, provocando embrulho no estômago. Cada viela por onde ela passava parecia haver uma vala fétida, repleta de lixo e podridão. Em uma alameda ela viu os restos mortais de um cavalo, com os olhos brancos e a pele infestada de moscas. Perto dali, umas crianças recolhiam água das poças em vasos.

Nas ruas apinhadas muita gente exibia o semblante tenso, encovado e tomado de cicatrizes. Havia um clima de fome no ar, um gosto de desespero estendido bastante prolongado. Tudo parecia esfolado, descascado, feito a terra do outro lado.

A beleza piorava tudo. Makepeace ficou maravilhada com as imensas construções de belas colunas, ornatos de pedra finos como renda e torres dignas de abrilhantar uma catedral. Tinham a cabeça erguida, mas os pés chafurdavam em fetidez e imundície. Eram como as beldades decadentes da corte, ainda muito elegantes, porém desvairadas de velhice ou varíola.

Helen parou a carroça defronte à Merton College e deu umas ordens. Enquanto os barris eram descarregados, Makepeace encarava as pedras douradas e as majestosas chaminés da faculdade.

"Nós recebemos acomodações", declarou Helen. O trio de mulheres acompanhou um jovem, que as conduziu por algumas ruas e empurrou a porta de uma padaria de pães brancos, onde eram preparados sofisticados pães de farinha refinada para a classe elevada. O padeiro, um quarentão magrelo, porém muito educado, mostrou resignação ao ser informado de que havia recebido mais visitantes.

Ele até deu um jeito de contorcer o rosto, ensaiando um sorriso ao receber de Helen várias folhas de papel.

"O que é isso?", sussurrou Makepeace a Peg.

"Pagamento... ou é o que vai ser depois que vencermos a guerra", respondeu Peg, com vigor. "Todos os leais servos do rei poderão apresentar essas notas e receber o pagamento que lhes for devido."

Makepeace começou a compreender por que o padeiro estava infeliz, e por que as prateleiras da loja estavam tão vazias. Os pedaços de papel não passavam de promessas do rei, e decerto não adiantavam de nada quando o assunto era conseguir o mínimo para sobreviver.

As três recém-chegadas foram levadas a um quartinho minúsculo, com uma cama de flocos muito pequena e uma janelinha.

"Peço desculpas por não termos nada melhor", disse o padeiro, parecendo cansado, "mas aqui tem gente saindo pelo ladrão. Já estamos abrigando um oficial, um fabricante de velas, a esposa de um ourives e um dramaturgo. Muita gente foge para Oxford por segurança... as senhoras sabem como é."

"O senhor já ouviu falar de um doutor chamado Benjamin Quick?", indagou Makepeace.

"Não, eu não me lembro desse nome." O padeiro franziu o cenho. "Mas, se ele conhece o ofício, deve estar ocupado e bastante requisitado. Estão sabendo da onda de tifo epidêmico?"

"Tifo epidêmico?" As companheiras de Makepeace trocaram olhares, surpresas e alarmadas.

"Os soldados que trouxeram, quando voltaram dos acampamentos nos arredores de Reading", explicou o padeiro, sem esconder o tom de amargura. "A minha mulher está preparando uns remédios, mas está custoso demais por conta da noz-moscada, então estamos cobrando." A noz-moscada era uma especiaria rara, conhecida por suas propriedades curativas e proteção quase mágica contra pragas e outras mazelas.

"Só vamos ficar até concluirmos nossos negócios", disse Helen, bruscamente, "e teremos satisfação em pagar por alguns remédios da sua esposa enquanto estivermos aqui. Judite, venha comigo até a corte do rei. Se seu doutor for de boa reputação, alguém vai conhecê-lo."

Makepeace não teve escolha a não ser concordar. Que desculpa poderia arrumar para escapar da corte exilada? A ideia, no entanto, deixou-a nervosa. Ela não tinha noção de como agir com requinte, e ainda havia a remota possibilidade de que algum dos Fellmottes estivesse por lá, ou um amigo que já tivesse visitado Grizehayes. Ela teria que torcer para que ninguém visse uma antiga criada de cozinha vestida em seda e veludo.

Já no quarto, Makepeace e Helen tentaram ficar apresentáveis para a corte. Makepeace tornou a vestir as roupas de rica e escondeu as mãos calejadas em luvas. Peg emprestou um modelador de cachos da anfitriã e passou uma hora enrolando arduamente os cabelos das companheiras. Então, com cuidado, empoou seus rostos, pois as duas estavam pálidas como mortos, de tão cansadas.

Duas noites de sono interrompido haviam deixado Makepeace com uma sensação de fraqueza, de instabilidade. Ela estava exausta, porém desperta e de olhar vivo, e especulava se algum dia conseguiria voltar a dormir. O Urso, por outro lado, parecia ter se esgotado, e hibernava.

Makepeace percebeu, com leve aflição, que *gostava* de Helen e Peg. Se as duas um dia descobrissem todas as suas mentiras, decerto acabariam por denunciá-la como espiã inimiga, mas isso não diminuía seu apreço por elas.

Makepeace gostava de vê-las se prepararem para o perigo com graça e sensatez, e sem alardear, atrair a atenção nem partir para a ignorância.

Peg declarou que ficaria no quarto para vigiar os pertences do grupo.

"Esta é uma cidade faminta", disse ela. "Até quem é honesto se corrompe de vez em quando. O melhor amigo do Diabo é uma barriga vazia."

"Mas nós trouxemos dinheiro pro rei!", retrucou Makepeace, pensando na fortuna em ouro. "Será que agora ele não pode pagar as pessoas em moedas, em vez desses pedaços de papel?"

Peg deu uma risadinha triste. "Ah, não... isso tudo vai embora na mesma hora com os salários atrasados do exército! Se ele não tivesse conseguido o ouro... bom, a guarnição inteira ia se rebelar e destruir a cidade. Pode acreditar, teria sido muito pior pro povo."

"Arme um homem de espada e pistola", disse Helen, "e deixe-o passar umas semanas sem comer. Todo mundo vai ter cara de inimigo."

"Não fique triste assim!", disse Peg, indiferente. "Graças a nós, as forças de Sua Majestade por enquanto não vão sucumbir nem se revoltar. Até onde sabemos, pode ser que tenhamos acabado de mudar o rumo da guerra!"

Makepeace sentiu um embrulho no estômago. Para alguém que não se sentia muito leal a nenhum dos lados, ela parecia ter se envolvido com a guerra de maneira surpreendente. Cogitara buscar asilo no Parlamento para se proteger dos Fellmottes, mas talvez agora já não houvesse essa possibilidade. Se os homens do Parlamento algum dia descobrissem que ela havia afanado barras de ouro a serviço de Sua Majestade, eles poderiam não ser compreensivos.

"O rei agora está presidindo a corte na faculdade de Christ Church", disse Helen, conduzindo Makepeace pelas ruas. "Se não tiver saído pra caçar, deve estar lá a essa hora, eu acho."

Se não tiver saído pra caçar. Oxford estava nadando em desolação, cercada por tropas do Parlamento. Mas o rei, naturalmente, saía para caçar. Naturalmente.

Christ Church deixou Makepeace sem fôlego. A seus olhos, a universidade parecia um imenso palácio, com pedras entalhadas em tons de marrom-dourado, feito o melhor doce de confeitaria.

No posto de guarda, os papéis de Helen foram novamente analisados, e as duas tiveram permissão de entrar. Cruzar aquela entrada foi um momento de deslumbre.

Deixaram para trás fumaça, mau cheiro e aglomeração na mesma hora. À frente da entrada sombria havia um imenso pátio gramado, onde gente bem-vestida e de boa estirpe caminhava, repousava e tocava instrumentos. Cães bem alimentados e de pelagem brilhosa corriam e dormitavam na grama. Uma dupla de cavalheiros parecia jogar tênis. Num dos lados, alguns animais pastoreavam. Em todo o entorno se viam muros altos, de tom levemente dourado, feito um escudo a proteger aquele pequeno paraíso.

Havia algo estranho naquilo, como se o rei Carlos fosse um monarca de conto de fadas capaz de transportar seu palácio inteiro ao coração da cidade atormentada.

Helen cumprimentou amigos, trocou gentilezas e dispensou elogios, com ar de malícia e um abano no leque. Um homem barbado e de olhar sério puxou-a para conversar, deixando Makepeace sozinha e bastante constrangida. Para piorar, tinha quase certeza de estar sendo observada por dois sujeitos do outro lado do jardim.

Um deles parecia familiar, mas ela só percebeu quem era ao notar as abundantes rendas nas mangas de sua camisa. Era o rapaz do lenço, que se humilhara pedindo desculpas a lady April na Noite de Reis.

Talvez ele também a tivesse reconhecido, apesar das roupas novas. Talvez todos percebessem seu caminhar deselegante e farejassem os três anos de gordura de carneiro e cinza de lareira marinados em sua pele.

Ela então viu o rapaz murmurar qualquer coisa ao amigo e dar uma alisada no queixo. Makepeace sentiu o sangue gelar. O homem havia percebido a covinha no queixo dela. Talvez ainda não a tivesse reconhecido, mas imaginasse que nela corria o sangue dos Fellmottes.

Seu primeiro instinto foi se esconder atrás de um dos grupos que gargalhavam e procurar uma forma de escapar. Mas de que adiantaria? Ela fora notada. Mesmo que escapasse, aqueles rapazes sem dúvida comentariam ter visto uma garota com o queixo dos Fellmottes.

Em vez de se esconder, ela ergueu a cabeça num momento em que os jovens a encaravam. Sustentou o olhar e se empertigou bem de leve, como se impressionada com a insolência dos dois. Os rapazes se curvaram em mesuras exageradas e escusatórias; Makepeace sorriu, tentando passar um ar gracioso e refinado. O sorriso evidentemente foi bastante receptivo, pois os dois se sentiram à vontade para se aproximar.

À distância, a dupla guardara o mesmo ar garboso e pavonesco de antes. Ao se aproximarem, ela percebeu que a guerra os havia consumido. Por sob o rosto empoado, pareciam cansados. Os casacos finos não estavam tão bem escovados, e as botas pareciam ter visto mais agito que polimento.

Que estranho, pensou Makepeace, olhando os dois. *Quatro meses atrás eles pareciam tão mais velhos que eu, mas agora parecem garotos. Parecem muito jovens para uma guerra.*

"Nós te assustamos", disse o rapaz do lenço. "Somos ogros, e devemos ser punidos por sua mais cruel reprimenda. Perdoe a minha grosseria, mas achei que nos conhecíamos."

"Não tenho certeza", disse Makepeace, tentando suavizar um pouco o sotaque. "Talvez eu tenha visto vocês com um dos meus primos..." Eles não a tinham reconhecido como criada de Grizehayes, ela estava quase certa disso. Se estava na corte, devia ser alguém de berço.

O rapaz do lenço trocou um olhar astuto com o amigo. "Acho que sei de qual primo está falando. Nosso amigo íntimo. Ele está bem?"

"Eu... faz um tempo que não o vejo", respondeu Makepeace, cautelosa. Ficou um pouco desconcertada com o tom animado dos dois. Estariam mesmo se referindo a Symond como "amigo íntimo"? Talvez não tivessem ouvido falar da deserção.

"Ah, não, claro que não", disse o rapaz, num tom afável. "Estou lembrando. Symond virou um traidor infame e foi renegado pra sempre pela família, não é? Acabou a moleza pro nosso garoto." Ele piscou para Makepeace enquanto ela o encarava, surpresa. "Não se preocupe. Somos piadistas, está vendo?"

"Ah." Apesar de atordoada, Makepeace conseguiu rir. "Isso é... bom. Como... vocês descobriram?"

"Symond contou por carta", respondeu o rapaz do lenço, se aproximando, de um jeito confidente. "A sua família não é a única apostando nos dois galos da rinha. Eu conheço uns caçulas que 'se bandearam para o Parlamento' com a bênção secreta dos familiares. Se os rebeldes vencerem e confiscarem as propriedades dos Fellmottes, o Parlamento vai entregar tudo a Symond de bom grado, daí pelo menos as terras vão continuar na família. Esse é o plano dos Fellmottes, não é?"

Makepeace levou uns segundos para entender o que ele havia dito. Então algumas famílias de nobres estavam se lançando num jogo arriscado, de modo a garantir que suas terras ancestrais não fossem perdidas caso o lado "errado" vencesse. Fazia sentido que algumas famílias tomassem medidas tão drásticas, mas ela estava bastante certa de que a deserção de Symond era sincera. A ira e o choque dos Fellmottes tinham parecido muito genuínos.

"Ele escreveu pra vocês?" Que intrigante. "E vocês responderam a carta?"

"Informamos as fofocas, pra evitar que ele morresse de tédio", disse o rapaz do lenço. "Ele contou que está rodeado de puritanos fervorosos... um bando de carrancudos que rezam dia e noite e não o deixam se divertir."

Idiotas, pensou Makepeace. *Mandando as "fofocas" da corte para um oficial inimigo. Não admira ele ter querido manter contato com esses palermas!*

Por um instante ela considerou desmentir Symond e contar a verdade a seus amigos. Se fizesse isso, no entanto, talvez perdesse uma boa chance.

"Então vocês podem me ajudar!", disse ela, em lugar. "Eu preciso entrar em contato com o meu primo, e com urgência. Podem me dizer pra onde enviar a carta?"

"A sua família não está em contato com ele?" O jovem parecia surpreso.

"Nós estávamos, mas deu tudo errado... o mensageiro que ele escolheu está morto..." Makepeace achou melhor não dar muitos detalhes à mentira. "E agora precisamos contatá-lo com urgência. Ele estava resolvendo muitos assuntos pra família e é o único que sabe dos detalhes."

"Se quiser me entregar uma mensagem, posso acrescentar umas linhas à minha próxima carta", sugeriu o rapaz, com uma leve carranca de desconfiança.

"Desculpe... eu não posso! São assuntos delicados de família..." Makepeace hesitou, então decidiu arriscar a carta do trunfo. Puxou discretamente do bolso o anel de sinete de lady April, de modo que apenas seus dois companheiros pudessem ver. "Estou aqui em nome dos meus superiores."

O rapaz do lenço na mesma hora empalideceu de medo. Claramente não havia perdido nem um pouco do pavor em relação a lady April. Se ela era a espiã do clã dos Fellmottes, aquilo não surpreendia. Makepeace sentiu uma inesperada euforia frente à reação do jovem. A sensação de poder atribuído era estranha e inebriante. Era muito bom causar medo em vez de sentir.

"Eu não sei por onde ele anda", falou o rapaz, mais que depressa, "mas ele me disse pra onde mandar as cartas. Eu endereço à 'senhora Hannah Wise' e envio a uma granja a norte de Brill, propriedade de uma família de nome Axeworth. Acho que outra pessoa recolhe as cartas lá."

"Você é muito gentil", disse Makepeace, com um ar afetado. "Sei que posso confiar que não contará a ninguém." Ela já ia guardando o anel quando sentiu um puxão na manga. Helen havia ressurgido a seu lado.

"Judite... Sua Majestade está à nossa espera."

Makepeace deu um salto, levando um instante para compreender o que Helen acabara de dizer. *Sua Majestade está à nossa espera.* Não à "minha", mas à "nossa". Ela ia conhecer o rei da Inglaterra.

O pânico a invadiu, enquanto Helen agarrava sua mão enluvada e a conduzia pela quadra em direção a uma porta aberta. As duas adentraram uma escuridão fria, com aroma de água de rosas, passando por paredes brancas e painéis de madeira cor de mel. Cortesãos abriram caminho para elas. Ao avançar, Makepeace sentiu suntuosos perfumes de canela e almíscar.

O cômodo seguinte exibia um mobiliário imponente: pé-direito alto, janelas compridas, cortinas de seda e brasões pendurados no topo das paredes. Havia muita gente no recinto, mas um homem se encontrava no centro, sentado numa cadeira de espaldar alto. Rei Carlos I da Inglaterra, Escócia e Irlanda. Makepeace rapidamente baixou o olhar, como costumava fazer com os Fellmottes. Se ele a olhasse nos olhos, não desvendaria de imediato todas as suas mentiras? Se os Fellmottes eram capazes disso, o nomeado por Deus sem dúvida também era.

"De joelhos", murmurou Helen, baixinho. Makepeace obedeceu e se ajoelhou.

Foi só quando Helen começou a prestar contas da viagem e passar documentos e relatórios aos criados da realeza que Makepeace ousou dar uma olhadela furtiva para o rei, por sob os cílios.

Era um homem pequeno, como lorde Fellmotte contara a sir Anthony. Havia rigidez e certo cuidado em seus movimentos. A bem da verdade, ele era rígido no todo; parecia prestes a se encrespar com o mundo frente à percepção de sua pequenez. A barba era elegante e pontuda. Laços nos sapatos. Seu rosto era pesaroso, marcado por linhas de expressão e uma incerteza rígida. Seus modos guardavam certa tensão e expectativa — talvez ultraje, o irmão caçula da dignidade.

O rei ouviu o relato de Helen, assentindo.

"Informe aos nossos amigos que tudo será restituído quando a rebelião for contida. Ao me atacar, os rebeldes atacam o próprio Deus; sua derrota é certa. E tenha certeza de que nos lembraremos de quem foram nossos amigos e de quem se provou traidor ou negligente em oferecer ajuda." Então, para consternação de Makepeace, o rei se virou para encará-la. "Senhora Grey, creio que também traga informes para mim?"

Por um instante a mente de Makepeace se esvaziou por completo. O hábito do rei de se descrever como "nós" era muito similar ao dos Fellmottes. No entanto, ela não se arrepiou ao ser olhada por ele nem se sentiu despida como uma fruta descascada. O rei não podia enxergar sua alma.

Ela relatou, titubeante, a deserção de Symond e exibiu a carta dele. O rei leu e contraiu o maxilar por detrás da barba aparada.

"Por favor, transmita meus respeitos a lorde Fellmotte", declarou ele, com frieza, "mas enfatize a importância de que esse alvará *seja* recuperado. Nosso bom nome está em risco, bem como o da família Fellmotte. Existe alguma informação sobre o paradeiro do traidor Symond Fellmotte?"

"Ainda não", respondeu Helen, "mas vamos descobrir quem eram seus amigos na corte. Então talvez possamos desvendar quem está dando guarida a ele."

"Vão com a minha bênção e ordenem que lhes seja oferecida toda a ajuda possível. Enquanto isso, não somos insensíveis ao serviço que ambas fizeram à nossa nação no dia de hoje."

Ele estendeu de leve a mão, permitindo que se aproximassem, uma de cada vez, para tocar brevemente seus dedos. Dizia-se que o toque da mão de um rei tinha o poder de curar a escrófula, mas aqueles dedos pareciam bem humanos e meio úmidos por conta do calor.

Makepeace se sentia meio tonta, porém não intimidada pelo homem diante de si. Era como se a história o seguisse de perto, feito um enorme e invisível sabujo. Acompanhava-o, mas sem ser comandada. Talvez ele fosse domá-la. Ou talvez ela o devorasse.

Helen quis ficar na faculdade para ouvir as últimas notícias dos recém-chegados de outras partes do mundo. Aparentemente também estava ansiosa para visitar um astrólogo conhecido.

"Dizem que uns meses atrás o príncipe Rupert viu uma labareda desabar do céu perto daqui", explicou ela, "e se desintegrar com um estrondo, formando bolas de fogo. Todos concordam que isso seja a profecia de *alguma coisa*, mas ninguém chega a uma conclusão sobre o significado. Eu gostaria de ver um homem instruído desvendar esse mistério caso isso afete a guerra." Ela deu um sorriso amarelo. "Que época pra se viver... até as estrelas estão desabando."

Helen tinha, no entanto, encontrado alguém que conhecia Benjamin Quick.

"Já faz um tempo que ele não é visto", disse ela, "mas descobri onde ele estava hospedado umas semanas atrás. Se tiver sorte, pode ser que ainda o encontre por lá. Ele está morando com um fabricante de velas perto de Quater Voys, na frente do banco dos pedintes." Helen mexeu nos bolsos e apanhou um frasquinho arrolhado. "Antes de ir, tome uma colherada do remédio da nossa anfitriã! Está cheio de doenças por aí, lembra?"

Surpresa, Makepeace obedeceu. O "remédio" tinha gosto de vinho forte e doce, noz-moscada e outras especiarias. O momento também era agridoce. Helen a princípio duvidara das intenções e habilidades de Makepeace, mas agora que o trio havia chegado em segurança ela parecia determinada a desempenhar o papel de mãe.

"Leve isto." Ela empurrou uma bolsinha de musselina na mão de Makepeace. "Mantenha perto do rosto, pra purificar o ar inalado e te proteger." A bolsa farfalhou de leve ao toque de Makepeace, que ao aproximá-la do nariz sentiu um aroma de flores secas. "Esta cidade está tomada de fedentinas... não admira que todo mundo esteja ficando doente!"

Quater Voys acabou se revelando um enorme e movimentado cruzamento, apinhado de visitantes para o dia de feira. Makepeace encontrou a tal loja, com velas branco-amareladas suspensas, e adentrou. Uma velhinha de cara amarrada varria o chão.

"Estou procurando o senhor Benjamin Quick, o doutor", disse Makepeace depressa. "Ele ainda mora aqui?"

"Mais ou menos", respondeu a mulher, com uma careta. "Mas por pouco tempo, assim espero. Se correr, ainda o pega. Lá em cima no sótão."

Makepeace disparou por uma escadaria rangente, então escalou outra escadinha até o sótão. Enquanto subia era observada, em silêncio, por crianças de olhos arregalados.

O sótão era escuro e empoeirado, com um teto inclinado, bem baixo, e uma janelinha que permitia a entrada da luz. Por um instante ela achou que estivesse vazio. Viu um baú de viagem e uma pilha de livros presos por um barbante, junto a uma cama de colchão de flocos suja e desarrumada. Seu primeiro sentimento foi alívio. O doutor ainda não tinha ido embora. Dificilmente partiria sem seus pertences.

Então ela percebeu que alguns vincos e dobras na roupa de cama não eram tecido. Uma das pontas era de fato um rosto pálido, quase cinza de tão branco. As mãos compridas, agarradas ao cobertor, eram quase invisíveis,. A criatura tinha leves manchas arroxeadas nas mãos e nas bochechas.

Ao mesmo tempo o cheiro a atingiu. Era um fedor de doença e roupas sujas. Estaria morto? Não, havia um fraco tremor em suas mãos, um leve movimento no pomo de adão.

"Mestre Benjamin Quick?", sussurrou Makepeace.

"Quem é?" Sua voz era fraquíssima, mas levemente irritada. "A minha sopa... já está pronta? Vai chegar antes que eu encontre o Autor de meu Ser?"

"Eu lamento", respondeu Makepeace.

Lamentar era uma palavra fraca para exprimir suas emoções. Makepeace só era capaz de engolir a pena e a decepção. Tudo o que enfrentara para chegar a Oxford havia sido em vão. O homem à sua frente estava morrendo. As unhas estavam azuis, como se ele tivesse se afogado, e as órbitas dos olhos fundas e escuras. Ela lamentava por ele, por ela própria, por James.

"Você não é a senhora das velas", disse Quick, franzindo o cenho e revirando os olhos opacos para encará-la.

"Não", respondeu Makepeace, com tristeza. "Meu nome é Makepeace Lightfoot."

"Tem a minha compaixão", disse o doutor, debilmente. "Você por acaso é puritana? O que quer comigo?"

"Vim pedir a sua ajuda para um paciente."

"Pacientes... se provaram péssimos para a minha saúde."

O doutor tossiu outra vez.

"Não há nada que possa ser feito pelo senhor?", indagou ela, ainda procurando migalhas de esperança.

"É melhor... chamar um médico", murmurou Quick, impassível, então soltou uma risadinha fraca e resfolegante. "Ah, não, tem um aqui. É... tifo epidêmico. Eu já vi muitos casos... eu sei... não há nada a fazer." Ele desviou o olhar embotado, com o semblante confuso e assustado. "Quem é você? Você está morta?"

Makepeace ainda espreitava junto à escotilha. O saquinho de flores secas de súbito pareceu uma defesa patética contra o ar pútrido do sótão. Ela não sabia se a febre era transmitida facilmente de uma pessoa a outra. Além do mais, havia tomado banho quase duas noites antes, então talvez ainda estivesse com os poros abertos para receber todas as mazelas.

Ainda assim, não podia permitir que o doutor morresse sozinho. Ela se aproximou. O olhar vagante do homem se fixou em Makepeace, e ela viu uma ponta de alívio no rosto encovado.

"Ainda estou aqui." Makepeace se inclinou para apanhar uma caixa de madeira ao lado da cama. "Este é o seu estojo médico? Não tem nada aqui que eu possa dar ao senhor?"

"Tentei... de tudo para conter a epidemia." Não estava claro se o doutor a ouvira. "Matei cães e gatos, mandei ferver mais a cerveja, visitei os doentes..." Seus olhos pousaram numa pilha de papéis, e ele soltou uma risadinha misturada com tosse. Mesmo à distância Makepeace percebeu que eram iguais aos folhetos entregues ao padeiro dos pães brancos: notas promissórias do rei. "Eu fui... muito bem pago por tudo isso. Morro como um homem rico. Rico de promessas, pelo menos."

O longo discurso pareceu desagregar o homem, que tossiu durante um tempo, fazendo temer o corpo inteiro. Tornou a olhar Makepeace e pestanejou, como se tivesse dificuldade em vê-la.

"Quem é você?", indagou, com a voz áspera. "Por que está aqui?"

Makepeace engoliu em seco. Não queria atormentar um moribundo com perguntas, mas havia outras vidas em jogo.

"O senhor salvou um homem que se dizia possuído. Tirou o fantasma de dentro dele. Como fez isso?"

"O quê? Eu..." O doutor fez um leve gesto, como se aparafusasse algo invisível. "Um dispositivo... é difícil explicar."

"Doutor." Makepeace inclinou o corpo e impostou a voz, para penetrar a névoa febril do homem. "Estou tentando salvar o meu irmão. Ele está possuído por cinco fantasmas e vai enlouquecer se eles não forem removidos. Por favor... onde está esse dispositivo? Está aqui? Pode ser usado por outra pessoa além do senhor?"

"Não... é preciso ter mão habilidosa..." Quick estendeu a mão a uma pilha de pertences junto à cama. Por um instante ela achou que o doutor estivesse apontando para o dispositivo, mas então percebeu que ele estava tentando, em vão, alcançar uma pequena bíblia surrada. Ela a apanhou e apoiou no baú, para que ele pudesse segurá-la. "Por que pergunta isso agora? Eu mesmo... em breve serei... um fantasma..." Era claro o esforço para entoar cada palavra. "Minha pesquisa... tantos planos, esperanças." Ele tornou a olhar a pilha de promissórias. "No fim... só restaram promessas vazias." As mãos agarradas à bíblia estremeceram, e ela percebeu que ele estava apavorado.

Um fantasma. Makepeace teve uma ideia que lhe trouxe um calafrio, como se o sol tivesse desaparecido.

"O senhor poderia ter salvado meu irmão?", soltou ela. "Se estivesse bem, poderia ter feito isso?"

"O quê?" O olhar de Quick era confuso e nebuloso.

Makepeace engoliu em seco, reunindo coragem e encarando as profundezas do próprio plano. A mera ideia a deixava nauseada, mas era a vida de James que estava em jogo, e possivelmente sua alma.

"Eu posso salvar o senhor, se prometer salvar o meu irmão."

Quick a encarou e soltou um grunhido fraco e agudo.

"Quando o senhor morrer, posso capturar o seu espírito antes que ele se vá", disse Makepeace, o coração acelerado. "Posso manter o senhor neste mundo. O senhor me possuiria. Iria aonde eu vou, como meu hóspede, mas ainda sentiria e enxergaria por meio do meu corpo. Eu até poderia às vezes deixar que o senhor usasse suas habilidades por meio do meu corpo."

"Monstruoso... impossível..." Quick parecia assustado, mas ela viu uma diminuta e agonizante centelha de esperança.

"*É* possível!", insistiu Makepeace. "Eu já fiz isso antes!"

"Você... já está possuída?" O doutor ergueu a sobrancelha, tomado de desconfiança, indecisão e medo.

"O outro fantasma é um animal, mas é honesto", Makepeace apressou-se em explicar, desejando não ter mencionado seu outro hóspede. "É meu amigo." Sentiu-se cruel e desprezível, mas insistiu. "O senhor salvaria o meu irmão? O senhor consegue salvá-lo?" Ela não sabia ao certo se queria ouvir "sim" ou "não".

"Você foi enviada pelo diabo?" A voz de Quick era quase inaudível.

"Fui enviada pelo desespero!" Os nervos de Makepeace enfim começavam a se esfrangalhar, exauridos pelo medo e pelo sono. "Acha que eu *quero* o senhor na minha cabeça pelo resto da vida? Acha que para mim é fácil oferecer isso?"

Deu-se uma longa pausa. A respiração e o movimento das pálpebras do doutor eram tão fracos, que diversas vezes Makepeace achou que tivessem enfim cessado.

"Que Deus me ajude", sussurrou o moribundo. Por um instante, Makepeace achou que aquilo fosse um "não", mas então olhou o homem nos olhos e percebeu que era um "sim". "Deus me perdoe por isso! Salve-me... e eu vou salvar o seu irmão."

Que Deus me ajude também, pensou Makepeace ao tomar a mão do homem. Sua respiração se enfraquecia cada vez mais, e seus olhos pareciam enxergar para além dela.

"Quando a hora chegar, não tenha medo", disse ela, bem baixinho. "Venha ao meu encontro, avance em direção ao meu rosto. Eu vou deixar o senhor entrar... mas se aproxime devagar, como um convidado. Se vier cheio de fúria e ímpeto, o Urso vai te destruir."

Fez-se um longo silêncio, em que cada segundo mergulhava rumo ao implacável passado. O instante em que a vida se tornava morte era tão calmo, tão sereno, que a maioria das pessoas o teria deixado passar. Makepeace não, pois era uma Fellmotte. Ela viu o diminuto filete de fumaça escapar da boca do médico, penetrar o ar e começar a se contorcer, em agonia.

Parecia muito o espírito do Infiltrador que deslizara do corpo de lorde Fellmotte. Talvez todas as almas fossem iguais quando desnudadas, despidas da carne e do sangue, das roupas e das peles.

Makepeace sentiu um súbito e terrível pavor. No entanto, havia chegado tão longe, tão longe, e já enfrentara tanta coisa... Inclinou o corpo para a frente, lutando contra o ímpeto de se afastar por causa da atmosfera fétida do leito do enfermo, e aproximou o rosto do fantasma inquieto.

Então sorveu o ar, trêmula e profundamente, e sentiu o gélido espírito do doutor deslizar por seu nariz, boca, e garganta.

AS CRÔNICAS DAS SOMBRAS
FRANCES HARDINGE

CAPÍTULO 23

A mente de Makepeace foi tomada de uma intensa e terrível cacofonia, feito uma guerra de nuvens.

Makepeace sentiu a dor de uma pancada atrás da cabeça. Ela encarou as vigas, de onde pendiam teias de aranha empoeiradas. Percebeu que havia caído para trás. Sentia um aperto no peito, que a deixava sem ar.

Deus!, ela ouviu o doutor gritar, com uma voz impossivelmente distante, mas também latejando de tão próxima. Deus do céu! Que diabo é isso?

Ao mesmo tempo ouviu-se o rosnado do Urso, um estrondo confuso e ameaçador.

"Vocês dois!", sussurrou Makepeace, resfolegante. "Fiquem calmos! Tem espaço pra todo mundo!" Ela esperava honestamente que fosse verdade.

Tem uma criatura aqui!, gritou o doutor. Nem humano é! Uma besta selvagem!

"Eu te avisei!"

Quando você disse "um animal", achei que se referia a um brutamontes! Um homem imbecil e grosseirão!

"Não... um animal! Um urso!"

Agora estou vendo!

Makepeace lutou para se sentar. Não olhou o corpo do doutor. Já estava tudo confuso demais ter aquela vozinha fraca ecoando em sua mente. Sua cabeça girava, e a única coisa que ela podia fazer era não vomitar.

Ela colocou as mãos na cabeça. Ao mesmo tempo procurou o Urso lá dentro e se imaginou afagando seu pelo grosso e escuro. Ele se acalmou um pouco, mas ainda exibia uma fúria brusca e perigosa. Pôde notar que o Urso não confiava no doutor. O Urso não gostava do cheiro daquela alma.

O rangido de passos no andar de baixo trouxe Makepeace, num susto, de volta a si.

"Minha jovem, que gritaria é essa?" Era a velha da loja de velas. "O que é que está havendo aí em cima?"

Nem um pio sobre a minha morte!, sussurrou o doutor, tomado de aflição. Senão essa velhota vai te expulsar e roubar tudo que é meu, até as roupas. Ela já teria feito isso, se não tivesse medo que eu tossisse na cara dela. **Agora que havia se livrado de seu corpo febril, o doutor parecia bem mais coerente.**

"Desculpe!", gritou Makepeace para a velha. "Eu me angustiei... o doutor começou a falar sobre o fogo eterno..."

Ah, muito obrigado. Que ótimo para a minha reputação póstuma. Não dava pra ter inventado outra história?

Bom, não importa. Revire os meus bolsos e recolha tudo o que encontrar. Meus livros também... e as minhas ferramentas e a bolsa que estão escondidas debaixo do colchão.

"Se eu sair daqui carregada, vou ser enforcada por roubo!", sussurrou Makepeace. "Vou levar tudo o que puder esconder debaixo da capa. Cadê o dispositivo de extrair fantasmas?"

Ah, o elator craniano. Está numa bolsinha preta fina, dentro da minha maleta de instrumentos cirúrgicos. Vou precisar dos meus livros também se quiser ser de alguma utilidade ao seu irmão. E tem umas outras coisas que eu não gostaria de deixar pra trás... minhas boas luvas, minhas botas, meu cachimbo...

"Vou pegar seus instrumentos, a bolsa e alguns livros", disse Makepeace depressa, "mas as roupas vão ficar. Se eu pegar a sua doença e morrer, vão ser dois espíritos desabrigados. E me perdoe, mas eu não fumo cachimbo."

Nauseada, ela deslizou a mão por sob o colchão, tentando não olhar o braço molengo do doutor se balançando. Seus dedos tocaram a ponta rígida de algum objeto; ela puxou uma caixa estreita de madeira e um caderno com capa de couro e os escondeu no bolso da saia. Havia umas míseras moedas no bolso do homem, mas ela apanhou mesmo assim. Os livros ela enfiou debaixo do braço, de modo a ficarem ocultos pela capa. Pensou mais um pouco e pegou também as promissórias. Podiam até ser promessas sem validade, mas o papel em si era um artigo valioso.

Enquanto Makepeace descia, passando pelas crianças caladas e a esposa do fabricante de velas, tinha certeza de que parecia culpada. A velha de cara amarrada disparou um olhar inquisitivo.

"Ainda está vivo o homem?", indagou, com leve desdém.

"Nas últimas, eu acho."

"Você mesma não parece muito bem." A mulher estreitou os olhos, desconfiada, e deu um passo atrás. "Empapada de suor, pois sim, e com aspecto febril. É melhor manter distância e dar o fora da minha casa!"

Grata pela oportunidade, Makepeace obedeceu e disparou rumo à luz do sol.

Suponho que não haja chance de um bom trago de rum, não?, sugeriu o doutor, enquanto Makepeace corria pelas ruas. Acho que me faria bem.

"Uma garota inocente como eu?", sussurrou Makepeace, num tom sarcástico.

Eu aconselho, com base em fundamentos médicos, por suas virtudes fortificantes. Que o Todo-Poderoso tenha misericórdia, isso está insuportável! Seu caminhar é assimétrico, você anda aos trancos... precisa *se arrastar* desse jeito? Estou enjoado! E a sua postura é sofrível, posso sentir cada torcedura da sua espinha...

"Se falar demais", murmurou Makepeace, "vai se cansar." O Urso sempre se cansava depois um esforço muito grande, e ela começou a esperar que o mesmo acontecesse com o doutor.

Ela chegou ao alojamento, onde Peg se alegrou em deixar "Judite" a cargo dos pertences por um tempinho. Makepeace sentiu-se aliviada em ficar sozinha, ou tão sozinha quanto possível. Afundou na cama, com uma gritaria na cabeça.

O doutor se pôs a berrar mais uma vez, num misto de pânico e arrogância.

Você aí! O que está fazendo? Volte aqui — estou falando com você!

"Não adianta gritar com ele!", murmurou Makepeace, entre os dentes cerrados. "Só vai deixar ele ainda mais confuso e irritado! Ele não consegue te entender. É um urso!"

Eu não sou um idiota! É claro que não estou gastando meu latim com o urso. Estou falando com o outro fantasma!

Makepeace estremeceu. Estendeu a mão para se apoiar, absorvendo as palavras do doutor.

"O quê? Que outro?"

Tem um terceiro espírito aqui. Um espírito humano, como você e eu. Está me dizendo que não sabia?

"Tem certeza?", sussurrou.

Tanta certeza quanto é possível aqui neste redemoinho! Havia mais alguém aqui agora mesmo... e fugiu de mim, escapuliu e fugiu! E não quis me responder. Mas ela ainda está aqui em algum lugar.

"*Ela?*", *grasnou* Makepeace.

É. Era mulher, tenho certeza. Uma criatura fumacenta e desfigurada. Bravia, assustada.

Makepeace cobriu a boca com as mãos e se ouviu emitir um barulhinho desnorteado. Sua mente foi invadida pela imagem do pesadelo que ela tanto tentara esquecer. Uma criatura selvagem, agressiva, de rosto muito familiar, que havia rastejado para invadir sua mente, ao mesmo tempo em que ela a dilacerava...

Mãe.

Makepeace passara anos tentando não pensar nela. Agora a lembrança vinha ao seu encontro, trazendo um rastro de sombra, mágoa, culpa e confusão.

Ela nunca cessara de desejar que todo o episódio tivesse sido só um pesadelo. Bem no fundo sempre temera ter realmente destruído o fantasma da mãe. Mas nunca lhe ocorrera que o espírito pudesse ter de fato invadido sua mente.

Talvez tivesse. Talvez durante todo aquele tempo o espírito dilacerado da Mãe tivesse permanecido à espreita, nos recônditos da mente de Makepeace, e... fazendo o quê? Consumindo partes moles de sua cabeça, feito um verme na madeira? Vertendo ódio e esperando uma chance de se vingar?

"Onde ela está?", indagou Makepeace, em pânico. "O que está fazendo? Como ela é?"

Eu não sei!, exclamou o doutor. Eu a vi de relance, e com a mente, não com os olhos. Agora ela sumiu, e não sei aonde foi.

*

Makepeace respirava com dificuldade. Pressionou as laterais da cabeça e tentou se concentrar. Sentia no peito um aperto de medo, mas também de um anseio agonizante. Uma parte ingênua e desconsolada de si sentia que uma Mãe louca e vingativa era melhor do que Mãe nenhuma.

Talvez Makepeace tivesse ganhado uma segunda chance de fazer as pazes com ela. Por mais que a Mãe agora fosse uma criatura horripilante, talvez Makepeace fosse capaz de tranquilizá-la e acalmá-la, da mesma forma que havia tranquilizado e acalmado o Urso.

Qual é o problema?, inquiriu o doutor.

"Acho que sei quem ela é."

É quem, então? Amiga? Inimiga?

"Não sei qual dos dois é agora." As palavras de Makepeace saíram desordenadas. "Ela era minha... minha mãe, mas nós nos afastamos muito e... às vezes a morte muda as pessoas."

No entanto, se o fantasma de fato fosse a Mãe, havia permanecido quieta durante três anos. Não devorara o cérebro de Makepeace "como se fosse um ovo". Seria possível — apenas possível — que o fantasma da Mãe, afinal de contas, não lhe desejasse fazer mal?

Makepeace se lembrou de ter acordado no estábulo. O beliscão súbito e oportuno em seu braço permitira que ela entreouvisse a traição de seus anfitriões e possivelmente evitara que o Urso devorasse os cavalos. Ela recordou seu sonho mais recente — estava sentada no colo de uma mulher invisível, observando-a rabiscar um "M". Era a única letra que a Mãe aprendera a escrever. "M" de "Margaret".

Talvez ela ainda estivesse a seu lado. A explosão de esperança de Makepeace era mais dolorosa que o medo.

E se ela for inimiga? O tom impetuoso do doutor interrompeu suas reflexões. O que você pode fazer a respeito?

O choque da pergunta trouxe Makepeace de volta a si. Ela precisava se planejar para o pior, por mais terrível que fosse a ideia. O que poderia ser feito em relação a um inimigo já infiltrado na mente de alguém? Ela se deu conta de que recrutara o doutor para lidar exatamente com esse tipo de problema. Se ele podia expulsar os fantasmas de James, então talvez, pudesse fazer o mesmo por ela.

Makepeace estendeu os pertences do falecido doutor sobre a cama e os examinou. Com certo temor, abriu a bolsa que guardava o "elator craniano". Era um dispositivo de metal de aspecto perturbador, com uma broca fina e comprida acoplada a uma barra transversal metálica com extensões articuladas.

Cuidado com isso, disse o doutor.

"Como é que funciona?"

Você tem mesmo estômago pra essas coisas? Bom, é bastante engenhoso. A broca é usada para perfurar o crânio do paciente, então a parte acoplada é enganchada na cabeça, de modo que, ao ser girado o parafuso, a parte da broca venha recuando devagar, desfazendo a mossa do crânio...

"Precisa furar a cabeça do paciente?", inquiriu Makepeace. Pensando novamente em James, ela já não tinha certeza do que a horrorizava mais: a ideia de abrir um buraco na cabeça dele ou a perspectiva de tentar fazer isso em alguém sob o reforço de fantasmas irritados e poderosos.

É claro. De que outra forma seria possível aliviar a pressão intracraniana?

"E se o paciente não... apreciar a ideia?"

Bom, claro que seriam necessários uns dois sujeitos parrudos para segurá-lo. Talvez seja bom colocar também um pouco de algodão nos ouvidos. Alguns pacientes não gostam do barulho da broca perfurando o osso.

"Esse é o único jeito?" Makepeace sentiu uma apreensão no fundo do estômago. Não havia "sujeitos parrudos" para ajudar. "Não dá pra usar o dispositivo... à distância, de alguma forma?"

À distância? Claro que não! Este é um instrumento cirúrgico, não uma varinha!

"O que o senhor quis dizer quando falou que a broca desfazia a mossa do crânio?", indagou Makepeace devagar. Houve uma pausa, e quando o doutor prosseguiu ela detectou um tom levemente defensivo.

Presumo que você esteja familiarizada com os detalhes de meu caso anterior. Um soldado foi atingido de raspão por uma bala, a tal distância que apenas amassou o crânio. A pressão no cérebro e o aumento do sangue dentro do crânio o deixaram excêntrico e violento, de modo que ele se convenceu de que estava possuído. Quando desfiz a mossa e estanquei a hemorragia do lado de dentro, ele recobrou os sentidos...

"Você mentiu pra mim!", arquejou Makepeace. "Você prometeu salvar o meu irmão! Ele está possuído por cinco fantasmas! Fantasmas reais, não tem nada de sangue no cérebro! Como é que a sua broca vai ajudar com isso?"

Ora, como eu podia saber que você estava sendo tão literal?

"Eu me ofereci pra abrigar a sua alma depois da morte! Você devia ter imaginado!"

Eu estava em péssimas condições! Estava dominado pela febre, enfrentando o terror da morte!

Ao recordar a expressão confusa e embotada do doutor antes de fenecer, Makepeace não pôde negar que era um bom argumento. Talvez tivesse sido um mal-entendido; porém, mesmo que ele a tivesse enganado de propósito, poderia ela culpar um homem moribundo, desesperado por uma mísera chance de sobrevivência?

Ela ainda se sentia nauseada e furiosa, sobretudo consigo mesma. Fizera tanto esforço para evitar que mais fantasmas lhe invadissem a mente. Num momento de estupidez aceitara abrigar mais um, e tudo isso para nada.

Vou fazer todo o possível, claro, **prosseguiu o doutor**, ainda soando meio nervoso. Se houver alguma forma de ajudar o seu irmão, você tem mais chances de descobrir isso comigo do que sem mim. Duvido que algum cirurgião um dia tenha chance melhor de estudar este fenômeno espiritual.

"Isso muda tudo", disse Makepeace. "Preciso pensar." Fosse lá o que acontecesse, ela precisava sair de Oxford. Se os Fellmottes enviassem agentes à corte do rei, ouviriam falar da garota com a covinha no queixo. Então aonde ela deveria ir?

Poderia seguir a oeste, adentrar mais um pouco em território monarquista e se afastar da linha de frente, talvez rumo ao coração do País de Gales. Talvez passasse despercebida em algum vilarejo por lá, mas isso significaria abandonar James. Quanto mais ele permanecesse tomado de fantasmas, menos provável seria a sobrevivência de sua própria personalidade. Mesmo que o doutor fosse incapaz de banir espíritos, Makepeace não podia desistir de salvar James.

Ela podia tentar cruzar a fronteira e adentrar ainda mais em território parlamentarista. Os Fellmottes talvez estivessem menos dispostos a enviar agentes atrás dela por lá, mas ficaria feio para ela se os rebeldes descobrissem sua curta carreira como ladra de barras de ouro.

A que parente ela poderia recorrer? Seus tios provavelmente ainda moravam em Poplar. Mas eles a haviam mandado embora; além do mais, Londres e Oxford estavam em conflito, cada uma encrespada e a postos para o ataque da outra. As estradas entre as duas cidades estariam apinhadas de exércitos, bloqueios, trincheiras e caçadores de espiões.

Com relutância, Makepeace se permitiu considerar a opção que vinha tentando evitar. Havia um parente que não pertencia nem à paróquia de Poplar, nem ao poderoso grupo dos Fellmottes.

Symond.

Ele havia matado sir Anthony, mas por outro lado sir Anthony era uma carcaça cheia de fantasmas. Makepeace desprezava Symond por ter abandonado seus amigos e o regimento, mas os dois compartilhavam os mesmos segredos e inimigos. O inimigo de seu inimigo não era seu amigo, mas poderia se revelar um aliado útil e conveniente.

E, mais importante de tudo, ele crescera como herdeiro dos Fellmottes. Podia muito bem saber mais do que ela a respeito dos fantasmas da família. Talvez até soubesse responder se era possível remover os fantasmas de James.

Seria um risco. Os últimos Fellmottes que confiaram em Symond acabaram mortos ou possuídos. Não fazia muito tempo, Symond e James viviam grudados, e Makepeace só esperava que tanto carinho não tivesse sido fingimento. Além disso, ela precisaria dar a Symond boas e sólidas razões para que ele não a traísse.

"Doutor", disse ela, por fim. "O senhor conhece alguma boa forma de sair de Oxford? Preciso viajar até Brill, e de lá seguir mais adiante, até territórios ocupados pelo Parlamento."

Por que diabos você ia querer fazer isso? Toda aquela área está tomada por ataques de ambos os lados. Cruzar a fronteira e adentrar um território ocupado pelo inimigo é uma ideia absurda! Faz pouco tempo que eu morri, e não estou com a menor pressa de passar outra vez pela experiência.

"Eu preciso encontrar um homem, dr. Quick." Makepeace respirou fundo. "E não é seguro ficarmos em Oxford. O senhor já ouviu falar nos Fellmottes?"

A família aristocrática, envolvida em tudo o que acontece com os nobres em todas as ordens de cavalaria? Claro que sim!

"Eles são mais que isso! Eles são ocos, doutor. São capazes de abrigar fantasmas dentro de si, da mesma forma que estou abrigando o senhor. Eu tenho o sangue deles — tenho o mesmo dom —, e os Fellmottes têm planos pra mim, planos malignos. Eu fugi deles, mas eles vão vir atrás de mim."

Sua manipuladora sem-vergonha! Você nunca me disse isso! Quando veio me atentar a alma, podia ter mencionado que eu ficaria preso dentro de uma fugitiva desertora, perseguida por uma das famílias mais poderosas da Inglaterra!

"Mal houve tempo pra isso!"

Ora, sinto muito por meu precipitado falecimento! Que insensato da minha parte ter morrido tão rápido! A propósito, por que você fugiu dos Fellmottes? Roubou alguma coisa? Não me diga que você... que nós... estamos grávidos e fugindo da desonra?

"Não!", sussurrou Makepeace. "Eu fugi pra salvar a minha vida! Eles iam me entupir de fantasmas... de fantasmas dos Fellmottes... até que não sobrasse espaço para a *minha* alma. E teria sido o meu fim."

Fez-se uma pausa.

Não sei dizer se você está falando a verdade, disse o doutor, parecendo mais intrigado que ofendido. Que interessante. Estou dentro da sua mente, mas não dos seus pensamentos. Nem você está dentro dos meus, imagino. De certa forma, ainda permanecemos um mistério um ao outro.

Era verdade, percebeu Makepeace. A mente do Urso não formava palavras, mas sentia suas emoções feito rajadas de vento. Podia ouvir o doutor como uma voz mental, mas seus pensamentos e sentimentos eram fugidios e difíceis de decifrar, feito as asas alvoroçadas de uma mariposa.

Talvez as almas aprendessem, com o tempo, a interpretar umas às outras. Os fantasmas dos Fellmottes tinham levado vidas inteiras para aperfeiçoar sua cooperação, de modo a poder operar juntos com fluidez e ligeireza. Talvez, em algum momento, eles passassem a enxergar os pensamentos um do outro com a clareza de um cristal. Ou talvez cada um ainda preservasse um pedacinho de identidade, escondida do outro.

Os fantasmas dos Fellmottes também pareciam capazes de invadir e esvaziar as memórias de seus hospedeiros vivos. Estava claro que o doutor ainda não conseguia compreender as memórias de Makepeace. No devido tempo, porém, talvez conseguisse.

Precisamos esquecer esse plano de viajar até Brill, **resmungou o doutor**. Adentrar o território inimigo está fora de questão. Temos que arriscar uma reconciliação com os Fellmottes. Não podemos nos dar ao luxo de ter inimigos tão poderosos.

"Não! Com eles não tem conversa! E essa decisão não é sua!"

Isso é ridículo, **murmurou o doutor**, e por um instante Makepeace não soube dizer se ele se dirigia a ela ou a si mesmo. Escute, minha jovem. Não há meio de eu deixar você tomar todas as decisões. Goste você ou não, existem agora quatro almas a bordo desta embarcação corpórea, e estamos precisando com urgência de um capitão. Até onde posso ver... eu sou o único candidato possível.

"O quê? Não! Este corpo é meu!"

Agora somos todos habitantes, **insistiu o doutor**. Sua idade e seu sexo a tornam inadequada para o comando, sem mencionar o fato de que você transformou todos nós em fugitivos! E nossos companheiros de viagem são uma banshee invasora à beira da loucura e um urso! Eu sou a única pessoa adequada para liderar este circo!

"Que ousadia é essa?" A ira invadiu Makepeace feito uma tempestade. Dessa vez não era a fúria do Urso, mas dela própria, o que a amedrontava. Ela não sentia o limite.

Esta resposta não tem nada de sensata... e precisamos resolver isso de maneira racional! O doutor também parecia estar perdendo o controle. Você obviamente vem cometendo um tropeço atrás do outro! Nem sabia quantos fantasmas está abrigando! Você devia ser grata por eu estar disposto a intervir.

"Mais uma palavra", sussurrou Makepeace, "e eu vou te expulsar! Eu posso! E vou!" Ela não sabia ao certo se podia, mas as palavras saíram cheias de verdade, com o rosnado do Urso pulsando em seu sangue. "Eu escapei dos poderosos Fellmottes... da família e da casa, de *tudo*... porque não queria ser o fantoche deles. Não tenho nada, mas tenho a mim mesma. E isso é *meu*, doutor. Não vou ser o brinquedinho dos Fellmottes e também não serei o seu. Se bancar o tirano comigo, eu te jogo pra fora, e você vai se esvair feito fumaça ao vento."

Houve outra longa pausa. Ela sentia um movimento nas emoções do doutor, mas não conseguia dizer o que era, nem o que significava.

Você está muito cansada, disse ele, devagar. Está em frangalhos, e eu nem tinha reparado. Nós dois... tivemos um dia difícil, e eu escolhi uma hora ruim pra essa conversa.

Você tem razão, eu estou perdido sem você. Mas, se tirar um momento pra pensar com calma, vai perceber que também precisa de mim. É possível que o fantasma da sua mãe seja perigoso, além de louco, sem dúvida, e está perambulando no seu interior. Você não consegue ver. Então precisa de um aliado, alguém que faça mais do que rosnar. Um aliado que possa vigiá-la e contar o que ela anda fazendo.

Makepeace mordeu o lábio. Por mais que odiasse admitir, o argumento do doutor era válido.

Se deseja tanto seguir em frente com esse seu plano, vamos ver se encontramos uma forma de sobreviver a ele. Brill fica a nordeste daqui, a apenas quinze quilômetros de distância em linha reta. Mas essa distância é significativa.

Nossas tropas controlam um bom número de cidades guarnecidas e casas fortificadas por perto, protegendo as estradas e pontes nos arredores de Oxford — Islip, Woodstock, Godstowe, Abingdon e por aí vai —, mas se você rumar a leste e chegar a Brill vai sair do perímetro de proteção. Tem um casarão em Brill que graças a Deus está nas mãos dos homens do rei, mas uma boa parte dos entornos no interior está tomada por parlamentaristas.

Se pretende ir caminhando até lá, não vai precisar cruzar ponte nenhuma, então evitaremos ser parados e interrogados. Mas vai ser arriscado cruzar a fronteira do país. Parece que esta é uma guerra disputada em padoques e beiras de estrada. Pode haver uma emboscada escondida atrás de qualquer fileira de sebes ou gamela de gado.

Makepeace teve de reconhecer que aquelas informações eram úteis. O doutor era arrogante, mas estava longe de ser burro.

"Vou precisar me planejar", concordou ela. "Vou precisar de instruções antes de partir..." Ela começava a perceber quanto a fadiga estava lhe esgotando o vigor.

Mas que macambúzia você é!, murmurou o médico. Imagino que esteja cansadíssima. Qual foi a última vez que dormiu direito? Ele soava muito científico e desaprovativo.

"Viemos despistando os rapazes do Parlamento por vários condados. Eu tirei um ou dois cochilos quando foi possível."

Então, pelo amor de Deus, durma agora, menina!, bronqueou o doutor, mas sem grosseria. Se não dormir, vai adoecer, quer pegue tifo epidêmico ou não! E aí, onde é que vamos todos parar? Como pretende capitanear esta embarcação, se não tem o mínimo de responsabilidade para com seus passageiros?

"Eu..." Makepeace hesitou.

Ela mal conhecia o doutor e estava quase concluindo que não gostava dele, mas não podia ficar o resto da vida sem dormir. Quer ela gostasse ou não, Quick estava certo. Ela de fato precisava de um aliado. E não podia recrutar a ajuda dele sem admitir que estava em apuros.

"Eu... recentemente me peguei caminhando enquanto dormia", confessou ela. "Eu tenho andado... com medo de dormir."

É mesmo?, indagou Quick, parecendo digerir a notícia. Outra mão puxando as suas cordinhas, talvez? Ou quem sabe uma pata?

Makepeace não respondeu. Ele não a pressionou, mas depois de uns instantes ela pensou ter ouvido um suspiro.

Vou ficar vigiando o seu sono e te acordo se você começar a andar ou se um dos outros tentar alguma coisa. A despeito da minha opinião sobre as decisões que você toma, você parece a menos pior desses três diabos.

A ideia de um sono profundo e ininterrupto era tão emocionante que Makepeace ficou tonta. Enquanto baixava a cabeça pesada na cama e fechava os olhos, sentia a escuridão quase insuportável de tão doce.

"Tenha cuidado, doutor", murmurou ela, permitindo-se relaxar. "O Urso não gosta de você. Se pensar que está tentando me fazer mal... receio que ele vá te destroçar inteiro."

AS CRÔNICAS DAS SOMBRAS
FRANCES HARDINGE

CAPÍTULO 24

"Judite?"

Makepeace abriu os olhos com dificuldade. Estavam grudentos. Sentiu um gosto azedo na boca e a garganta inchada. Quis fechar os olhos novamente.

Um rosto feminino pairava logo acima, indistinto sob a luz fraca. Era noite ou alvorada? Por um instante Makepeace não conseguiu lembrar onde estava, ou que hora do dia era mais provável que fosse.

"Judite, o que é que te aflige? Você está branca feito papel!"

Helen estendeu a mão em direção à testa de Makepeace, mas a recolheu, sem tocá-la. Parecia assustada e confusa.

"Sua testa está brilhando", murmurou ela. "Eu te falei pra manter o saquinho de flores perto do rosto!"

"Eu não estou doente!", insistiu Makepeace, e tentou se sentar. Seu estômago se contorceu, e ela se deitou outra vez. "Só estou... cansada." Ela não podia ter ficado doente tão depressa, podia? Fazia poucas horas que se sentara junto ao leito de morte de Quick.

Helen não disse palavra, mas se afastou e desabou numa cadeira, com a mão na boca. Seus olhos se remexiam enquanto ela refletia.

"Estou saindo de Oxford hoje à noite", disse ela, por fim. "Peg já foi. Seguirei para o norte, em direção a Banbury... o tutor preferido de Symond Fellmotte mora lá, e talvez tenha alguma notícia. Além do mais, há boatos sobre forças do Parlamento avançando contra a cidade. Se começarem a disparar morteiros nas muralhas, vou ficar presa aqui. Eu tinha pensado em levar você comigo."

"Eu também preciso ir!", disse Makepeace depressa.

Helen balançou a cabeça.

"Não posso te levar desse jeito. Já seria arriscado demais se nós duas estivéssemos bem. Eu não posso te *carregar*, Judite. E seria perigoso pra sua saúde."

Escute, **disse o doutor**. Ela tem razão. Você não pode ir agora. Você está com tifo epidêmico.

"Não!", sibilou Makepeace. "Eu não posso adoecer agora! Eu *não vou* adoecer!"

Você não tem escolha.

Makepeace foi tomada por um medo terrível. Sua mente já havia sido invadida antes, mas agora era seu corpo que estava sendo atacado por dentro. Ela se lembrou do leito de morte de Benjamin Quick, de sua alma saindo da casca.

"Eu sinto muito", disse Helen, num tom realmente pesaroso. "Vou deixar o resto do remédio e metade da minha bolsa... mas não posso ficar com você. As ordens de Sua Majestade devem vir em primeiro lugar."

Não entre em pânico, **disse o doutor**. Eu estou aqui e conheço a doença. Você é mais jovem e mais forte do que eu era. Vamos te ajudar a passar por isso.

"Ninguém pode saber que você está doente", disse Helen, tanto para si mesma quanto para Makepeace. "Estão construindo abrigos de quarentena nos arredores da cidade, em Port Meadow. Se a sua febre for relatada você vai ser arrancada daqui, então eu não apostaria nas suas chances. Vou pagar o senhorio pra manter a boca fechada e você alimentada. Aposto que ele faria mais que isso por um punhado de moedas de verdade."

Helen apanhou seus pertences e vestiu o capuz.

"Que Deus a proteja."

Por um instante Makepeace só conseguiu pensar em respostas ríspidas. Helen, contudo, estava dando o que podia, além de não dever nada a "Judite". Makepeace olhou as rodelinhas de renda que encobriam as marcas de varíola de Helen. Ela já havia travado uma dura batalha contra a varíola — um duelo com a Morte. Não podia culpá-la por fugir correndo de um quarto e de uma cidade de doentes.

"Você também", respondeu ela.

Makepeace baixou o olhar outra vez pelo que pareceu ser um mero instante, mas ao tornar a abri-las Helen havia desaparecido.

Eu não vou morrer. Essa era a única coisa que Makepeace conseguia pensar, e pensou sem cessar. *Eu não vou morrer. Ainda não. Eu ainda não tive a minha chance. Ainda não me tornei tudo o que posso ser nem fiz tudo o que posso fazer. Ainda não. Ainda não.*

Em dado momento ela percebeu a voz do doutor em sua cabeça, insistente, porém tranquila, como se falasse com uma criança.

Isso foi uma batida na porta, criança. Provavelmente deixaram comida do lado de fora. Você precisa se levantar e ir até a porta. Nós temos que comer, não é?

Ela então se levantou, muito debilitada, e cambaleou até a porta, a cabeça latejando. Havia uma tigela de sopa do lado de fora. Makepeace tentou se agachar para pegar, mas seus joelhos cederam, e ela se sentou, desajeitada. Com grande esforço arrastou a tigela para dentro do quarto, então fechou a porta.

Comer foi uma maratona. Sua cabeça estava tão pesada que precisou apoiá-la na parede, esforçando-se para não dormir.

Outra colherada, encorajava o doutor. Mais uma. Vamos lá. Aqui... deixe eu usar a sua mão. Makepeace deixou que ele assumisse o controle de sua mão direita e guiasse uma colherada de sopa até sua boca, depois outra, depois mais uma. Ela se sentiu uma criancinha, e por alguma razão teve vontade de chorar.

Assim está melhor. Agora você precisa tomar o remédio. Sob a condução dele, Makepeace rastejou até o estojo médico e puxou um frasquinho de vidro verde. Só um golinho por enquanto. Depois você toma mais.

O remédio deixou sua boca mais grudenta ainda, e o quarto começou a rodopiar com mais força. O Urso não gostava do cheiro.

"Eu não posso ficar aqui", sussurrou Makepeace, o sangue pulsando em suas orelhas e têmporas.

Você não tem escolha. A única maneira de se curar é descansando. Você tem que dormir, do contrário vai morrer.

Makepeace não estava disposta a morrer.

Perdeu completamente a noção do tempo. Deu-se outra batida à porta, e ela não entendeu por quê, pois já havia tomado a sopa. Era uma sopa nova, explicou o doutor. Ela precisava abrir a porta e tomar a sopa nova. Por que levaram mais? O doutor disse que era o jantar. Horas haviam se passado. Ela tomou a sopa nova. Pouco depois teve que se mexer outra vez, para usar o penico. Movimentar-se pelo quarto era como empurrar uma montanha.

Os sulcos do chão lhe imprensavam o rosto. Por que ela havia escolhido dormir daquele jeito? *Toc, toc.* Sopa nova. O doutor estava ganhando prática em movimentar a mão dela e a colher de sopa. Por mais que Makepeace soubesse quem estava se movendo e por quê, era estranho observar seu próprio braço se mexendo daquele jeito.

"Por que você também não está tonto, doutor?", grasnou ela.

Eu estou um pouco, mas você está mais presa ao seu corpo do que eu. Sofre mais com as doenças corporais. A sua força é a sua fraqueza. A minha fraqueza é a minha força.

E lá veio o doutor falando outra vez sobre remédio. Sim, era hora do remédio. Rastejar, rastejar, rastejar até a bolsa, beber o frasquinho.

Ela teve sonhos febris. Podia jurar que havia outras pessoas no quarto, sussurrando. No entanto, ao piscar os olhos cansados e olhar em volta, estava só.

Os segundos se estiravam feito leões adormecidos. As horas passavam num piscar de olhos. O céu visto da janela era cinzento. Depois ardia com o sol. Então ficava arroxeado, e a luz ia se esvaindo. Depois virava um poço de escuridão, profunda e abençoada. E o ciclo todo recomeçava.

Makepeace estava ansiosa, mas não conseguia lembrar por quê. Havia algo de que precisava recordar e algum lugar onde precisava estar, mas tudo estava encoberto pela névoa febril de seu cérebro.

Murmúrios, murmúrios, murmúrios. Estava acontecendo de novo. Vozes imaginárias conversando acima da cabeça de Makepeace. Dessa vez, porém, *não* eram imaginárias. Ela abriu os olhos um pouquinho. A porta estava entreaberta, e pela brecha ela pôde ver o rosto de seu anfitrião e o de uma mulher magra, que Makepeace presumiu ser a esposa.

"Não podemos ficar escondendo e alimentando essa menina pra sempre!", sussurrou a mulher, olhando Makepeace com um misto de pena e irritação.

"Aquela ruiva nos pagou a primeira moeda que vimos em um mês, e pediu que não contássemos a *ninguém* sobre a mocinha até que ela se recuperasse." As palavras do senhorio eram muito firmes, mas ele exibia uma leve carranca de hesitação.

"Mas e se esse sujeito que está perguntando por ela for *mesmo* um amigo, como diz que é? Deixe que ele a leve! Se alguém descobrir que não comunicamos um caso de tifo epidêmico..."

"Não é tifo, estou falando! Olhe pra ela... não tem calafrio nem erupções na pele."

"As erupções brotam depois, você sabe disso!", exclamou a esposa. "Ela está acamada não faz nem três dias!"

"E só há quatro está na cidade", retrucou o marido, num tom incisivo. "Já viu tifo epidêmico evoluir tão depressa?"

"Talvez ela já tenha chegado doente!" A esposa suspirou. "Você não devia ter dispensado o cavalheiro. Precisamos mandar alguém atrás dele e contar a verdade." A senhora encarou Makepeace por um instante, o rosto cansado e preocupado, porém compassivo.

A porta se fechou.

Com esforço titânico, Makepeace conseguiu erguer o corpo e se sentar, recostada na parede. Lutava desesperadamente para recobrar os pensamentos fugidios.

Três dias. Ela estava doente havia três dias. Isso... era ruim; ela agora se recordava. Não devia mais estar ali. Havia perigo. Ela havia sido notada na corte. Se os Fellmottes fossem até lá à sua procura, alguém se lembraria de tê-la visto com Helen. Alguém lembraria onde Helen estivera hospedada.

Um homem surgira perguntando por ela. Talvez os Fellmottes já tivessem chegado.

Aguente firme, murmurou o doutor.

"Eu..." Ela engoliu em seco. "Nós... precisamos ir. Agora."

Você sabe que não pode. Você não tem força.

"Eu preciso!" A voz de Makepeace estava rouca e áspera, mas falar fazia com que se sentisse mais inteira, mais viva. "Preciso sair daqui antes que o homem volte... os Fellmottes..."

Fique calma e pare pra pensar. Nossos anfitriões não vão mandar chamar o homem agora. Está escurecendo. Se você dormir agora a febre pode ceder, e então poderemos...

Makepeace tentou se levantar, mas tornou a cair de joelhos.

Me escute! Escute! O doutor soava frustrado e lamentoso. Eu compreendo o seu pânico, mas estou lhe dizendo, como médico, que você não pode — não deve — se esforçar no seu estado atual! Precisa respeitar seus limites. Você não sabe o que está acontecendo com o seu corpo agora, mas eu sei.

"Desculpe, dr. Quick", sussurrou Makepeace. Engatinhou até a capa e passou-a por sobre os ombros, muito desajeitada.

Bom... pelo menos tome um pouco do remédio antes, para se proteger das intempéries noturnas.

"Não. Eu... eu sempre durmo depois do remédio." Seus pés pareciam blocos de chumbo, mas ela puxou os sapatos mesmo assim.

Pelo amor de Deus, você não consegue nem parar em pé!

Makepeace respirou fundo várias vezes, agarrando o suporte da cama para se firmar, então içou o corpo para cima...

... e ficou de pé.

Cambaleante, ela apanhou sua trouxa de pertences e a bolsa do médico e avançou trôpega em direção à saída. Cada passada requeria concentração, mas ela alcançou a porta, abriu-a e adentrou as sombras.

Pare com essa loucura!, sussurrou o doutor. Pare! De súbito ele tomou o controle da mão de Makepeace e agarrou o batente da porta, para impedi-la de prosseguir.

Furiosa, ela recuperou o controle à força. Agora, porém, estava ciente do temerário som de sussurros no fundo de sua cabeça. Dessa vez teve certeza de que não estava imaginando.

Faça o que for preciso, disse o doutor, e Makepeace soube que ele não estava falando com ela.

Logo que começou a descer as escadas, Makepeace sentiu o pé esquerdo de repente se rebelar. Ele se contorceu, obedecendo a um comando que não vinha dela, e caiu. Suas pernas e a lateral do corpo foram batendo nos degraus enquanto ela rolava escadaria abaixo, com um estrondo ensurdecedor.

Vozes confusas surgiram nos andares de cima e de baixo. Passadas de pés descalços se aproximaram. Surgiram figuras com roupas de dormir e com velas na mão.

Ela se levantou com esforço, auxiliada por um par de mãos.

"Obrigada... eu... eu preciso ir embora..." A voz de Makepeace soava áspera e pesada.

"A esta hora da noite?"

Makepeace notou a ponta de desconfiança nos rostos embaciados à sua volta.

"Senhorita, está tudo bem?"

Ela cambaleou por entre as silhuetas flutuantes e abriu a porta da frente. O ar frio da noite a fez arquejar.

"Ora, aí está ela!", disse uma voz vinda da rua. Tarde demais, Makepeace percebeu a esposa do padeiro do pão branco se aproximando da casa. Havia outra figura a seu lado, um homem.

Uma imensa onda de pânico irrompeu dentro de Makepeace. Ela conhecia aquela silhueta. Conhecia tão bem quanto seu próprio nome, quanto as canções de ninar de sua infância. Ele deu um passo à frente, para a luz, e sorriu para ela com olhos glaciais.

Era James.

AS CRÔNICAS DAS SOMBRAS
FRANCES HARDINGE

CAPÍTULO 25

Por um instante Makepeace o encarou, horrorizada, então seu instinto de sobrevivência tomou a frente. Ela se jogou de lado para tentar desviar de James, mas ele se deslocou, rápido feito um raio, agarrou seus ombros e a puxou.

Uma rapidez estranha. Rapidez de Douto.

"Calma, Maud... o que foi que houve?" Ele sorriu novamente, um sorriso hediondo e inadequado a seu rosto de uma feiura bela. "Não está me reconhecendo?"

"Me solta!" Em desespero, ela se virou para a mulher do padeiro. "Ele não é meu amigo!"

"Por um instante você pareceu conhecê-lo." A mulher franziu o cenho, confusa.

"Ela conhece, sim." James enganchou um dos braços de Makepeace no dele, prendendo-o às costelas. "Maud, sou eu... James! Seu irmão!"

"Ah... acho que dá pra ver a semelhança." O semblante do padeiro desanuviou, e Makepeace pôde ver nos outros rostos sinais de compreensão e alívio.

"Ele não é meu irmão!" Makepeace tentou se desvencilhar e atacou o rosto de James com a mão livre. "Pelo amor de Deus, escutem!"

Vozes preocupadas irromperam. Mãos imobilizaram os braços e ombros de Makepeace. Palavras de conforto foram murmuradas. Foi arrastada até a sala de estar e empurrada numa cadeira.

"Pronto, flor." A esposa do padeiro ainda parecia um pouco tensa. "Seu irmão mandou vir uma liteira pra te levar até o alojamento dele... você pode ficar aqui no quentinho até ela chegar." Ela se virou para James. "Não leve a mal as palavras da menina, senhor", acrescentou, num sussurro. "É por causa da febre. Dentro em breve ela vai reconhecer o senhor, tenho certeza."

"Ah, vai", disse James. Havia apenas uma vela no recinto, que bruxuleava sobre uma mesinha ao lado da cadeira de Makepeace. Sob a luz, as feições de James tremulavam, dançantes.

"Escutem! Escutem aqui!" Makepeace ainda estava fraca, mas conseguiu se empertigar na cadeira. *Ele não é meu irmão. Olhem os olhos dele. Olhem pra ele! Ele é um demônio. Não me deixem sozinha com ele!*"

A mulher do padeiro perscrutou o rosto de James, prolongando-se por um instante. Então tornou a baixar o olhar e saiu correndo da sala. Makepeace de súbito constatou que aquilo tudo era inútil, mesmo que ela pudesse convencer a senhoria. O estranho podia ser um demônio, mas estava tirando de casa uma inválida inconveniente.

A porta se fechou. Irmão e irmã se encararam.

"James", disse Makepeace, no tom mais firme e tranquilo possível. "A gente prometeu nunca abandonar um ao outro, você lembra?"

"Ele não te abandonou", respondeu o Douto. "Só enfim se lembrou de seu dever para com a família."

"Ah, foi? Quantos de vocês tiveram que contê-lo para ajudá-lo a 'se lembrar de seu dever'?"

"Foi *isso* o que você imaginou?" Mais uma vez, um ricto de diversão nos lábios. "Acha que o garoto tentou nos enfrentar? Não. Ele se submeteu de livre vontade. Apesar de tantos defeitos e despautérios, ele se redimiu no final."

"Eu não acredito em você", sussurrou Makepeace.

"Pois devia. Eu o conheço melhor que você."

Makepeace se lembrou do feijão no bolo da Noite de Reis, e de como James abandonara os planos dos dois para se tornar Senhor do Desgoverno. O fascínio pela nobreza, pelo poder e por um título havia atraído James como jamais acontecera com ela. Ela podia até vê-lo convencendo a si mesmo que era forte o suficiente para enfrentar um bando de hóspedes fantasmagóricos.

"James, seu idiota", sussurrou Makepeace.

"Você, por outro lado, abandonou seu dever", prosseguiu o Douto. "Esqueça o seu irmão... e nós? E o seu dever para *conosco*? E quem foi que te ajudou a fugir? Quem pôs este animal dentro de você? *Quem te deu aquela corda?*"

Makepeace entendeu o que estava deixando o Douto mais incomodado. Os fantasmas ainda não acreditavam que ela havia organizado a fuga sozinha. Ela teria achado graça se não estivesse com tanta raiva.

"Ah, vão pro inferno, todos vocês!", gritou Makepeace, num ímpeto de raiva. "Ainda estão planejando me levar de volta e me entulhar com os fantasmas de lorde Fellmotte? Estão todos cegos, ou são burros? *Eu estou apodrecendo com tifo epidêmico.* Vão em frente, metam os fantasmas pra dentro! Vamos todos ver nossa pele se encher de pústulas e nosso cérebro fundir até estarmos prontos para vestir uma mortalha!"

Um instante depois a garganta de Makepeace se contraiu e estremeceu, enquanto outra mente tomava conta. Com um terrível embrulho no estômago ela sentiu a própria língua se contorcer na boca, sem a sua permissão.

"A garota está errada." A voz vinha de sua própria garganta, arranhando-lhe a goela, mas não pertencia a ela. "Ela não está infectada."

"Ah", disse James, tomado de satisfação. "*Aí* está a senhora, milady."

Makepeace gorgolejou, tentando recuperar o controle da garganta, em pânico e sem ar. Quem estava falando por meio dela? A voz era fria e controlada. Não parecia a Mãe. Nem balbuciava sons incoerentes, feito a Mãe-fantasma que acometera seu pesadelo.

"Ela só está sob efeito de opioides", prosseguiu a voz. "A fera também está enfraquecida pela droga... seu espírito está muito enlaçado ao da garota. Também há outro espírito, um doutor de virtude mediana de cujas drogas fizemos uso."

Traidor!, pensou Makepeace, quando por fim compreendeu. Ela nunca estivera doente. Fora enganada para se drogar até quase perder a consciência. *Dr. Quick, seu mentiroso! Eu devia ter deixado o seu espírito velho e doente se infiltrar no seu leito de morte feito escarro.* Ela podia sentir o pálido fantasma forçando seus braços para baixo, pronto para impedi-la de lutar e correr. *Sua víbora*, pensou ela. *Seu imbecil!*

"Segure-a firme, então", disse o Douto. Abriu a bolsa do dr. Quick e apanhou o frasquinho de "remédio". Desarrolhou e inalou com cautela. "Desta vez não vamos brincar com a sorte."

Urso!, Makepeace gritou mentalmente. *Urso!* O Urso, no entanto, estava desnorteado e confuso. Sentia raiva e podia ouvi-la, mas não sabia para onde impulsionar as patas.

Ela tentou lutar contra James, que se aproximou e agarrou-lhe o queixo, mas as drogas e os fantasmas em seu corpo a forçavam a permanecer na cadeira. Ela sentia a maldade sutil do doutor e do espírito desconhecido exercendo toda a força para impedi-la de se mover. Ele levou o frasco até os lábios de Makepeace e obrigou-a a verter uma grande dose. Ela tentou cuspir, mas sentia as contrações da boca e da garganta à sua revelia, numa tentativa de fazê-la engolir.

"Bom", disse James, a voz fria e distante. "Quando a moça estiver inconsciente, milady, comece a limpá-la. Vamos precisar remover os outros espíritos de modo a abrir espaço para o séquito de lorde Fellmotte."

O quê?, gritou o dr. Quick, na cabeça de Makepeace. Não foi isso o que combinamos, milady! A senhora prometeu que os Fellmottes guardariam um espaço para mim! Diga a ele! Diga a ele! Makepeace de súbito sentiu os braços e as pernas um pouco menos pesados. O aturdido doutor já não estava ajudando a contê-la.

Com toda a força que foi capaz de reunir, ela chutou a mesinha, derrubando o candelabro.

Makepeace só pretendia deixar o cômodo na escuridão, mas a vela tombou para trás e caiu sobre a capa de James. A chama tocou um pompom franjado, e o tecido foi lambido por ávidas línguas de fogo. James disparou um xingamento de outro século e tentou soltar o cordão que lhe prendia a capa ao pescoço. Ao mesmo tempo, Makepeace se jogou da cadeira e engatinhou até a porta, cuspindo o remédio pelo caminho.

O espírito desconhecido tentava se agarrar à sua mente, comandar seus membros e sabotar seus movimentos. Agora, no entanto, precisava combater o doutor. Sentindo os dois travarem uma luta feroz e silenciosa, ela apanhou seus pertences e se arrastou até o corredor.

Puxou os ferrolhos da porta da frente, abriu-a e se atirou na rua. De dentro da casa, ouviu um grito de dor e mais xingamentos. Os Doutos eram velhos e hediondos, mas ainda pegavam fogo.

Makepeace correu. O ar frio clareou um pouco sua mente debilitada. O Urso agora estava com ela, cambaleante e grunhindo, porém ciente de que ela necessitava de sua força. As passadas de Makepeace ecoavam pelas pedras do pavimento, mas dali a pouco outros passos começaram a estrondear atrás dela, mais ligeiros e ágeis.

Ela dobrou uma esquina e se viu sob um inesperado feixe de luz.

"Alto!" Meia dúzia de homens armados, em desmazelo, permaneciam parados à sua frente. Todos usavam cinturões encardidos, e o líder erguia uma lanterna bem ao alto. Era uma espécie de patrulha. Ela fez menção de se esquivar e contornar os homens, mas um deles a agarrou pelo braço. "Pra que tanta pressa, senhora?"

Makepeace olhou para trás e viu James disparando em direção à luz, os olhos ardendo de fúria. Ele inventaria uma história e convenceria os homens em questão de minutos. Ou faria, se ela desse a chance.

"Você disse que me esconderia!", gritou ela, para o óbvio espanto de James. "Você disse que era seguro sair às ruas! Só que agora eles nos pegaram! Eu não quero ir pros abrigos de quarentena!"

Durante o chocante silêncio que se seguiu, Makepeace pôde ver os patrulheiros constatando sua palidez, o suadouro e os calafrios. O homem que a agarrava pelo braço largou a mão rapidamente; o grupo todo a circundou, mantendo leve distância.

"Você está com a febre?", inquiriu o sujeito com a lanterna.

"Não é culpa minha!", choramingou Makepeace, sem dificuldade em deixar as lágrimas rolarem. "Eu não quero morrer!"

James fez uma careta de frustração. Seus fantasmas sem dúvida estavam furiosos. De alguma forma a situação estava saindo do controle.

"Ela não está doente", disse ele, mais que depressa. "Às vezes a minha irmã imagina coisas..."

"A garota está branca feito papel!", exclamou o líder. "Mal consegue ficar em pé! Desculpe, amigo... não o culpo por tentar proteger a sua irmã, mas temos que cumprir ordens." Ele hesitou, então franziu de leve o cenho. "O senhor andou cuidando dela, não é? Talvez seja melhor vir com a gente também."

"Vocês sabem quem eu sou?", vociferou James. "Tenho amigos poderosos que vocês não iriam gostar de aborrecer..."

"E nós temos ordens a seguir", retorquiu o guarda.

Os olhos gélidos e calculistas de James perscrutaram os seis guardas. Talvez os Doutos dentro dele estivessem refletindo se valia a pena matar a patrulha inteira. Seria possível, sem dúvida, mas haveria consequências.

Ele se virou e correu pela escuridão. Um dos guardas começou a persegui-lo, mas logo desistiu e retornou.

"Desculpe, senhora", disse o líder da patrulha, "mas vamos ter que levá-la aos abrigos, nos arredores da cidade. Vão cuidar da senhora lá." Ele parecia menos convicto do que desejava.

Eu espero de verdade, **murmurou o doutor,** *que o seu plano contemple uma segunda parte.*

Conduzida pelas ruas sombrosas de Oxford, Makepeace se sentia percorrendo algum frio submundo. Por fim, depois de um longo tempo, as drogas de Quick começaram a perder o efeito, embora o cenário em redor fosse, por si só, meio onírico.

Makepeace se acostumara com Grizehayes. Por dentro ela fervilhava de horror à casa, mas sua morosidade, a friagem contemplativa das paredes altas e os incessantes monólogos do vento haviam se entranhado em seu ser. Até os sons eram familiares — ela sabia reconhecer cada rangido, tinido e voz distante. No lugar onde estava agora, cada risada ao longe, cada latido, pancada e ruído de casco era desconhecido, o que fazia com que se sentisse à deriva.

As ruas estavam escurecendo, mas os meninos das tochas ainda não haviam aparecido. De vez em quando um enorme prédio de faculdade se avultava contra o céu violeta. Umas poucas velas tremeluziam nas janelas.

Em dado momento a escolta arrastou Makepeace para um canto da rua, de modo a dar passagem a uma estranha procissão que avançava rapidamente. Eram cavalheiros em roupas elegantes, com rendas finíssimas nas golas, laços nos sapatos, plumas de avestruz nos chapéus e sedosos cabelos cacheados que se estendiam até a cintura. Apresentavam uma dança pela rua escura e escorregadia. Um grupo de músicos bailava junto a eles, tocando flautas e violões, e atrás via-se uma pequena horda de mulheres alegres, mascaradas e encapuzadas, feito cortesãs.

Makepeace sabia que eram homens e mulheres vivos, mas havia algo de fantasmagórico naquele desfile, tal qual as esculturas de esqueletos dançantes que ela às vezes via nos cemitérios. Mesmo afundada até os joelhos em moléstias e tragédias, a corte estava determinada a cumprir seu papel. Iludida, decadente, esplêndida e ousada.

Nos portões, a patrulha trocou palavras murmuradas com os guardas. Os portões se abriram, e o grupo adentrou um vento frio, sob o céu vasto e inexorável. Ao lusco-fusco, os aterros pareciam ainda mais grandiosos.

Apesar do ar cortante da noite e da sensação de estar exposta ao intenso escrutínio do céu, Makepeace sentia um discreto alívio. Percebeu que Oxford lhe provocava a sensação de estar presa. Ela já havia passado tempo demais aprisionada por muralhas ancestrais.

Adiante, a ampla estrada avançava em direção ao rio, e Makepeace pôde ver o brilho tênue de lanternas no posto de guarda da ponte. Ela virou a cabeça e encarou os campos escuros à direita. Piscou com força, acolhendo sua visão noturna.

Urso, eu preciso dos seus olhos. Preciso do seu nariz. Preciso da sua sagacidade noturna e da sua intimidade com a mata.

"Vou levar você ao abrigo de quarentena", disse o líder dos patrulheiros. "Você vai precisar de uma lanterna para iluminar seus passos."

"Obrigada", respondeu Makepeace, baixinho. "Mas não vai ser necessário."

Antes que o homem pudesse reagir, ela esvaneceu do feixe de luz e adentrou a escuridão, saltando sobre os traiçoeiros grumos de terra traiçoeiros. Os guardas gritaram por ela durante algum tempo, mas não foram atrás. Numa cidade perdida, como poderiam acossar cada alma perdida que se desgarrava um tantinho mais?

5

Terra de ninguém

AS CRÔNICAS DAS SOMBRAS
FRANCES HARDINGE

CAPÍTULO 26

Depois da luz da lanterna, a escuridão era chocante. Makepeace ouvia apenas seus próprios arquejos. Ela torceu o pé num tufo de grama e quase caiu, levando um tranco nas costas e mordendo a língua com o choque. No próximo passo em falso poderia virar o tornozelo, mas se hesitasse seria pega. Ela disparou em frente, ensurdecida pelos próprios arquejos e depositou a confiança no Urso.

O Urso, antes confuso pela multidão, as ruas, o remédio e os odores humanos, percebeu que os dois agora estavam correndo. Isso ele compreendia. Queria correr com as quatro patas, mas sentiu que Makepeace não seria capaz.

Vista pelos olhos do Urso, a escuridão não era total. Havia detalhes levemente visíveis, feito nuvens cinza de tempestade em meio às trevas. Sulcos e saliências. Pequenos aclives de trincheiras inacabadas. Silhuetas de árvores muito ao longe, flanqueando uma trilha.

Makepeace ziguezagueou por entre os aclives até chegar à trilha ladeada pelas árvores. Quando já estava impossível respirar, ela parou por um instante.

Acho que despistamos nossos perseguidores, murmurou o doutor.

Cala a boca, dr. Quick, retorquiu Makepeace em pensamento. A discrição era vital, portanto ela não ousou responder em voz alta. Felizmente o doutor pareceu ouvi-la.

Você tem o direito de estar irritada. Reconheço que cometi um erro de julgamento.

Eu mandei calar a boca. Preciso me concentrar. Makepeace engoliu a irritação e tentou se concentrar no senso olfativo do Urso. *Confie em mim, nós não estamos sozinhos aqui.*

Ela suspeitava que os guardas não fariam nenhuma tentativa mais séria de segui-la. Uma garota contagiosa nos arredores da cidade não era preocupação, e eles tinham poucas chances de localizá-la no escuro. James, no entanto, não desistiria com tanta facilidade. Makepeace tinha certeza de que ele a havia seguido pelas ruas, enquanto ela estava com a escolta. Suborno, intimidações e conexões o ajudariam a cruzar os portões. Dentro em breve ele estaria atrás dela.

Se quiser fazer algo de útil, Doutor, sussurrou Makepeace, taciturna, *fique de olho em "milady"*. Era assim que tanto o doutor quanto James haviam chamado o espírito desconhecido que dominara brevemente a fala de Makepeace. Quem quer que fosse, era inimiga, e poderia atacar a qualquer momento.

Com delicadeza, Makepeace retirou do bolso um pequenino objeto de marfim.

Isso é um relógio de sol díptico!, exclamou o doutor, ao mesmo tempo escandalizado e fascinado. Como você conseguiu isso?

Makepeace não se deu ao trabalho de responder. Os Fellmottes tinham desprezado a preciosa coleção de artefatos de navegação de sir Thomas. Ela afanou, mas nem foi roubo.

Desde então ela vinha aprendendo a desvendar o significado das linhas e dos números gravados. Era um relógio de sol em miniatura, projetado para caber no bolso, e o interior da tampa era um relógio lunar. Naquele momento, contudo, ela estava mais interessada na pequenina bússola.

"Nordeste até Brill", disse ela, apenas movendo os lábios. Foi girando a caixinha até que a seta apontasse para o "N", então disparou na direção "NE".

O vento mudou de direção, soprando por trás, e o Urso soltou um rosnado poderoso. Havia um cheiro no ar. Era quase humano. Era quase James.

Adiante, do outro lado do campo cinza-carvão, Makepeace avistou a fresta de um rio estreito e sinuoso, quase encoberto pelas árvores. Avançou rumo à sombra oculta e foi ladeando o rio até chegar a um ponto onde a margem estava sulcada. Era um vau, mas nem com a visão noturna do Urso ela conseguiu calcular a profundidade da água.

Um tetraz solitário a fez pular ao sair de seu abrigo e remexer um cordão de espuma branca pela superfície do rio. Em algum lugar bem ao longe, Makepeace ouviu o estalo brusco de um galho, como se alguém tivesse se assustado.

Não havia tempo para ter cuidado. Makepeace suspendeu as saias na altura dos joelhos, tirou sapatos e meias e seguiu margem abaixo, a lama fria cedendo perigosamente sob seus pés. Na primeira passada dentro do rio congelante, a água subiu até seus joelhos. Enquanto ela avançava com dificuldade, a corrente ameaçava derrubá-la, mas ela conseguiu se arrastar até a margem fofa e escorregadia do outro lado.

Ela tornou a calçar as meias e os sapatos, deslizou com cautela pela vegetação rasteira e seguiu caminhando. Sem dúvida havia deixado pegadas na lama. Se seu algoz fosse James, teria séculos de experiência em antecipar as atitudes dos inimigos e caçar todo tipo de presa. No entanto, ao contrário de Makepeace, ele provavelmente não enxergava no escuro.

Makepeace tinha horas de escuridão a seu favor, então seguiu adiante. Permanecia alerta, tentando sentir "milady", mas o misterioso fantasma parecia ter se escondido. No entanto, ela sentia o insistente doutor suspenso em sua mente.

Senhora Lightfoot, começou ele, por fim, precisamos conversar.

Ah, é? Makepeace estava de bile até a boca. *O que é que você pode dizer que eu vá acreditar?* Ela confiara naquela voz serena de doutor. Aceitara seu remédio com obediência, enquanto ele a enganava e a punha nas mãos dos Fellmottes.

Eu fui enganado... fui traído.

Você *foi traído?*, indagou Makepeace. *Eu te acolhi! Eu te salvei da morte!*

Você fez isso por motivos próprios, não foi por pena!, retrucou o doutor, então se calou, como se arrependido pela explosão. Nós dois fomos precipitados. Não fomos?

As palavras guardavam certa verdade, mas Makepeace ainda estava desconfiada. A verdade, tal qual o remédio, também podia ser transformada em veneno por alguém astucioso.

Você me despreza, resmungou ela, baixinho, *da mesma forma que despreza o Urso. Eu sou uma cozinheira. Ele era uma besta dançarina presa a uma corrente. Por que você daria importância ao que pensamos? Nós não somos* nada. *Por que os nossos erros incomodariam você?*

Pois bem, agora você precisa dar importância. Agora, por mais reles que sejamos, o Urso e eu somos os seus juízes. Faça-nos confiar em você, doutor. Preste contas de si mesmo.

O Urso mal é..., começou o doutor.

Não dê um pio contra ele, advertiu Makepeace, rosnando em pensamento. *Eu confio mais nele do que em qualquer outro.*

O animal é leal, admitiu o doutor, baixinho. Isso sem dúvida é verdade. Acho que ele enfrentaria o mundo por você.

Eu não possuo a mesma devoção apaixonada... nem vou fingir que tenho. Fiz uma aliança contra você achando que era minha chance de autopreservação. Eu estava enganado. Você só confiou em mim porque precisava de outro aliado. Ainda precisa. Já não tenho motivos para te trair. Não precisamos gostar um do outro para sermos úteis um ao outro.

A escolha é sua. Você pode mandar o seu Urso me destruir, ou podemos conversar e tentar formar uma aliança frutífera.

O discurso do doutor, naquele tom claro e preciso, tensionou os nervos de Makepeace. Os humanos, cedo ou tarde, sempre traíam. Por um breve instante ela imaginou como seria se os grandes exércitos destruíssem uns aos outros e exterminassem todos os humanos do país, deixando apenas florestas e campos vazios onde ela pudesse vagar com o Urso.

O pensamento lhe trouxe um pouco de serenidade, mas no mesmo instante a fria tristeza daquela ideia se instaurou.

Fale, disse ao doutor, de má vontade.

Você está abrigando uma inimiga, como bem sabe. Uma inimiga sutil, senhora de mil truques. Da primeira vez que a vi achei que fosse uma louca, mas não é. Está só ferida... lacerada. E é muito perigosa.

Em algum lugar da cabeça, Makepeace ouviu um sibilo de raiva e advertência. *Silêncio, doutor, nem mais uma palavra...*

O doutor hesitou, mas prosseguiu, a voz agora um tantinho temerosa.

Ela se chama Morgan, disse ele. Lady Morgan Fellmotte.

A Outra não era a Mãe. Por uns segundos foi esse o único pensamento de Makepeace. Ela já sabia, mas as palavras do doutor eliminaram qualquer resquício de dúvida. Makepeace foi arrebatada pelo alívio, mas ao mesmo tempo por uma terrível sensação de vazio e perda.

Ela em vida era espiã, trabalhava para a inteligência, prosseguiu o doutor. Nos últimos trinta anos tem feito parte do séquito de fantasmas que habitam cada lorde Fellmotte. Cerca de uma semana atrás, quando o grupo tinha esperanças de se deslocar para o seu corpo, ela foi mandada na frente para...

"Se infiltrar", sussurrou Makepeace em voz alta.

A Outra era o Infiltrador. Makepeace enfim compreendeu. O espírito que penetrara seu cérebro na capela tinha sido ferido pelo Urso, mas não fora destruído, no fim das contas. Claro que não! Ela ficara tão obcecada pela ideia da Mãe-fantasma vingativa que fora incapaz de enxergar com clareza.

É um dos trabalhos dela. Ocupar uma nova mente é uma tarefa arriscada, por isso o Infiltrador costuma ser mandado primeiro para fazer o reconhecimento do domicílio, subjugar ameaças e abrir espaço para o séquito. A lady, no entanto, não esperava que o seu cérebro estivesse guardado pelo imenso fantasma de um urso nervoso. Ela ficou muito ferida, e então se escondeu nos recônditos da sua mente.

Ah, Urso, pensou Makepeace, arrebatada pela constatação e o remorso. *Você sabia. Ficava rosnando, e eu não entendia por quê. Você estava sentindo o cheiro dela.* Estendeu a mão, mentalmente, para afagar o nariz do Urso. Aqueles rosnados não eram para Makepeace, mas para uma invasora que ela não conseguia ver.

Desde então, lady Morgan vem tentando sabotar a sua fuga e avisar aos Fellmottes, mas sem que você percebesse a presença dela. Só ousava agir quando a sua guarda estava totalmente desprotegida — enquanto você dormia.

O meu sonambulismo! Makepeace sentia a boca seca. Havia sido causado por Morgan desde o início, não pelo Urso. *Eu apaguei no coche durante a fuga de Grizehayes. Ela deve ter batido no teto para que o cocheiro parasse e me descobrisse.*

Sem dúvida. Também vem deixando sinais e mensagens em cada parada, para facilitar o rastreio dos Fellmottes. Deixou até uma carta no coche dos Fellmottes avisando que você estava a caminho de Oxford.

Então foi por isso que Makepeace estava nos estábulos do abrigo secreto, na calada da noite. Ela levou um instante para decifrar por que Morgan lhe acordara com aquele beliscão. Morgan devia ter entreouvido seus anfitriões mandando notícias aos soldados do Parlamento, e acordara Makepeace para que ela percebesse o perigo. Afinal de contas, os Fellmottes não iam querer ver Makepeace nas mãos do inimigo.

Também começou a fazer sentido o sonho com a misteriosa mulher que rabiscava um "M" no batente da porta. Talvez uma parte do cérebro adormecido de Makepeace tivesse percebido que seu corpo estava se levantando, caminhando até a porta e deixando uma marca para que os outros descobrissem. "M" de Morgan, não de Margaret.

Na noite seguinte à minha morte, quando prometi vigiar o seu sono, eu o fiz de boa-fé. Depois que você adormeceu, no entanto, lady Morgan me procurou com uma proposta. Ela me disse que você era uma doida varrida, que certamente iria me destruir num ataque de nervos, e... naquele momento eu estava inclinado a dar ouvidos. Ela me prometeu que, se eu colaborasse na sua captura, os Fellmottes me recompensariam, permitindo que o meu espírito residisse com os deles.

Precisávamos evitar que você fugisse antes da chegada dos Fellmottes, então drogamos você com um opioide. Quando você acordou, eu te convenci de que o torpor era sintoma de doença e que você precisava continuar tomando o "remédio" em intervalos regulares.

Não me orgulho disso. Foi um plano baixo, desprezível. A única coisa que posso dizer é que acreditei estar lutando pela minha sobrevivência.

Como Makepeace tinha deixado escapar tantas pistas? Até a recém-descoberta facilidade para a leitura devia ter servido de alerta: ela estava usando a habilidade de outra pessoa.

Em vez disso, suspeitara do Urso. Do pobre Urso, leal, confuso e estupefato.

Todo mundo a havia traído, então por que esperar outra coisa? A questão, no fim das contas, era que a desconfiança era tão enganadora e perigosa quanto a confiança.

Você se decidiu?, indagou o doutor, baixinho.

Makepeace caminhou um pouco, com dificuldade, sem responder. Acima dela, em meio à noite brumosa, estrelas difusas tremeluziam, nítidas, cruéis e solitárias.

Você foi um completo idiota, Doutor, respondeu ela em silêncio. *Bobo, ingênuo. E eu também. Precisamos ficar mais espertos de agora em diante, ou estamos perdidos.*

Ela o ouviu soltar um suspiro quase inaudível de alívio.

Você ainda pretende viajar até Brill e de lá adentrar o território inimigo?, perguntou o doutor, depois de um tempo.

Pretendo. James está no nosso encalço. Eu preciso fazer alguma coisa que ele não esteja esperando. Precisamos ir a um lugar aonde ele tenha dificuldade de nos seguir. Encontrar amigos que ele não possa conquistar.

Deus do céu... está pensando em se unir ao inimigo?

Makepeace hesitou. Estava relutante em debater seus planos com o doutor depois da traição, muito menos ao alcance dos ouvidos da esquiva e onipresente Morgan. No entanto, ela não podia esperar uma aliança genuína se mantivesse Quick totalmente alheio aos planos.

O meu primo Symond se bandeou pro lado do Parlamento. Ele é uma víbora traiçoeira, um assassino, de modo que os Fellmottes certamente esperam que a gente fique longe dele. Só que Symond pode ser a nossa maior chance de sobrevivência, se conseguirmos transformá-lo em aliado.

Makepeace não mencionou o restante do plano.

O alvará real que Symond afanara dos Fellmottes era sua carta mestra. Se o documento de fato revelava a terrível verdade a respeito dos Doutos, causaria uma devastação caso viesse a público. Os Fellmottes sem dúvida seriam acusados de bruxaria, e o rei também, por tê-los protegido. Isso poderia, inclusive, mudar o rumo da guerra.

Symond estava de posse do alvará. Os Fellmottes o queriam de volta. O rei enviara Helen para recuperá-lo. O Parlamento provavelmente daria tudo para botar as mãos no documento se descobrisse a sua existência. Quem tivesse o alvará seria detentor do poder.

Para Makepeace, não seria nada mal tê-lo nas mãos.

AS CRÔNICAS DAS SOMBRAS
FRANCES HARDINGE

CAPÍTULO 27

O solo úmido deixava o caminhar deslizante. Makepeace mantinha os olhos na bússola do relógio díptico, tentando se localizar, mesmo quando era preciso se arrastar por matos trançados, córregos e sebes.

Agora uma lua cor de creme pairava no céu, e a sombra indistinta no relógio lunar informava que deviam ser duas ou três da manhã. Uns poucos pássaros já entrecortavam o ar noturno, emitindo piados indagativos. A noite era sua amiga, mas a alvorada estava apenas poucas horas à frente.

A maior parte da droga já havia saído de seu corpo, ela supunha, porém ainda se sentia debilitada por causa do cansaço. Deu-se conta de que não desfrutava de um sono ininterrupto ou sem a influência de drogas desde que saíra de Grizehayes. Num dado ponto ela adentrou um estado de quase transe, avançando com passos ritmados, pesados e automáticos, e foi despertada apenas por um sussurro do doutor.

Senhora Lightfoot! A sua mão esquerda!

Makepeace voltou a si num solavanco, percebendo que tinha acabado de soltar algo macio. Ela parou, e na mesma hora avistou seu lencinho amassado no chão, de um branco vívido contra a terra escura. Ela parou e o apanhou.

Lady Morgan ainda está tentando deixar rastros para os nossos amigos, observou Makepeace. *Ela largou alguma outra coisa?*

Creio que não, respondeu o doutor. Ando vigiando essas coisas com atenção.

Você precisa perceber que isso tudo é inútil, disse outra voz, dura e firme. Era a mesma voz que saíra à força da garganta de Makepeace em Oxford, e ela sabia que só podia ser Morgan. Você não pode me enfrentar para sempre.

Posso, sim, respondeu Makepeace, impetuosa. *Eu estava te enfrentando mesmo antes de saber que você estava aí. Agora sei, e agora tenho aliados.*

Uma hora você vai ter que dormir. A sua atenção vai flutuar de vez em quando. Nem seus cúmplices conseguem me vigiar o tempo todo. Um instante de distração é tudo que eu preciso para assumir o controle das suas mãos, ou te ferir, ou ainda te fazer sussurrar palavras que você vai esquecer na mesma hora. Posso até te fazer tropeçar e esmagar os seus miolos, se quiser.

Talvez, respondeu Makepeace, *mas não creio que você vá fazer isso. Lorde Fellmotte não ia gostar se você estragasse a hospedeira dele, não é? Além do mais, se eu morrer, você também morre.*

Se não fosse por mim, você já estaria nas mãos dos rebeldes, disse Morgan. Sua voz era fria, porém jovial, e Makepeace cogitou que ela tivesse morrido com pouca idade. Você não faz ideia de quanto já te ajudei. O que acha que acontecerá com você se eu parar de ajudar?

Quem é que sabe? Makepeace deu de ombros, num gesto desafiador. *Talvez os homens do Parlamento me capturem e me torturem, para arrancar de mim os segredos dos Fellmottes. O que acha, milady?*

Eu posso começar podando a sua mente feito uma árvore, sugeriu Morgan. *O que acha?*

O Urso jamais permitiria. Makepeace lutava contra o medo. *Esse animal nojento é uma praga, não um amigo.*

Ele vale mais que uma centena de vocês!, retrucou Makepeace. *De onde vocês tiraram a ideia de que são os únicos a merecer uma segunda chance? Vocês já levaram vidas plenas de poder e riquezas! Tiveram oportunidades que a maioria das pessoas nem sequer sonha em ter!*

Você não faz ideia de quanto eu lutei para conquistar minha imortalidade! Morgan soava genuinamente exasperada, num tom de voz afiado feito uma navalha. *Passei cada segundo da minha vida sendo escravizada pela família, de modo a ser considerada valiosa demais para ser descartada. Eu* não *tive vida própria. Conquistei a minha vida após a morte. Esse foi o acordo que eu fiz.*

Bom, comigo você nunca fez acordo nenhum, então nada disso faz diferença, respondeu Makepeace, com rudeza. *Eu escolho os hóspedes da minha cabeça. Se você é minha inimiga, não tem lugar pra você aqui!*

Makepeace cerrou os olhos, tentando sentir Morgan na escuridão da própria mente. Onde ela estava? Ali! Por um segundo seu olho interno avistou um lampejo — a imagem nebulosa de uma mulher de rosto marcado, os olhos cintilando por entre as sombras.

Ela tentou agarrar mentalmente o fantasma. Algo deslizou para se esconder, feito um rabo de rato lhe roçando a pele. Makepeace tentou segurar a comichão distinta e fugidia...

...então sentiu um choque mental, quase feito um tapa na cara.

Houve uma súbita sensação de terror e angústia, um estrondo confuso de memórias calcinantes. Ela teve uma lembrança de escuridão, gritos, pedrinhas sob seus pés e sangue correndo feito tinta pelos cantos de um olho aberto.

O espasmo cessou. Makepeace percebeu que estava de joelhos, arquejante.

O que houve?, indagou o doutor.

Eu tentei agarrar Morgan. Makepeace se levantou, ainda tonta com o golpe mental, e guardou o lenço. *Como é que ela se esconde de mim? Aonde ela vai?*

Eu não tenho certeza, mas parece que a sua mente guarda uma área totalmente isolada. Acho que é nesse canto onde ela se esconde.

*

Depois de umas horas, Makepeace notou que o solo ascendia de maneira constante, e que os pequenos bosques e matas estavam escasseando.

Acho que sei onde estamos, observou o doutor. A menos que eu esteja enganado, a cidade de Brill fica exatamente no topo desta colina.

Então precisamos ter cuidado, disse Makepeace. *Precisamos contornar a cidade e encontrar uma granja ao norte.*

Faça um leve desvio, um pouco mais para cima, e acho que passaremos pelo norte da cidade.

O céu estava começando a clarear no leste quando Makepeace sentiu cheiro de fumaça de lenha, cortesia dos sentidos aguçados do Urso. Ela ajustou o caminho, e depois de algum tempo avistou a granja. Havia algumas construções baixas, com telhados de palha úmida e paredes cinzentas, cujos fundos davam para um cercadinho onde umas galinhas magrelas e abatidas bicavam folhas escuras e mortas em busca de comida. Um galo se empoleirou, orgulhoso, no alto de um carrinho de mão tombado.

Era cedo para visitantes, mas Makepeace não podia esperar o dia raiar. Bateu à porta e surpreendeu-se quando alguém prontamente atendeu. Um velho espiou o lado de fora, com a porta entreaberta. Tinha o pé cravado no vão, como se achasse que ela tentaria entrar à força.

"O que é que você quer?" Seus olhos eram vivos e hostis, as mãos e os braços ainda fortes dos anos de labuta.

"Estou procurando a fazenda Axeworth..."

"Não vai encontrar ninguém aqui", retrucou o velho. "Este lugar era deles, mas uns dias atrás eles se mandaram. Muito problema por perto."

"O senhor sabe onde posso encontrá-los?", perguntou Makepeace.

"Tente em Banbury." O velho bateu a porta na cara dela. Ela bateu, insistente, mas não houve resposta.

Hummm. O doutor tinha um tom desconfiado e hesitante. *Lady Morgan... disse que ele está mentindo.*

Makepeace recordava muito bem a horripilante habilidade dos Doutos em detectar mentiras. Morgan, obviamente, não era uma fonte muito confiável. Podia estar preparando alguma armadilha. Por outro lado, era possível que Morgan também tivesse suas razões para desejar que Makepeace fosse atrás de Symond. Talvez a sagaz Douta ainda esperasse revelar o paradeiro dele aos outros Fellmottes.

Makepeace deu uns passos atrás, analisando a casa e o quintal.

Acho que ela tem razão, admitiu, depois de uns instantes. *Se os Axeworth tiverem ido embora, largaram as galinhas, as ferramentas e duas pilhas de lenha de fogueira. Tem um carrinho ali que pode ter sido usado para carregar os pertences mais pesados. Por que deixariam tudo isso para trás?*

O vento esfriou por um instante; Makepeace sentiu que o céu tinha ficado mais cinza, o ar mais úmido e insidioso. Havia uma nota no vento. O som lembrava o sopro no gargalo de uma garrafa, com a diferença de que Makepeace tinha a desagradável sensação de ser ela própria o gargalo. Instintivamente, ela se encolheu e levou as mãos às orelhas.

O que foi?, indagou o doutor.

Tem alguma coisa... Makepeace estava dividida, tentando ouvir e tentando não ouvir. O som baixinho de flauta guardava uma forma. Enquanto ela escutava, o sopro tremulava, lamentoso, revelando-se uma palavra repetida.

Corro... Corro... Corro...

Tem um fantasma aqui!, disse Makepeace, com urgência. *Precisamos sair!*

No entanto, ao dar meia-volta e começar a seguir de volta à trilha, ela foi assomada por algo invisível. Sentiu pancadas na mente, como bicadas de ave. Ergueu os braços, em choque, numa inútil tentativa de defesa, e recuou uns passos rumo ao quintal.

As galinhas se dispersaram. Ao sentir o calcanhar bater no carrinho de mão, Makepeace olhou para baixo, então congelou.

A pessoa que tentara esconder o corpo não havia se empenhado muito. Posicionara o cadáver encolhido, como um feto, cobrira a maior parte com o carrinho de mão tombado e tentara disfarçar as partes aparentes com musgo e adubo. Por entre galhos e folhas úmidas, Makepeace identificou uma mão, branca feito um cogumelo. Era de um adulto, mas não muito velho, embora calejada.

A voz do fantasma estava mais alta naquele ponto, e Makepeace ouviu com clareza a palavra repetida.

Socorro... Socorro... Socorro...

"Ai, coitadinho, infeliz", murmurou ela, com tristeza. "Agora ninguém pode te ajudar."

"Ei!" O velho vinha avançando, brandindo um forcado de maneira ameaçadora. "O que está fazendo aí? Se estiver procurando o que roubar, chegou tarde... fomos saqueados até a raspa do tacho!"

"Não!" Makepeace encarou as pontas do forcado, imaginando se o corpo a seus pés tivera o peito perfurado por aqueles dentes. "Eu já estava saindo!"

O velho olhou o carrinho, então o rosto de Makepeace, e fechou a cara.

"Você não vai a lugar nenhum", gritou ele. "Ann! Venha cá!"

Uma mulher de seus trinta anos correu até o quintal, deu uma olhada na situação e agarrou uma foice de mão pendurada num gancho na parede. Tal qual o velho, ela guardava uma expressão de tragicidade, um misto de desespero, medo, raiva e desesperança.

O vestido da moça exibia vívidas manchas vermelhas na manga esquerda e na frente.

Isso é sangue fresco, disse o doutor, de supetão.

Imaginei, respondeu Makepeace, enquanto dava uns passos atrás.

Ela estava encurralada. Se desse meia-volta e saísse correndo pelo quintal, teria que pular para ultrapassar a sebe dos fundos. Se corresse rumo à trilha, teria que desviar das armas do velho e da mulher. De qualquer modo, ela sabia que estava cansada demais para correr mais depressa que eles.

Escute só, disse o doutor. *O corpo debaixo do carrinho está quase azul. Aquele sangue está fresco. Não veio deste morto.*

Makepeace desfez a carranca e tornou a olhar a mulher.

"Você está ferida", disse ela. "Se não é você, é alguém dentro da casa." O velho e a mulher trocaram olhares.

Socorro... Socorro... Socorro...

"Me deixem ver", disse Makepeace, num impulso. "Eu posso ajudar. Meu último patrão era cirurgião e me ensinou umas coisas. Eu tenho instrumentos! Posso mostrar a vocês!"

Houve uma longa pausa, e a tal Ann acenou com a foice.

"Entre, então."

Dr. Quick, pensou Makepeace, *espero muito que o senhor seja tão bom quanto dizem.*

Então... estamos oferecendo ajuda a esses assassinos?, indagou o doutor enquanto eles se aproximavam da porta. Não estamos pretendendo fugir quando chegarmos defronte à casa?

Não, respondeu Makepeace.

Além de saber que estava cansada demais para correr, ela suspeitava fortemente que o Urso e o doutor também estavam exauridos pelos esforços da noite. Ainda por cima tinha o pressentimento de que, se tentasse fugir, tornaria a topar com um fantasma. E já começava a desconfiar do desejo dele.

O interior do chalezinho era austero e sombrio. O cheiro de sangue atingiu Makepeace na mesma hora, e por um instante ela se lembrou de quando limpava lebres e perdizes frescas na cozinha de Grizehayes. Sob o sangue, no entanto, havia outro aroma, um odor forte de podridão.

A fonte do odor era evidente. Havia um homem da idade de Ann encolhido junto ao borralho da lareira, enrolado em cobertas. Estava pálido, com aspecto sujo; seu ombro esquerdo havia sido toscamente envolto por uma tira de linho rasgado, manchado de tons que iam do carmesim ao preto.

Bom, pra começar precisamos trocar essa atadura, disse o doutor. Só pelo cheiro dá pra sentir que tem todo tipo de nojeira ali. Mande alguém escaldar uma peça nova de linho. Deus que me defenda, eu escaldaria a casa inteira se pudesse.

"Quando você arrumou essa ferida?", indagou Makepeace.

"Faz dois dias." O paciente tinha os olhos atentos e meio febris.

Dois dias, e garanto que a ferida não foi limpa da forma adequada. Não me admira que tenha infeccionado. Vamos precisar dar uma olhada.

Makepeace se aproximou da atadura, mas o paciente se afastou, encarando-a com desconfiança.

"Acho que sei o que aconteceu", disse ela, lenta e deliberadamente. "Soldados monarquistas e homens do Parlamento se encontraram. Começaram a se matar e vieram se proteger no seu chalé. Deixaram um corpo para trás, e um deles feriu você por engano, no escuro. Foi isso o que aconteceu, não foi?"

Os três anfitriões se entreolharam.

"Foi assim mesmo", concordou o paciente com firmeza, e um pouco da tensão se dissipou. Makepeace removeu a atadura, esforçando-se para não vomitar quando o recinto foi invadido por um cheiro de podridão. O ferimento era um talho comprido, de bordas inchadas e avermelhadas.

"A carne está apodrecendo", disse Ann, que circulava por perto.

Ah, isso foi um golpe de espada. O jovem debaixo do carrinho devia ser um soldado, que antes de perder a vida deu uma prova do que era capaz. Ainda não há larvas, mas está começando a gangrenar. Vamos ter que cortar isso e limpar a ferida...

Makepeace escutou as instruções, então virou-se para a família do paciente.

"Fervam umas tiras de linho novo, se tiverem", disse ela, "e me tragam um pouco de sal e vinagre."

Sem dúvida, observou o doutor, pensativo, *se pudéssemos provar um pouco da urina do paciente, daria para descobrir bastante coisa.*

Com a minha língua, nem pensar!, retrucou Makepeace com firmeza. Para tudo havia limite.

Ela retirou cuidadosamente da bolsa a caixa de instrumentos do dr. Quick, num esforço para não tremer. Mordendo o lábio, tentou deixar o doutor assumir o controle de suas mãos.

Ele já havia controlado as mãos de Makepeace quando lhe dera de comer durante seu estupor; dessa vez, porém, ela estava plenamente desperta, o que de certa forma dificultava as coisas. Ao ver as próprias mãos remexendo a lingueta da caixa à sua revelia, ela sentiu uma pontinha de pânico. O doutor parecia igualmente tenso.

Suas mãos são muito pequenas, resmungou ele, e desajeitadas. Como é que eu posso fazer incisões precisas com essas... luvas toscas de açougueiro?

As mãos de Makepeace apanharam uma pequena ferramenta laminada, soltaram, então apanharam outra vez. Seus dedos tremiam como nunca. O toque do metal era estranho e frio.

Ela observou a própria mão estender o instrumento em direção à ferida e afastar delicadamente a beirada do corte com a pontinha da lâmina. Ficava enjoada só de olhar e estar tão perto da ferida. O instrumento era afiado demais, o ângulo estava errado, a carne era muito frágil. Num impulso, ela se retraiu e recuperou o controle da mão. O instrumento resvalou e cortou a beirada da ferida. O paciente soltou um uivo de dor.

Pelo amor de Deus, você quer que eu tome a frente ou não? Se ficar lutando pelo controle das suas mãos, nós vamos matar este homem! Você tem que confiar em mim!

"Desculpe", sussurrou Makepeace para o homem. Apesar do frio no recinto, ela sentia um filete de suor escorrendo pelas costas.

Ela soltou três suspiros longos e profundos, então deixou o doutor assumir o controle de suas mãos.

Enquanto observava, Makepeace tentava fingir que as mãos pertenciam a outra pessoa. Isso ajudava um pouco. Alguém estava demonstrando uma cirurgia a ela, que precisava observar cada detalhe, mesmo de estômago revirado. Apesar disso, ela precisou cerrar os dentes diante da cuidadosa incisão feita na carne pálida; pequeninos trapos acumulados na ferida, decerto fragmentos da manga do paciente, foram removidos com uma pinça.

"Ele voltou a sangrar", disse Ann, nervosa.

"É assim mesmo", respondeu Makepeace, entoando a voz em sua mente. "O sangue ajuda a limpar a ferida." Ela se muniu de coragem enquanto preparava o esfregão de sal e vinagre. "Eu sinto muito... mas isso provavelmente vai doer bastante."

Os dois minutos seguintes envolveram muita gritaria, e ao final Makepeace ficou imaginando se os cirurgiões chegavam a vomitar. Depois de enfaixar a ferida com o linho novo, ela estava se sentindo trêmula e drenada. O velho trouxe uma tigela de mingau, mas ela precisou de uns minutos para acalmar o estômago e poder comer.

Em seguida, Ann ofereceu uma cama, que Makepeace aceitou. Imaginou que não teria permissão de sair antes da confirmação de que os procedimentos haviam sido benéficos ao paciente. Se fosse virar prisioneira, concluiu que seria melhor dormir um pouco também.

Ele pode muito bem acabar morrendo, a despeito dos nossos esforços, disse o doutor, em silêncio. Acho que preciso te deixar ciente disso. Eu sou muito competente no que faço, mas meu trabalho é difícil, e o de uma espada é fácil. Humanos são criaturas frágeis; é muito mais fácil nos destruir do que nos curar. Desde o início desta guerra a maioria dos meus pacientes morreu.

O exército sabe que geralmente não há nada a ser feito. Não creio que essa gente vá ser tão compreensiva. Senhora Lightfoot, vamos precisar de um plano de fuga caso este homem vá para os braços do Todo-Poderoso.

O Urso, no entanto, tinha outra intenção. Estava cansado, então era hora de dormir. A lógica era de uma simplicidade bruta e bela. Ao ser dominada pelo sono, Makepeace sentiu-se afundando nas dobras quentes de uma pelagem escura.

Makepeace acordou horas depois, com a cabeça leve como havia muito não sentia. A luz fraca e leitosa do sol adentrava pela fresta da porta.

Ann trouxe mais mingau, um pouco de pão e uma boa notícia. O paciente ainda estava fraco, mas com os batimentos já menos "doidos" e a febre mais fraca.

"Esses instrumentos", disse Ann. "Suponho que o cirurgião tenha morrido e deixado para você." Seu tom era sombrio, repleto de perguntas deliberadamente não ditas.

"Isso", respondeu Makepeace, encarando-a. "Foi exatamente o que aconteceu."

Quando ela se uniu ao restante da família na sala, o clima era menos hostil. Conforme suas suspeitas, tratava-se da família Axeworth, exatamente as pessoas que ela procurava.

"Preciso da ajuda de vocês", explicou Makepeace. "Sei que umas mensagens são entregues aqui... cartas para uma senhora Hannah Wise. Sabem para onde elas são levadas em seguida?"

Mais uma vez houve uma indecisa troca de olhares, então o velho respondeu.

"Nós vamos te contar. Afinal de contas, não vamos mais receber essas mensagens. Vamos sair daqui assim que o meu filho estiver em condições de viajar. Não era pra sabermos de nada, mas o mensageiro que vem recolher as cartas é chegado nuns tragos." Ele simulou o gesto de virar uma bebida. "Tem uma casa chamada Whitehollow. É lá que as cartas são entregues."

"O senhor sabe onde fica?", indagou Makepeace, ansiosa.

O velho balançou a cabeça em negativa.

"Deixa pra lá", Makepeace apressou-se em dizer. "Obrigada pela informação. Eu vou encontrar."

"Eu gostaria de poder oferecer uns mantimentos para a sua viagem", disse Ann, "mas já quase não tem pra nós. Os soldados esvaziaram a nossa despensa."

"Soldados de qual lado?"

"Quem é que sabe? Aposto que dos dois. Não tem muita coisa que os diferencie." Ann apanhou uma trouxa de tecido sob o armário e desenrolou sobre a mesa. "Mas você pode escolher uma dessas coisas aqui, se houver algo que te agrade."

Logo de relance Makepeace viu que o amontoado de objetos devia ter pertencido ao soldado morto. Havia um livro devocional já muito manuseado, com umas cartas entre as folhas, além de um par de botinas robustas e uma espada recém-limpa.

"As bostas nos serão úteis", admitiu o velho. "O resto provavelmente vamos enterrar. Não vamos nos arriscar a vender, para não suscitar perguntas. Leve o que desejar."

Makepeace correu os dedos pelo livro devocional, aparentemente intitulado *A prática da piedade*. Havia umas partes sublinhadas e um anjinho esquisito desenhado numa das margens. Uma flor havia sido guardada sob a capa, e Makepeace imaginou o jovem soldado, pela primeira vez longe de seu vilarejo natal, arrancando e guardando uma flor que jamais vira antes. Do lado oposto à flor se via escrito "Livewell Tyler".

Que tipo de nome sem sentido é "Livewell"?, inquiriu o doutor. É ruim feito o seu! E olhe essas orações idiotas! Acho que nosso defunto era puritano.

Por alguma razão, Makepeace não pôde suportar a ideia daquele tão amado livro apodrecendo debaixo da terra. Estava prestes a enfiá-lo no bolso quando algumas cartas caíram.

Todas elas ostentavam a mesma caligrafia juvenil e insegura, além da mesma assinatura: *"Sua amada irmã, Charity"*. A julgar pelos endereços no alto, o jovem Livewell Tyler tinha servido em muitos postos diferentes. O endereço da última carta chamou a atenção de Makepeace: *"Whyte Holow, Buckinghamshire"*.

*

De volta ao exterior da casa, Makepeace parou na trilha um instante. Ainda ouvia uma voz fraca ao vento.

"O fazendeiro vai viver", sussurrou ela. "Agora pode parar."

O que está fazendo?, indagou o doutor. Se for o fantasma do soldado, nós acabamos de salvar o assassino dele!

Se ele quisesse ajuda, teria tentado invadir a minha mente, como a maioria dos espíritos. Mas não. Ele só bateu as asas para mim, feito um pássaro ferido. Estava tentando impedir que eu saísse do chalé. Queria que eu ajudasse eles.

O vento acalmou, mas a nota fina de flauta seguia cutucando a cabeça de Makepeace.

Vai... viver? Eu não sou... um assassino?

"Não, não é", respondeu Makepeace com delicadeza. "Estava com medo de ir pro inferno, não é?" Ela estava surpresa com a firmeza mental do fantasma, dado seu estado desabrigado. O vento tornou a subir, então desceu em rajadas irregulares.

Eu... vou para o inferno. A voz era cadenciada, tomada de uma lúgubre certeza. *Não serei salvo... mas o fazendeiro vai viver... vai viver... isso é... isso é bom...*

"O que te faz pensar que você vai pro inferno?", indagou Makepeace.

... Abandonei o meu posto...

O amargor da desonra do homem era tão forte que Makepeace quase podia sentir no vento.

... Tão faminto:... tentei roubar uma galinha... o fazendeiro me repreendeu com o forcado... empunhei minha espada e o acertei. Cortei o homem com a minha espada... Nervoso... cheio de ódio... ensandecido de fome. Eu sou... um covarde. Ladrão. Pecado da ira...

Falei que ele era puritano, disse o dr. Quick.

Makepeace achou que o doutor estava certo. Havia algo no discurso do fantasma que lhe trazia a lembrança dos aprendizes de Poplar. Ela se perguntou quantos daqueles rapazes haviam se alistado para lutar, com o coração inflamado e uma bíblia surrada no bolso do casaco. Esse Livewell Tyler parecia jovem e colérico, feito os outros, mas no momento toda a cólera estava voltada contra si próprio. Ela pensou em suas mãos calejadas, imaginando que martelo ou foice ele teria trocado por uma espada.

Ele era um desertor e, ao que parecia, burro a ponto de ter morrido por conta de uma galinha, mas de alguma forma conservara por dois dias o próprio espírito nebuloso, por pura determinação em salvar o homem que o matara. Fizera isso mesmo achando que a própria alma estivesse irrevogavelmente perdida.

... Ladrão e covarde...

A voz ia se enfraquecendo, embotada e aflita. Apesar da lívida luz do dia, Makepeace viu o filete de fumaça começar a se retorcer e espiralar, destruindo pedaços do próprio espírito.

Fascinante, comentou o doutor, aparentemente assistindo ao mesmo fenômeno.

"Pare com isso", sussurrou ela. "Livewell Tyler... por favor, pare com isso!" Se ficasse ali sozinho, aquele espírito enlouqueceria, torturaria a si mesmo até a destruição.

Ai, não, por favor, disse o doutor, detectando o rumo dos pensamentos de Makepeace.

"Escute, Livewell!", sussurrou ela, forçando o atormentado espírito a prestar atenção. "O que você acha de uma segunda chance?"

Eu... não ganhei nenhuma...

"Mas eu ganhei!" Makepeace mudou de tática. "Estou fugindo de homens perversos, que estão ameaçando a *minha* existência. Preciso encontrar um lugar chamado Whitehollow. Você pode me ajudar?"

AS CRÔNICAS DAS SOMBRAS
FRANCES HARDINGE

CAPÍTULO 28

Makepeace avançou se arrastando, quilômetro após quilômetro, tentando ignorar o discurso inflamado do dr. Quick.

Onde você estava com a cabeça? Por que recrutar um integrante das forças inimigas? Nosso grupinho já não está cindido o bastante?

O combatente Tyler conhece o caminho até Whitehollow, argumentou Makepeace, na defensiva. *Além disso, a gente precisa de alguém que entenda de serviço militar.*

Até onde sabemos, ele pode resolver nos degolar, resmungou o doutor. Ele nunca vai cansar de fazer esse barulho infernal?

Na fazenda, Makepeace explicara seu "dom" a Livewell, que parecera ter compreendido o que ela estava sugerindo. Seu espírito havia se acalmado e parara de se agredir. Depois que ela incorporou o fantasma, porém, ele passou uma hora calado. Então pusera-se a rezar incessantemente, com fervor e rigidez, apesar de todas as tentativas de Makepeace de se comunicar.

Ela não queria admitir, mas começava a cogitar que o doutor estivesse certo. Talvez acolher o espírito de Livewell *tivesse* sido uma estupidez irrefletida. No entanto, ela não suportara assistir à tentativa do fantasma de destruir a si mesmo.

Ele provavelmente precisa de um tempo de adaptação, disse ela ao doutor.

Pois ele não tem tempo! Daqui a pouco vamos cruzar a fronteira de Buckinghamshire e vamos precisar das orientações dele!

Durante a caminhada, Makepeace vira o sol tocar o lívido topo do céu, então recomeçar a descer, à medida que a tarde avançava. Desde que saíra da fazenda dos Axeworth ela vinha se arrastando sem cessar, sem ousar parar. Em algum lugar James estaria à sua procura.

Makepeace sabia que estava cruzando uma terra de ninguém, onde certamente circulavam tropas dos dois lados. Ela avançava rente às fileiras de sebes, na esperança de não ser vista de longe. Quaisquer soldados que topassem com uma viajante solitária num lugar daqueles ficariam desconfiados e poderiam prendê-la. Ou pior, poderiam ser perigosos.

Dentro em breve ela estaria em território ocupado pelo Parlamento. Se *fosse* capturada e revistada, o anel de lady April ou as promissórias do rei a denunciariam como monarquista. Com certa relutância, parou numa moitinha e enterrou tudo ao pé de um carvalho.

Enquanto se preparava para se afastar da moita e adentrar um prado, foi interrompida por um forte sussurro na cabeça.

Retorne!

Por reflexo, ela deu um passo para trás, voltou para a sombra das árvores e se agachou atrás de um agrupado de urtigas altas. Somente então percebeu que a reza havia cessado. Fora Livewell quem sussurrara. Ao perscrutar a extensão do prado, viu um brilho cintilante e intermitente por detrás de uma sebe.

Binóculo, sussurrou Livewell.

Makepeace permaneceu imóvel. Depois do que pareceu uma pequena eternidade, dois homens com mosquetes pendurados nos ombros subiram pela abertura na sebe e foram embora. Ela continuou sem se mexer até estar certa de que os dois haviam desaparecido.

Obrigada, mestre Tyler, disse ela, enquanto avançava outra vez, com cautela.

Força do hábito. Foi uma resposta bastante grosseira, mas pelo menos ele não havia recomeçado a rezar.

Mestre Tyler, Makepeace recomeçou, num tom gentil.

O que foi, bruxa?, retrucou o soldado morto. Soava atormentado, mas desafiador.

Makepeace se encolheu, surpresa. Todas as palavras reconfortantes que ela havia preparado desapareceram.

Eu não sou bruxa! Eu te disse o que sou! Contei sobre os Fellmottes!

Eu sei o que você disse, **respondeu Livewell, com a voz trêmula, porém determinada.** Você foi muito esperta, e eu fui fraco. Você me falou que o rei tem amizade com bruxos e que eu poderia ajudar você a enfrentá-los. Eu me convenci de que seria uma tarefa de Deus! Só que você usa a bruxaria dos Fellmottes. Você tem ligação com espíritos. É auxiliada por uma grande besta. Sou *eu* quem está negociando com uma bruxa... e eu te deixei invocar a minha alma!

Se eu fosse bruxa, respondeu ela, *por que me daria ao trabalho de invocar a sua alma? Você já tem tanta certeza de estar destinado ao inferno... Por que motivo eu não deixaria sua alma em paz, voltando pra buscá-la no Dia do Julgamento?*

Você quer ser levada a Whitehollow. Talvez deseje fazer mal aos nossos homens por lá. Até que me prove o contrário, você pode estar planejando envenená-los ou amaldiçoá-los.

Eu traí meus companheiros de armas uma vez, quando os abandonei. Não vou trair de novo.

Ele soava assustado, porém resoluto. Talvez estivesse preparado para que Makepeace jogasse pragas demoníacas sobre ele e então tragasse sua alma de um gole só. Ela fechou os olhos e soltou um suspiro, cheia de raiva.

Se eu sou bruxa, perguntou ela, *por que não faço o trajeto voando, em vez de insistir em caminhar com os pés sangrando? Por que não me transformei numa lebre pra fugir daqueles soldados, em vez de me agachar no meio das urtigas? Por que não mando meus demônios buscarem uma torta de perdiz e um canecão de cerveja agora mesmo? Quisera eu ser uma bruxa!*

Mas não sou. Não faço mágica, só herdei uma maldição indesejada. Sou feita de carne e osso — no momento, de carne ferida e ossos cansados. Os únicos senhores do mal que eu já tive foram os Fellmottes e já perdi o sono diversas vezes fugindo deles.

Eu quero acreditar em você, disse o jovem soldado, bem menos nervoso. Se os Fellmottes são mesmo bruxos, e se você está contra eles... então vamos alertar todo mundo a respeito!

Eu não tenho provas! Seria acusada de louca... ou de bruxa, como você fez!

Mas, se pudermos abrir os olhos do mundo, pode ser que mudemos o rumo da guerra!

Makepeace hesitou, sabendo que estava prestes a piorar tudo. No entanto, seria péssimo iniciar a relação com desonestidade.

Desculpe, mestre Tyler, mas não estou dando a mínima pra quem vai vencer esta guerra.

Instantaneamente o caos irrompeu em sua cabeça.

Mas é muita ousadia!, vociferou o doutor. Botar Sua Majestade no mesmo pacote desses rebeldes do Parlamento...

Como você pode dizer isso? **Livewell soava igualmente enfurecido.** Como pode não se importar com a segurança e a liberdade do nosso povo?

Ah, pare de resmungar, puritano!, **retrucou o dr. Quick.** Você e a sua gente querem um mundo sem alegria, sem diversão, sem beleza, sem qualquer grandeza e mistério que elevem nossas almas!

E vocês preferem que o rei ocupe o papel de ditador sanguinário, decapitando qualquer um que se oponha a ele!, **respondeu o soldado.** Onde estão a "beleza" e a "alegria" disso?

Como você ousa, seu abominável, desprezível...

O senhor tem muita sorte de estarmos mortos, senhor! Ou eu iria...

"Parem de gritar na minha cabeça!", bradou Makepeace, em voz alta. Vários pássaros saíram voando, assustados. "Não, eu não dou a mínima. Por que deveria? Ninguém me mostrou por que motivo eu deveria morrer pelo rei, nem por que deveria amar o Parlamento mais que a mim mesma! Eu quero viver! E tenho o mínimo de compaixão por todo mundo que também só deseja viver!"

Deu-se uma longa pausa.

Acho que não posso culpar você por isso, **disse Livewell, por fim.** Também tentei salvar minha pele. **Ele soltou uma risadinha constrangida.** Me perdoe. Eu não tenho o direito de querer que você arrisque a própria vida só porque fracassei em viver a minha. Você é uma jovem donzela. Eu devia estar tentando te proteger do perigo.

De certa forma, era mais difícil lidar com a versão arrependida de Livewell do que com a versão nervosa e desconfiada. Makepeace dera a ele uma segunda chance. Talvez ele tivesse enxergado uma oportunidade de se redimir. Que redenção ela poderia oferecer?

Pois bem, qual é o seu plano?, indagou ele, baixinho. Quer ir a Whitehollow?

Tem um homem lá que eu preciso encontrar. Um homem traiçoeiro, mas que talvez conheça uma forma de enfrentar os Fellmottes.

E depois? O que quer fazer depois? Se não dá a mínima pra guerra, com o que é que você se importa?

A pergunta, tão simples e direta, deixou Makepeace sem palavras. O que ela queria? Ela percebeu que não sabia. Passara muito tempo dominada por pensamentos a respeito do que *não* queria. Não queria ser acorrentada, nem aprisionada, nem invadida por fantasmas antigos. Não queria viver com medo dos Doutos. Mas o que ela de fato desejava?

Eu quero salvar o meu irmão, disse, devagar. *Ele está abarrotado de espíritos dos Fellmottes. Quero expulsá-los e libertar o meu irmão para poder esmurrá-lo e xingá-lo de idiota. E...*

Sua mente foi invadida por recordações. O fantasma de Jacob gritando. O rosto assustado de sir Thomas. As criaturas mortas escondidas nos olhos de James. Os gélidos Doutos, com olhos de serpente, tão certos de seu direito às vidas dos outros...

Havia uma montanha de desejos em seu coração. Era imensa e vultosa, assustadora e impossível de escalar, mas ela enfim a encarou.

"E também", concluiu, em voz alta, "quero ser a responsável pela ruína dos Fellmottes."

Essa sim é uma causa que vale o esforço. Pela primeira vez, Livewell parecia sorrir.

A caminhada foi mais fácil com as instruções de Livewell e mais agradável sem as rezas incessantes. Makepeace contou um pouco de sua história, e Livewell aos poucos foi se abrindo em relação à dele. Nascera filho de um tanoeiro de Norwich e crescera em meio aos negócios da família. Foi alfabetizado na escola local e começou a transmitir os ensinamentos à irmã mais nova.

Quando a guerra estourou, ele se alistou assim que teve a chance.

Eu não tive dúvidas. Como poderia ficar em casa, martelando barris, com esta guerra açoitando e deformando o mundo? Esta é uma batalha pela alma do país! Eu quis fazer a minha parte! Senti essa fome e essa sede dentro de mim...

A voz dele foi murchando. Até seu entusiasmo continha um toque de tristeza.

Quando as sombras começaram a encompridar, Makepeace já tinha percorrido uns vinte e cinco quilômetros, e Livewell tinha certeza de que eles já estavam em Buckinghamshire. Ela estava exausta, os pés cheios de bolhas, as pernas e as feridas doendo. Também estava faminta. Consumira todas as provisões da senhora Gotely nos dias anteriores, e o mingau fornecido pela família Axeworth tinha sido ralo e escasso.

O Urso também estava esfaimado, sensação que compreendia muito bem. Makepeace sentia seu rosnado agitado e a súbita curiosidade em relação a cada ruído nas sebes.

Ela percebeu que havia parado subitamente e encarava uma árvore próxima. Havia um borrão escuro e pontudo, parecido com um ninho de passarinho. Sentiu o Urso imaginando o interior mole dos ovos, o gosto dos filhotes de passarinho. Ao olhar por outro ângulo, porém, percebeu que não era um ninho, só um emaranhado de pequenos galhos. Então viu-se abrindo a boca e cravando os dentes nas folhas tenras e flexíveis da árvore.

Urso!, exclamou ela, cuspindo o punhado de folhas. *Eu não posso comer isso!*

O Urso, no entanto, estava fora de si. Com as mãos de Makepeace, apanhou do chão um pedaço de tronco velho e apodrecido e o abriu, revelando o interior escamoso. Makepeace se viu lambendo as formigas desesperadas, um gosto apimentado e latejante na língua.

Livewell soltou um ganido de alarme e choque. Bancar a fera decerto não era a melhor forma de convencer o sujeito de que Makepeace não era um demônio escondido no corpo de uma garota.

Ela suspirou, sentou-se à margem de um córrego próximo e tirou os sapatos e as meias.

Não tenho casco dividido, observou, secamente. Encostou os pés n'água fria, sentindo uma agradável dormência nas bolhas. *Nem me desintegro quando toco a água corrente.*

Uma silhueta delgada e escura na água chamou a atenção de Makepeace. O peixinho desapareceu assim que foi percebido, mas claramente chamara também a atenção do Urso. Makepeace começou a salivar, sem saber se a fome era do Urso ou dela própria.

Então ela se viu levantando-se outra vez; havia plantado um dos pés dentro d'água, encharcando a bainha, antes de conseguir recuperar o controle.

Pare! Ela desejava mesmo impedir o Urso de apanhar um peixe, se ele fosse capaz? *Espere só um pouquinho.* Ela não podia se dar ao luxo de molhar as roupas, pois dormindo em celeiros não teria como secá-las e acabaria morrendo de frio. Com cuidado, ergueu as saias e a roupa de baixo, amarrando-as logo na altura do quadril.

Então Makepeace deixou que o Urso a conduzisse córrego adentro, sentindo a pressão da gélida água corrente, as pedras molhadas, escorregadias e cobertas de musgo sob os pés. A princípio a água estava agradável, mas depois de um tempo começou a incomodar. Sua mente também estava inquieta, pensando no tempo desperdiçado e nos caçadores atrás dela. O Urso, por sua vez, tinha uma paciência de Jó. Depois de algum tempo Makepeace foi contagiada por sua tranquilidade alerta. A dor da água fria passou a ser um simples fato, tal qual o azul do céu. Sua mente se aquietou.

Ali! Com reflexos que não eram seus, Makepeace espalmou uma das mãos, varreu a água e fisgou uma perca robusta e marrom. O peixe voou pelo ar e caiu na margem, debatendo-se para tentar retornar à água.

Makepeace saltou para fora d'água e aterrissou de quatro. Deu uma patada na cabeça do peixe e cravou os dentes no animal ainda vivo.

"Não se mexa!", gritou subitamente uma voz. Ao erguer o olhar, Makepeace viu um homem de roupas surradas brandindo uma espada em sua direção. Acabara de irromper de uma fresta na sebe alta; parecia tão chocado em encontrá-la quanto ela estava em vê-lo. Por sobre o casaco havia um cinturão encardido, o que a fez pensar que o sujeito fosse um soldado, mas sua roupa estava enlameada demais para que ela adivinhasse a que lado ele pertencia.

Makepeace tinha ciência da cena que se apresentava. O peixe vivo ainda se debatia entre seus dentes, o rabo quase lhe acertando o olho. Ela o removeu da boca com cuidado, enquanto o caldo lhe causava o ímpeto de engolir o bicho inteiro, e baixou as saias para cobrir as pernas.

"O que você encontrou?" Outro soldado surgiu pela sebe, um homem mais velho, de nariz largo, com um corte quase cicatrizado acima da sobrancelha direita.

"Essa menina está esquisita", respondeu o mais jovem, sem tirar o olhar assustado de Makepeace. "Estava seminua e saltando feito um animal! Os dentes estavam cravados num peixe cru, mastigando feito um bicho..."

"Você faria a mesma coisa, se estivesse com fome!", retorquiu Makepeace mais que depressa.

O homem mais velho fechou uma leve carranca.

"De onde você é?", indagou. Os dois soldados tinham o mesmo sotaque, e Makepeace imaginou que sua fala a havia denunciado como forasteira.

"Staffordshire", respondeu prontamente. Torceu para que o condado ficasse longe a ponto de justificar o sotaque, mas perto o bastante para explicar sua chegada ali a pé.

"Está muito longe de lá", disse o soldado mais jovem, com uma expressão desconfiada. "Saiu de casa por quê?"

Não era aquele rumo que Makepeace desejara para a conversa. Ela encarou os dois, tentando adivinhar a que exército serviam. Uma mentira que agradaria um lado enfureceria o outro.

Eu conheço esse homem!, disse Livewell. *O mais novo... é William Horne. Ele fazia parte do meu regimento.*

Eram homens do Parlamento. Makepeace escolheu a história adequada.

"O meu padrasto me expulsou de casa." Ela arregaçou as mangas e mostrou os hematomas amarelados no braço. "Ele é obcecado pela causa do rei. Eu não, então ele me espancou e disse que me mataria se eu voltasse."

Os olhos do homem cintilaram com um lampejo de compaixão, mas logo retomaram a desconfiança.

"Você cruzou três condados. Deve ter muito medo dele."

"Eu não pensei em chegar tão longe!" Makepeace deixou que sua voz fosse invadida por um pouco do cansaço e desespero reais. "Eu estava procurando trabalho e recolhendo informações por aí..."

"Trabalho?" O soldado assumiu um olhar duro e hostil. "Está achando que somos idiotas? Este vale está transbordando de bandos invasores! Quem viria pra *cá* procurar trabalho?"

Diga que você teve uma visão divina, que Deus te mandou ir para Whitehollow! Livewell disse, num tom premente.

Hein?, indagou Makepeace em silêncio, desnorteada.

Tem um general que acolhe profetas e astrólogos! E os abriga em segurança em Whitehollow... feito galinhas dos ovos de ouro.

"Eu *estava* procurando trabalho... mas então o Todo-Poderoso me enviou a visão de um lugar aonde deveria ir", disse Makepeace, tentando não corar. "Uma casa de nome Whitehollow."

Os dois homens se empertigaram e trocaram olhares.

"Como era a casa nessa sua visão?", inquiriu o mais velho.

"Uma casa enorme, de tijolos vermelhos", respondeu ela, repetindo as palavras de Livewell. "Bem no alto de uma colina, rodeada por matas."

"Um espião pode saber essa descrição", afirmou o mais jovem, em voz baixa. Enquanto os soldados sussurravam, no entanto, Makepeace escutava a voz premente de Livewell em sua cabeça.

"Eu tive uma visão com *você*, William Horne."

O jovem quase caiu para trás.

"Foi dois meses atrás", prosseguiu ela. "Você estava na igreja de um vilarejo, com dois outros soldados. Era uma igreja maligna, repleta de ornamentos inquietantes, diabólicos... daí você retornou lá, à noite, para destroçar tudo o que pudesse. Despedaçou o parapeito do altar, quebrou os vitrais da janela. Destruiu os entalhes dos assentos.

"Então um dos seus amigos pegou o crucifixo com a figura de Jesus e atirou no chão, desmantelando-o."

William Horne estava visivelmente encolhido. O outro soldado, no entanto, parecia despreocupado, quando muito bastante aprovativo.

"Vocês pararam para olhar o rosto de Cristo despedaçado. Foram invadidos por um terror... mas ninguém quis admitir. Começaram a destruí-lo com mais ímpeto ainda. Tentaram competir um com o outro, para não terem que encarar aqueles olhos dilacerados no chão."

William agora a encarava, com um olhar hipnotizado de medo supersticioso.

"Foi você quem trouxe seu cavalo para beber da fonte... para mostrar que não estava com medo. Vocês observaram a bocarra do animal lambendo a água e riram. Mas os ecos da igreja deram a impressão de que um bando de demônios estava rindo junto... e vocês correram."

O mais velho disparou um olhar indagativo ao companheiro. William Horne engoliu em seco e assentiu.

"Foi em Crandon", disse ele, num tom débil. "Ficamos todos abalados. E um dos outros sujeitos, o que quebrou o crucifixo, nunca mais foi o mesmo. Ficou dilacerado por dentro. E... desapareceu uma semana depois." Ele tornou a encarar Makepeace, os olhos arregalados de medo e dúvida. "Como você sabia do som da risada?"

"Já chega", disse o mais velho, com firmeza. "Você estava cumprindo uma obra do Senhor. Tire isso da cabeça." Com o dorso da mão ele afastou o cabo da espada do colega, para desviar a lâmina trêmula da direção de Makepeace. "Abaixe isso, William."

Ele se virou outra vez para Makepeace.

"Senhorita, componha-se e venha conosco."

Makepeace se levantou. Ajeitou a saia e calçou as meias e os sapatos, batendo o queixo tardiamente.

Obrigada, disse ela, mentalmente.

Espero não ter piorado tudo. Livewell soava trêmulo como William. Foi o único plano que me veio.

Um pouco da tensão parecia ter se dissipado, mas Makepeace sabia que havia acabado de subir a aposta. Ela pretendia se aproximar de Whitehollow na surdina, talvez passar um tempo à espreita para ver se localizava Symond. Não planejara adentrar pela porta da frente e arriscar dar de cara com ele.

Por um lado, parecia que ela seria escoltada até Whitehollow. Por outro, sua esperança de manter a discrição havia acabado de sofrer uma dolorosa morte.

6

Whitehollow

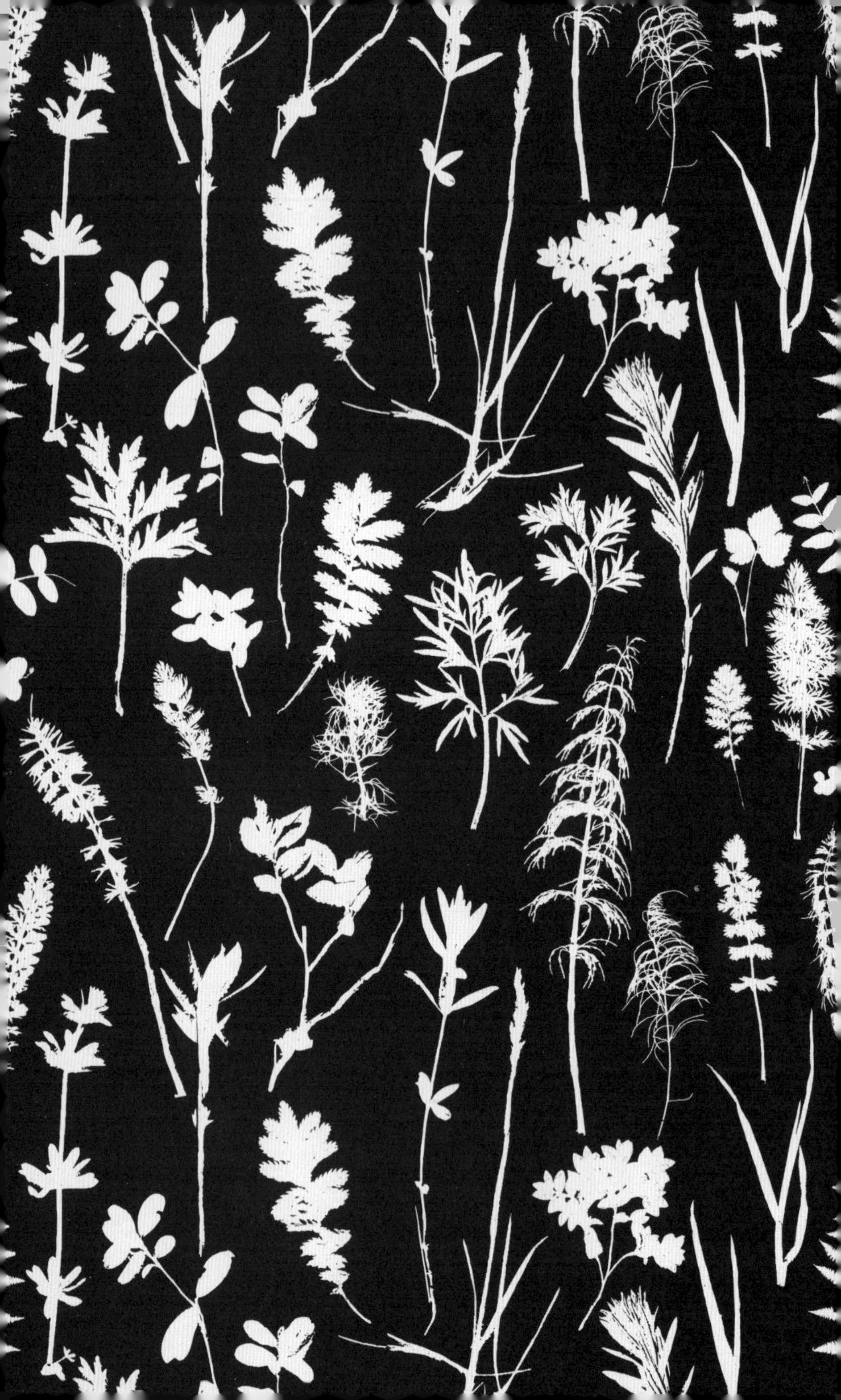

AS CRÔNICAS DAS SOMBRAS
FRANCES HARDINGE

CAPÍTULO 29

O soldado mais velho era um tal sargento Coulter, e havia seis outros homens aguardando no caminho. As tropas seguiam a passadas ligeiras, dando um desconto para as pernas fracas e cansadas de Makepeace, mas não a rodearam feito uma prisioneira.

Os homens prestavam pouca atenção a ela. Isso permitiu que ela terminasse de comer o peixe cru e continuasse conversando mentalmente com o companheiro morto.

Então, por que você desertou?, perguntou ela, de súbito. A história da igreja a intrigara. Ela estava certa de que sabia a identidade do homem "desaparecido".

Eu fui um covarde, respondeu Livewell na mesma hora, então ficou um tempo em silêncio. Não sei, confessou, por fim, com um suspiro. Depois de quebrar a imagem de Cristo na igreja, não consegui esquecer o olhar naquele rosto despedaçado. Aqueles olhos tão vívidos, vazios, tristes... eu tive a impressão de que a tristeza era por mim. Na semana seguinte, matei um homem pela primeira vez; quando fiquei parado por sobre ele, seus olhos mortos tinham exatamente a mesma expressão.

Depois disso, criei a fantasia de que, ao encontrar o inimigo, todos teriam rostos despedaçados e olhos cheios de tristeza por mim. Não sei por quê, mas esse medo me impediu de dormir e deixou minhas mãos trêmulas. Um dia escapuli e comecei a caminhar...

Makepeace não tinha muito a dizer. Começou a cogitar se era mesmo boa ideia levar Livewell a um acampamento cheio de seus antigos companheiros.

Depois de muitos quilômetros de caminhada eles pegaram uma trilha sinuosa, subindo uma colina e passando por uma suntuosa portaria, até chegarem à enorme casa no topo da colina. Whitehollow era uma mansão quadrada, de tijolos vermelhos, com cerca da metade do tamanho de Grizehayes. O gramado à frente da casa talvez outrora fosse um bem-cuidado cenário de caminhadas, mas estava sem poda, desbastado apenas por meia dúzia de cavalos dos soldados. Bustos antigos de mármore jaziam sobre a grama, com as cabeças lascadas. Pareciam ter levado tiros.

Fosse lá o que a casa um dia tivesse sido, agora era uma fortaleza militar. Quase todos ali pareciam soldados, e não criados. Depois do trabalho em Grizehayes, era estarrecedor para Makepeace adentrar um casarão e perceber tantas pequeninas tarefas por fazer, além dos subversivos atos de vandalismo.

No interior da porta principal havia papéis pregados aos painéis de carvalho entalhado. Alguns eram informes a alardear vitórias militares, outros, fervorosos panfletos religiosos. Fazia tempo que as lareiras não eram limpas e havia marcas espessas de pegadas de lama nas escadas, deixadas por um sem-número de pés. Uma cadeira fina e entalhada havia sido desmantelada para virar lenha, e diversos baús jaziam abertos com os cadeados arrombados. A virtude, ao que parecia, não impedia as pilhagens.

Por enquanto, contudo, Makepeace não via sinal de Symond. O que faria se desse de cara com ele? Poderia fazer algum sinal, implorar que ele não revelasse sua identidade? Por que ele daria atenção a ela?

O sargento se afastou para conversar com um grupinho, num tom baixo e animado, inclinando a cabeça vez ou outra na direção de Makepeace. Ela atraía muitos olhares temerosos, inquisitivos e avaliativos, e sentiu o rosto vermelho feito uma beterraba.

Uma mulher em trajes refinados, porém desbotados, parecia encarar Makepeace com particular intensidade. Seu rosto, cheio de linhas de expressão, mais parecia uma janela atingida por uma forte chuva. Ela aparentava ter a mesma idade da senhora Gotely.

Aquela é lady Eleanor, murmurou Livewell, como se quisesse soltar um palavrão.

Quem é?, perguntou Makepeace.

A profetisa favorita do general. Ela fez muitos inimigos por aqui, então imaginei que a essa altura já tivesse ido embora. Dívidas não pagas. Querelas. E às vezes ela diz às pessoas que estão condenadas a morrer... isso nunca acaba bem.

E ela acerta? Makepeace tentou não encarar. *As pessoas morrem quando ela diz?*

Morrem, Livewell admitiu com relutância. Costumam morrer.

O pulso de Makepeace acelerou. Já era bastante ruim ter que se passar por visionária sem defrontar uma profetisa de verdade. O que essa mulher pensaria de uma rival jovem e esfarrapada vinda do nada?

Ela é uma mulher orgulhosa?, perguntou ela de súbito.
Orgulhosa? Livewell parecia perplexo. Sim, ela...
Makepeace não esperou a conclusão. Em vez disso aproximou-se do grupinho, destemida, e curvou-se numa grande mesura diante de lady Eleanor.

"Milady!", exclamou, com toda a reverência que foi capaz de reunir. "Tive visões da senhora erguida no topo do mundo, com um imenso feixe de luz solar se derramando sobre sua cabeça, como uma bênção! Havia um livro em suas mãos, todo brilhante!"

Coulter ficou perplexo, mas lady Eleanor se iluminou num exultante e magnânimo sorriso. Makepeace suspeitou que agora tivesse bem menos chances de ser denunciada pela colega vidente. Se lady Eleanor havia feito muitos inimigos, certamente não enxotaria alguém que a tratasse feito rainha.

Ao ser levada para conversar com uns oficiais de patente elevada, Makepeace saiu de braço dado com lady Eleanor.

Makepeace se alegrou em ter uma aliada pelas duas horas seguintes que passou sendo interrogada quase à exaustão.

Os três oficiais não foram grosseiros. Encaravam-na com a cautela, o respeito e a desconfiança assumidos defronte a um leão intempestivo. No entanto, eram rígidos e firmes, retrucando cada inconsistência.

Quem era ela? De onde vinha? Quem era sua família? Ela explicou que era Patience Lott, filha de um marceneiro chamado Jonas. Inventou uma mãe doente, uma irmã mais nova e um pequeno vilarejo sem nome à beira do pântano. Tudo podia ser conferido e desmentido, mas levaria tempo, e ela duvidava que naquele momento alguém fosse enviado a Staffordshire para verificar.

Outro oficial desfiou um bando de complexas indagações religiosas. Ela tivera uma boa vida? Quanto conhecia da Bíblia e de seu livro de orações? Debilitada e exaurida, Makepeace titubeou algumas vezes, dando respostas que poderiam ser corretas em Grizehayes e erradas em Poplar, mas conseguiu levar a farsa adiante com a ajuda dos sussurros de Livewell.

Então, de coração acelerado, ela começou a descrever suas "visões". O recinto guardava um silêncio mortal, exceto pelos rabiscos das penas que anotavam cada uma de suas palavras.

"Eu vi o rei sentado num enorme trono, para o qual ele era pequeno demais", disse ela, esperando soar bastante agourenta. "Atrás dele havia um cachorro imenso que ele não conseguia ver. No alto de sua cabeça voejavam seis corujas, de asas pretas feito a morte. Ele jogou comida para elas, que em vez disso apanharam sua sombra e levaram embora num estojo de pergaminho."

Ela não ousava encarar lady Eleanor para ver se a expressão da profetiza era de desconfiança ou de suspeita e desdém. No entanto, ninguém a interrompeu.

"Prossiga", disse um dos oficiais. "O que mais você viu?"

Cada vez mais confiante, Makepeace inventou outros sonhos loucos. Seu cansaço facilitou as coisas. Ela já parecia estar sonhando.

"Eu vi fogo caindo do céu, e onde ele caía incendiava os corações das pessoas. Elas percorriam o mundo, e as chamas iam passando aos corações de todos que elas encontravam, até que o mundo inteiro ardesse..."

Mais tarde, Makepeace não soube afirmar em que momento começou a gostar da coisa. Sentia-se transformada aos olhos dos soldados. Já não era uma vagabunda surrada e enlameada. A vidência mudava tudo. Seus hematomas a definiam como mártir. Seus trapos provavam quanto tempo ela passara vagando pela selva.

Ela adentrara o recinto usando Deus como manto.

"Agora explique o que significam as visões", disse por fim o oficial mais velho.

Makepeace empalideceu, de súbito percebendo a proporção de seus atos. Estava afirmando que Deus falava por meio dela. Se aqueles homens descobrissem a mentira, o que fariam com quem cometesse tal blasfêmia? Por outro lado, se ela de fato levasse crédito, talvez as "visões" afetassem os planos de batalha. Uma palavra descuidada ou ignorante da parte dela poderia levar os homens à marcha, ou mesmo à morte.

Um exército de homens, feito Livewell e James, morrendo por consequência de suas palavras. Era poder, puro poder, mas ela não queria.

"Eu não sei", respondeu ela, de súbito. "Eu... vim até aqui porque sei que lady Eleanor é a única pessoa capaz de compreendê-las."

Para alívio de Makepeace, lady Eleanor ficou extasiada em traduzir as visões. Makepeace ficou ali sentada, trêmula e com boca seca, enquanto a profetisa mais velha se pôs a discorrer sobre as escrituras com extremo entusiasmo.

Por fim os oficiais, parecendo satisfeitos, liberaram Makepeace. Ela deixou o recinto com lady Eleanor, matutando sobre quanto prejuízo havia causado, mas foi interceptada do lado de fora pelo sargento Coulter.

"Na visão que teve de Whitehollow, por acaso a senhorita viu alguém morando na casa?", indagou ele, baixinho. "Talvez um jovem lorde de cabelo branco?"

Makepeace balançou a cabeça, a curiosidade aguçada. A descrição era muito similar à de Symond.

"Se as suas visões mostrarem alguém assim, e ele parecer estar fazendo alguma maldade, pode me avisar." O sargento trocou um olhar de acordo com lady Eleanor, que assentiu.

"De quem ele estava falando, milady?", indagou Makepeace, depois que o sargento se afastou.

"Do jovem lorde Fellmotte", respondeu lady Eleanor, sem a mesma discrição.

Lorde Fellmotte, pois sim! Por mais que Makepeace já não integrasse a residência dos Fellmottes, percebeu-se espinhada com a petulância de Symond em se apossar do título. Por outro lado, no tocante ao Parlamento, talvez ele fosse o lorde legítimo. Afinal de contas, eles haviam acusado o restante de sua família e estavam tentando tomar suas terras.

"Sua Senhoria está em Whitehollow no momento?", indagou Makepeace, tentando soar casual.

"Não, está resolvendo um assunto para o general e só deve retornar amanhã à noite. Se o meu conselho for seguido, ele não terá sequer permissão para voltar!"

"A senhora não confia nele?"

"Não, eu não confio! Nem o sargento Coulter. Lorde Fellmotte alega ter se juntado ao nosso lado na guerra, mas achamos que ele ainda é um dos seguidores malignos do rei. De vez em quando o sargento ordena uma revista nas malas e nos bolsos dele atrás de sinais de deslealdade.

"Você precisa entender, eu alcancei a compreensão dos mistérios dos nomes. Dentro do nome 'Symond Fellmotte' está contida a palavra 'demonyo'! É claro que não se pode confiar num homem desse!"

Makepeace conseguiu manter a expressão séria e respeitosa até a partida de lady Eleanor.

Essa mulher, disse o dr. Quick, é completamente louca.

Espero que sim, completou Livewell, num tom soturno.

Por quê?, indagou Makepeace, surpresa.

Ela diz que o mundo vai acabar em breve.

Ao fim do dia, Makepeace concluiu que não havia luxo maior que uma boa lareira, uma cumbuca de sopa quente e a chance de dormir num colchão seco, mesmo que fosse de palha e ao pé da cama de lady Eleanor. Ela se esforçou ao máximo para impedir que o Urso lambesse a sopa da tigela até que ficasse limpa.

O que você pretende fazer quando esse Symond voltar amanhã?, indagou o doutor, quando as luzes se apagaram e Makepeace já estava tentando dormir. Como pretende impedir que ele te entregue assim que puser os olhos em você?

Era uma boa pergunta. Makepeace sabia que teria que conversar a sós com Symond, mas sob as condições dela. Ele precisaria de um motivo muito forte para escutá-la, e ela não via utilidade em apelar para a consciência dele ou o parentesco dos dois. Ela teria que exercer algum poder sobre ele.

Makepeace precisava encontrar o alvará. Estaria ele guardando o documento consigo? Ela achava que não. Segundo lady Eleanor, o sargento Coulter revistava os bolsos e pertences de Symond de tempos em tempos. Ele seria um idiota se corresse o risco de carregar consigo um papel com o selo do rei.

Onde estava escondido, então? Ele devia ter guardado em algum lugar próximo, para tê-lo à mão num momento de urgência. Com sorte, estaria ali mesmo em Whitehollow. Se ela conseguisse encontrar o alvará antes do retorno de Symond, teria todo o poder de que precisava.

AS CRÔNICAS DAS SOMBRAS
FRANCES HARDINGE

CAPÍTULO 30

No dia seguinte, Makepeace começou discretamente a procurar o alvará.

Acordou cedo e encontrou roupas simples, limpas e respeitáveis. Já que agora todos pareciam tê-la como protegida e bajuladora de lady Eleanor, ela decidiu descer até a cozinha para preparar o desjejum de sua nova "senhora". Conversou com os cozinheiros e fez amizade com um gatinho magrelo cor de mel que aparentemente atendia ao nome de Wilterkin.

A cozinha era menor que a de Grizehayes e quente feito um forno. Ela logo concluiu que, se fosse Symond, jamais esconderia o alvará ali, temendo que o precioso selo de cera acabasse derretendo.

Ninguém impedia uma jovem profetisa de circular pela casa. Ela presumiu que os soldados estivessem com um pouco de medo, mas também deviam estar curiosos e se lembrariam caso ela fizesse alguma esquisitice. Se ela aparentasse estar à procura de algo, talvez virasse suspeita de espionagem.

No segundo andar, Makepeace encontrou o quarto de Symond. O casaco azul e o penacho na mala de viagem eram inconfundíveis. Ele ocupava uma das melhores camas e tinha certa privacidade. Não havia ninguém por perto, então ela se arriscou a fazer uma rápida varredura no quarto. Não viu sinal do alvará roubado, o que não a surpreendeu nem um pouco. Symond era muito esperto para deixá-lo num lugar óbvio, e ela certamente não era a primeira a vasculhar aquele cômodo.

A bem da verdade, ela já começava a perceber que quase toda a casa tinha sido vasculhada, revirada, destruída e saqueada. Em alguns pontos os painéis de madeira haviam sido abertos em busca de cavidades, e alguns dos colchões estavam rasgados. Quase todo o chão estava entulhado de resquícios.

"Esta casa insultou as mães de vocês ou coisa do tipo?", indagou Makepeace a um jovem soldado raso que engraxava botas, entediado a ponto de entabular uma conversa.

"Bom, ela nos fez de idiotas", admitiu ele. Olhou por sobre o ombro para garantir que não seria visto por ninguém de fofoca com uma vidente, então chamou-a para perto e abriu a porta mais próxima. Do outro lado havia uma imensa cama de dossel, despida de quase todos os belos reposteiros bordados. "Está vendo a porta escondida ali?" Do lado oposto, Makepeace realmente vislumbrou a silhueta de uma porta, revestida do mesmo tecido marrom da parede em redor. No canto direito uma parte do revestimento havia sido arrancado, revelando a madeira clara debaixo, mas outrora certamente cobrira a porta inteira, camuflando-a na parede.

O jovem soldado cruzou o quarto e puxou uma argolinha de metal para abrir a porta. "Tem um quarto secreto, está vendo?" Atrás, um diminuto cômodo abrigava um colchão simples, uma jarra e uma cadeira.

"Quando a guerra começou, a família De Velnesse, que morava aqui, escolheu o lado do rei", explicou ele. "Todo o restante de nós — e as milícias, e os soldados locais — escolhemos o Parlamento. Então um grande grupo avançou até Whitehollow para prender o cavaleiro que morava aqui. A esposa do homem entregou a casa, jurou que ele já tinha ido embora e acolheu nossas tropas como hóspedes.

"Acontece que o marido estava escondido no quarto secreto. A mulher nos serviu um jantar com opiáceo, e aquela noite o marido escapuliu na surdina... bem na cara de todos os homens que estavam dormindo aqui. E os dois fugiram com todas as joias e prataria que conseguiram carregar.

"Então acho que pensamos... se a casa guardou uma surpresa dessas, por que não guardaria outras? Talvez exista, escondido em algum canto, um tesouro que eles não conseguiram carregar. Não podemos contar com o pagamento, então por que não recolher nossos salários onde for possível? Se ainda por cima destruirmos a casa dos traidores, tanto melhor."

A chegada de um soldado mais velho cessou a conversa. Ele olhou com desaprovação para o soldado raso. Makepeace se retirou, com a expressão mais altiva e presunçosa possível.

Em outro canto ela encontrou algumas tábuas soltas no chão, mas não havia nada debaixo. A julgar pela serragem fresca, soldados otimistas deviam tê-la levantado na esperança de desvendar um esconderijo secreto.

Só não estão roubando as paredes, disse Livewell, baixinho, meio estarrecido.

As milícias são formadas por gente comum, respondeu Makepeace, no tom mais gentil que pôde.

Livewell não retrucou. Talvez estivesse enxergando os antigos companheiros com novos olhos. Ou talvez se sentisse um tantinho melhor em relação à galinha da casa Axeworth.

Ao final da manhã, Makepeace estava desesperada, quebrando a cabeça. Em Grizehayes ela adquirira muita habilidade em encontrar esconderijos. Onde *ela* teria escondido o alvará?

Só podia estar em algum lugar dentro da casa. Mesmo que o documento estivesse embalado, havia grande risco de acabar molhado se estivesse escondido do lado de fora. Dentro da chaminé? Não, era quente demais, feito a cozinha. A lavanderia e o depósito de gelo eram úmidos demais. Além do mais, Symond era um lorde — certamente evitaria locais de grande circulação de criados, pois não os conhecia tão bem e não teria certeza da frequência com que tudo era conferido, usado ou limpo.

Mais importante de tudo: tinha de ser um lugar que passasse despercebido por toda uma guarnição de soldados decididos a vasculhar e desmembrar a casa à procura de algo para levar. Não podia ser enfiado dentro de nada com a probabilidade de ser examinado, aberto ou roubado.

Já passa da meia-noite, **murmurou o doutor.** Symond Fellmotte pode retornar a qualquer momento.

Eu sei. Os soldados estavam se retirando para comer, e a maioria dos quartos passaria um tempinho vazia. Makepeace sabia que essa poderia ser sua última chance de encontrar o alvará.

Teria escondido bem na cara de todos, em meio a outros papéis? Não, o pergaminho caro seria muito óbvio, e era muito provável que alguém o apanhasse para olhar. A menos que...

Makepeace retornou ao salão. Os papéis pregados por dentro da grande porta tremularam e se agitaram com a brisa. Um homem perspicaz poderia enfiar um pergaminho debaixo daqueles pôsteres. No entanto, quando ela puxou as beiradas, não havia sinal de alvará escondido. A empolgação e o orgulho se transformaram em decepção. Por um instante ela se magoou com Symond por não ter aproveitado um esconderijo tão inspirador.

Ele não havia escondido sua árvore numa floresta de outros papéis. Onde, então?

Tinha que ser em algum lugar onde ninguém pensaria em olhar. E se fosse um lugar *já* vasculhado? E se fosse um lugar que supostamente já tivesse revelado todos os seus segredos?

Uma conferida rápida — nenhum dos baús abertos parecia ter fundo falso. Mas e o quarto secreto? Ela correu até o salão principal e abriu a portinha usando a argola de metal. Não, o quarto secreto havia sido amplamente vasculhado. Até o colchão estava aberto, com o recheio para fora.

Então Makepeace foi lentamente invadida pela inspiração. Virou a cabeça e encarou a porta aberta. A porta antes camuflada, com tecido marrom agora parcialmente removido.

Quando todos olhavam para aquela porta, viam uma porta que abrigava um quarto secreto. Jamais lhes passou pela cabeça que ela própria guardava segredos.

Com muito cuidado, Makepeace enfiou a mão por entre a madeira e a cobertura marrom e deslizou-a para baixo, à procura. Seus dedos tocaram um pergaminho.

Menos de meia hora depois, ela olhou de uma janela alta para o pátio abaixo e viu um homem descendo da montaria. Mesmo à distância, reconheceu de imediato. Symond Fellmotte estava de volta a Whitehollow.

Com o coração acelerado, ela correu para o quarto dele, com cuidado para não ser vista. Foi o tempo exato de se esconder atrás da porta.

Um homem entrou no recinto e se agachou para abrir uma das botas de montaria. Era inconfundível, por mais que a luz fraca reduzisse o brilho de seus cabelos a um cinza fraco, cor de trigo velho. Quando Makepeace bateu a porta, Symond deu um giro, levando uma das mãos por reflexo ao cabo da espada.

"Eu vim só falar com o senhor!", sussurrou Makepeace, estendendo as mãos vazias.

Symond congelou, encarando Makepeace, com espada desembainhada pela metade.

"Makepeace da cozinha." Seu tom era impassível e totalmente incrédulo.

"Se o senhor me matar, nunca mais vai ver seu precioso alvará!", soltou ela, apressada.

"O quê?" Symond empalideceu.

"Eu encontrei na porta secreta. Agora só eu sei onde está, patrão Symond."

Ele fez uma cara de desprezo e terminou de desembainhar a espada, lentamente, até apontá-la na altura dela.

"Quem é você?", indagou ele, devagar. "Você não pode ser Makepeace."

"Posso, sim. Os Fellmottes não me infestaram, se esse é o seu medo. Mas tentaram, e mais de uma vez. Tenho que agradecer ao senhor por isso." Ela não estava totalmente livre dos Fellmottes, mas não parecia boa ideia mencionar Morgan logo de cara. "Eu fugi de Grizehayes. Era a única forma de impedir que eles despejassem seus fantasmas em mim."

"E James?" Symond deu uma espiada cautelosa pelo quarto. "Ele também está aqui? Quero falar com ele."

"Não. Vim sozinha. Tenho que te agradecer por isso também."

"Sozinha?" Symond parecia estar se recuperando do choque. "Sua idiotinha abusada! Você simplesmente adentrou uma guarnição inimiga, cheia de amigos meus armados, e confessou ter me roubado. Diga onde está o meu alvará, ou eu encho as suas veias de ar e te entrego como espiã."

"Ah, é?", indagou Makepeace, o coração acelerado. "O que os seus novos amigos diriam se eu contasse a eles sobre o alvará? O senhor não pode ter mostrado a eles, senão os periódicos estariam transbordando de histórias sobre as bruxarias dos Fellmottes. E eles não são seus amigos *de verdade*, são? Vários deles acham que o senhor é um espião monarquista. Imagine o que diriam se descobrissem que o senhor estava escondendo um decreto com o selo do rei."

Por um momento a expressão de Symond se embotou, e ela percebeu que ele estava muito, verdadeiramente nervoso. Achou que ele podia lhe cravar a espada, com ou sem alvará. Então, contraindo o canto da boca, ele deslizou lentamente a espada de volta à bainha.

Makepeace percebeu o próprio sangue borbulhando de empolgação, tal qual no momento do roubo do ouro.

"Por que você está aqui?" Symond estreitou os olhos e a perscrutou. "Por que veio me procurar?"

"Quem mais tem os mesmos inimigos que eu e os conhece tão bem? Quem mais acreditaria em mim?" Makepeace deu uma risadinha de amargura entre os dentes. "Eu já nem tenho mais o James."

"O que foi que houve?", indagou Symond, com rispidez. "Ele morreu?"

"Está vivo, de certa forma." Makepeace mordeu a língua, tentando não parecer muito nervosa nem amarga. "A sua facada em sir Anthony deixou uns fantasmas desabrigados... e James estava disponível."

Symond franziu a testa frente à notícia, mas Makepeace não soube dizer se ele estava chocado, arrependido ou apenas processando a informação.

"Ele devia ter fugido", disse ele, baixinho.

"Nem todo mundo considera fácil abandonar os companheiros", disse Makepeace, num tom soturno, então lembrou que estava tentando estabelecer uma aliança. "Não se preocupe, não estou aqui pra me vingar. Talvez devesse, mas prefiro sobreviver. Não precisamos gostar um do outro para sermos úteis um ao outro." Ela percebeu que havia ecoado as palavras do dr. Quick.

"O que você quer então?" O tom de Symond agora era quase amistoso, mas Makepeace ainda sentia a presença da raiva. "Veio me chantagear?"

"Não. Prefiro ser sua amiga, patrão Symond. Mas o senhor nem sempre é bom e honesto com os seus amigos. Eu apanhei o alvará para evitar que *o senhor* venha a *me* trair.

"Preciso de um aliado e de um esconderijo. Mas, acima de tudo, preciso de mais informações sobre os Fellmottes e seus fantasmas. O senhor era o herdeiro. Estava sendo preparado... deve saber mais do que eu. Deve haver meios de nos protegermos contra eles. De enfrentá-los."

"Eu *estou* enfrentando", retrucou Symond, num tom seco, "mas usando o exército do Parlamento para fazer isso por mim."

"Isso não é suficiente!", disse Makepeace, inflamada. "Preciso saber como enfrentar fantasmas já infiltrados num corpo. Preciso salvar James."

"Salvar *James*?" O jovem Fellmotte balançou a cabeça. "Não dá mais tempo. Se recebeu a Herança, está perdido."

"Ele Herdou cinco espíritos, não sete", retrucou Makepeace. "Sir Anthony perdeu dois depois de ser deixado à beira da morte pelo senhor. Pode ser que James ainda não tenha se perdido para sempre."

"Ele tem poucas chances", respondeu Symond, meio pensativo.

"Mas será que não vale a aposta?" Makepeace só podia esperar que Symond tivesse o mínimo de afeto genuíno por James. "Vocês dois brincavam juntos na infância... cresceram juntos. Ele confiava no senhor. Era tão leal que te ajudou a roubar os Fellmottes!"

"Sempre gostei da companhia dele", disse Symond, num tom firme e cuidadoso, que a fez recordar seu discurso preciso e impassível na noite da Herança de seu pai. "Conversando com ele eu podia fingir que o mundo era simples. Podia remover a armadura." Ele suspirou e tornou a balançar a cabeça. "Ele devia ter fugido quando eu fugi. Eu não sou o protetor dele."

Makepeace engoliu a raiva e decidiu mudar de tática. O jovem aristocrata já não brandia uma espada para ela, mas ainda parecia sábio convencê-lo de que ela era útil, em vez de apenas perigosa.

"Então me conte o que sabe sobre os fantasmas, patrão Symond, e deixe que *eu* tente salvá-lo. Em troca, serei sua amiga. Aqui não sou nenhuma ajudante de cozinha. Sou Patience Lott, profetisa enviada por Deus. Sou aprovada até por lady Eleanor. Eu vou ouvir seus supostos amigos armando esquemas contra o senhor. Posso alertá-lo dos perigos. Posso até mesmo ter 'visões' com o senhor lutando pelo lado certo."

Um sorriso de incredulidade começou a enrugar os cantos da boca de Symond.

"Você pode não ser assombrada por Doutos", disse ele, "mas *está* mudada. Nunca imaginei que *você* fosse acabar se mostrando impiedosa!"

Makepeace perscrutou Symond. Nunca o conhecera muito bem, e mesmo agora se sentia tateando a superfície daquele semblante gélido e indecifrável. Estava claro que ele também tinha dificuldade em compreendê-la.

"Eu não estou mudada", disse ela. "O senhor nunca me conheceu. Nenhum de vocês me conheceu." Ocorreu-lhe que talvez nem ela mesma tivesse se conhecido.

AS CRÔNICAS DAS SOMBRAS
FRANCES HARDINGE

CAPÍTULO 31

Symond desencavou uma garrafa de rum que estava debaixo da cama, junto com uma caneca de madeira e uma de metal gravado.

"Se os homens lá fora soubessem que eu tenho isso, estariam todos virando a cara e grasnando feito gansos", disse ele, com frieza. "São todos beatos enlouquecidos. Juro por Deus, eles ficam em cólicas toda vez que eu solto um palavrão! Qual é a graça de ser soldado se a gente não pode beber nem falar palavrão? Claro, o sargento sabe que eu trago umas garrafas para cá, mas não pode me punir sem admitir com que frequência revista o meu quarto."

Ele verteu um pouco de rum nas canecas e passou a de madeira a Makepeace. Ela suspeitou que a caneca de madeira fosse uma amostra dos termos da aliança que Symond estava disposto a oferecer — com ele no papel de patrão e mestre, não como igual. Makepeace pegou, hesitante, então bebericou. Parecia melhor ceder ao orgulho dele por ora.

"Meu destino me foi explicado quando eu tinha dez anos de idade", disse Symond, encarando a caneca. "Fui levado até a enorme árvore genealógica pintada na parede da capela e informado sobre os notáveis ancestrais que eu certamente conheceria um dia. Eu era 'um novo canal aberto para comportar um vultoso rio do passado'.

"Então o meu treinamento começou. Os herdeiros da casa precisam aprender a contrair mente e alma, de modo a abrir espaço para futuros visitantes. Os Infiltradores nos examinam regularmente." Ele encarou a ponta da bota de montaria. "Às vezes... reorganizam a nossa arquitetura interna. Aparentemente os resultados são mais satisfatórios no longo prazo, feito cultivar flores num jardim. Bem melhor do que ter que encontrar um espaço do tamanho certo no último minuto."

"Eles reorganizaram a sua alma?", indagou Makepeace, apavorada. "Isso não transformou você?"

"Como é que eu vou saber?", retrucou Symond, dando de ombros. "Eu não faço ideia de que tipo de homem poderia ter sido sem isso."

"O que mais eles te ensinaram?" Makepeace começava a matutar que talvez tivesse sido privilegiada, em três anos de trabalho árduo na cozinha. Uma década de poda cerebral era um preço alto a se pagar, mesmo em troca de fidalguia e luxo.

"Bom, não me ensinaram a lutar contra os fantasmas dos meus ancestrais! Foi bem o oposto. Eu aprendi a abrir espaço." Ele abriu um sorrisinho amarelo. "Aprendi que esse destino não era apenas meu dever, mas também minha grandeza e glória. Eu engoli essa conversa fiada e me tornei ávido por abrigar os meus ancestrais. Afinal de contas, o que eu seria sem o 'vultoso rio' daquelas almas antigas? Uma simples vala enlameada.

"Só que eu acabei percebendo algumas coisas. Comecei a entender por que os Doutos precisam de nós."

"Fantasmas desabrigados se desintegram", disse Makepeace, prontamente.

"Pois é. Os nossos corpos protegem os Doutos e impedem que eles sejam levados pelo vento. Só que tem mais coisa nisso. Fantasmas normais se exaurem mais depressa quanto mais se movem, falam ou agem. Você percebeu isso?"

Makepeace assentiu. Recordou o Urso atacando seus antigos torturadores, sua essência se esvaindo.

"Os fantasmas que se abrigam no corpo de uma pessoa também se exaurem, só que se renovam. A pessoa viva transfere força para o fantasma. São feito erva-de-passarinho, sugando a força de uma árvore viva. Não somos apenas o abrigo deles. Somos também o alimento."

Makepeace se arrepiou, mas a ideia começava a fazer sentido. Seus próprios habitantes às vezes eram ativos, às vezes hibernavam. Emprestavam a ela força e habilidades de que ela não dispunha; pensando a respeito, porém, ela sempre se sentia exausta logo em seguida.

"Você já assistiu a uma cerimônia de Herança?", indagou Symond de repente.

Makepeace se encolheu, então balançou a cabeça. Não queria admitir o que havia visto na Noite de Reis.

"Eu já", disse Symond, perdendo a expressão por uns instantes. "O meu pai", disse ele, depois de uma pausa, "era meu herói, meu professor, meu modelo de vida."

"Eu gostava de sir Thomas", disse Makepeace, com muita delicadeza. Symond a encarou, perplexo, e ela percebeu que seus gostos não tinham a menor importância para ele.

"Você nem o conhecia", retrucou ele, num tom desdenhoso. "Ele podia ser alegre e fanfarrão com todo mundo, mas comigo era severo e exigente, porque as nossas conversas eram *importantes*. Eu tinha medo e admiração, e tentava agradá-lo. Você não faz ideia do elo que existe entre um lorde e seu herdeiro. Compartilhar um destino desses é bem maior do que ter o mesmo sangue. Ser um lorde é uma confiança sagrada, um dever de proteção... nós possuímos a propriedade e o título, mas também pertencemos a eles e precisamos passá-los adiante sem máculas." Por um instante Symond soou meio distante de si mesmo, e Makepeace imaginou sir Thomas entoando aquelas mesmas palavras.

"Ele sempre me instigava a ser o melhor em tudo, e por fim admitiu por quê. Nem todas as almas dos Fellmottes são preservadas; só as que a família consideram mais valiosas.

"Então eu soube que um dia, quando os Doutos se aproximassem de mim, eu seria pesado na balança. Meu Dia do Julgamento particular. Se fosse aprovado, viveria para sempre entre os Doutos. Caso contrário, meu corpo seria arrancado de mim, e minha alma seria esmagada até virar pó. Eu tinha tudo a perder e tudo a ganhar, e me exauri tentando agradá-los.

"Então o 'Dia do Julgamento' do meu pai chegou. Meu pai. Eu sabia quanto ele tinha se sacrificado pela família, quanto era versado, leal..." Symond balançou a cabeça, ainda exibindo uma tranquilidade que não condizia com as suas palavras. "Tudo pra nada. Descobriram que ele não servia. E o destruíram. Eu fiquei lá parado, vendo tudo acontecer."

Makepeace escutou, sem saber o que sentir. Muita coisa na história de Symond despertava pena. No entanto, ele próprio demonstrara pouca compaixão na batalha de Hangerdon Hill. Mesmo tanto tempo depois suas reações pareciam inadequadas.

"Quer que eu descreva?", indagou ele, de súbito, num tom chocante e inesperado. "Eu sentei na fila do gargarejo."

Makepeace assentiu lentamente. Ela chegara a ter um vislumbre, mas Symond estava mais próximo. Ele reabasteceu a caneca.

"Primeiro a Infiltradora saiu do meu avô", disse ele, "e eu a vi deslizar para dentro da boca do meu pai. Os outros foram atrás, um a um. Acho que talvez ele tenha resistido no último instante... mas não adiantou de nada."

Makepeace não disse palavra, recordando a expressão atormentada de sir Thomas. Sentiu-se nauseada de tanta pena.

"Sabe de uma coisa interessante?", prosseguiu Symond no mesmo tom frio. "Os fantasmas não eram todos iguais. A Infiltradora parecia menor, só que mais saudável, mais íntegra. Os outros eram maiores, mas... distorcidos. Malformados. Já viu duas maçãs brotarem da mesma raiz, bem pertinho uma da outra, e acabarem crescendo deformadas?"

Ora, que interessante, observou o doutor, na mente de Makepeace.

"Por que ela era menor?", indagou Makepeace, intrigada.

"Ela precisa se arriscar fora do corpo com mais frequência que os outros fantasmas", respondeu Symond prontamente, "então ouso dizer que uma parte de sua essência se esvai de vez em quando."

Makepeace nunca tinha pensado naquilo. Ser "Infiltrada" era tão desagradável que ela nem sequer refletira sobre os perigos para o Infiltrador.

"Talvez haja outra explicação para esse aspecto diferente", prosseguiu Symond. "Um Infiltrador *precisa* ser capaz de manter a integridade fora do corpo, e os outros Doutos não. Talvez vivendo só dentro da casca eles... fiquem mais frágeis."

"O que você sabe sobre essa Infiltradora?" Makepeace especulou se a sempre furtiva Morgan estava escutando.

"Lady Morgan Fellmotte", respondeu Symond. "Pelos padrões dos Doutos, é um soldado de infantaria. Foi a terceira mulher a se juntar ao séquito, e ela nem tem o nosso sangue — só é Fellmotte por ter se casado com um de nós. Além disso é uma das mais jovens; morreu aos trinta anos. Por que a pergunta?"

"Só estou matutando como os Doutos escolhem seus Infiltradores", respondeu ela, num tom manso. "É por sorteio?"

"Garanto que a tarefa recai sobre os fantasmas de posição inferior", disse Symond. "Quem iria querer esse papel? Os Infiltradores se desgastam com o tempo."

"Se os Doutos são tão frágeis, como é que destroem espíritos vivos? Por que sir Thomas não foi capaz de enfrentá-los?"

"Não sei direito. Os Doutos têm vantagem em número e experiência. Mas também não são enfraquecidos pelas dúvidas. Eles podem ser monstruosos, mas são muito seguros de si. São a sua própria religião."

Confiança, disse o doutor na mente de Makepeace. Ah. Sim, talvez.

"Eu sabia que o meu espírito *provavelmente* seria preservado pelos Fellmottes", acrescentou Symond, baixinho. "Eles me aprovavam. Mas eram egoístas, de generosidade volúvel. Eu não confiava neles; mesmo que me preservassem, eu poderia acabar como Infiltrador. Então comecei a fazer contatos e tramar planos particulares."

"Por que os Doutos nunca suspeitaram de você? Eles sabem quando alguém está mentindo ou escondendo alguma coisa. Nunca me deram muita atenção porque eu era insignificante... mas você era o herdeiro de ouro! Você passou anos conspirando sem que eles nunca desconfiassem. Cravou uma faca em sir Anthony, que jamais suspeitou. Por quê?"

"Os Doutos não leem pensamentos, embora achem ótimo que acreditemos nisso. Eles são muito velhos, só isso. As expressões e os gestos das pessoas carregam todo um alfabeto, e eles tiveram mais tempo para aprender a interpretá-lo. Todo mundo revela seus sentimentos em pequenos detalhes... um brilho nos olhos, uma hesitação na voz, um tremor nas mãos."

"Então como você impediu que eles interpretassem os seus sentimentos?"

"Ah, muito simples. Eu me forço a barrar qualquer sentimento, sempre que desejo. Passei anos aprendendo esse truque. Não é tão difícil quanto se imagina."

Makepeace assentiu devagar, tentando sustentar a expressão cuidadosa e pensativa. Os vivos não costumavam lhe causar arrepios, mas Symond aparentemente era exceção. Ela não conseguia parar de cogitar que a tal reorganização de sua "arquitetura interna" pudesse, afinal, ter causado problemas.

Havia uma pergunta que ela não tirava da cabeça.

"Patrão Symond", disse ela, "quando você cravou a faca em sir Anthony... como conseguiu escapar da possessão?"

Um sorrisinho ressurgiu em seu rosto. Makepeace supunha que ele não tivesse particular afeição por ela, mas aparentemente sua inteligência despertava interesse.

"Você não é totalmente burra, é? Tem razão; dois fantasmas escaparam do corpo dele e tentaram me possuir. Um conseguiu entrar antes que eu impedisse." Symond riu frente à expressão estarrecida de Makepeace. "Não desmaie. Só tem um espírito neste corpo agora, e é o meu."

"Então você *sabe* como enfrentar os fantasmas dos Fellmottes!" Makepeace tornou a se animar.

"De certa forma." Symond engoliu o restante do rum. "Ao longo do tempo descobri formas de me proteger. Os fantasmas viraram meu passatempo e objeto de estudo. Venho me comportando como um verdadeiro cientista. Quer mesmo saber como me livrei daquele fantasma?"

Makepeace assentiu.

"Talvez eu te mostre amanhã. Vai haver uma espécie de... expedição de caça. Quando começar, fique perto de mim."

"Milorde", Makepeace perguntou com cuidado, "não seria mais simples se você me explicasse?"

"Não", respondeu Symond, parecendo se divertir com uma piada particular. "Prefiro não te preparar. Quero ver o que você vai perceber e como vai reagir quando chegar a hora. Considere um teste de caráter."

Makepeace tentou lutar contra o desconforto. Contrariando todas as possibilidades, ela parecia ter estabelecido uma espécie de aliança. Descobrira muita coisa, e o caso de James já não parecia totalmente perdido.

Contudo, a sensação de poder que ela sentira no início da conversa havia se dissipado. Fosse lá o que houvesse agora, ela já não estava no controle.

Ele é um vilão detestável, disse o doutor, mais tarde, mas é sagaz.

Makepeace encerrou a conversa com Symond por medo de alguém notar sua falta. Suspeitou que arruinaria sua reputação de profetisa sagrada se fosse encontrada bebendo no quarto de um homem. Em vez disso, ela se retirara para uma "meditação particular".

Acho que ele não percebeu nenhum de vocês, pensou Makepeace. *Não sei direito por quê.*

Lady Morgan é mestra na arte do disfarce, observou Quick. Seu urso está hibernando, caso você não tenha percebido. O puritano e eu preferimos manter a discrição e ficamos bem quietinhos.

Então você e mestre Tyler agora estão de conversa? Makepeace não conseguiu evitar um sorrisinho.

Não mais que o necessário, respondeu o doutor rabugento. Tyler acha que vai para o inferno. Eu também acho. Parece que essa é a única coisa com a qual concordamos. No entanto, ontem à noite, enquanto você dormia, chegamos a uma espécie de entendimento prático.

Você pretende contar a Symond Fellmotte a nosso respeito? Em especial, está pretendendo revelar que uma furiosa espiã dos Fellmottes estava ouvindo toda a sua conversa com ele?

Não, Makepeace respondeu com firmeza. *Ele pode ser um aliado útil, mas eu não confio nele. Prefiro meter a mão numa cesta cheia de cobras.*

Então por que estamos aqui?, indagou o doutor.

Porque uma cesta cheia de cobras não vai me ajudar a salvar James, respondeu ela, com um suspiro.

Falando em cobras, lady Morgan ainda parece manter a discrição. Mas creio que seja questão de tempo até que ela tente alguma coisa.

Tem razão. Mas temos um detalhe a nosso favor: a dona espiã Lady Morgan é uma imbecil.

A referida lady pode muito bem estar nos escutando, observou o doutor, com cautela.

Tomara que esteja! Só uma idiota ia querer voltar a servir a um bando de velhos grisalhos e cruéis que não se importam em vê-la se exaurir até o talo! E se eles tivessem resolvido acolher o fantasma de Symond? Quem teriam expulsado para abrir espaço?

Se Morgan estava escutando, não respondeu.

De todo modo, prosseguiu o doutor, com um ar de empolgação contida, creio que nosso novo aliado tenha razão numa questão muito importante. A teoria dele explicaria uma coisa estranha que eu percebi.

Nós, viajantes-fantasmas, imergimos na escuridão toda vez que você fecha os olhos. No início eu achei que fosse por usarmos seus olhos para enxergar o mundo. Mas, se o seu Urso também enxerga através dos seus olhos — seus olhos humanos —, de onde é que vem a visão noturna?

Acontece que os fantasmas são misteriosos, antinaturais e infratores das leis de Deus, respondeu Makepeace, confusa e meio impaciente. *Tem coisas que não fazem sentido. É o mesmo que perguntar por que as bruxas voam.*

Ah, pare com isso! A nossa existência pode ser a matéria de todos os pesadelos, mas existem regras. Acredito que Symond Fellmotte tenha descoberto a verdade. O segredo é a expectativa. Confiança.

Acho que os fantasmas são capazes de enxergar sem usar os olhos de seu hospedeiro vivo. No entanto, estamos acostumados com os corpos que um dia tivemos. O seu Urso acredita só poder enxergar com olhos que estão abertos. No entanto, também espera ser capaz de enxergar no escuro.

Se eu estiver certo, isso explica por que há tão poucos fantasmas. As almas mortas só se tornam fantasmas quando acreditam que são capazes.

O Urso nunca pensou nisso! Makepeace franziu o cenho, pensativa. *Mas... ele estava muito nervoso quando morreu. Na verdade, nem sei se ele percebeu que tinha morrido.*

Por isso o espírito persistiu, concluiu o doutor, com um tom de satisfação. Existem aqueles que morrem tomados de desespero e incredulidade, achando que sua alma se perdeu, feito o seu amigo puritano, e os privilegiados Fellmottes, que morrem sabendo que seus fantasmas terão uma nova casa...

E você, disse Makepeace, sentindo a própria força se esvair, tomada pela culpa. *Você confiou que viraria um fantasma porque eu disse que era possível.*

Esqueça isso, retrucou o doutor, bruscamente, porém com firmeza. Os fantasmas dos Fellmottes sobrevivem por séculos, sobrepujando os espíritos de seus hospedeiros, porque em última análise acreditam ter o direito e a habilidade de fazer isso. São fortalecidos por sua própria certeza e arrogância.

Se quer enfraquecer os espíritos deles, encontre uma forma de destruir essa certeza. Destrua a confiança deles. Faça-os duvidar.

AS CRÔNICAS DAS SOMBRAS
FRANCES HARDINGE

CAPÍTULO 32

Na manhã seguinte, Symond ignorou Makepeace por completo, o que fazia sentido. Era melhor que ninguém suspeitasse da ligação entre eles, para que não percebessem também que ambos tinham a mesma covinha no queixo.

Por isso, no entanto, ela não descobriu mais nada sobre o que Symond tinha querido dizer com "caçada". A bem da verdade, Whitehollow parecia se preparar para um tipo de reunião bastante diferente.

O salão de baile estava limpo, as janelas, polidas, e mesas e cadeiras foram dispostas como se para receber uma festa. Um pequeno banquete foi organizado em pratos de peltre — língua, vitela, torta de perdiz, pão, queijo. Nada comparado aos magníficos banquetes de Grizehayes, mas refinado o bastante para sugerir que a casa aguardava convidados de alto nível.

"O que está havendo?, perguntou Makepeace a um soldado raso que acomodava velas em candelabros no salão. Tal extravagância sugeria um evento importante.

"Um casamento, senhora Lott", respondeu o rapaz com educação. "O sobrinho do general vai se casar com a filha de um integrante do Parlamento. Estão chegando agora à tarde, com a família e uns amigos."

Podiam decorar um pouquinho o lugar, observou o doutor, impertinente. As vigas estavam vazias, e não havia flores para adornar o salão.

O casamento pertence a Deus, disse Livewell, sem rodeios, que não se interessa por enfeites e lacinhos.

Makepeace se alegrou ao ouvir a voz de Livewell. Fazia um tempo que ele estava quieto. Ela não tinha ideia de como ele se sentia rodeado de soldados do exército que abandonara. Estava preocupada, achando que ele podia começar a se mutilar outra vez.

Os primeiros convidados a chegar foram três homens de uniforme preto e olhar severo. Para surpresa de Makepeace, os três dispensaram ao sargento e aos outros oficiais o mais breve e frio aceno de cabeça, então se plantaram junto a Symond e entabularam uma conversa séria e baixa.

Symond manteve a costumeira expressão de frieza e desapego, mas Makepeace detectou certa empolgação. Em dado momento ele a agarrou com força pelo braço.

"Não se esqueça... quando a caçada começar, fique perto de mim."

"Quando é que vai ser? É depois do casamento? Não vejo razão para ir junto se não sei quando vai ser!"

Ele soltou uma risada entre os dentes.

"Todo o casamento é uma espécie de caçada. As famílias estavam planejando celebrar daqui a uns meses, nas propriedades do general... mas conduzir a celebração aqui e agora permite a presença de certos convidados que não tiveram como se esquivar do convite." Ele apontou para a porta de entrada do imenso salão. "Isto aqui é o portão de uma armadilha."

"Armadilha?"

"Um dos convidados é espião secreto do rei", explicou Symond, com visível deleite. "Agora temos provas, mas infelizmente o espião pertence à classe dos gentis. Se batermos à porta dele e exigirmos sua prisão, a criadagem certamente vai tentar tirá-lo de casa às escondidas. É por isso que atraímos o espião até aqui, bem longe de criados e reforços."

A conversa trouxe um gosto ruim à boca de Makepeace. Aliar-se a Symond significava jogar a favor do Parlamento, mas o pouco tempo que ela passara a serviço secreto de sua Majestade despertava uma relutante compaixão pelo espião desavisado.

Depois do almoço, a névoa úmida da manhã se adensou a uma neblina, encobrindo todos os detalhes dos gramados e áreas externas da casa. O sargento enviou mais homens à entrada para recepcionar os convidados, e no meio da tarde chegaram os noivos e outros convidados.

O general era um homem de cara fechada e barba bem aparada; o sobrinho, uma versão mais esguia, mais jovem e sem barba. A noiva, quieta e de sorriso nervoso, era conduzida pela mãe falastrona. Makepeace, no entanto, quase não reparou em nenhum deles.

Em lugar, sua atenção foi atraída para um casal bem-vestido que chegou montado no mesmo cavalo, a mulher acomodada atrás do homem. O cavalheiro desceu da montaria e estendeu a mão à esposa com uma cortesia mais formal do que afetuosa.

A mulher tinha cabelos ruivos muito vistosos sob o chapéu, e um rosto forte e comprido, pontilhado de rodelinhas de tafetá preto. Era "Helen", a espiã monarquista, aventureira e contrabandista de ouro.

Makepeace se agachou num canto antes que a mulher a visse. Do esconderijo, viu o marido de Helen apertando cordialmente a mão do general. Os dois pareciam bons amigos.

O que Helen estava fazendo ali? Por um instante, Makepeace se perguntou se Helen seria uma agente dupla, infiltrada desde o início na rede de espiões monarquistas. Parecia improvável. Nenhum agente duplo enviado pelo Parlamento contrabandearia tanto ouro para o rei.

Não, era bem mais provável que Helen de fato fosse espiã do rei, mas posasse de parlamentarista na vida cotidiana. Symond contara a Makepeace que tinha a prova da identidade de um espião secreto monarquista. Integrante da classe alta, alguém com criadagem própria... alguém como Helen.

Makepeace sentiu um aperto no peito. A amizade firmada com Helen fora um fingimento, criado a partir de suas próprias mentiras, mas ela *gostava* da mulher.

O que Makepeace deveria fazer? A opção mais lógica e segura era ficar longe de Helen. Se não soubesse que sua antiga companheira estava em Whitehollow, Helen não teria como delatá-la, caso fosse pega. Ainda assim, Makepeace descartou essa possibilidade.

O que mais era possível fazer? Ainda que ela fosse louca a ponto de tentar avisar Helen, como faria? Helen estaria sendo vigiada, de modo que não haveria como sussurrar nada em seu ouvido e passar despercebida. Decerto os espiões do rei conheciam estratégias para advertir uns aos outros dos perigos, mas Makepeace desconhecia.

Então ela pensou em alguém que provavelmente saberia. Encontrou um cantinho silencioso, concentrou-se, fechou os olhos e respirou fundo.

Lady Morgan, pensou ela, *eu preciso da sua ajuda. Quero contar a Helen que ela caiu numa armadilha. Existe alguma forma de avisá-la?*

Você enlouqueceu?, inquiriu o doutor. Se essa mulher sair daqui viva, terá visto não só você, como Symond! Os Fellmottes vão ficar sabendo!

Acho que enlouqueci, sim! Eu sei que Helen jamais arriscaria sua missão por mim... mas, caso fosse totalmente necessário, creio que ela arriscaria o próprio pescoço. Ai, não estou querendo preparar um cavalo para ela nem puxar uma pistola para protegê-la. Mas... quero dar a ela a chance de lutar.

Um silêncio se abateu.

Morgan, tentou Makepeace mais uma vez, *você pode estar determinada a ser minha inimiga. Mas Helen nunca te fez mal... é sua companheira. Em vida, você também era espiã, não era? Você lembra como era viver assim?*

Fez-se uma pausa; então, das sombrias profundezas da própria mente, Makepeace ouviu uma voz rígida e familiar.

Arrume um papel que você consiga passar a ela sem chamar atenção, **disse Morgan**. O frasco que você roubou de lady April é suco de alcachofra... com ele é possível redigir uma mensagem invisível.

Makepeace correu até a entrada, pegou uns panfletos religiosos presos à porta e voltou para seu quarto. Mergulhou uma pena no suco de alcachofra, como se fosse tinta, e escreveu uma curta mensagem, na margem de um dos panfletos.

Casamento é armadilha. Fuja se puder.

Como era de se esperar, o suco apenas umedeceu o papel, secando sem deixar marca.

Como é que ela vai ler?

A mensagem aparece quando o papel é posto junto a uma chama, **explicou a espiã**. Faça um pequeno talho no cantinho, com a unha, para que ela saiba que há uma mensagem escondida.

Com as mãos trêmulas de tanto nervoso, Makepeace voltou ao salão com a pilha de panfletos. Recebeu uns olhares estranhos ao distribuí-los, mas nada importante. Era esperado que os profetas se comportassem de modo estranho e fervoroso.

A maioria dos convidados estava sentada no banquinho junto à janela, de costas para a densa neblina que encobria o lado de fora. Helen permanecia entre a noiva e outra lady, parecendo dominar a conversa. A julgar pela forma como as amigas abafavam os risinhos com os leques, as piadas deviam ser meio escandalosas.

Makepeace parou defronte ao banco da janela, meneou a cabeça numa mesura envergonhada e entregou um panfleto a cada uma das relutantes senhoras. Então Helen ergueu o olhar para Makepeace.

Pelo mais ínfimo instante, a ruiva tremulou os olhos, chocada ao reconhecê-la. A expressão foi tão fugaz que só Makepeace percebeu. Um instante depois, Helen jogou a cabeça para trás e riu de um comentário da noiva, como se Makepeace fosse invisível.

Makepeace seguiu em frente, distribuindo mais panfletos, respondendo com balbucios atordoados às divertidas tentativas de flerte de um dos cavalheiros de rosto vermelho. Estava prestando atenção em Helen, que pediu licença às companheiras e se ausentou tranquilamente do salão.

Pouco depois Helen retornou, o sorriso meio travado. O cavalheiro de rosto vermelho a cumprimentou como se a conhecesse, com uma profusão de elogios joviais, e tentou persuadi-la a parar e ouvir a recitação de um poema. Ela, contudo, escapuliu e avançou até o marido. Makepeace passou por perto e entreouviu um pouco a conversa sussurrada.

"Algo embrulhou meu estômago", murmurou Helen. "Não estou bem. Meu querido... acho que preciso voltar para casa."

"Você pode tentar não me envergonhar, uma vez que seja?", vociferou o marido. "Se está em condições de cavalgar, pode muito bem ficar e fazer uns gracejos. Além do mais, como é que eu vou voltar para casa se você levar o cavalo?"

Os homens de rosto severo e uniforme preto adentraram o salão. Seus semblantes estavam sérios, como imagens do Ceifador à espreita num piquenique. Olharam para Symond e assentiram. Helen também percebeu e empalideceu.

O tempo havia se esgotado. Os três homens de preto começaram a cruzar em silêncio o salão, avançando educadamente em direção a Helen e ao marido...

... e passaram direto. Pararam defronte ao sujeito rubicundo que tentara flertar com Makepeace.

"Senhor", disse um deles, "queira nos acompanhar, por gentileza, e poupar constrangimento aos presentes."

Ele encarou os três e abriu a boca, como se prestes a gritar algo em protesto ou fingir que não estava entendendo. Então tornou a fechá-la e soltou um longo e lento suspiro. Abriu um sorriso escusatório aos convidados em redor, que observavam a cena com medo, curiosidade, confusão e desconfiança.

O espião exposto se empertigou e entornou o cálice. Então atirou no rosto do inimigo mais próximo e seguiu rumo à porta, surpreendendo a todos. Makepeace abriu caminho para ele, que passou a toda velocidade.

"Tranquem a porta principal!", gritou alguém. Deu-se um estrondo. "Ele fugiu pela janela — no gramado da frente!"

Todo os militares no recinto dispararam pelo salão de baile, seguidos pela maioria dos criados e convidados. A porta da frente se escancarou e todos saíram. Em meio ao nevoeiro, Makepeace pôde apenas distinguir uma figura distante correndo em direção às árvores. Enquanto observava, o homem parou, então mudou de rumo. Outras figuras, que aguardavam à sombra das árvores, saltaram e dispararam atrás dele. Evidentemente os idealizadores da armadilha haviam plantado homens à espreita, por garantia.

Olhando por sobre o ombro, Makepeace viu a maioria dos convidados do casamento aglomerados defronte à casa. Helen parecia perplexa e horrorizada.

O líder dos homens de preto avançou, acompanhado por Symond. Tocava de leve um corte na testa, causado pelos estilhaços do cálice voador.

"Você tinha razão", disse o homem a Symond. "Ele tentou *mesmo* fugir. Eu esperava um pouco mais de dignidade."

"Eu, não", respondeu Symond. Quando o homem de preto seguiu em frente, Symond cruzou olhares com Makepeace e escancarou um sorriso.

"Vai começar a caça", sussurrou ele. "Fique perto de mim."

A multidão confusa disparou névoa adentro, prontamente perdendo uns aos outros de vista. Gritos ecoaram pela escuridão.

"Aqui! Estou vendo ele! Pare!"

"Não deixem que ele chegue às árvores!"

Houve dois estalidos altos, feito galhos se partindo numa tempestade.

"O traidor está no chão! Mandem vir o cirurgião!"

Symond correu em direção ao último grito, e Makepeace correu atrás, a boca seca. Havia dois homens parados por sobre um terceiro, estirado no chão. Um sujeito com uma bolsa de couro saiu correndo da casa, cruzou o gramado e se ajoelhou junto ao homem caído. Makepeace supôs que fosse o cirurgião.

"Dá pra consertar?", gritou um dos oficiais. "Ele tem que responder umas perguntas!"

"Algum gênio atirou na cabeça, muito de perto!", retorquiu o cirurgião. "Eu precisaria de uma concha só para juntar os pedaços de cérebro!"

Makepeace sentiu cheiro de pólvora. Não era como a fumaça adocicada e vívida das cozinhas e das fogueiras. Tinha um odor pungente, metálico e amargo, e por um instante ela se perguntou se o fogo do inferno tinha aquele cheiro.

"Precisamos de uma maca!", gritou um dos soldados. Outro, que havia puxado uma bíblia do bolso, encarava a página que tentava ler em voz alta, meio cego por conta da neblina.

Symond se ajoelhou perto do corpo. Makepeace viu a imagem de um gato numa toca de ratos. Então ele se empertigou, como se o gato tivesse vislumbrado a sombra de um rabo de rato. Makepeace também tinha visto: um filete brumoso por sobre o corpo do homem, que não era nem fumaça, nem névoa.

Era um fantasma, como esperado, fraco e roto. Ele sentiu o abrigo em Symond e pairou em direção a seu rosto.

Apenas Makepeace estava perto o bastante para ver Symond sorrir. Enquanto o filete se aproximava, ele arreganhou os dentes e respirou fundo, com um sibilo, para sorver o fantasma inteiro para os pulmões. Seus olhos brilhavam com empolgação predatória.

O fantasma recuou. Por um segundo o filete se debateu, confuso, então Makepeace o viu disparar numa linha pelo gramado, empurrando de leve as folhas de grama. Um pequeno arbusto estremeceu de forma quase imperceptível, como se tivesse levado um empurrão, e gotículas de umidade desabaram das folhas. Só Makepeace e Symond perceberam; todas as pessoas próximas estavam atentas ao corpo.

Symond se levantou com um salto ligeiro e saiu à caça. Makepeace acompanhou, uns metros atrás, tentando não perder o primo de vista. Ele ziguezagueou, e ela imaginou que o fantasma do espião estivesse tentando driblá-lo para escapar da perseguição, como o homem fizera quando vivo.

Symond corria a toda velocidade em direção ao limite da fileira de árvores. Talvez o fantasma ainda se agarrasse à última esperança que tivera em vida: a de que estaria em segurança caso conseguisse chegar à mata.

Makepeace seguiu o primo mata adentro, roçando os joelhos nas plantas. De vez em quando um galho encoberto pela névoa despontava diante de seu rosto, forçando-a a se abaixar. Mesmo assim ela ainda via os cabelos claros e o casaco escuro de Symond logo à frente, trançando os troncos.

Ao se arrastar por sobre uma árvore caída, ela deu de cara com uma pequena clareira e encontrou Symond de joelhos, as mãos agarradas às folhas mortas, os olhos fechados.

Ao ouvir sua aproximação, ele abriu os olhos e escancarou um sorriso convencido.

"Peguei."

Por uma fração de segundo, o rosto dele se contraiu. Por aquele mesmo instante pareceu que mais alguém olhava através dos olhos dele, tomado de terror, agonia e desespero. Então o sorriso predatório retornou, e ele voltou a ser Symond.

"O que foi que você fez?", indagou ela, horrorizada demais para manter o respeito.

"Capturei um traidor", respondeu Symond, e Makepeace suspeitou que ele estivesse se divertindo com a reação dela.

"O fantasma do espião está dentro de você?" Makepeace viu outra vez o pequeno espasmo. "Por quê? Por que você fez isso?"

"Veja bem, meus 'novos amigos' do exército do Parlamento são muito exigentes. Querem que eu forneça mais e mais informações que possam ser usadas contra os monarquistas. Se eu quiser herdar as propriedades que são minhas por direito, tenho que agradá-los. O problema é que eu já revelei quase tudo o que sei. Eles querem que eu descubra mais, querem que eu vire espião, mas para isso eu teria que arriscar meu pescoço. Encontrei uma forma melhor de conseguir informações. Você é muito nauseenta?"

Makepeace balançou a cabeça devagar, em negativa.

"Que bom. Não quero te ver desmaiando e me distraindo da entrevista. Vejamos se ele está pronto pra abrir a boca." Ele baixou os olhos, e quando tornou a falar suas palavras não eram endereçadas a Makepeace.

"Pois muito bem, meu amigo. Por que não alivia essa sua alma e me fornece os nomes dos seus comparsas? Depois pode me contar onde esconde seus papéis e me ajudar com umas mensagens cifradas..."

Deu-se uma pausa, então Symond soltou um arquejo e uma risada.

"Agora ele está em pânico, exigindo saber onde está e por que está tão escuro. Eles costumam agir assim. Mas, quando eu começo a sorver a alma deles, um tantinho de cada vez, eles ganham utilidade. Pelo menos por um tempo. Até que suas mentes se arrebentam."

"Como assim?", indagou Makepeace.

"Eu te disse que havia estudado os fantasmas. Também falei que os que moram em nosso corpo podem extrair nossa energia. Só que eu descobri algo muito mais interessante. Se formos mais fortes que um fantasma, *isso se torna uma via de mão dupla*. Alguém com o meu dom — o nosso dom — tem o poder de extrair a energia de um fantasma isolado e exauri-lo.

"Precisei praticar muito, começando com os espíritos mais fracos e abatidos que pude encontrar. Em Bedlam achei muitos assim. Desde então venho enfrentando espíritos cada vez mais fortes, de modo a *me* fortalecer. Graças a Deus fiz isso, ou aquele fantasma-Douto de sir Anthony teria se encarregado de fazer!

"Está entendendo? Consegue enxergar o que Deus pretende que sejamos? Não somos canais à espera de rios vultosos, nem árvores submissas alimentando ervas-de-passarinho. Somos caçadores, Makepeace-da-cozinha. Somos predadores. Se você me for realmente útil, posso te ensinar todos esses truques."

Symond desviou o olhar, e a julgar por seu sorriso ele havia mais uma vez voltado a atenção ao prisioneiro. Seu rosto se contraiu mais uma vez, depois outra. A cada vez sua expressão fugidia era mais apavorada e angustiada.

Makepeace afirmara não ser nauseenta. Havia estripado inúmeros animais. Nem extirpar a gangrena da carne de um homem tinha revirado seu estômago como aquilo.

Ela não tinha ideias muito firmes em relação à maldade. Certos pecados conduziam ao inferno, claro, e ela já estava cansada de saber quais. Havia coisas terríveis que ela não queria ver acontecerem consigo, nem com pessoas queridas, mas cuja ameaça era simplesmente uma representação do mundo. Bondade era um luxo, e Deus claramente não tinha tempo para ela.

No entanto, para sua surpresa, Makepeace descobriu que suas entranhas tinham opinião própria. Sabiam que o mundo guardava maldades insuportáveis e que estava presenciando uma delas naquele exato momento.

Então, das profundezas de sua alma ela ouviu o rosnado retumbante do Urso, em resposta. Ele compreendia a dor. Compreendia a tortura.

"Pare com isso", disse Makepeace em voz alta. "Deixe o fantasma ir." Ela agora estava quente e tremia dos pés à cabeça. O Urso respirava em sua orelha.

Symond disparou um olhar de leve desprezo. "Não me decepcione agora. Eu estava começando a contar com a sua utilidade. E não me distraia. Meu amigo traidor está prestes a ceder..."

Quando Symond tornou a desviar o olhar, Makepeace agarrou um pedaço de galho quebrado e brandiu na direção dele. No meio do movimento sentiu o gesto ganhar força extra, graças à ira do Urso. Acertou Symond bem na nuca, empurrando-o para a frente. Vislumbrou uma nesga de sombra, fraca e mutilada, se afastando; o fantasma capturado havia escapado e se desintegrado.

Makepeace rugiu. Por um instante sua visão escureceu, e ela quis acertar Symond outra vez. Não. Se fizesse isso, iria matá-lo.

Ela largou o galho e recuou. Ele já se levantava, levando a mão à espada.

"Sua diaba desgraçada!"

Makepeace deu meia-volta e correu.

Ela disparou por entre as árvores enevoadas, com o farfalhar estrondoso dos passos de Symond logo atrás. A cada instante esperava sentir a lâmina lhe cravando as costas.

A mata acabou inesperadamente, e ela se viu correndo em meio às samambaias, então num campo gramado. Um retângulo imenso e turvo se avultou no horizonte à frente, e ela percebeu que estava de volta ao gramado principal de Whitehollow.

Três figuras correram pelo gramado em direção a ela. Conforme se aproximava, distinguiu as roupas pretas dos homens que haviam tentado capturar o espião.

"Apanhem a garota!", gritou Symond atrás dela. "Ela é um *deles*! É uma das bruxas dos Fellmottes!"

No mesmo instante os três homens se separaram para bloquear a passagem de Makepeace. Quando ela tentou contorná-los, o mais alto estendeu o braço para trás. Ela mal viu o punho do homem voando para a frente; só sentiu a pancada gritante ao ser atingida na mandíbula. O mundo explodiu em dor, então escuridão.

AS CRÔNICAS DAS SOMBRAS
FRANCES HARDINGE

CAPÍTULO 33

Ao recobrar a consciência, Makepeace passou um tempo ciente apenas da dor do queixo. Parecia imensa feito um sol pulsante, porém vermelho e laranja. Tornar a reconhecer o restante de si mesma não era uma experiência agradável. Sentia náusea e dor de cabeça. Ao abrir os olhos, viu-se estendida sobre um colchão, num recinto que parecia um pequeno escritório.

Ela pôs-se de pé, cambaleante, e tentou abrir a porta. Estava trancada. A janela estava fechada com barras, e ela teve uma aturdida sensação de pânico e *déjà-vu*. Voltara a ser uma prisioneira.

Está todo mundo bem?, indagou mentalmente, de súbito temendo por seus enervantes companheiros.

Acredito que sim, respondeu o doutor, com um tom de **atormentada calma**. Então... depois de todo o trabalho que tivemos para encontrar Symond Fellmotte, você achou importante acertar o homem com um tronco?

Ele precisava de uma surra, **retrucou Livewell, abalado**. Pena que não o tenhamos acertado com a árvore inteira.

Apesar da situação e da mandíbula dolorida, Makepeace soltou um ronco de satisfação. Aliviada, percebeu que também sentia a cálida vastidão do Urso.

Morgan? Ainda está aí? Não houve resposta, o que não surpreendia. *Onde estamos?*, perguntou ela.

Eu não sei, respondeu Livewell. Não vi mais nada depois que aquele sujeito acertou a nossa cara.

Achei que todos vocês pudessem movimentar meu corpo e abrir meus olhos enquanto eu dormia. Makepeace se sentou, com cautela, e sentiu o queixo machucado.

Durante o sono comum, sim, **disse o dr. Quick**. Na verdadeira perda de consciência, no entanto, parece que perdemos por completo o comando do corpo. Uma descoberta fascinante, porém deveras inconveniente no momento.

Makepeace subiu na cama e espiou pela janelinha como pôde. Viu árvores e as chaminés de Whitehollow mais adiante. Supôs que estivesse presa no posto de guarda.

Ela deu um salto quando a porta se abriu. Um serviçal adentrou.

"Vem comigo", disse o homem.

Ele a conduziu até um cômodo pequeno e vazio. O homem que socara Makepeace estava sentado numa cadeira, defronte a uma mesa. Symond repousava junto à parede, com sua costumeira expressão de cólera.

O homem de preto parecia ter seus trinta anos, com cabelos escuros que já começavam a rarear. Tinha o olhar penetrante, mas piscava com muita força, e Makepeace imaginou que ele passasse muitas horas lendo à luz de velas.

"Já sabemos tudo que importa", disse ele, erguendo os olhos dos papéis. "Só resta a você admitir a verdade, preencher as lacunas e nos contar quem mais está metido nessa podridão." Ele inclinou o corpo para trás e a encarou.

"Ainda está em tempo de nos convencer de que alguém fez a sua cabeça. Você é jovem, sem instrução, presa fácil para os ardis do Diabo."

Makepeace enrubesceu ao se lembrar da palavra que Symond havia gritado.

Bruxa.

"Que ardis do Diabo?" Talvez ela ainda conseguisse encarnar a garotinha assustada. "Por que o senhor me bateu? Quem é o senhor? Por que estou aqui?"

"Por que você veio a Whitehollow?", inquiriu o interrogador, ignorando as perguntas dela.

"Vim procurar lady Eleanor", respondeu ela, num tom desafiador.

"Eu tenho aqui um relato do soldado raso William Horne." O interrogador remexeu os papéis. "Ele disse que deu de cara com você certo dia, por acaso. Você estava de quatro, quase nua, rosnando como um animal e destroçando um peixe vivo com os próprios dentes."

"Eu ergui as saias para lavar os pés no córrego e tive a sorte de apanhar um peixe n'água. Eu estava de quatro na margem tentando evitar que ele voltasse para a água!" A situação era pior do que ela imaginava. Seus inimigos claramente haviam reunido depoimentos da criadagem.

"Ele também disse que você arrancou uma lembrança da cabeça dele e o incitou. Você conhecia os sentimentos que ele trazia no coração, as fantasias em sua mente, de uma forma que não deveria."

"Eu tive uma visão!"

"Nem todas as visões são enviadas pelo Todo-Poderoso. Algumas são ilusões de uma mente fraca... e outras são ardis do Senhor do Mal."

Makepeace sentiu um aperto no peito. Parecia haver uma linha tênue entre profetisa e bruxa.

"Ouvi dizer que você também leva um jeito incomum com os animais", prosseguiu o interrogador. "Aqui em Whitehollow tem um gato amarelo chamado Wilterkin. Dizem que ele rosna e arranha todo mundo, mas cinco minutos depois de te conhecer já estava se esfregando em você como se a conhecesse."

"Eu dei uma sobra de comida pra ele. Estamos falando de um *gato*. Qualquer casca de bacon crocante conquista o coração de um gato!" Ela não podia acreditar que sua maior alegria, a companhia dos animais, estava sendo usada contra ela.

"Você o deixou sugar a sua orelha?", indagou ele, no mesmo tom tranquilo e severo.

"Hein?"

"As bruxas amamentam os demônios e similares que se aproximam. Às vezes, possuem mamilos em áreas estranhas. Uma mulher foi visitada por um rato branco com rosto de homem, que bebeu leite de um mamilo no lóbulo de sua orelha."

Enfim, lá estava: a palavra "bruxa". Makepeace sentiu um calafrio.

"Não", disse ela, com todo o escárnio que podia reunir. "Nenhum gato andou mamando na minha orelha. Vocês foram ludibriados com um monte de mentiras."

"Ah, fomos? Nós ouvimos você muito bem. Ouvimos o Diabo que habita em você, gritando na mata."

Então eles haviam escutado Makepeace soltando os rugidos do Urso no meio da mata nebulosa. Já estavam convencidos de que ela não era uma pessoa normal. O interrogador estivera só estendendo a corda para que ela contasse umas mentiras e enforcasse a si própria.

O homem tinha os olhos severos, meio vermelhos pela falta de sono, mas Makepeace vislumbrou um lampejo. Não era bonito, nem alto, nem corajoso — o tipo de homem que não chamaria atenção num dia comum. Mas aqueles eram tempos incomuns, e as pessoas prestavam atenção nele. Ele estava cumprindo os desígnios de Deus.

O Urso estava sonolento e exaurido, porém acordado, e conseguiu farejar o homem de preto. Ele cheirava a sabão de qualidade e a dores alheias. Cheirava um pouco feito o Crowe jovem.

"Sabemos que você tentou matar lorde Fellmotte", disse o homem de preto. "Ele nos contou tudo a seu respeito. Agora é a sua vez de falar sobre os Fellmottes."

Symond ainda assistia a tudo calmamente, num cantinho. Ele tinha um jeito felino de sorrir sem sorrir. Ao contrário da crueldade das pessoas, no entanto, a dos gatos tinha limite. Ao olhar para ele, Makepeace se encheu de fúria.

"Os Fellmottes são demônios", declarou ela, tomada pela emoção. "Eu fugi de lá. Vim procurar lorde Fellmotte pois achei que ele poderia me proteger. Mas ele é pior que todos os outros! Eu gritei porque estava com medo dele!"

"Eu sei que ele tentou exorcizar o demônio de você", disse o homem de preto.

"Exorcizar?" Makepeace não conhecia aquela palavra.

"Expulsar e mandar de volta pro Inferno. O Senhor concedeu a ele um grande dom... a capacidade de expulsar demônios e enviar espíritos atormentados ao descanso eterno..."

"*O Senhor concedeu...?*" Isso já era demais. "Seus imbecis! Ele está enganando todos vocês! Ele não manda fantasma nenhum pro descanso. Ele *come*. Eu o vi fazer isso, e foi por *isso* que gritei."

"Você devia demonstrar um pouco de gratidão", disse o homem de preto num tom severo. "Ele considera que você tem salvação." Ele anotou alguma coisa num bloco, então suspirou e olhou para Symond. "Você tem razão, é uma língua muito maligna e vingativa. Bom, quando uma mulher é bruxa, em geral também é ranzinza e briguenta. Tem certeza de que pode trazê-la de volta a Deus?"

"Apenas me dê um tempo com ela", disse Symond, muito sério. "Vou ver se consigo expulsar os demônios."

"Não!", disse Makepeace. "Não me deixem sozinha com ele! Escutem! Ele come fantasmas! Ele come *almas*!"

Eles, contudo, não deram atenção, e ela foi levada de volta ao quartinho. Symond foi atrás e pediu ao guarda que esperasse do lado de fora.

"É preciso ter cuidado com essas bruxas dos Fellmottes", disse Symond a ele. "Se ela começar a xingar, eu consigo me proteger, mas não posso defender você."

Assim que Symond ficou a sós com Makepeace, ele sorriu. "Você devia me agradecer. Se eu não tivesse te defendido, esses sujeitos utilizariam métodos muito cruéis para te endireitar." Ele riu. "Eis a negociação. Você me conta onde escondeu o alvará, e eu digo aos nossos inquisidores que expulsei os demônios de você.

"Daí eles vão te botar sentada, e você confessa tudo. Eles já fantasiam bastante sobre o que acontece em Grizehayes. Diga que os Fellmottes são todos bruxos, que sobrevoam o campo em cascas de ovos e morteiros. Diga que a família te obrigou a saltitar nas encostas com o Maligno. Diga que a senhora Gotely te ensinou a preparar poções e venenos, que os cães da cozinha caminhavam em duas patas e faziam o que você mandava.

"Eu estava num dilema, veja bem. Eu tinha conquistado o interesse e a proteção desses sujeitos revelando alguns hábitos dos Fellmottes. Mas eu só podia comprovar se entregasse o alvará, o que me deixaria sem munição para ameaçar minha família. Mas *você* e a sua confissão vão servir muito bem como prova."

"Eu não vou confessar nada", disse Makepeace. "E nem vou te dizer onde está o alvará. Se eu contar, você não vai ter nenhuma razão para resguardar a minha vida. Então acho que é melhor eu segurar a língua, *patrão Symond*."

O rebaixamento de título pareceu atingir Symond mais do que a recusa à negociação.

"Você está abrigando um fantasma, não está?", Symond estreitou os olhos. "Um louco. Eu o ouvi rosnando. E suponho que você não tenha tido condições de dar cabo dele nem de expulsá-lo, não é? Eu podia ter ajudado, se você tivesse passado no meu teste.

"Aqueles sujeitos acham que você está possuída, e eles têm razão. Se começarem a te atormentar, cedo ou tarde vão conseguir provar."

Aqueles homens querem uma prova de que os Fellmottes são bruxos, disse Livewell, depois que Symond se retirou. *Por que não damos isso a eles? Por que não revelamos onde está o alvará? Por que ainda estamos mentindo? Você disse que queria ser a ruína dos Fellmottes.*

Sim, mas eu quero viver pra ver isso, retorquiu Makepeace, massageando a mandíbula inchada. *E preciso viver pra salvar James! Se eu entregar o alvará, eles logo vão concluir que sou uma Fellmotte e que tenho o dom. Então o que vão fazer comigo? Eu nunca ofereci meu sangue em nenhum pacto com o diabo, nem tenho mamilos nas orelhas... mas*, sim, eu me relaciono com espíritos, não é? Você mesmo disse. O Urso *realmente* me segue por todo lado, feito um parente. E eu *estou* possuída.

Então, se eu abrir mão desse precioso alvará, Symond vai fazer o possível para que eu seja vista como culpada. Acha que vou respirar ar puro outra vez?

Não, respondeu o doutor, taciturno. Teremos sorte se eles não te enforcarem e ainda acharem que salvaram a sua alma.

O alvará é a única nesga de poder que eu tenho agora, disse Makepeace, num tom amargo, *e está por um fio.*

Eles são homens bons, insistiu Livewell.

São?, retorquiu Makepeace. *O líder parece gostar de exercer pequenos poderes sobre os outros. Eu já vi esse tipo antes. E o Urso não gosta do cheiro dele.*

Você confia no julgamento do seu Urso?, indagou Livewell, muito sério.

Confio, respondeu Makepeace, depois de um instante de reflexão. *Estou aprendendo a escutá-lo. Ele é uma fera selvagem, sem inteligência para compreender muita coisa. Mas ele sabe quando há algo errado.*

Então não devemos confiar nesses homens, disse Livewell, com surpreendente firmeza. O que mais podemos fazer?

Será que o Urso conseguiria nos tirar daqui na base da força?, indagou o doutor, esperançoso.

Não é tão simples. Não posso mandar ele atacar alguém, feito um cachorro. Às vezes, quando nós dois estamos nervosos... fica difícil nos deter. Mas não conseguimos arrombar esta porta aos socos, nem bloquear uma bala em pleno ar. Há muitos soldados nessas matas, e a esta altura já sabem que estou presa por bruxaria.

Então Helen, a sua amiga contrabandista, provavelmente sabe também, observou o doutor. Será que ela poderia ser nossa aliada?

Talvez. Makepeace suspeitava que o espião da cara vermelha fosse um dos contatos secretos de Helen entre os monarquistas. Se não fosse o aviso de Makepeace, talvez Helen tivesse se afastado para conversar com ele, e a suspeita também recairia sobre ela. Talvez ela estivesse grata. *Mas não temos como pedir a ajuda dela.*

Isso era mesmo verdade?

Ah, não, mentira. Existe uma forma de contatar Helen. Uma forma perigosa.

Não gosto muito de ouvir isso, retrucou o doutor.

Nem eu. Makepeace, no entanto não via outra maneira. *Preciso falar com Morgan.*

E isso ajudaria em quê?, indagou o dr. Quick, meio tenso.

Lady Morgan!, pensou Makepeace, o mais forte possível. *Quero falar com você. Sei que tentei te perseguir antes, mas desta vez não farei isso. Por favor, não vou lhe fazer mal.*

Não houve resposta.

Não creio que a lady confie em nós, disse o doutor. Prefere aparecer e sumir como bem entende para que não possamos localizá-la, e neste momento imagino que esteja escondida em seu covil.

Makepeace recordou a chocante torrente de emoções e fragmentos de lembranças que lhe assomaram a mente quando ela tentou "seguir" Morgan.

Você me disse que ela se esconde numa parte da minha mente isolada das outras, respondeu ela em silêncio. *Acho que agora sei que parte é essa. Todos esses anos, houve um capítulo das minhas lembranças que eu não conseguia encarar — não queria encarar.*

Se é lá que fica o covil dela... eu sei onde encontrá-la.

AS CRÔNICAS DAS SOMBRAS
FRANCES HARDINGE

CAPÍTULO 34

Makepeace permaneceu deitada em sua caminha, de olhos fechados, ouvindo a própria respiração. Para se confortar, imaginou-se deitada sobre a barriga de um enorme Urso, maior que Whitehollow, maior que Grizehayes, de pelo mais frondoso que a grama no verão, o sobe e desce de sua respiração feito o balanceio de um barco.

Ela, contudo, não podia ficar para sempre ali. Havia lugares a ir em sua própria mente, lembranças a evocar. Havia um abismo a encarar e um inimigo a enfrentar.

Pode me esperar aqui, Makepeace disse ao Urso. *Eu já volto. Preciso enfrentar isso sozinha.*

O Urso, no entanto, não compreendia totalmente. Iria com ela, claro que iria. Depois de um tempo, Makepeace percebeu que estava sendo boba. Já não havia possibilidade de seguir sozinha.

Então, ao respirar fundo e evocar as lembranças de Poplar, ela visualizou uma versão mais jovem de si, caminhando ao lado de um Urso. Ela se permitiu mergulhar naquela imagem. Era lembrança, era imaginação, tinha a força e a vivacidade de um sonho.

Lá estava Poplar, depois de tanto tempo, tomada de barulho e mau cheiro. Os ruídos e estrondos dos estaleiros, os álamos tremulantes, os pântanos verdes e exuberantes onde pastava o gado bege e marrom. A imagem era tão vívida que a fumaça fez seus olhos lacrimejarem. Feito roupas escondidas num baú, os tons da lembrança não haviam desbotado. As cores ainda estavam vivas.

E... Poplar em si era pequena, ela percebeu. Bem menor que Oxford ou Londres. Umas poucas casas agrupadas nos arredores de uma estrada, feito tufos de grama junto a um tronco.

Em sua imaginação ela estava percorrendo a estrada para Londres, como fizera três anos antes. Ninguém dava atenção à Makepeace de doze anos de idade, nem parecia notar o Urso ao seu lado. O crepúsculo era vasto. O céu escurecia. A cada passo o ar ficava mais turvo e opressivo. Mas havia alguém que ela precisava encontrar.

O Urso ainda estava a seu lado. Ela podia estender o braço e lhe tocar os pelos, ao mesmo tempo em que o estrondo de uma multidão raivosa lhe preenchia os ouvidos. Então, quando ela correu, ele correu junto, nas quatro patas.

Agora os dois estavam espremidos em pleno motim dos aprendizes, em meio à escuridão e a uma gritaria enlouquecida, entrecortada por disparos de arma de fogo. Silhuetas de adultos desesperados irromperam em fuga, pisando firme, avançando e jogando Makepeace de um lado a outro, esmagando-a e bloqueando sua visão. Makepeace olhou para os lados, em desespero, à procura de um rosto específico.

Onde ela estava? Onde ela estava? Onde ela estava?
Ali. Bem ali.
Mãe.
Cada linha de seu rosto era muito nítida. Os cabelos de bruxa escapando por sob a touca. Os olhos fundos, brilhantes e enigmáticos. Margaret.

Um porrete brandido com descuido se aproximou de sua fronte indefesa...

Mas Makepeace e o Urso podiam evitar! Agora estavam ali; podiam impedir! Uma pancada com a pata desviou o porrete.

Então uma garrafa se estilhaçou ali perto, e os fragmentos voaram em direção ao rosto de Margaret...

A pequenina Makepeace ergueu rapidamente o braço para proteger a mãe. Uma enxada foi chutada da mão de alguém, e a lâmina disparou na direção de Margaret. Em seguida, uma pedra ricocheteou numa parede e avançou para cima dela. A bala impiedosa de uma arma disparada a esmo assumiu o rumo de sua têmpora...

A Mãe gritou.

Então Makepeace a viu parada diante de si, o rosto pálido coberto por um rio de sangue escuro. A Mãe encarou Makepeace, moribunda, e sua expressão mudou.

"Fique longe de mim!", gritou ela, acertando o rosto da filha com um golpe que estremeceu o mundo. "Vá embora! Vá embora!" Empurrava a filha com uma força descomunal.

Makepeace caiu para trás, numa escuridão diferente. Aterrissou em meio a cardos, encarando as estrelas acima. Estava numa clareira, com a grama alta, ladeada por juncos que farfalhavam ao vento. Ela se sentou e não muito longe avistou um modesto retângulo de terra revolvida. Era o túmulo da mãe, à beira dos pântanos de Poplar.

O Urso, agora um filhotinho, abriu a boca e soltou um leve balido de consternação. Havia morrido naquele pântano e o reconhecia. Makepeace o pegou no colo, trêmula por conta do frio e do medo.

Para além da borda da clareira, entre os juncos, jazia a silhueta enevoada de uma mulher. Estava imóvel, exceto pelos cabelos selvagens, que rodopiavam e ondulavam com a brisa.

"Mãe", arquejou Makepeace.

Você foi a minha morte, sussurraram o vento, os juncos, o gorgolejo e o som furtivo dos córregos. *Você foi a minha morte.*

"Me perdoe, mamãe!" As palavras saíram num pequeno soluço. "Me perdoe por termos discutido! Me perdoe por eu ter fugido!"

A silhueta da mulher não se mexia, mas de repente pareceu bem mais próxima, ainda implacável e sem rosto. *A minha morte*, sussurrou o pântano solitário. *A minha morte.*

"Eu tentei te salvar!" Makepeace sentia os olhos ardendo pelas lágrimas. "Eu tentei! Mas a senhora me empurrou... e aquele homem me levou embora..."

A minha morte. O vento aumentou, e os cabelos da mulher ondearam. De súbito ela estava parada à borda da clareira, quieta e ominosa, o rosto ainda perdido nas sombras.

Dali a pouco a figura a tomaria de assalto, e Makepeace veria seu terrível rosto esfumaçado e a ouviria soprar seu ouvido e se agarrar à sua mente. Ainda assim ela estava tomada de uma angústia e uma saudade ainda maiores que o medo.

"Por que eu não pude salvar a senhora?", gritou Makepeace. Tornou a pensar na cena pela qual acabara de passar, nas tentativas inúteis de proteger a Mãe de um golpe fatal. "Por que isso tem que acontecer? Por que eu não consigo impedir?"

Acontecia que, lá no fundo, ela já sabia a resposta.

"Foi só falta de sorte, não foi?", sussurrou ela, sentindo as lágrimas correrem pelo rosto. "Não havia nada que eu pudesse fazer."

O Urso estava quentinho e pesado em seus braços. Ela inclinou a cabeça por cima dele, num gesto de proteção, e sentiu o pelo áspero lhe roçar a bochecha.

"Por que a senhora me empurrou, mamãe?", indagou Makepeace, angustiada. "Eu podia ter levado a senhora pra casa!" Ela temeu que no final a Mãe a odiasse de tal forma, que até sua ajuda fosse insuportável.

Então, Makepeace enfim compreendeu.

"Ah, mamãe", disse ela. "A senhora estava com medo. Estava com medo por *mim*.

"A senhora não me odiava. Imaginou que fosse morrer e teve medo de que seu fantasma viesse pra cima de mim! A senhora estava tentando me proteger. A senhora estava sempre tentando me proteger. Sempre."

Por fim, Makepeace sentiu que estava começando a compreender a mãe feroz e misteriosa que a criara. Margaret era inflexível demais, mas como poderia agir de outra forma? Ninguém menos determinada teria escapado dos Fellmottes.

Ela, no entanto, havia amado Makepeace. Desafiara os Fellmottes por Makepeace, fugira por Makepeace, trabalhara até a exaustão por Makepeace. Amara a filha com a pureza cruel de uma mãe pássaro, que força os filhotes a voarem do ninho para testar suas asas. Fizera o que pensava ser o melhor para a filha. Havia acertado, errado, sem jamais lamentar nada.

"A senhora me amou", disse Makepeace, quase incapaz de proferir as palavras.

A noite revolveu o ar durante muito, muito tempo. Mais tarde já não havia vozes nos juncos soprados pelo vento, e os pântanos eram apenas escuros e frios, sem a agitação da ameaça e do medo. Ainda havia uma figura feminina à beira da clareira, mas sua silhueta era diferente. Makepeace limpou os olhos e enxergou quem era a mulher, e quem não era.

"Olá, lady Morgan", disse ela, aproximando-se devagar. O Urso agora estava maior e mais pesado, e Makepeace precisou botá-lo no chão.

Morgan era indistinta, uma forma de mulher esfumaçada com brilhos prateados, mas à medida que Makepeace se aproximou pôde distinguir um rosto estreito e astuto, com olhos de pálpebras pesadas, testa comprida e boca meio retorcida. Não havia sinal visível de ferimentos, mas apesar de tudo ela parecia sutilmente inclinada, feito o desenho num cartão meio dobrado. Era evidente que não havia se recuperado por completo da primeira briga com o Urso.

"Foi um bom esconderijo", admitiu Makepeace. "Você sabia que eu não era capaz de enfrentar a morte da Mãe. Mesmo assombrada por você, pelo Urso e pelos outros, acho que quem mais me atormentou esse tempo todo foi a Mãe. E ela nem chegou a ser um fantasma, não é?"

Morgan suspirou.

"Provavelmente não", respondeu, muito entediada. "Tenho certeza de que o espírito dela não saiu de Lambeth ou dos pântanos e foi até a sua casa te atacar. Foi *mesmo* um pesadelo, sua garota burra."

A Infiltradora balançou a cabeça, cansada.

"Não vou sentir saudade desta fortaleza", prosseguiu ela. "O problema de passar um tempo nas memórias alheias é que elas começam a parecer nossas, então ficamos tentados a dar importância a elas."

As nuvens se abriram, revelando uma nesga de lua. A luz cintilou nos olhos prateados de Morgan, na gola ornada de pérolas, nos anéis em seus dedos.

"Chega de papo furado", disse ela, abruptamente. "Você pode ter encontrado um dos meus covis, mas esta batalha está longe de terminar. Ainda posso usar muitos outros. Os humanos desconhecem o próprio cérebro, que sempre guarda um bom número de pontos cegos."

"Então por que você estava aqui me esperando?", indagou Makepeace. "Por que não correu para outro esconderijo? Acho que está blefando. Está ferida, está sozinha, e eu tenho amigos de olho em você."

"Eu queria conversar com você a sós, para exigir a sua rendição incondicional. Me deixe falar com os seus captores, e eu garanto que negocio um resgate para nós. Quando estiver falando com as pessoas certas, vou cobrar um preço que a família Fellmotte vai pagar para que retornemos em segurança."

"Não", respondeu Makepeace.

"Então o que você está fazendo aqui? Ah... entendi." Morgan olhou o Urso, agora já quase do tamanho de um adulto. "Você trouxe a fera pra acabar comigo."

"Não. Eu vim te pedir pra se unir a mim."

"Como é que é? Você está *mesmo* desesperada. E iludida, também. Por que eu me aliaria a você contra minha própria família?"

"Por que você se esforçou a vida toda pra servir à família, e eles todos te trataram feito lixo. Mesmo agora *ainda* estão te tratando feito lixo. O Infiltrador precisa correr todos os riscos que os Doutos não querem correr, não é? Você tem que sair do corpo pra inspecionar tudo e abrir espaço na mente dos herdeiros, mesmo que o seu espírito possa se exaurir. Deve ser uma tortura. E eles te obrigam a repetir isso incessantes vezes. Depois de tudo o que fez por eles, ainda assim você é descartável. Isso não vai mudar nunca.

"Você nem gosta dos outros Doutos? Algum dia chegou a gostar? Porque, se não gostar, ficar presa na mesma cabeça daqueles arrogantes, egoístas e insensíveis não parece imortalidade para mim. Parece o Inferno."

"O que te faz achar que eu sou tão diferente deles?", indagou Morgan.

"Não sei bem se você é", disse Makepeace. "Mas você me ajudou a avisar Helen. Talvez só tenha feito isso para que ela sobrevivesse e informasse que me viu com Symond. Mas talvez tenha visto uma companheira espiã em perigo e querido protegê-la."

"E... você sabia de tudo *isto*." Makepeace acenou para o túmulo, os pântanos e Poplar, em algum canto da escuridão. "Conhecia os meus mais profundos segredos e sofrimentos. Poderia ter usado tudo isso pra me torturar, me enfraquecer e destruir o meu coração. Mas não fez.

"Você é uma sanguessuga impiedosa, Morgan, mas também é esperta e corajosa. E sabe o que significa ter que conquistar algo... isso a torna melhor que os outros Doutos. Eu não quero te destruir. Quero aprender sobre você e com você. Não vou me render, mas tem um lugar pra você aqui, se quiser trabalhar comigo."

"Você só está falando isso tudo por interesse."

"Eu de fato quero a sua ajuda. Mas também estou sendo honesta. Morgan, você tem a idade de duas vidas. Sabe detectar as mentiras dos outros. E está infiltrada no meu cérebro. Você *sabe* que eu estou falando a verdade. Confiar em você é um risco. Seria muito fácil você me trair. Mas, se fizer isso, suponho que não haja como piorar mais a minha situação."

"Os Fellmottes sempre vencem", disse Morgan. Breves lampejos cintilaram, hesitantes, sobre a silhueta indistinta.

"Posso servir a eles ou posso perder tudo. É assim o mundo em que vivemos."

"E se o mundo estiver acabando? Tem *algo* acontecendo, não tem? Está tudo virado do avesso, e todo mundo está percebendo. Se o mundo for incendiado amanhã, você acabaria satisfeita por ter sido fiel aos Fellmottes até o fim? Ou desejaria ter se rebelado, arriscado tudo e usado toda a sua astúcia contra eles, pelo menos uma vez?"

Morgan tinha a expressão sagaz, porém não feliz.

"Não prometo nada. Mas pode me contar qual é o seu plano."

AS CRÔNICAS DAS SOMBRAS
FRANCES HARDINGE

CAPÍTULO 35

Symond tinha razão. Os caçadores de bruxas já não estavam dispostos a ser bonzinhos. A janelinha estava coberta por um pedaço de pano, que permitia apenas a entrada de uma luz tênue. A cama havia sido removida.

Makepeace foi deixada sozinha. Enquanto cogitava ter sido esquecida, ouviu três batidas secas à porta. Estremeceu de choque, imaginando por que alguém bateria para entrar. Para sua confusão ainda maior, ninguém abriu a porta, e os passos do lado de fora seguiram adiante.

Algum tempo depois aconteceu a mesma coisa. Então mais uma vez, cerca de uma hora mais tarde. A estranha batida tornou-se seu único relógio. Sem luz, era fácil perder a noção do tempo.

Makepeace não recebeu comida nem bebida. O Urso estava cada vez mais esfaimado e inquieto, e ela não conseguia fazê-lo parar de andar.

Quando a noite engoliu a pequena prisão e o ar frio se encheu com os crocitos das corujas, Makepeace se acomodou num dos cantos do quarto e tentou dormir. No entanto, era despertada pelas incessantes batidas. Acordava na escuridão, confusa, e a visão noturna do Urso informava onde ela estava.

Então a porta se abriu com um estrondo. Lanternas irromperam no quarto, fazendo-a pestanejar. Ela foi arrastada até o pequeno escritório onde o silencioso homem de preto aguardava.

Ele tinha perguntas a fazer. Os Fellmottes já haviam amaldiçoado seus inimigos? Eram capazes de ultrapassar muralhas de pedra? Esfregavam unguento no corpo e voavam? *Ela* já havia voado?

Ele tinha imagens a mostrar. Xilogravuras de familiares de bruxos. Ela já vira algo do tipo em Grizehayes? Uma lebre preta saltando. O desenho grosseiro de um peixe com um rosto carrancudo de mulher. Uma vaca com rabo de cobra, todo espiralado. Um sapo do tamanho de um bebê, todo peludo, sendo alimentado com uma colher de sangue.

"Não", disse ela. "Não." Durante todo o tempo, um imenso Urso sombrio e furioso se contorcia em sua mente, querendo se levantar e sair arrancando cabeças. "Não", dizia ela a cada pergunta, e os homens de preto achavam que ela estava falando com eles.

Ainda não, Urso.

Ela foi devolvida à cela e deixada no escuro. As batidas vinham de tempos em tempos. Ela sabia que os homens queriam privá-la de sono e roubar sua força. A sede era ainda pior que a fome. Sua cabeça doía, e a boca estava colada de tão seca.

Depois dessa noite de sono interrompido, quando o cantarolar dos pássaros informou a Makepeace que já devia ter amanhecido, Symond foi visitá-la.

Ele estava claramente grato em vê-la aninhada num canto do quarto, a própria imagem da desgraça. Fez um teatrinho botando um lenço na frente do rosto, para se proteger do abafamento do armário.

"Pensei que estivesse pronta pra falar, mas obviamente você está descansando. Melhor eu voltar daqui a uns dias..."

"Não!", gritou Makepeace, no tom mais agudo e lastimoso que pôde. "Não vá! Eu te conto! Eu conto onde escondi o..."

"Psiu!" Symond trancou a porta depressa. "Fale baixo!" Então, como Makepeace havia esperado, aproximou-se, para que ela pudesse falar.

No último instante ele viu o corpo dela enrijecer, mas antes que pudesse reagir ela já havia se levantado de um salto. O Urso conhecia o cheiro de Symond. Ele cheirava a pedras, correntes, sangue e crueldade.

Makepeace deixou o urro brotar de dentro de si, sabendo que ecoaria pela mata. Desferiu um golpe no rosto de Symond, jogando-o para trás. Ele bateu a cabeça na parede e deslizou, cambaleante.

Makepeace agarrou Symond pelo colarinho. Por um instante sentiu que quebraria o pescoço dele. Então lembrou-se de si mesma e de seu plano.

Agora, Morgan!

Deu-se uma breve sensação de tremor, como se um pedaço de gaze úmida tivesse sido arrancada de sua orelha. Um filete sinuoso de fumaça desceu por seu braço, serpeando em direção ao rosto de Symond.

Do lado de fora ela ouvia gritos abafados e tentativas estridentes de arrombar a porta. O espectro de Morgan chegou à boca de Symond e foi sugado por sua respiração, meio segundo antes que a porta abrisse com um estrondo.

Os recém-chegados conseguiram separar Symond de Makepeace e arrastá-lo para fora do quarto. No entanto, eram sábios demais para tentar imobilizá-la de cara. Retornaram à cela com quatro homens, jogaram um cobertor em sua cabeça e a amarraram com cordas.

Mais tarde, ao acharem que ela parecia mais calma, levaram-na de volta ao líder. Não a soltaram, em nome do respeito forte e supersticioso que tinham pela força do Maligno.

"Você está me deixando sem opções, declarou o homem de preto.

"Pode me deixar sair daqui", disse Makepeace, com súbito atrevimento. "A única coisa que eu sempre quis foi ficar sozinha. Me deixe sair daqui, e eu juro que nunca vou fazer mal a ninguém."

"Você sabe que eu não posso fazer isso", respondeu ele. "Poderes como o seu só podem provir de uma fonte maligna, e só podem conduzir ao mal. Precisamos te salvar e salvar os outros de você.

"Você tem queimaduras nas mãos", prosseguiu o homem, inclinando o corpo e entrelaçando os dedos, "provocadas por panelas e caldeirões. Dói tanto quando um pedacinho de pele queima, mesmo por um segundo! Agora imagine sua mão pressionada a um caldeirão escaldante por dez segundos. Imagine a agonia de um minuto inteiro, incapaz de retirar a mão ou fazer nada além de ver a própria pele chamuscando.

"Agora... imagine uma aflição abrasadora, que percorresse cada centímetro do seu corpo e perdurasse uma semana, um ano, uma vida, um milhão de vidas. Pense no desespero de saber que essa dor e milhares de outras nunca, jamais cessariam. Imagine a tristeza de saber que poderia ter conhecido a verdadeira felicidade, mas trocou por uma eternidade de horrores.

"Isso... é o Inferno."

Makepeace sentiu um calafrio lhe percorrer os braços. Algo naquele homem trazia a lembrança do pastor de Poplar. Sua fé guardava a fúria de uma espada, porém uma espada mais capaz de cortar os outros do que a si mesmo.

"Talvez fosse bondade", prosseguiu ele, "se eu segurasse a sua mão sobre a chama da vela, para dar um gostinho do sofrimento que pode estar à sua espera caso você não renegue o mal. É melhor perder a mão do que a própria alma."

"A Bíblia diz que podemos conhecer uma árvore pelos frutos que ela produz", respondeu Makepeace, afiada. "Se você queimar a minha mão, o que eu vou pensar de você?"

"O sofrimento às vezes é a maior bênção", disse calmamente o caçador de bruxas. "A criança aprende pelo livro, mas também pela vara. As dores de nossa vida ensinam e purificam."

"Deus lhe enviou muitas bênçãos", murmurou Makepeace, porém baixinho demais para que ele ouvisse.

"Talvez você possa ser salva, veja bem", prosseguiu o homem. "Não deseja voltar a ser livre e pura? A sua alma não cantaria?"

Makepeace ficou um longo tempo em silêncio, fingindo refletir sobre aquelas palavras, então irrompeu em soluços sufocantes, que esperou serem convincentes.

"Cantaria", choramingou ela. "Ai, se uma coisa dessas fosse possível! *Existe* um demônio em mim, é tudo verdade, mas eu nunca o invoquei! Acho que os Fellmottes o enviaram para me atormentar!"

"E por que eles fariam isso?"

"Por que eu..." Makepeace tornou a baixar o olhar. "Eu... roubei uma coisa deles quando fugi. Havia um pedaço de pergaminho que eles consideravam mais valioso que ouro, então eu trouxe comigo para ver se conseguia vendê-lo.

Mas, quando vi o que era, fiquei assustada... era um tipo de carta pomposa, falando das relações da família com espíritos. E tinha a assinatura do rei e um selo de cera maior que uma castanha."

"Tem certeza?" O homem empalideceu. Seus olhos guardavam a exultante, porém atemorizada expressão de alguém que pesca uma baleia ao tentar apanhar uma truta e precisa arrastá-la até a margem. "A assinatura do rei? Onde é que está isso agora?"

"Eu enviei a uma amiga e pedi que ela guardasse, por garantia", mentiu Makepeace, muito feliz.

"Onde?"

"Oxfordshire... não muito longe de Brill."

O queixo do homem desabou. Makepeace sabia muito bem que Brill se encontrava na perigosa zona entre os dois exércitos. No entanto, podia ver o sujeito calculando os riscos e avaliando a importância da jogada. Um documento ligando o rei a bruxaria!

"Onde é a casa dela? Como podemos encontrar?"

"Ah, ela não vai entregar a ninguém além de mim", retorquiu Makepeace depressa. "Eu disse a ela que qualquer um que aparecesse procurando o documento certamente seria espião dos Fellmottes, a despeito da aparência que tivesse."

"Então você vai ter que vir com a gente", disse o homem, com uma carranca. "Isso pode ser o início da sua penitência e prova do seu arrependimento. Não podemos perder tempo. Os Fellmottes também vão atrás desse papel, e sabe-se lá como os demônios podem ajudá-los a localizar! Vamos partir hoje, assim que lorde Fellmotte estiver em condições de cavalgar."

Poucas horas depois, com roupas mais quentes, Makepeace foi conduzida à luz do dia, excepcionalmente forte. *Que estranhos animais são as pessoas*, pensou ela. *Nós nos adaptamos a tudo tão depressa. Talvez nos acostumemos até com o Inferno.*

Para seu horror, ela descobriu que dividiria um cavalo com Symond. Ele também não parecia satisfeito. Exibia um hematoma arroxeado no maxilar, que parecia estar desbotando, não escurecendo. Talvez a dieta acrescida de fantasmas acelerasse a recuperação.

Makepeace recebeu ajuda para se sentar na frente dele, de lado na sela, tornou a ser presa pelos punhos e tornozelos. Era evidente que ninguém queria correr riscos. O interrogador de Makepeace e seus dois colegas tinham um cavalo cada.

Até que ponto podemos contar com Morgan?, indagou o doutor.

Pedi que ela avisasse aos Fellmottes que eu estava sendo levada a Brill, respondeu Makepeace em silêncio. *Acho que ela vai fazer isso quer decida nos trair ou não.* Com sorte, àquela hora a sagaz espiã havia usado Symond, durante o sono, para escrever uma carta cifrada, que colocara em algum lugar onde Helen pudesse encontrar.

Makepeace tinha recebido uma mão de cartas ruim, e sua única esperança era arrancar as dos outros jogadores. Caos era melhor que desesperança.

"Seja lá o que estiver planejando, não vai dar certo." As palavras murmuradas por Symond atrapalharam os pensamentos dela. "Cedo ou tarde você vai precisar de mim como amigo. Se der um jeito de me entregar o alvará, eu te perdoo. Mas, se ele for parar nas mãos de outra pessoa, juro que te vejo enforcada por bruxaria num espinheiro. E vou atrás do seu fantasma. Desintegrar a sua mente, um pedacinho por vez, por uma semana inteira, até que só reste um fiapo de você. E vou guardar o fiapo eternamente, para assustar os outros fantasmas, feito um troféu de caça na minha parede."

Makepeace permaneceu calada, o mais empertigada possível sobre o cavalo. Ser lentamente digerida por Symond tinha mais cara de inferno que um caldeirão de fogo.

7

O fim do mundo

AS CRÔNICAS DAS SOMBRAS
FRANCES HARDINGE

CAPÍTULO 36

Durante a longa viagem, Makepeace sentia-se exposta; as cordas em seus punhos e tornozelos atraíam todos os olhares. Uma chuva fina e intensa descia por seu pescoço e se aninhava em seus cílios, e ela não podia secar. À sua frente, Symond agarrava as rédeas com as mãos enluvadas, e o cavalo seguia, sacolejando a cabeça.

Depois de um tempo, no entanto, o movimento começou a embalar Makepeace. O Urso queria dormir, então ela o deixou à vontade. Não havia nada que pudesse fazer agora, e mais tarde precisaria estar desperta. Permitiu que as pálpebras baixassem, transferindo ao inimigo a tarefa de mantê-la sobre o cavalo.

Makepeace acordou outra vez num pequeno vilarejo ribeirinho, apinhado de tropas, os matagais das encostas ocupados por cavalos e tendas. Seu interrogador conversava com um grupo de soldados.

"Podemos dispensar alguns homens, mas cavalos, não", disse um dos oficiais. "Já temos problemas demais. Essa trégua está mais desgastada que saia de puta. O rei fala em paz, mas os mais atentos dizem que ele está nos cozinhando em banho-maria até que sua rainha consiga reunir mais tropas e nos destruir. As promessas dele não valem um peido."

Quatro soldados se juntaram ao grupo. Dois deles portavam mosquetes e usavam bandoleiras encordoadas a frasquinhos de madeira com pólvora. Makepeace recebeu ajuda para descer do cavalo e teve os tornozelos desamarrados. Dali, segundo lhe informaram, a viagem prosseguiria a pé.

O pequeno grupo permaneceu junto às sebes, e um homem ia avançando à frente dos demais. Makepeace imaginou que estivessem tentando não ser vistos.

Por fim ela avistou, mais à frente, o chalé da família Axeworth. Ficou aliviada ao notar que as galinhas já não estavam ali, decerto indicando que a família havia partido. O carrinho de mão também havia sumido, bem como o deplorável corpo que jazia sob ele.

"Aquela é a casa da minha amiga", disse Makepeace.

"Parece bastante quieta." O interrogador espiou o chalé, parecendo avaliar as opções. "Venha... vamos até a porta. Você pode conversar com a sua amiga."

"Desse jeito?" Makepeace ergueu os punhos atados. "Ela vai ver que estou aprisionada!"

Com evidente relutância, ele soltou as mãos dela. Os dois caminharam até a porta, e o interrogador deu uma batida. Como Makepeace esperava, não houve resposta.

Algumas batidas depois, ele abriu a porta e adentrou, seguido por dois soldados. No minuto seguinte tornou a sair.

"Esta casa está vazia."

"Então ela deve ter saído. Se esperarmos, ela vai voltar."
Ele a segurou pelo braço e a puxou porta adentro.

"Ah, é? Este lugar está me parecendo abandonado."

O chalezinho parecia depenado. Toda a mobília havia desaparecido, bem como o peltre, o candelabro, toda a lenha e os gravetos junto à lareira. Até a cadeira onde o paciente de Makepeace havia se sentado tinha sumido.

"Eu não sei o que aconteceu!" Ela olhou o interrogador com uma expressão treinada de perplexidade e inocência. "A minha amiga disse que me esperaria aqui!"

"Ela escondeu o alvará na casa ou levou com ela?"

"Como é que eu vou saber?"

"Revirem a casa", o interrogador ordenou aos soldados. "Quero um homem na janela e outro naquela árvore lá fora, de olho em qualquer problema." Os soldados começaram a arrancar tábuas do chão, abrir buracos nas paredes e enfiar pedaços de pau no buraco da chaminé. "Não se esqueçam de conferir os abrigos e o telhado!"

Makepeace permaneceu à porta, encarando os campos, procurando um sinal de movimento. Atrás dela, dentro da casa, se ouviam estrondos, vez ou outra um xingamento. A insistência do interrogador para que os soldados "segurassem a língua grande" era tão nervosa quanto seus palavrões. Havia raiva por toda parte, percebeu ela, por sob a superfície. De alguma forma tinha se acostumado a sentir a raiva no ar.

"Logo eles vão ver que você contou uma lorota", disse Symond no ouvido de Makepeace. "Como acha que todos vão reagir quando perceberem que você os fez perder um tempão? Me dê um bom motivo pra impedir esses homens de atirarem em você lá no pátio."

Ele tinha razão. O tempo estava se esgotando.

Do outro lado do campo, um gavião voador lhe chamou a atenção. Ele dava rasantes trêmulos no ar, bem acima de uma sebe, e ela imaginou que houvesse alguma criaturinha desavisada logo abaixo. Então, em vez de atacar, o gavião engatou uma descida longa, até embaixo, como se a pequena presa tivesse escapado. No mesmo instante ela viu dois passarinhos voando no sentido oposto, saídos do mesmo trecho de sebe.

"Tem alguma coisa ali fora", disse ela entre os dentes.

"O quê?", indagou Symond, desconfiado. "Do que você está falando?"

Ouviu-se um barulho de passos agitados, e Makepeace foi virada de frente para o interrogador.

"Senhora, reviramos este chalé até o talo..."

"Tem alguma coisa ali fora", repetiu Makepeace, desta vez mais alto. "Atrás daquela sebe alta, perto das rainhas-do-prado."

"Ignore essa garota ardilosa", disse Symond, com desprezo. "Ela está mentindo outra vez."

"O que foi que você viu?" O interrogador franziu o cenho.

"Nada", respondeu Makepeace. "Mas os pássaros viram. Alguma coisa os assustou." Ela viu a cautela do homem a duelar com a dúvida e a irritação.

"Aprontem os mosquetes", murmurou ele aos companheiros, "e vamos acender essas tochas!"

Um dos homens se ocupou da pederneira e do aço. Quando um fogo baixo pegou nas cordas do acendedor, elas foram entregues aos mosqueteiros a postos.

"Estou vendo alguma coisa!", gritou o homem que subira na árvore do lado de fora. "Ali, perto do olmo..."

O sujeito despencou da árvore num baque, causando um talho profundo atrás da cabeça. Uma pedra pesada saiu rolando de perto dele.

"Veio dos fundos da casa!", berrou alguém.

"Ali!", gritou outra pessoa.

Houve um estrépito alto quando um dos mosqueteiros atirou, e o recinto foi preenchido de fumaça. Imediatamente antes do tiro, porém, o Urso havia farejado algo mais. Um odor familiar, vindo de cima...

"O teto!" Foi só o que Makepeace teve tempo de gritar. Metade de seus companheiros ouviram e olharam para cima. A outra metade, não. Estes não escaparam quando o Douto no corpo de James irrompeu pelo telhado de palha destruído e aterrissou bem no meio do recinto, brandindo uma espada.

Era rápido feito uma cobra, feito um gavião. Deu um bote para cravar a espada no mosqueteiro que não havia disparado, degolou outro soldado e retalhou a cara de um dos homens de preto. Os três caíram. Deles escaparam fantasmas diáfanos e cintilantes, que ondularam e se esvaíram.

No entanto, a advertência de Makepeace tinha maculado o ataque perfeito de James. O interrogador cambaleou para trás, e o corte que o teria cegado em vez disso lhe arrancou o chapéu. Seu outro colega deu um jeito desesperado de desviar do golpe. O mosqueteiro sobrevivente baixou a vareta no meio do recarregamento e deu um salto para trás, invertendo a arma para usá-la como porrete. Enquanto isso, Symond deslizou depressa para trás de Makepeace. Estendeu um braço por sobre o ombro dela e disparou a pistola, apontada a curta distância para a cabeça de James.

James avançava para um dos lados quando o gatilho foi apertado. A bala não o acertou, batendo no tijolo logo atrás, mas ele soltou um rosnado e agarrou uma queimadura vermelha de pólvora rente ao olho esquerdo. A fumaça da pistola o cegou por um instante fatal. Makepeace se jogou para a frente e disparou em direção à mão de James que segurava a espada, dando um tranco no cabo e soltando-o de sua mão. O mosqueteiro o acertou no rosto com a coronha da arma, derrubando-o no chão.

"Mate ele!", gritou Symond, dando um passo para trás.

"Não!", exclamou Makepeace. Agora, a maior jogada de todas. Ela encarou o interrogador, com olhar de súplica. "Precisamos dele vivo, para que os homens dele se rendam! E... eu *conheço* este homem! Ele não é um bruxo, só está possuído por demônios, assim como eu! Precisa ser exorcizado por lorde Fellmotte!"

"Não escutem o que ela diz!", gritou Symond.

"Lorde Fellmotte!", chamou o interrogador, perdendo a paciência. "Exorcize o prisioneiro!"

Symond encarou Makepeace com um olhar fugidio de puro ódio. Guardou a espada e apanhou o punhal. Arriscou uma aproximação, mantendo a lâmina apontada para o prisioneiro. Lenta e cuidadosamente, ele se agachou e pousou a mão no ombro do prisioneiro.

Então, para surpresa de todos, inclusive dele próprio, sua mão direita sofreu um estranho e pequenino espasmo, arremessando o punhal para o outro lado do quarto.

O James Douto prontamente agarrou Symond pelos ombros e escancarou a boca. Expeliu o ar com um som de fole quebrado, e apenas Makepeace viu as formas fumacentas de fantasmas emergirem de sua garganta em direção ao rosto de Symond.

Symond soltou um gorgolejo de choque enquanto os espíritos lhe penetravam olhos, orelhas, narinas e boca. Seu rosto, em geral inexpressivo feito uma máscara, se contorceu, impotente, em meio a diversos espasmos de terror.

Makepeace recostou-se numa parede, em silêncio, toda arrepiada. Frente à escolha entre um bastardo capturado e quase cego e um herdeiro bem treinado com uma espada na mão, os fantasmas haviam agarrado a chance de ouro de fazer a troca. Ela já previa, mas a visão ainda a deixava nauseada.

James largou Symond e caiu para trás, o semblante chocado e perplexo. Symond se levantou, trêmulo, e cambaleou pelo quarto, debatendo e contorcendo os braços.

"Milorde?" O interrogador revirava o bolso com a mão livre, e Makepeace ficou pensando se ele estava procurando a bíblia. "Milorde... o senhor está bem?"

Symond inclinou o corpo para resgatar o punhal, então se empertigou. Cambaleou por um instante, ao que o interrogador estendeu o braço para segurá-lo. Então, com uma força estarrecedora, Symond cravou o punhal no estômago do interrogador.

Desembainhou a espada com uma rapidez irreal e cravou um golpe ágil no pescoço do mosqueteiro remanescente. O último soldado teve tempo apenas de gritar enquanto era atingido.

Ouviu-se o som grave de passos do lado de fora, e a porta da frente se escancarou. O Crowe branco entrou, acompanhado de um jovem soldado vestido nas cores dos Fellmottes. Os dois imediatamente apontaram as armas para Symond.

"Ora, abaixem isso!", vociferou o Douto no corpo de Symond. "Não estão vendo quem eu..."

Deu-se um estrépito; ele se enrijeceu, como se escutasse atentamente. Um buraco escuro e redondo surgiu de súbito em sua testa. Makepeace sentiu cheiro de fumaça, o mesmo odor metálico e infernal de pólvora.

"Ah, eu sei quem você é", disse o jovem soldado monarquista, "seu traidor de bosta." Um aro de fumaça envolvia a pistola. Symond desabou no chão, ainda com o semblante firme e concentrado.

"Seu idiota!", gritou o Crowe branco. "Tínhamos que capturar o patrão Symond com vida!"

"Serei enforcado, mas não me arrependo", respondeu o jovem soldado, muito abalado. "Meu irmão morreu naquela batalha graças a ele." Outros soldados se amontoaram atrás, deram uma espiada na cena e apontaram as armas para Makepeace.

"Está muito ferido, milorde?" O Crowe branco se agachou ao lado de James.

James lançou a Makepeace um olhar atordoado e feroz. Sim, enfim *era* James, o verdadeiro James. Ao vê-lo começar a erguer a mão em sua direção, ela deu um diminuto e premente balanceio de cabeça, torcendo para que ele entendesse. Para seu alívio, ela viu em sua expressão que ele havia percebido.

Debilitado, James desviou o olhar para o Crowe branco e balançou a cabeça.

"Um raspão de pólvora, nada mais. Uma pequena inconveniência." Não era uma imitação perfeita da voz que ele tinha enquanto Douto, mas chegava bem perto. "Um deles teve sorte... brevemente."

"Milorde, eu o acompanho até o coche, disse o Crowe branco, passando um dos braços de James por sobre o ombro. Ajudou-o a se levantar e o conduziu porta afora. "Traga a garota", disse ele, por cima do ombro.

Ninguém além de Makepeace deu atenção ao corpo de Symond. Os homens do Crowe branco não eram muito sagazes. Não ouviram nenhum berro fraco e espectral, feito unhas arranhando a mente. Nem viram quando os fantasmas saíram remoinhosos do corpo de Symond, feito água suja.

Makepeace, no entanto, viu, enquanto era arrastada rumo à porta. Eles se elevaram e se fundiram, serpeando, se debatendo e sangrando fumaça no ar. Eram esses os "lobos" para os quais a mãe a havia preparado. Dali a pouco eles a sentiriam, sentiriam o refúgio em seu interior. E partiriam atrás dela.

Mas ela não podia partir sem Morgan.

Os dois fantasmas mais próximos estavam duelando, dilacerando-se em filetes vaporosos. O maior já estava bastante surrado, talvez violentado pela mente predatória de Symond. O menor parecia diferente dos outros fantasmas e se movia mais depressa e de maneira mais sinuosa.

Morgan.

Makepeace fingiu um tropeço e caiu no chão, soltando-se de seus captores. Determinada, estendeu a mão, quase tocando o fantasma da Infiltradora, que abandonou a luta e escalou seu braço em espiral. Ela respirou fundo para sorver o ar e a fantasma-espiã, reprimindo um calafrio.

Enquanto os soldados erguiam Makepeace e a arrastavam para fora do chalé, o outro fantasma disparou rumo a sua cabeça. Ela teve o vislumbre de um rosto confuso e desfigurado. Então, por um temeroso instante, uma sombra se abateu sobre tudo, enquanto o fantasma tentava penetrar seus olhos.

Esse espírito, contudo, estava em pânico e já exaurido. Não contava com as defesas de Makepeace, endurecidas pelas vigílias no cemitério. Não contava com os anjos em sua mente. Principalmente, não contava com o Urso. Quando a visão de Makepeace tornou a clarear, os fragmentos de seu agressor já estavam flutuando no ar feito uma teia de aranha escura.

Estão feridos?, indagou Makepeace depressa, tentando captar alguma sensação da presença de Morgan, enquanto seus captores disparavam com ela pela trilha, atrás do Crowe branco e de James.

Um pequeno inconveniente, respondeu a voz afiada e familiar de Morgan. E faz muito tempo que ninguém me pergunta isso.

Makepeace deu uma olhada para trás em direção ao chalé, ansiosa à procura de outros perseguidores espectrais.

Eles vão nos perseguir, mas estão feridos, murmurou Morgan. E acabaram de perder seu Infiltrador.

"Se acelerarmos", disse o Crowe branco, "podemos chegar a Grizehayes antes dos reforços inimigos e cruzar o cerco às escondidas, no escuro. Com sorte, lorde Fellmotte ainda está vivo — ainda há chance de levar a garota até ele a tempo!"

James e Makepeace trocaram um olhar ligeiro e tomado de pânico, mas o que podiam fazer?

"Siga em frente", respondeu James, com a voz rouca.

Depois de tantos planos, esforços e fugas, Makepeace estava retornando a Grizehayes, no fim das contas. Por um instante ela sentiu que a casa estivera vigiando seus esforços, feito um gato, apenas esperando a oportunidade de estender a pata comprida e preguiçosa e capturá-la como um pássaro ferido.

AS CRÔNICAS DAS SOMBRAS
FRANCES HARDINGE

CAPÍTULO 37

Foi só depois de ser colocada no coche dos Fellmottes, ao lado de James, que Makepeace ousou abrir a boca.

"Tem alguém escutando a gente?"

"Acho que não", sussurrou James. "O cocheiro não consegue ouvir, e os outros estão a cavalo."

"Não foi isso o que eu quis dizer", retrucou Makepeace, encarando-o e erguendo uma sobrancelha.

James levou um instante para compreender. Balançou a cabeça, com o semblante sentido.

"Só tem eu aqui agora."

"Então vamos ver o seu olho", sussurrou Makepeace. James mostrou o rosto, e ela viu a marca de queimadura na pele e a vermelhidão dolorida do globo ocular.

"Não estou conseguindo enxergar direito", murmurou James, com louvável autocontrole. "Está tudo borrado..."

Makepeace levou uns instantes numa consulta silenciosa com o doutor.

"O seu olho deve melhorar", disse ela, "daqui a um ou dois dias. Um amigo me disse que já viu isso antes. Falou que se lavarmos e protegermos a queimadura, você vai perder essa cara de leproso daqui a algumas semanas."

"Amigo?" James ergueu as sobrancelhas, consternado. "Makepeace... o que foi que você fez?"

"Eu? O que foi que *você* fez?" Makepeace não resistiu em dar um soquinho feroz no braço do irmão. "Você me usou pra esconder aquele alvará! Então fugiu sem mim! Fiquei séculos te esperando naquele armazém! Achei que você tinha sido capturado e enforcado!"

"Eu queria retornar! Mas tudo aconteceu tão depressa. Symond tinha um plano... disse que usaria o alvará pra ameaçar a família e ocupar algumas de suas propriedades antes do tempo. Então construiria sua própria mansão, sem Herança nem fantasmas, e nos levaria junto pra integrarmos a criadagem. E ninguém iria nos incomodar enquanto tivéssemos o alvará."

"Você devia ter me contado!"

"Ele me fez jurar segredo", James retrucou. "Um homem que não honra sua palavra tem mais é que morrer."

"Bom, você não honrou sua palavra comigo, quando se jogou de cabeça num bando de fantasmas dos Fellmottes!" Makepeace o beliscou, como se os dois fossem criancinhas. Externar a frustração a enchia de uma alegria nervosa.

"Desculpa!", sibilou James, parecendo sincero. "Se eu pudesse voltar atrás, voltaria! Se você estivesse lá aquele dia, entenderia. Quando eu encontrei sir Anthony sangrando no chão, e ele acenou para mim... parecia a Providência. Como se alguma estrela em meu nascimento tivesse me moldado praquele momento! Aquela chance única de me tornar... grandioso.

"E *foi* grandioso, Makepeace! Você não faz ideia do que eu pude fazer depois que recebi a Herança. As línguas que me vinham à cabeça, os golpes de espada que eu de repente aprendi a usar, todas as transações da corte que foram estendidas à minha frente, feito uma teia num tear! Dei ordens que foram cumpridas, vi portas se abrirem, tive tudo que é possível..."

"Perseguiu a própria irmã por quase três condados", interrompeu ela com rispidez.

James tomou-a pelos ombros, apertou com força por uns segundos e beijou-lhe o cocuruto.

"Eu sei", murmurou ele junto à touca de Makepeace. "Eu fui o Senhor dos Imbecis. Achei que ainda seria eu mesmo e que poderia mudar tudo. Mas fui só um fantoche. O feijão no bolo... foi isso que você disse, não foi? Abrir mão da minha liberdade para poder bancar o lorde."

Ele suspirou.

"Eu... também lamentei por ele", admitiu James, constrangido. "Sir Anthony. Ele ainda era um daqueles demônios, mas caído lá, sobre o próprio sangue, parecia assustado, como qualquer homem à beira da morte. Foi difícil dizer não. Eu sei, é um motivo idiota."

"É." Makepeace recordou o próprio desejo impotente de salvar o fantasma de Livewell da desintegração. "Um motivo idiota. Mas não o pior tipo de motivo idiota."

Ela retribuiu o abraço e suspirou.

"Você ainda vai ter que bancar o lorde quando chegarmos a Grizehayes", disse ela, entre os dentes. "Precisa encarnar o Senhor do Desgoverno com muita seriedade, e jogar bem, ou nós dois vamos parar na panela."

"E você?" James perscrutou a irmã com uma carranca de preocupação. "O que *foi* que você fez consigo mesma, Makepeace?"

"Não se preocupe." Makepeace apertou a mão dele, procurando as palavras certas. "Eu não fui possuída à minha revelia. Só fiz uns amigos novos."

"Então você está abrigando fantasmas?" James parecia lutar contra a ideia.

"James." Era a vez de Makepeace admitir uma traição. "Eu *sempre* fui possuída, desde que nos conhecemos. Já cheguei a Grizehayes abrigando um espírito, e ninguém suspeitou. Eu devia ter te contado. Eu queria te contar. Mas você tem razão, às vezes eu sou *mesmo* covarde. A confiança me assusta mais que a dor.

"Ele é meu amigo, meu irmão de batalha. Estamos entranhados um no outro. Quero que você o compreenda, de modo a me compreender. Vou te contar sobre ele."

Durante a longa e exaustiva jornada, o coche de vez em quando parava para uma troca de cavalos, mas não interrompia o trajeto. Vez ou outra ouvia-se bate-bocas e vozes abafadas do lado de fora. Às vezes havia troca de senhas, às vezes de moedas ou papéis, às vezes de tiros.

Com uma sensação de inevitabilidade, Makepeace viu a paisagem do interior se transformar. Campos exuberantes cederam lugar a pântanos. Cabritos desalentados seguiam as ovelhas de cara preta pelas trilhas das colinas cobertas de tojo. Tudo era tão familiar que chegava a doer. As paisagens e cores abraçavam a mente de Makepeace feito um conhecido grilhão.

Assim que o sol se pôs, o comboio parou num pequeno arvoredo. O cocheiro e um soldado permaneceram vigiando o coche e os cavalos. O Crowe branco, Makepeace e James seguiram a pé, acompanhados de cinco soldados vestidos nas cores dos Fellmottes. Makepeace reconheceu alguns dos vilarejos vizinhos e teve certeza de que já havia comprado conchas de um deles. Mas a guerra havia alterado tudo. Eles tinham novas roupas e novos papéis a desempenhar.

O Crowe branco havia arrumado um tapa-olho de tecido preto para James. Por uma graça, ninguém esperou que ele liderasse a tropa ferido e caolho. Caso contrário, os outros logo teriam desconfiado de que ele já não dispunha das habilidades e do conhecimento de um Douto.

Grizehayes surgiu ao longe, as silhuetas das inconfundíveis torres contra a última centelha violeta do dia que se esvaía. No entanto, já não estava sozinha.

No sombrio trecho ao redor da casa, onde outrora se via uma área plana e contínua, uma cidade desordenada e caindo aos pedaços parecia ter se erguido da terra. Haviam brotado aglomerados de tendas de lona amarronzada, por entre as quais crepitavam fogueiras feito borralho espalhado. O acampamento descrevia uma meia-lua, estendendo os estreitos braços para envolver Grizehayes. No entanto, não circundava a casa por completo, e as tendas mais próximas guardavam uma ampla e cautelosa distância das antigas muralhas cinzentas.

Então era verdade. Grizehayes estava sitiada.

Um dos soldados desapareceu na escuridão para vigiar o trecho adiante e logo retornou.

"Nossos guardas na Torre da Viúva viram o sinal luminoso e responderam", disse ele. "Sabem que estamos aqui, então vão ficar a postos para nos deixar entrar pelo portão de saída."

"Se os inimigos tiverem visto o sinal da torre, vão saber que a criadagem está sinalizando para alguém no escuro", disse o Crowe branco. "Vão estar nos vigiando. Silenciosos feito a morte, todos eles. Vão botar batedores do lado de fora do acampamento, bem longe das fogueiras, de modo que seus olhos possam se ajustar ao escuro."

Com cautela, eles avançaram pela escuridão, contornando as margens do acampamento na liderança do Crowe branco. Quase tropeçaram num grupo de mosqueteiros inimigos, mas perceberam a tempo, graças ao clangor baixo de suas bandoleiras e ao brilho tênue e concentrado dos estopins.

Makepeace cogitou por um instante agarrar a mão de James, correr em direção aos estranhos e se render. Isso a salvaria de Grizehayes, mas parecia uma excelente receita para levar um tiro.

Por fim o grupo se afastou das margens do acampamento, e agora apenas um trecho de solo escuro e irregular os separava das distantes muralhas. Makepeace avistou a silhueta escura e arqueada da portinha de saída no topo do lance de escadas.

"Corram", disse o Crowe branco, "e não parem por nada."

Enquanto eles disparavam rumo à porta, alguns gritos irromperam do acampamento. Um único tiro foi disparado, mas a bala seguiu pela escuridão. Só ao chegar com os outros ao rastrilho da entrada Makepeace ousou olhar para trás. Umas poucas silhuetas escuras vinham correndo, saídas da direção das tendas, mas recuaram ao receber uma rajada de pedras da torre acima.

A grade do rastrilho foi prontamente erguida; na metade, Makepeace e os outros mais que depressa se enfiaram por debaixo, adentrando um curto túnel escuro. A grade desceu com um clangor, e pouco depois a grade do outro extremo do túnel se ergueu, revelando o Crowe jovem com uma lanterna.

"Bem-vindo de volta, milorde. O senhor e lady Maud chegaram precisamente na hora certa."

"Sua Senhoria está à beira da morte", disse o Crowe jovem, correndo com os recém-chegados até a capela. "Não passa desta noite... duvido que sobreviva mais uma hora."

Mais uma vez Makepeace viu-se arrastada para junto de lorde Fellmotte para ter a carapaça entulhada de espíritos.

Eu não sei o que vai acontecer, Makepeace disse em silêncio a seus companheiros invisíveis. *Não sei se James tem algum plano. Os Crowes podem nos amarrar e nos atochar os fantasmas dos Fellmottes. Pode ser que tenhamos que lutar.*

Bom, pelo menos a prática que adquirimos ao lutar uns contra os outros não vai ter sido em vão, disse o dr. Quick.

Se deixarmos nossos inimigos mais debilitados do que os encontramos, disse Livewell, lacônico, então vai ser um dia bom.

O Urso não emitiu som, mas Makepeace podia senti-lo. Ele a fortalecia.

Morgan também estava quieta. Ocorreu a Makepeace que tal batalha daria à espiã a chance de trocar de lado mais uma vez, de juntar-se a seu antigo séquito. *Se acontecer, paciência*, disse a si mesma. *Até lá, confio nela.*

No caminho, o Crowe jovem emitiu um breve relato sobre o progresso do cerco.

O exército havia passado uma semana do lado de fora. O grupo possuía apenas três armas grandes: dois morteiros, que arremessavam pedregulhos e granadas flamejantes, e uma meia-colubrina de alcance melhor. A Velha Torre havia levado umas pancadas, e algumas das torres menores tinham um aspecto de dente quebrado. Até então, contudo, as robustas muralhas de Grizehayes haviam desdenhado a maior parte dos danos.

"Eles exigiram a nossa rendição repetidas vezes, claro", disse o Crowe jovem. "Com a tradicional oferta de liberação de mulheres, crianças e civis e a negociação dos termos de rendição. Lady April, claro, se recusou todas as vezes."

Lady April estava em Grizehayes. Péssima notícia. Makepeace tivera a esperança de que nenhum dos outros Doutos estivesse na casa grande.

"Como está lady April?", perguntou James com cautela. Estava claro que lhe havia ocorrido o mesmo pensamento.

"Ah, ainda se recuperando dos ferimentos." O Crowe jovem lançou a Makepeace um olhar breve e frio. "Só sai da cama quando é requisitada."

"E o restante da família?", perguntou James.

"Sir Marmaduke tem esperança de recebermos tropas para romper o cerco, mas só Deus sabe se vão chegar antes dos reforços inimigos. O Bispo está no norte, arrebanhando corações e mentes para a nossa causa. Sir Alan ainda está em Londres, lutando contra a apreensão/confisco/segregação/isolamento nos tribunais." Makepeace ouvira falar desses poderosos membros da família Fellmotte. Felizmente, estavam ocupados, bem longe dali.

Makepeace escutou o relato do Crowe jovem com uma pontinha de alívio. Se lady April ainda estava acamada e os outros Doutos estavam longe, talvez James pudesse evitar ficar frente a frente com alguém que detectasse que ele não estava possuído.

"Nossos porões guardam um bom estoque de pólvora, além de alimentos para dois meses, e nosso poço fornece toda a água necessária." O Crowe jovem estava mais magro e um pouco menos ágil que o habitual. "As torres estão ocupadas pelo grupo de locais treinados e alguns de nossos melhores atiradores de caça e couteiros. Sempre que os rebeldes se aproximam demais das muralhas, atiramos pedras e óleo quente.

"Os rebeldes mandaram cavar uma trincheira do acampamento até a muralha a oeste. Devem estar querendo rechear a base de minas, mas não vão chegar antes dos reforços de sir Marmaduke. Grizehayes já esteve sitiada antes. Essas muralhas são indestrutíveis. É como atirar cerejas em uma montanha."

Makepeace sentia o peso da antiga casa novamente a pressioná-la, esmagando seus pensamentos e sua força. Ela achava mesmo que aquele lugar fosse deixar de exercer poder sobre ela?

A porta da capela se abriu. Na grande cadeira, como se não tivesse movido uma palha desde sua partida, lorde Fellmotte esperava por Maud.

Makepeace não pôde deixar de perceber que a cadeira junto à de lorde Fellmotte agora ostentava algemas de metal, para prender os punhos e tornozelos de quem ali se sentasse. Estava claro que os moradores já não estavam dispostos a depositar a confiança em meras cordas e madeira.

"Lady April pediu para ser avisada assim que retornássemos", declarou o Crowe branco. Curvou-se numa mesura ligeira e se retirou, apressado. James e Makepeace trocaram olhares de pânico, mas não havia boa desculpa para impedi-lo.

O Crowe velho estava na capela, todo agitado por conta de lorde Fellmotte, que parecia mais magro e grisalho do que nunca. O lorde tinha os pés descalços, apoiados num par de pombos mortos que jaziam numa poça de seu próprio sangue fresco. Era um remédio antigo, usado quando a morte era considerada iminente, como uma última e desesperada tentativa de extirpar a doença.

O administrador ergueu o olhar assim que eles entraram, quase à beira das lágrimas pelo alívio em ver tanto Makepeace quanto James.

"Milorde! Ah, milorde, o senhor está com ela! Vou apanhar o medicamento agora mesmo!"

"Não!", retrucou James, numa voz dura de Douto. A capela ecoou o som, acrescentando suas próprias notas luzidias. "Não é necessária nenhuma droga. Prendam a garota à cadeira."

"Mas..." O administrador balbuciou e trocou um olhar com o filho. "A garota guarda um monstro dentro de si! Da última vez ela..."

"Você ouviu?", indagou James, num tom frio e ameaçador.

Deu-se um alvoroço de obediência. Makepeace foi arrastada até a cadeira e, depois, presa. O gelado das algemas presas a seus punhos e tornozelos lhe trouxe um tremor de pânico, mas ela resistiu.

"Agora saiam!", ordenou James, arrancando a chave da mão do Crowe jovem. "Todos!"

Os dois Crowes o encararam, boquiabertos e consternados. Makepeace pensou ter visto um lampejo de desconfiança nos olhos do Crowe jovem.

"Agora!", gritou James.

Ainda chocados e hesitantes, os Crowes deixaram o recinto, levando os soldados. James mais que depressa bloqueou a porta da capela, correu de volta e soltou Makepeace, as mãos trêmulas e afobadas.

"Os Crowes sabem que tem algo errado", disse ele, entre os dentes. "Não puderam contrariar um Douto, mas quando lady April chegar eles vão recorrer a ela. De qualquer forma, a porta vai segurar todo mundo por um tempo."

"James", sussurrou Makepeace enquanto as algemas eram soltas. "Nós não podemos ficar aqui! Lorde Fellmotte pode morrer a qualquer momento!"

Ela viu a constatação atingir o rosto do irmão. Se o lorde morresse, sete fantasmas antigos e desesperados ficariam à solta... e sentiriam a presença de dois tentadores hospedeiros, presos no mesmo recinto. Makepeace contava com a defesa de espíritos amigos e teria mínimas condições de repelir os invasores. O irmão, no entanto, não teria.

James murmurou uma palavra imprópria à capela.

"Que diabo vamos fazer?"

AS CRÔNICAS DAS SOMBRAS
FRANCES HARDINGE

CAPÍTULO 38

Os irmãos encararam o rosto débil do homem doente e seu olhar colérico e hostil.

"Precisamos sair daqui", disse Makepeace.

Os vitrais das janelas eram muito pequenos. Enquanto ela olhava em volta, frenética, foi tomada por uma inspiração.

"James, *tem* outra saída!" Makepeace apontou para a tribuna coberta nos fundos da capela. "Tem uma porta lá no final, pra um corredor que leva aos aposentos da família! Você consegue subir até lá e baixar alguma coisa pra me ajudar a subir?" Ela se lembrou da agilidade dele em escalar a torre para visitá-la, quando os dois se conheceram.

"Eu não posso te deixar aqui com ele!" James apontou para o lorde moribundo.

"Se você for possuído outra vez", disse Makepeace, num tom cortante, "vai se voltar contra mim. Você precisa ficar longe dele, pela *minha* segurança."

"Você agora vai encerrar todas as discussões com esse argumento sobre 'aquela vez que você foi possuído', não é?", resmungou James, já escalando um sarcófago e apoiando cuidadosamente o pé numa cabeça de mármore projetada da parede. Na mesma hora ela quebrou sob seu peso, desabando no chão com um estrondo.

Vozes confusas irromperam do outro lado da porta principal da capela. Era evidente que a Herança não envolvia destruição da propriedade. Makepeace ouviu o Crowe velho perguntar qualquer coisa, então bater com força e insistência à porta.

James soltou um palavrão, ainda pendurado à parede.

Makepeace voltou o olhar à figura afundada na grande cadeira. Ainda lhe doía ver as bondosas feições de sir Thomas com um aspecto tão pálido e adoecido.

"Sinto muito, sir Thomas", sussurrou ela, mesmo sabendo que era apenas um invólucro. "Eu gostava do senhor. Sinto muito por não ter tido um leito de morte decente. Sinto muito por deixar o senhor assim. Sei que o senhor morreu pelo bem da família... mas eu preciso impedi-los. Para sempre."

Ela percebeu que algo havia mudado na expressão dele. Um brilho tinha se esvaído. Ela já estava começando a recuar quando o primeiro fantasma trespassou o canto de sua boca, feito fumaça.

"James!", gritou ela. "Estão vindo!"

Seu irmão acabava de escalar o corrimão e adentrar a tribuna. Puxou uma cortina que decorava a parede dos fundos, amarrou uma das pontas ao corrimão e largou a ponta solta, que ficou pendurada lá de cima.

"Escale aqui!"

Makepeace correu, agarrou o tecido e começou a subir, usando os poucos e traiçoeiros apoios de pé da parede. Logo atrás, o ar se adensava com sussurros.

Ela estava precariamente empoleirada numa saliência estreita quando algo sombrio deu um bote em direção à sua cabeça. Ela sentiu uma cócega na orelha, feito as asas de uma mariposa invasora. Seu pé esquerdo resvalou, e apenas a mão agarrada à corda de tecido a impediu de cair.

Deixe que eu escalo!, sussurrou Livewell, com premência.

Ele tinha razão. Makepeace não podia lutar e escalar ao mesmo tempo. Entregou a Livewell as mãos e os pés e se preparou para a luta.

Ela não sabia quem era o fantasma-Douto tentando se agarrar à sua mente. Enquanto travava a batalha mental, ela teve um vislumbre de lembranças — mil flechas escurecendo o céu feito nuvens carregadas, navios em chamas, bispos ajoelhados, uma biblioteca do tamanho de uma catedral. A confiança do espírito a atingiu feito um porrete, e por um instante abalou sua determinação.

O que ela estava fazendo, recusando-se a aceitar o próprio destino? Como poderia querer ver tantos séculos de memórias perdidos? Era como derrubar uma árvore milenar.

No entanto, era uma árvore com raízes estranguladoras. Ela estava matando o passado em legítima defesa.

Eu sinto muito, disse Makepeace ao fantasma-Douto. *Seja lá pra onde for a sua alma, espero que encontre misericórdia. Mas eu não posso fornecer nenhuma.*

Makepeace fustigou mentalmente o fantasma agressor, e sentindo o doutor acrescentando sua força à dela. A ira do Urso era uma fornalha. Mas esse fantasma não era uma fumacinha desesperada. Era poderoso e perspicaz, e ela o sentia deslizando as garras pelas partes mais fracas de suas defesas.

Então Morgan escolheu seu lado. De súbito irrompeu de seu esconderijo e surgiu ao lado do outro Douto, imiscuindo sua força à dele. Makepeace sentiu a exultação do Douto ao reconhecê-la... seguida pelo horror ao ser dilacerado pela espiã.

Este, observou Morgan, enquanto os fragmentos se dissipavam, estridentes, *é um truque que só funciona uma vez.*

Makepeace alcançou o corrimão, e James a puxou para dentro da tribuna. Os dois abriram a porta e dispararam pelo corredor. Atrás deles, o ar tremulava com uma melodia suave e sibilante, enquanto mais espíritos se erguiam de lorde Fellmotte e saíam à caça. Os irmãos seguiram na escuridão, corredor após corredor, e adentraram a Sala dos Mapas para tomar fôlego.

"Precisamos pensar!" James pressionou as têmporas com os nós dos dedos e soltou um suspiro. "Não podemos sair de Grizehayes. Está tudo vigiado e trancado. Mas, se a gente continuar fugindo por tempo suficiente, os fantasmas soltos vão se desintegrar. Então, mesmo que sejamos capturados, pelo menos não seremos possuídos!"

"Mas podemos morrer!", retrucou Makepeace. "Nós deixamos os fantasmas de lorde Fellmotte sangrar até virarem pó! Você acha que a família algum dia vai perdoar isso?"

"Nós somos reservas valiosas. E você é a única que sabe onde o alvará está escondido, lembra? Pelo menos temos *chance* de negociar! Eles agora precisam de aliados, e nós também. Aquele exército lá fora é uma ameaça maior a todos nós. Quer eles gostem ou não... estamos todos do mesmo lado."

"Não, James!", sibilou Makepeace, emotiva. "Não estamos!"

"Então qual é o *seu* plano?"

Makepeace se enrijeceu.

"Vamos fazer o que os sapadores inimigos pretendiam", disse ela. "Explodir um buraco na muralha externa. Vamos forçar Grizehayes a se render."

James a encarou por um bom tempo, incrédulo e horrorizado.

"Não!", soltou ele, por fim. "Isso é traição! Não é só trair os Fellmottes, é trair o rei!"

"Não me interessa! Eu só me importo com as pessoas que vivem neste condado!"

Makepeace deu um suspiro forte, tentando transformar seus pensamentos em palavras.

"Talvez sir Marmaduke apareça e rompa o cerco", disse ela. "Mas o Parlamento *precisa* deste condado. Eles vão ter que mandar outro exército, maior."

"E se mandarem?", indagou James. "Você viu a força das nossas muralhas!" Havia um inconfundível tom de orgulho, e Makepeace percebeu o "nossas".

"Então vai haver outro cerco", respondeu ela. "Maior ainda. A comida vai acabando em Grizehayes. As pessoas começam a se alimentar de cães, ratos e cavalos. O exército lá fora pega comida de todos os vilarejos, pois do contrário vão morrer de fome. O inverno chega e *todo mundo* passa fome. As árvores são derrubadas e a lenha é disputada. Então as pessoas começam a morrer de tifo epidêmico.

"Neste exato momento, o inimigo está disposto a deixar que Grizehayes se renda, o que significa que todos sairiam vivos daqui. O que vai acontecer às mulheres, às crianças e aos idosos se *não* nos rendermos, e se mesmo assim as muralhas forem derrubadas mais tarde?"

"Então... a coisa pode ficar muito feia", admitiu James, fechando a cara. Ele não entrou em detalhes.

"Os Fellmottes não vão se render", disse Makepeace. "E eles não querem nem saber do rei! Sacrificariam todo mundo aqui pra preservar Grizehayes. Porque Grizehayes é o coração deles, James! E eu quero atacá-los bem no coração."

Os irmãos ficaram aliviados ao encontrar a escadaria mais próxima sem vigilância. Desceram em silêncio, o mais depressa possível. O silêncio pairava nos corredores entre as cozinhas. No depósito de combustíveis, junto às pilhas de lenha, eles encontraram uma quantidade promissora de barris.

"Tem certeza de que consegue fazer isso explodir?", sussurrou James, começando a rolar cuidadosamente um barril para fora do depósito.

Eu via a preparação dos sapadores, disse Livewell a Makepeace. Não tem muito mistério. A parte mais difícil era chegar perto o bastante do muro sem levar um tiro do inimigo.

Makepeace assentiu para si mesma.

"Não vai ser problema", respondeu ela a James.

"Essas pequenas pausas", disse o irmão, "para você escutar vozes que eu não consigo ouvir não estão ajudando a tornar as coisas menos perturbadoras."

Eles desceram com o barril até a adega e o deitaram junto às bases da muralha a oeste.

Seguindo o conselho de Livewell, Makepeace puxou a rolha da lateral do barril e inseriu um pedacinho de corda de estopim.

"Precisamos empilhar umas coisas em cima", disse ela, confiando nas palavras do soldado. "Terra, pedras, qualquer coisa pesada." Eles amontoaram outros barris cheios ao redor, então correram, furtivos, até a cozinha à procura de mais objetos empilháveis.

Era estranho estar de volta àquele cômodo, ver tudo o que lhe preenchera os dias e embrutecera as mãos. Os cachorros correram para Makepeace como se ela nunca tivesse se ausentado. O Urso ficou desconfiado, sentindo que a cozinha tinha adquirido um odor diferente durante sua ausência, e quis esfregar o ombro na mesa até que ela voltasse a ser seu território.

Agora não, Urso.

James e Makepeace pegaram panelas pesadas, sacos de grão e baldes de sal do armário de carnes. Empilharam tudo sobre o pequeno barril, deixando-o quase soterrado, apenas com a corda do estopim para fora.

Com a mão trêmula, Makepeace acendeu a ponta do estopim. Fez-se um brilho vermelho.

Grizehayes precisa ruir. Era a única forma de Makepeace atacar a terrível confiança dos Fellmottes. Grizehayes era a petrificação de sua arrogância. Era prova de seus séculos. Era o sinal de que eram eternos.

"Agora vamos sair logo daqui!", sussurrou James. Os dois correram pelas escadas do porão, parando ao perceber meia dúzia de figuras no topo.

O Crowe branco e o Crowe jovem brandiam espadas. Junto a eles havia três criados de Grizehayes, agora armados. No fundo, o rosto pálido e metálico de lady April cintilava feito uma lua venenosa.

Como foi que eles nos encontraram?, pensou Makepeace. Tarde demais, lembrou-se da inquietação do Urso. A cozinha, particularmente a mesa, estava com um odor diferente — levemente assustador.

Claro. Com a ausência de Makepeace, Grizehayes havia recrutado um novo ajudante de cozinha para ficar de olho no fogo durante a noite. Então, quando eles chegaram, sorrateiros, falando de pólvora, havia uma criança deitada ali, apavorada, que aproveitara a primeira chance para sair correndo e informar sobre os intrusos...

Desculpe, Urso. Eu me esqueci de escutar você.

James não hesitou. Empertigou-se na mesma hora, erguendo o queixo com um ar de arrogância.

"Que bobagem é essa?", inquiriu ele, numa imitação impressionante de sua irritada voz de Douto.

"Por gentileza... queiram fazer o favor de vir conosco..." disse o Crowe jovem, num tom que parecia ao mesmo tempo humilhado e agressivo.

"O que significam essas espadas?", indagou James, com o olhar penetrante. "Como vocês ousam apontar espadas para lorde Fellmotte!" Ele fez um gesto em direção a Makepeace.

"Ela não é lorde Fellmotte", respondeu lady April, com frieza.

Confia que eu fale?, indagou Morgan.

Sim, respondeu Makepeace mais que depressa.

Não era a primeira vez que ela sentia Morgan assumir o controle e usar sua voz; pelo menos ela agora havia permitido, e não tinha a sensação de que acabaria asfixiada.

"Galamial Crowe", disse a voz afiada de Morgan por meio da boca de Makepeace. "Se lhe falta a argúcia de reconhecer seu próprio lorde, então nós jogamos no lixo todo o dinheiro que entregamos ao seu pai para a sua educação. Será que o conselho que lhe demos em seu vigésimo aniversário também foi em vão?"

Makepeace também sentia sua linguagem corporal mudando. Sua postura se curvou, à antiga moda de Obadiah. Era de uma estranheza inexprimível ver a própria expressão se alterar, a própria fronte se contrair, a boca se mover de maneira incomum.

"É *mesmo* sua senhoria!", exclamou o Crowe jovem, baixando a espada.

"E você, Myles Crowe", disse Morgan outra vez por meio de Makepeace. "Esqueceu o dia em que legitimamos seu caráter em Gladdon Beacon?"

O Crowe branco começou a guardar a espada, então parou, os olhos fixos no cãozinho de lareira, que havia descido os degraus rumo aos pés de Makepeace. Sem pensar, ela espichara um dos pés para afagar o queixo do cachorro com o dedão. Era um gesto costumeiro, mas não para um lorde. Ele a encarou, o olhar turvo de indecisão e dúvida.

"Agarrem os dois!", ordenou lady April.

"Não!" O Crowe jovem se plantou diante de James e Makepeace. "Perdão, lady April", disse ele, trêmulo, "eu nunca pensei em desobedecer à senhora em relação a nada. Mas devo lealdade a lorde Fellmotte em primeiro lugar."

"Cerquem o topo da escada!", gritou James, e dois dos outros homens obedeceram, avançando para se postar ao lado do Crowe jovem. O Crowe branco ainda não se movia. Um homem ao lado de lady April tentou derrubar a espada do Crowe jovem com um safanão, e na mesma hora foi deflagrada uma violenta escaramuça, com batidas das lâminas e chispas das paredes.

Aproveitando-se da confusão, James agarrou Makepeace pela mão e tornou a descer correndo as escadas da adega. Era a única linha de retirada. Eles se esconderam no embolado de barris.

"Quanto tempo temos?", sussurrou James, e ela soube que ele se referia ao estopim fumegante.

"Não sei", respondeu Makepeace. "Minutos, talvez." Eles tinham pretendido estar bem longe da adega quando a pólvora explodisse. Talvez ainda houvesse tempo de apagar o estopim, claro. Mas o que estaria à espera deles depois, além da derrota e da captura?

Não sei qual vai ser o tamanho da explosão, **admitiu Livewell.** Talvez sejamos destruídos. Mas acho que devemos prosseguir em frente mesmo assim.

Eu já vi o bastante deste buraco infernal para concordar, disse o doutor, surpreso consigo mesmo.

Morgan riu, quieta e sombria.

Deixe arder.

"Vamos botar Grizehayes abaixo", concluiu Makepeace.

"Muito bem", disse James, abafando o riso. "Que morramos cuspindo na cara deles!"

Os gritos e o barulho de armas no alto da escada haviam cessado, e a voz de lady April ecoava, disparando ordens. Evidentemente ela havia triunfado sobre o Crowe jovem e seus aliados, fosse por força da determinação ou com a ajuda das armas.

"Eles vão vir atrás de nós", sussurrou James.

"Que venham", respondeu Makepeace. "Quanto mais, melhor, quando a pólvora estourar." Ela apagou a lanterna, e eles mergulharam na escuridão.

Pelos olhos arregalados de James, ela sabia que ele não estava enxergando nada.

"Confie em nós", sussurrou ela.

"Estão nos ouvindo?", chamou lady April, do alto da escada. "Subam aqui e se rendam, ou vamos mandar os cachorros!"

Os irmãos ficaram tensos. Mais uma vez os cães de Grizehayes seriam soltos em cima deles. Agora, porém, não havia pântanos por onde escapar. Eles eram presas encurraladas.

Apesar de tudo, nenhum dos dois disse palavra, nem fez menção de se render.

Os segundos se arrastaram; então Makepeace ouviu um leve estalido de garras vindo do alto da escada. Arquejos ásperos feito serragem. O balanço das bochechas moles.

Ela conhecia todos muito bem, pelo cheiro. Os mastins desajeitados, de enormes mandíbulas e mordida terrível. O lébrel, de tendões alongados, ávido por sair à caça de grandes presas. Os galgos, ágeis e mortíferos feito gaviões do solo. Os cães de Santo Humberto, que farejavam medo feito vinho.

Ela sentia o odor de sangue ligeiro, a fome de caça. A garra deslizante aproximou-se do esconderijo. Um latido intenso reverberou na escuridão, e um instante depois uma chuva de latidos ecoou pela adega.

"Psiu!" Makepeace se levantou do esconderijo, mesmo com o coração acelerado, e se arrepiou, pronta para uma mordida. "Nero! Estrela! Pégaso! Bruto! *Vocês me conhecem.*"

Ela viu as silhuetas pálidas se aprumarem na escuridão. Então uma figura grande se aproximou. Um nariz molhado lhe cutucou a mão, e ela recebeu uma lambida.

Eles conheciam o cheiro dela. Era ela quem lhes dava molho de carne. Era uma matilha, talvez. E uma fera, de cuja paciência não era sábio abusar.

"Uma hora vocês vão ter que subir", gritou lady April.

"Por quê?", perguntou James, também aos gritos, batendo os dentes. "Temos amigos cá embaixo e vinho suficiente para muita alegria. De repente até entoamos uma cantoria."

"Ou talvez esperemos até os nossos inimigos invadirem Grizehayes amanhã", sugeriu Makepeace.

"Não digam absurdos", vociferou lady April. "Podemos resistir ao cerco até o fim da guerra, se for preciso! Temos provisões e munição suficientes por dois meses inteiros."

Makepeace soltou uma gargalhada alta. "Acha que essa guerra vai acabar em *dois meses*?"

"A rainha está de volta ao país com dinheiro, armas e tropas para a causa do rei", declarou lady April. "Londres em breve vai perder a coragem. Os rebeldes já estão se esfacelando." Sua certeza era fria e monumental, feito mármore.

"Não estão, não!", exclamou Makepeace. "E Londres está *forte*, milady. Aquilo é um hospício bulhento e fedido, mas tem uma força tremenda. Não me interessa o quanto a senhora seja antiga e esperta. Se acha que a guerra está acabando, está cega."

"Que ousadia!" lady April parecia irritada, mas Makepeace detectou uma pontinha de algo mais.

"Eu vi dois Doutos morrerem hoje", declarou ela, bem alto. Um silêncio de choque esguichou feito sangue. "Os fantasmas de sir Anthony possuíram Symond, e um dos seus soldados o matou. E esses fantasmas... esses fantasmas sábios e oniscientes... não viram a morte chegando. Eles nunca tinham notado o tal soldado, ouça bem. Não deram a mínima para o irmão que ele perdeu em Hangerdon Hill. Então ele atirou na cabeça deles.

"Vocês andam negligenciando coisas importantes, porque existem pessoas que não percebem. E agora é tarde demais pra todos vocês. Esta guerra não é feito as outras que vocês enfrentaram. Sua sagacidade e os séculos de vida não vão ajudar desta vez. Isto aqui é novo. Isto é o fim do mundo, lady April."

"Basta!", vociferou lady April. "Você esgotou a nossa paciência."

Homens avançaram com cautela escadaria abaixo, dois deles carregando velas que iluminavam seus rostos por debaixo. Logo atrás estava lady April, armada com um par de facas cruéis.

Com cuidado, James pegou um dos barris menores, ergueu-o por sobre o ombro e atirou num dos homens que levavam as velas. O barril lhe acertou a mão; a vela saiu voando, bateu na parede e apagou. O outro homem se virou depressa demais para ver o que havia acontecido, apagando a chama da outra vela. Houve confusão e consternação.

"Alguma coisa pulou em mim!"

"Eu vi alguma coisa antes que a vela apagasse! O vermelho da chama refletiu em um monte de olhos! Eu... não acho que sejam dos cachorros."

"Tem alguma coisa no escuro! Estou ouvindo o rosnado!"

"Se consegue ouvir", retrucou lady April, "então sabe onde está!"

O rosnador, no entanto, ia avançando. Makepeace relaxou para a entrada do Urso. Agachou-se de quatro, o que pareceu fácil e necessário. O nariz dele era dela, os olhos dela eram dele. Ela deixou a garganta vibrar com rosnados graves e ameaçadores.

O Urso não é uma criança que eu precise mimar. Não é uma fera a ser acorrentada. Eu não preciso sentir vergonha dele, nem medo. Ele sou eu. Fosse lá o que nós fôssemos, agora somos um.

O primeiro homem tomou uma patada lateral e caiu inconsciente. O segundo mirou a espada para os rosnados de Makepeace, mas foi derrubado por um mastim e um galgo. O terceiro tentou correr até a escada, em busca de mais luz, mas foi arremessado por sobre uma pequena pilha de barris.

"Peguei o garoto!", gritou o Crowe branco de repente. Houve sons de luta.

Makepeace deu uma guinada em direção ao barulho, mas dedos longos e finos lhe agarraram subitamente as laterais da cabeça arrancando um punhado de seus cabelos.

"Desgraçada!", entoou a voz estridente de lady April no ouvido de Makepeace. "Ingrata!" Makepeace gritou ao sentir um espírito avançando, derrubando suas defesas mentais feito um golpe de machado. Foi pega com a guarda baixa, sem tempo de se proteger.

Makepeace havia sido atacada antes, mas por fantasmas tentando estabelecer moradia nela. Isso era diferente. Era um bombardeio, e lady April não queria saber o que seria destruído. Makepeace enfrentou, sentindo a ajuda de seus aliados secretos.

Todos nós. Nós aprendemos a lutar juntos no fim. Enquanto sentia dolorosas rachaduras se abrindo na casca de sua mente, aquele pensamento suscitou uma triste alegria. Ao mesmo tempo, sentia a frustração da Douta. Makepeace estava perdendo, porém muito mais devagar do que o previsto.

Então ela farejou um medo que não era seu, e sentiu os finíssimos fios de dúvida correndo pelas almas marmorizadas de lady April.

"Milady", chamou o Crowe branco, com a voz ansiosa. "Tem alguma coisa aqui. Um pontinho vermelho, cintilante. Parece um estopim aceso..."

O ataque ao cérebro de Makepeace cessou abruptamente, e seu corpo foi empurrado de lado.

"Idiotas!", gritou lady April. "Isso é pólvora!" Makepeace viu a velha correr feito um galgo pela escuridão, rumo ao brilho vermelho e estelar do estopim...

E aquele pontinho vermelho cintilante foi o epicentro do mundo que se acabou.

A explosão foi ensurdecedora, e sua força arremessou Makepeace para trás. Houve uma breve onda de calor, e ela foi invadida por uma chuva de estilhaços. O ar foi tomado de fumaça e pó. Ela se sentou, tossindo, bem a tempo de ver um enorme e pontudo pedaço da parede e do teto se entortar e desabar sobre as lajes.

O céu cinzento e arrebatador se arreganhou pelo buraco. James cambaleou até o lado dela e a ajudou a se levantar. Ali perto, o Crowe branco permanecia sentado, atônito, coberto de poeira. Se algo havia restado de lady April, estava sob a imensa pilha de alvenaria desabada.

James mexeu a boca, dizendo qualquer coisa. As orelhas de Makepeace repicavam, e a voz dele era fraca como a de um fantasma, mas ela achou que tinha entendido. Os dois subiram correndo a escadaria da adega e ultrapassaram com cuidado o corpo inconsciente do Crowe jovem. Makepeace ficou boquiaberta ao ver a linda rachadura que havia sido aberta na parede.

Era do tamanho exato para que dois passassem e desabassem na grama do lado de fora. Foi mais fácil ainda para os cachorros, que seguiram atrás.

AS CRÔNICAS DAS SOMBRAS
FRANCES HARDINGE

CAPÍTULO 39

Muitas horas depois, no início da tarde, Makepeace e James pararam para descansar perto de um bosque no alto de uma colina. Outrora um antigo castro, agora restava apenas uma saliência de formato esquisito, com vista para o campo.

Ambos estavam machucados e exaustos, por dentro e por fora, e o cansaço por fim os havia dominado. James ainda se recuperava de ter abrigado cinco arrogantes fantasmas dos Fellmottes, sendo encurralado num canto dentro de si mesmo. As próprias batalhas de Makepeace com os fantasmas dos Doutos a haviam deixado esgotada e um pouco melancólica. Eles haviam abandonado um fragmento de suas memórias, feito as cinzas de traças queimadas, que ainda conferiam um tempero especial a tudo o que ela via.

Os dois irmãos exibiam uma vasta coleção de hematomas, ostentando todas as cores do arco-íris. Além disso, Makepeace tinha os braços doloridos de tanto carregar o cão de lareira, cujas perninhas curtas se cansavam mais depressa que as dos outros cachorros.

"O que é isso?", disse James.

Bem ao longe, os dois avistaram uma comprida língua de fumaça cinza amarronzada. Era grande demais para pertencer a uma chaminé ou fogueira de acampamento. Não era a época das queimadas anuais.

Makepeace apanhou o relógio de sol díptico e olhou a bússola. Tentou recordar os mapas que preparara com tanto cuidado, mas seu coração já sabia de onde vinha a fumaça.

"Grizehayes", disse James, num sussurro. Parecia chocado e paralisado, e Makepeace sabia que exibia a mesma expressão.

Grizehayes, a fortaleza invulnerável. Grizehayes, eterna, incrustada de séculos feito parasitas. Grizehayes, a rocha imutável no córrego do mundo. Sua prisão, seu inimigo, seu abrigo, sua casa.

Grizehayes estava em chamas.

"O mundo está acabando?", indagou James, com a voz rouca.

Makepeace se aproximou, com os braços arroxeados, e abraçou forte o irmão.

"Está", respondeu ela.

"O que vamos fazer?"

"Caminhar. Encontramos comida e um lugar para dormir. Amanhã faremos a mesma coisa. Nós sobrevivemos."

Às vezes, os mundos acabavam. Já fazia um tempo que Makepeace sabia disso. Aprendera na noite dos motins e da morte da Mãe, quando seu próprio mundo havia se reduzido a pó completamente.

Um dos cachorros rosnou para algo na mata. Makepeace se levantou de um salto, então viu a pequena silhueta se arrastando pela vegetação rasteira, as lívidas listras brancas no rosto pontudo. Era um texugo cuidando da própria vida como se não houvesse qualquer guerra a enfrentar.

Makepeace o observou, fascinada. Recordou tudo o que aprendera sobre os texugos no livro da vida selvagem de Grizehayes. O texugo, ou furão, cujas pernas eram mais compridas de um lado que do outro, para poder correr em terrenos inclinados.

... só que não eram. Enquanto ele trotava sob uma nesga de luz do sol, ela via com clareza as quatro perninhas, pequeninas e robustas, todas do mesmo tamanho.

Talvez nenhuma das antigas verdades ainda fosse verdadeira. Esse poderia ser um mundo totalmente novo, com regras próprias. Um mundo onde os texugos não eram tortos, onde os pelicanos não alimentavam suas crias com o próprio sangue, onde os sapos não tinham pedras preciosas na cabeça, onde os filhotes de urso já nasciam com forma de urso. Um mundo onde os castelos podiam pegar fogo, os reis podiam morrer e nenhuma regra era inalterável.

"Sobrevivemos", repetiu ela, com mais firmeza. "E tentamos moldar este mundo às lambidelas, enquanto ainda está tenro. Se não fizermos isso, outras pessoas vão fazer."

Foi apenas muito depois que um tabloide lhes revelou a história completa da queda de Grizehayes.

A explosão na calada da noite foi atribuída à pólvora, armazenada muito perto das paredes. Quando amanheceu, panos brancos foram pendurados nas ameias de Grizehayes, sinalizando disposição de dialogar. Um homem chamado Crowe surgira para negociar a rendição.

O comandante do cerco havia permitido que todos os civis partissem, inclusive levando pertences e provisões. Em épocas de paz ele não havia sido um homem cruel, e o cerco fora relativamente curto. Não houvera tempo para que seu ardor pela batalha tivesse talhado e virado pó.

A força parlamentarista que ocupara Grizehayes mal teve tempo de saquear seus depósitos antes de receber a notícia de que um grande grupo monarquista, encabeçado por sir Marmaduke, estava a menos de um dia de distância.

O comandante do cerco precisou tomar uma decisão difícil, o que fez com presteza. Era melhor incendiar a casa, de modo a nunca mais ser usada, do que arriscar que as forças do rei a utilizassem como fortaleza, mesmo destruída.

O relato informava que sir Marmaduke, ao ver sua casa ancestral em chamas, "perdeu o coração". Ele se recusou a usar o casaco de couro de búfalo como proteção, conduziu a avançada da cavalaria e lutou feito um insano. Depois de tudo, ambos os lados louvaram muito a sua bravura. No entanto, em geral é bem mais fácil louvar os mortos que os vivos.

Nem todas as batalhas eram relatadas nos informes, e nem todas envolviam exércitos completos ou fileiras de batalha organizadas sob os olhares afiados dos comandantes. Meses se passavam e ainda não havia paz. Às vezes, acontecia uma grande batalha que todos acreditavam que fosse decidir a situação, de uma forma ou de outra. No entanto, isso nunca acontecia.

Os humanos são animais estranhos e flexíveis que acabam se adaptando a tudo, até ao impossível ou insuportável. No devido tempo, o impensável se torna habitual.

Os habitantes de um vilarejo à beira da floresta ficaram muito felizes em receber a visita de alguém capaz de cuidar de feridas. Haviam sido atacados por um bando armado, usando cinturões. Houve tiros e golpes. No fim das contas os aldeões se esconderam na igreja e apedrejaram os invasores, que por fim desistiram de tentar atear fogo à construção e foram embora. Ninguém sabia ao certo se haviam sido tropas pagas, bandidos ou um grupo de larápios desertores.

O único pagamento que os aldeões podiam oferecer a Makepeace e James era abrigo, além de refeições e ossos para os cães. Foi tudo muito bem-vindo. Era James quem conduzia a maior parte das conversas. Mesmo nômade, ele tinha excelente aparência.

Quando eu penso nos honorários que um dia recebi por meus serviços, resmungou o dr. Quick, enquanto o último paciente de Makepeace saía pela porta, com a cabeça envolta numa tira de linho. Apesar de tudo, o doutor vinha reclamando menos nos últimos tempos. Talvez os pacientes ricos demonstrassem menos gratidão que os trabalhadores esforçados. Você, sempre sentimental.

Não é sentimentalismo, é bom senso, respondeu Makepeace, limpando as mãos. *Precisávamos de um lugar para passar umas noites.*

Você tinha motivos fortes e genuínos para ajudar essas pessoas, disse o doutor. Sempre tem.

Eu já contei sobre um colega cirurgião que conheci antes da guerra? Era uma estrela em ascensão, com clientela melhor que muitos médicos. Certo dia uma criança morreu em sua mão... a filhinha de seu melhor amigo. Ele ficou desconsolado. Passou a não recusar mais nenhum paciente. Virou um farrapo humano, assumindo todos os casos, mesmo quando não havia esperança de pagamento. E sempre dava razões sensatas e excelentes para explicar seu interesse em aceitar cada caso. Nunca admitiu que estava tentando salvar o mundo todo, de modo a suavizar a dor de ter deixado aquela garotinha morrer.

Ele conseguiu ficar em paz?, indagou Makepeace. Ela sabia perfeitamente o que o doutor estava insinuando.

Quem é que sabe? Ele ainda é vivo, até onde eu sei. Talvez encontre um dia. Enquanto isso, o tonto vai salvando um monte de vidas.

Quer escrever mais um pouco hoje?, indagou Makepeace.

Se pudermos dispor de tempo e papel, sim.

Sempre que tinha chance, Makepeace fazia permutas por papel. Em geral custava barato e quase sempre estava usado de um dos lados, mas permitia que o doutor registrasse suas descobertas e teorias acerca da cirurgia nos campos de batalha.

Makepeace também havia redigido duas cartas, pouco antes da queda de Grizehayes. A primeira foi enviada a Charity Tyler, em Norwich, mandando de volta o livrinho de orações de seu irmão e comunicando sua morte. A carta dizia que ele teria gostado de se reconciliar com o primo, pondo um fim à animosidade entre os dois, e que havia amado a irmã de todo o coração. A carta também informava que Livewell havia ajudado a destruir as muralhas de uma fortaleza monarquista e dar fim a um cerco que poderia ter custado muitas vidas. Não mencionava que isso havia acontecido depois de sua morte.

Livewell esvaneceria em breve, e Makepeace sabia. Havia algo mais calmo nele agora. Um dia ela acordaria e encontraria um vazio em sua mente, feito um dente caído.

Refinei a minha alma o quanto foi possível, dissera ele pouco tempo antes. Se eu ficar mais tempo, vou acabar arranhando de novo.

A segunda carta havia sido escrita com a ajuda de Morgan. Era endereçada a Helen; uma missiva maçante sobre crianças com cisticerco. No verso, porém, havia uma segunda mensagem codificada, invisível, escrita com suco de alcachofra.

Helen,

A essa altura você deve ter ouvido coisas estranhas a meu respeito. A verdade é ainda mais estranha. Eu não estava a serviço dos Fellmottes quando você me conheceu, mas também não estava trabalhando para os seus inimigos. Sou sua amiga e pretendo provar.

O alvará que você procura está em Whitehollow. Symond Fellmotte o escondeu no forro da porta secreta do quarto principal. Eu o tirei dali, mas não desloquei muito. Ainda está debaixo daquele mesmo forro, porém mais perto do canto superior, preso por um alfinete. Eu disse a ele que havia escondido num lugar novo; achei que ele provavelmente botaria a mão na base, para sentir se ainda estava no antigo esconderijo, e de fato não o encontraria. Imaginei que ele não fosse vasculhar o restante da porta, e que iria enlouquecer procurando em todos os outros cantos da casa. As pessoas procuram as coisas por todo lugar, mas raramente procuram por perto.

Se Deus quiser, nos veremos outra vez, e se isso acontecer espero que ainda sejamos amigas.

Judite-antiga

Makepeace recordou o brilho os olhos do caçador de bruxas ao ouvir falar do alvará real. Seria melhor que os espiões do rei o encontrassem e destruíssem em segredo. Ela não podia livrar o mundo dos caçadores de bruxas, mas não havia necessidade de alimentá-los. Pelo pouco que aprendera, eram uma raça faminta.

Além do mais, lhe agradava imaginar Helen trocando gracejos tranquilos com seu inocente marido parlamentarista, escondendo a carta de Makepeace na manga, e escapulir durante a noite para aventuras e espionagens a serviço do rei.

Eu também gostaria de registrar meus estudos sobre fantasmas, **comentou o doutor,** se pensasse ser possível fazer isso sem que fôssemos queimados como hereges.

Às vezes, me pergunto se a sua família incorreu num erro colossal. Quanto mais fantasmas vejo, menos certeza tenho de que somos as mesmas almas que éramos em vida.

Até onde sabemos, pode ser que as almas verdadeiras sigam alegremente ao encontro do Criador, deixando-nos para trás. Às vezes, acho que nós fantasmas somos... lembranças. Ecos. Impressões. Sim, podemos pensar e sentir. Podemos lamentar o passado, temer o futuro. Mas será que somos de fato as pessoas que cremos ser?

Que diferença isso faz? Era tarde demais para que Makepeace pensasse em seus aliados espectrais como qualquer coisa além de amigos.

Não sei, respondeu o dr. Quick. É um golpe em minha vaidade considerar a possibilidade de que eu nada seja além de um aglomerado de pensamentos, sensações e lembranças, trazidos à vida pela mente de outra pessoa. Por outro lado, no entanto, um livro também é assim. Onde estão pena e tinta?

Makepeace emprestou a mão para que o doutor escrevesse. Não pela primeira vez, ficou se perguntando se ele também partiria um dia, depois de sentir já ter aproveitado bastante sua vida após a morte.

Não o Urso, no entanto. O Urso jamais a deixaria.

Ela não era capaz de localizar a sutura, o ponto onde ela terminava e o Urso começava. Naquele primeiro e desajeitado abraço de espíritos, ela imaginava, os dois haviam se emaranhado de maneira inalterável. O que quer que acontecesse, fosse ela aonde fosse, sempre haveria o Urso. Qualquer pessoa que a conhecesse, que gostasse dela ou a amasse, teria que aceitar o Urso.

Agora, sabendo que era o Urso, ela era até capaz de se amar um pouco.

Depois de morrer, Hannah ficou confusa por alguns dias.

Ela chegara à linha de frente levada, em partes iguais, pelo amor e o desespero. Tom anunciara que marcharia com o exército do Conde, muito bem, mas se ela ficasse sozinha com um bebê na barriga, como compraria comida, e aonde iria? Então ela fizera as malas e fora para a guerra, ao mesmo tempo em que suas formas começavam a se arredondar.

Hannah não era a única. O vagão de bagagens do exército estava apinhado de outras mulheres — esposas, amantes e o outro tipo —, todas muito empenhadas em ajudar como cozinheiras, enfermeiras e negociantes. Ela gostava das mulheres; de muitas delas, pelo menos. Parecia uma caminhada na lama, mas ela era jovem, e por vezes toda aquela aventura guardava uma empolgante sensação de viagem de feriado. Sua bela voz, tão elogiada nas canções da igreja, soava ainda melhor à beira das fogueiras dos acampamentos.

Então uma carroça cheia de pólvora explodiu, matando Tom. O choque lhe causou um ataque e a perda do bebê. Ela não teve estômago para retornar sem Tom à sua cidade natal. Já não tinha casa. Mas aonde poderia ir? E, sem o salário de soldado do marido, como se alimentaria?

Ela ficou sabendo, por outra mulher, que se se vestisse de homem e estivesse disposta a assumir os piores turnos, poderia "se alistar" e receber um salário de soldado. Outras mulheres do grupo haviam feito o mesmo, e havia um oficial que fazia vista grossa.

Assim, Hannah se tornou Harold. Era magra demais para ocupar a linha de tiro com os lanceiros, de modo que aprendeu a manusear um mosquete e uniu-se às fileiras de mosqueteiros.

Durante a grande batalha, depois de já desfeita a fileira de mosqueteiros, ela ouvira gritos avisando que os inimigos estavam atacando o trem de bagagens. Correu para os fundos do acampamento, cruzando um nevoeiro de fumaça de pólvora e caos, e viu homens a cavalo perseguindo as mulheres do acampamento e atacando-as com espadas. Atirou em um deles e feriu outro com sua espada, mas um ataque pelas costas fez cessarem seus esforços e sua vida.

Não!, pensou ela, ao morrer. *Não! Não! É muito cedo. Não é justo. Eu estava descobrindo uma vida nova, e tinha talento pra isso!*

No entanto, esse pensamento foi sua única companhia durante os dias seguintes. Ela estava na escuridão. Uma escuridão quente e estranha, e achou que não estava sozinha.

De vez em quando alguém tentava falar com ela. Era a voz de um rapaz; a princípio achou que fosse Tom, tentando guiá-la ao Paraíso, mas a voz não era dele, e o sotaque estava errado.

Por fim, sua visão retornou. Ela ficou tão aliviada em ver o azul do céu, que sentiu vontade de chorar. No entanto, descobriu que não podia. Parecia caminhar, mas não tinha controle nenhum sobre o próprio corpo. Ao olhar para baixo, descobriu que não era, de fato, seu corpo. Ainda vestia roupas masculinas, porém agora parecia um homem de verdade.

"Está enxergando?", indagou a mesma voz insistente, meio cautelosa. "Está me ouvindo? Meu nome é James."

O que foi que houve?, inquiriu ela. *Onde é que eu estou?*

"Você está protegida", respondeu ele. "Bom... na verdade você está morta, mas também protegida... de certa forma. Makepeace... pode falar *você* com ela? Eu não estou acostumado com isso."

A pessoa cujos olhos Hannah estava usando se virou para olhar sua companhia, uma garota um pouco mais nova que Hannah. Podia ser uma vendedora qualquer, vestindo roupas de lã desbotada e uma touca de linho, mas seus olhos guardavam uma expressão de seriedade e sabedoria, como se ela já tivesse visto toda a vida de Hannah se desenrolar.

Em sua bochecha, Hannah viu duas pequenas cicatrizes de varíola, tão diminutas que mais pareciam gotinhas de chuva. Elas lhe traziam a lembrança das duas pintas que havia na bochecha de Tom, exatamente no mesmo lugar, o que Hannah considerou um bom presságio. Desesperada como estava, aceitava de bom grado qualquer presságio que pudesse encontrar.

"Você não precisa ficar, se não quiser", disse a garota de nome Makepeace. "Mas é bem-vinda para viajar com a gente, pelo tempo que desejar. Nós acreditamos em segundas chances para quem não costuma ter.

"Você está entre amigos, Hannah. Está em casa."

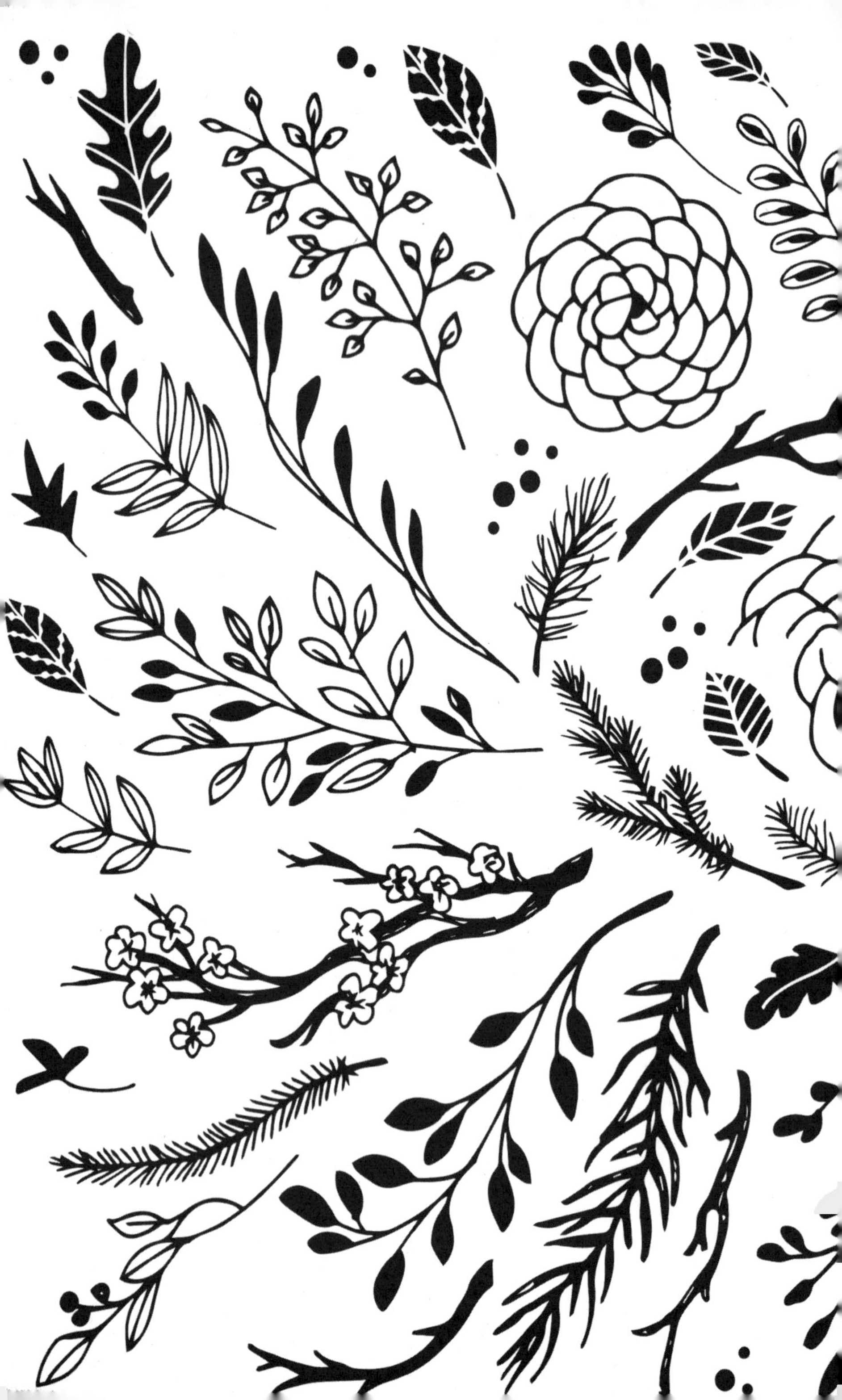

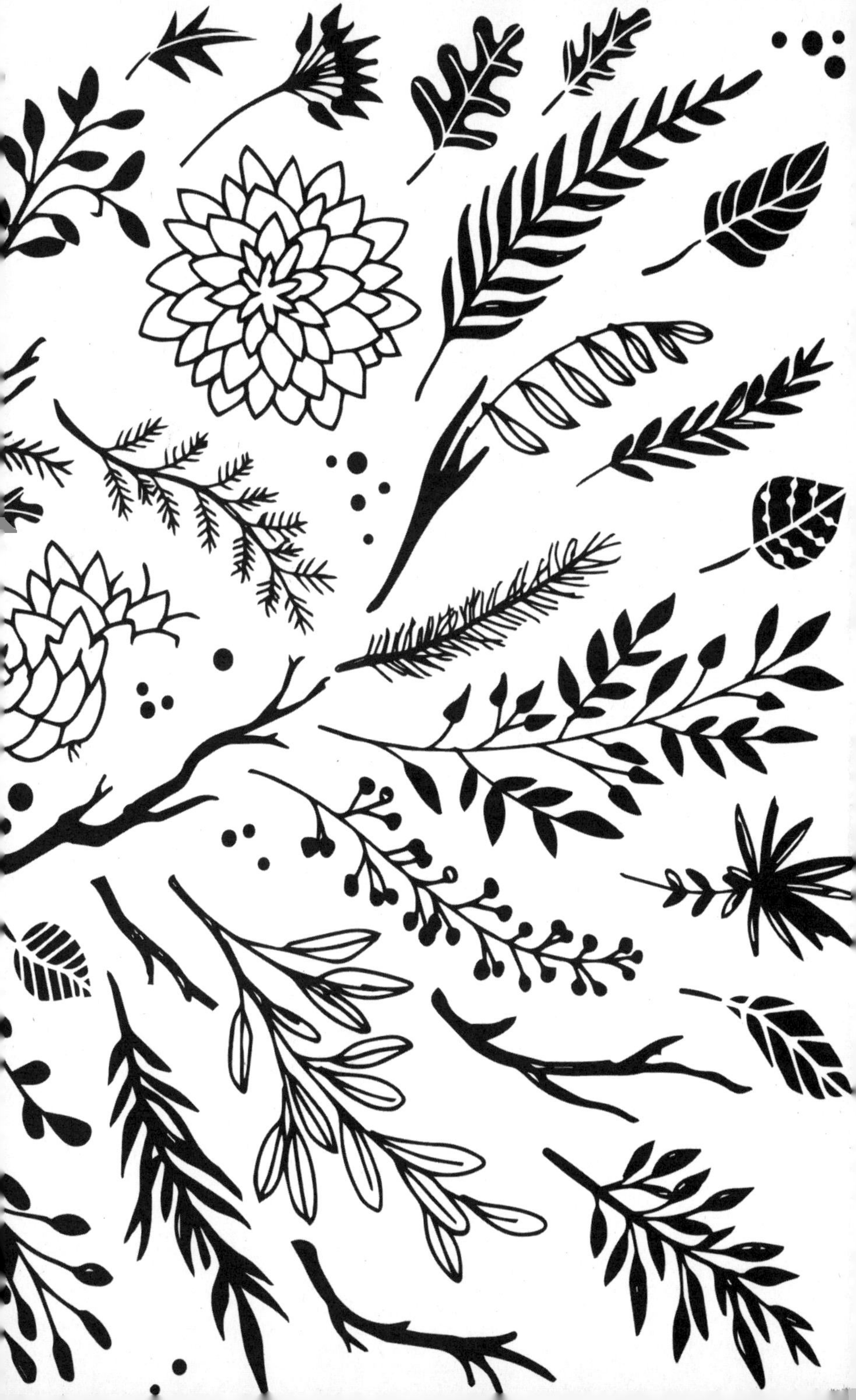

Agradecimentos

Quero agradecer à minha editora, Rachel Petty, pela calma e paciência sobre-humanas quando eu emburrecia de tanto estresse com meus próprios atrasos, e por ajudar a atrair o Urso para fora das sombras; a Bea, Kat, Catherine e todo mundo da Macmillan pelo apoio, pela diversão e pelo eterno companheirismo; a Nancy, pela sabedoria e sensatez; a Martin, por aturar meus meses mais frenéticos de escrita e revisão, e por só zombar um pouquinho de mim quando eu trabalhava até as quatro ou cinco da manhã; a Plot on the Landscape ; a Rhiannon; a Sandra, por me levar à exposição de sir Thomas Browne na Royal College of Physicians; a Amy Greenfield, por me apresentar a Chastleton e a seu maravilhoso quarto secreto; à Ham House; ao Boswell Castle; ao Old Wardour Castle; à Diane Purkiss, por *A Guerra Civil Inglesa: Uma História de Pessoas*; a John Fox, por *O Contrabandista do rei: Jane Whorwood Agente Secreta do rei Carlos I*; a Antonia Fraser, por *O Hospedeiro Mais*

Fraco: O Destino das Mulheres na Inglaterra do Século Dezessete; a Miriam Slater, por *A Vida Familiar no Século Dezessete: os Verneys da Casa Claydon*; a Jacqueline Eales, por *Mulheres no Início da Inglaterra Moderna, 1500—1700*; a Elspeth Graham, Hilary Hinds, Elaine Hobby e Helen Wilcox, pela edição de *Sua Própria Vida: Escritos Autobiográficos de Mulheres Inglesas do Século Dezessete*; a Howard Brenton, por *55 Dias*; a Peter Ackroyd, por *A História da Inglaterra, volume III: Guerra Civil*; e a lady Eleanor Davies, mordaz profetisa de ocasião que tinha o poder de atormentar absolutamente todo mundo, em especial por sua tendência a estar certa.

Também gostaria de pedir desculpas ao rei Carlos I, por torná-lo signatário de um documento tão nefasto nesta versão ficcional. Espero que ele me perdoe e não queira se vingar mandando cães espectrais para me assombrar.

FRANCES HARDINGE passou boa parte da infância em um imenso casarão antigo, que a inspirou desde muito cedo a escrever histórias estranhas. Ela cursou Inglês na Universidade de Oxford e trabalhou em uma empresa de software. Poucos anos depois, seu primeiro romance infantil, *Fly By Night*, foi publicado pela Macmillan. O livro foi aclamadíssimo pela crítica e ganhou o Branford Boase Award. Ela foi indicada — e conquistou — muitos outros prêmios, incluindo a prestigiosa Medalha CILIP Carnegie por *Canção do Cuco* (2015) e o cobiçado Prêmio Costa por *Árvore da Mentira* (2016). Saiba mais em franceshardinge.com.

DARKLOVE.

*Tenha coragem para acreditar no amor
mais uma vez, e sempre uma próxima vez.*
— MAYA ANGELOU —

DARKSIDEBOOKS.COM